伊勢物語

現代語訳・索引付

大井田晴彦 Haruhiko Oida 校注

三弥井書店

目次

凡例

注釈

初段……3
二段……7
三段……9
四段……11
五段……14
六段……16
七段……21
八段……22
九段……23
十段……29
十一段……31
十二段……32
十三段……34
十四段……36
十五段……38
十六段……41
十七段……45
十八段……47
十九段……50
二十段……52
二十一段……54
二十二段……58
二十三段……60
二十四段……68
二十五段……70
二十六段……72
二十七段……73
二十八段……75
二十九段……76
三十段……77
三十一段……78
三十二段……79
三十三段……80
三十四段……82
三十五段……83
三十六段……84
三十七段……85
三十八段……86
三十九段……87
四十段……90
四十一段……92
四十二段……93
四十三段……95
四十四段……97
四十五段……98
四十六段……100
四十七段……102
四十八段……103
四十九段……105
五十段……107
五十一段……109
五十二段……111
五十三段……112
五十四段……113
五十五段……114
五十六段……115
五十七段……116
五十八段……117
五十九段……120
六十段……122
六十一段……124
六十二段……126
六十三段……128
六十四段……132

六十五段……133
六十六段……138
六十七段……140
六十八段……141
六十九段……142
七十段……149
七十一段……150
七十二段……151
七十三段……152
七十四段……153
七十五段……154
七十六段……156
七十七段……158
七十八段……160
七十九段……162
八十段……164
八十一段……165
八十二段……169
八十三段……175
八十四段……178
八十五段……180
八十六段……182
八十七段……184
八十八段……188
八十九段……189
九十段……190
九十一段……191
九十二段……192
九十三段……193
九十四段……195
九十五段……197
九十六段……198
九十七段……200
九十八段……202
九十九段……204
百段……206
百一段……208
百二段……210
百三段……212
百四段……213
百五段……215
百六段……216
百七段……217
百八段……222
百九段……223
百十段……224
百十一段……225
百十二段……226
百十三段……227
百十四段……228
百十五段……230
百十六段……231
百十七段……232
百十八段……234
百十九段……235
百二十段……236
百二十一段……237
百二十二段……238
百二十三段……239
百二十四段……241
百二十五段……242
解説――245
伊勢物語関連年表――265
伊勢物語系図――270
自立語索引――273
和歌初句四句索引――329

凡例

一、『伊勢物語』は、日本文学史上、最も親しまれてきた古典作品の一つである。後代の文学はもとより、美術・芸能など、さまざまな領域に多大な影響を与えてきた。本書は、初めてこの物語に接する一般読書人から、古典文学を専攻する研究者まで、幅広い読者を想定して編集した。

二、本書は、本文、現代語訳、語釈、補注、鑑賞、解説、付録、索引からなる。

三、本書の底本には、天福本系統の三条西家旧蔵本（学習院大学蔵）を用いた。できるだけ底本を尊重したが、明らかな誤りや意の通じにくい箇所は、他本を参照して改めた。また詠みやすさを考慮して、次のような方針をとった。

1．各章段の区分および章段番号は、底本に従った。また、適宜改行した。

2．底本の仮名遣いは歴史的仮名遣いに統一し、濁点や句読点、送り仮名などを付した。難読・誤読のおそれのある漢字は、読み仮名を付した。会話文については「」を施した。

3．適宜、底本の仮名を漢字に、また漢字を仮名に改めるなどして表記を統一した。その際、底本の表記を読み仮名などの形で示す処置はとらなかった。

4．「ゝ」や「〱」のような反復記号は用いず、「ここ」「ほのぼの」「人々」のように表記した。「なん」「らん」などは「なむ」「らむ」に統一した。

5．宛字は普通の表記に改めた。

6．作中和歌には、通し番号を付した。

四、現代語訳はなるべく本文に忠実であるように努めたが、適宜語句を補い、単独でも味読できるよう心がけた。

五、語釈および補注では、語義・文章表現・和歌の他出・典拠・時代背景・人物考証など、本文理解に必要な事項について説明した。
六、鑑賞では、その段の特徴や魅力について、いっそう理解を深めるべく、より踏み込んだ読解を試みた。
七、解説では、『伊勢物語』の全体像や文学史的意義、在原業平の人物像など、本質的かつ重要な問題について概要を示した。
八、付録として、伊勢物語関連年表および関連系図を掲げた。
九、索引では、物語中のすべての自立語が検索できるようにした。また、和歌の初句・第四句が検索できるようにした。
十、和歌や物語、漢籍、古注釈など、文献の引用は、通行の本文によった。和歌には新編国歌大観番号を付したが、『万葉集』のみ旧国歌大観番号による。

附記　本書の刊行にあたり底本の使用を許可された、学習院大学日本語日本文学科に厚く御礼申し上げる。

初段

昔、男、初冠《うひかうぶり》して、奈良の京、春日《かすが》の里に、しるよしして、狩にいにけり。その里に、いとなまめいたる女はらから住みけり。この男、垣間見《かいま》てけり。思ほえず、ふるさとに、いとはしたなくてありければ、心地まどひにけり。男の着たりける狩衣の裾を切りて、歌を書きてやる。その男、しのぶずりの狩衣をなむ着たりける。

1春日野の若紫のすり衣しのぶの乱れかぎり
　知られず

となむ、おひつきて言ひやりける。ついで面白きこととも思ひけむ。

2陸奥《みちのく》のしのぶもぢずり誰《たれ》ゆゑに乱れそめに
　し我ならなくに

といふ歌の心ばへなり。昔人は、かくいちはやきみやびをなむしける。

◆現代語訳◆

昔、ある男が、元服をして、奈良の京、春日の里に、領地があった縁で、狩に出かけたのだった。その里には、とても優美な姉妹が住んでいたのであった。この男は、姉妹を垣間見てしまった。意外にも、さびれた里には、不似合いなほどの（若々しく美しい）様子だったので、心はすっかり惑乱してしまったのだった。男は着ていた狩衣の裾を切って、歌を書きつけて贈った。その男は、しのぶずりの狩衣を着ていたのだった。

春日野の…（春日野の若々しい紫草のようなあなたたちを目にして、わたしの恋い忍ぶ心は、このしのぶずりの狩衣の乱れ模様のように、この上なく思い乱れてしまいました）

と、間もおかずに詠みかけたのであった。男は、こうした成り行きが面白かったと思ったのだろうか。（男の歌は）

陸奥の…（陸奥のしのぶもぢずりの乱れ模様のように、いったい誰のせいで私はこんなにも思い乱れるのでしょうか。私自身のせいではありませんよ、他ならぬあなたのせいなのですよ）

という歌の趣である。昔の人は、このように激しい「みやび」に打ち込んでいたのであった。

◆語　釈◆

○昔　「(今は)昔」は、読者を遙か過去の世界へと誘う、物語の冒頭の常套表現。以下、ほぼすべての章段が「昔〜」の表現で語り起こされる点に注意。参考「今は昔、竹取の翁といふ者ありけり」(竹取物語)、「昔、式部大輔左大弁かけて清原の王ありけり」(うつほ物語・俊蔭)。**○男**　以下、在原業平のイメージを強く意識させつつも一人の「男」の物語として語っていく。**○初冠**　貴族の子弟が、元服して、初めて冠をつけること。多く、十代半ばから後半に行われ、高貴な者ほど早く元服した。叙爵説(知顕集・愚見抄など)は不適。**○奈良の京、春日の里**　現在の奈良市春日野町周辺。春日山の東麓。**○しるよしして**　「しる(領る)」は、領有する、所有する、の意。知人がいた縁で、とする説(比古婆衣など)もある。**○狩**　鷹狩。狩をする若々しい行動力に富んだ貴公子のイメージが、この物語の主人公にはある。**○なまめいたる**　若々しくみずみずしいさま。**○女はらから**　(同母の)姉妹。**○垣間見てけり**　「かいま」は「かきま」のイ音便形。もののすきまから覗き見る。男性が女性の顔をうかがい知ることが稀だった当時において、しばしば恋の物語の契機となった。「このかぐや姫を得てしがなと音に聞きめでて惑ふ…穴をくじり、垣間見、惑ひあへり」(竹取物語)。**○ふるさと**　旧都。都が平安京に移り、平城京はさびれている。参考「ふるさととなりにしならの都にも色は変はらず花は咲きけり」(古今集・春下・九〇・ならの帝)。**○はしたなく**　不似合い、不調和でしっくりしない。さびれた「ふるさと」に「いとなまめいたる女はらから」が住んでいることが不釣り合いだというのである。**○狩衣**　男性が狩や旅、蹴鞠などの際に着用した衣服。動きやすいように、袖口に括り紐がある。平安時代中頃からは貴族の日常着として用いられ、中世以降は武家の式服ともなった。**○しのぶずり**　忍草の葉や茎を摺って、乱れ模様に染めたもの。次の「しのぶもぢずり」に同じ。奥州信夫《しのぶ》郡(現在の福島県)の名産ともいう。**○春日野の〜かぎり知られず〈和歌1〉**　上三句は「しのぶの乱れ」の序詞。「若紫」は、若々しい紫草の意で、「なまめいたる女はらから」をたとえる。紫(草)は、ムラサキ科の多年草。夏に白い小さな花をつけ、根は紫色の染料となる。「しのぶの乱れ」の「しのぶ」は「信夫」「忍ぶ」の掛詞。〈他出〉在中将集・七七。雅平本業平集(以下、「業平集」と略記)・六一。古今六帖・第五「摺り衣」三三〇九・作者名無。新古今・恋一・九九四・業平。**○おひつきて**　「追ひ付きて」。ただちに、間髪を入れず。「老いづきて(大人ぶって、ませて)」と解する説(鎌田正憲『考証伊勢物語詳解』・石田穣二『角川文庫』・渡辺実『新潮日本古典集成』など)や、「追ひ継ぎて(続け書きにして)」と解する説(森本茂『伊勢物語全釈』など)もある。**○ついで**　以下、語り手の評言。「ついで」は、こうした成り行き、の意で、男がはからずも旧都で美しい姉妹と出逢ったことをいう。**○陸奥の〜我ならなくに〈和歌2〉**　「陸奥」は、「みちのおく(道の奥)」の変化した形。磐城・岩代・陸前・陸中・陸奥の五国。現在の福島・宮城・岩手・青森・秋田県。「しのぶもぢずり」は「しのぶずり」に同じで、ここまでが「乱れ」の序詞。「乱れそめにし」の「そめ」は「初め」と「染め」の掛詞。「我ならなくに」の「なく」は、打消の助動詞「ず」の古態の未然形「な」に名詞化する助詞「く」がついたもの。〈他出〉古今集・恋四・七二四・

源融（第四句「乱れむと思ふ」）。業平集・六二。古今六帖・第五「摺り衣」三三一二・作者名無。○**昔人は**　以下、語り手の批評。○**いちはやき**　はげしい、すばやい。○**みやび**　都会風で洗練されているさま。

◆鑑　賞◆

『伊勢物語』は、在原業平とおぼしい主人公「男」の元服にはじまり、百二十五段の死をもって終わる、一代記的な体裁をとる。そもそも、『うつほ物語』や『源氏物語』などの平安朝の作り物語においては、主人公の父母の紹介や誕生から語り起こされるのが通例であった。しかしながら『伊勢』では、そうした説明は一切省き、主人公の元服、すなわち女性と歌を詠み交わし、求婚できるまでに主人公が成長した時点から物語が始発するのが特徴的である。『伊勢』が歌物語たるゆえんである。初冠は、男が結婚適齢期を迎えたこととともに、平安京の貴族社会の一員に組み込まれたことをも意味する。にもかかわらず初段は平安京ならぬ古都、平城京を舞台としている。男は、平安京の空気になじめず、息苦しさを感じていたのではないか。都市のそうした閉塞感から逃れ、自らを解放すべく、彼は平城京へと狩りに赴く。この古都は、業平の祖父平城上皇のゆかりの地であり、一族の栄光と悲惨が刻印された「ふるさと」であった。そして、春日とは、文字通り陽春の輝きやうららかさを喚起する歌枕である。元服を終えたばかりの、まだ幼さの残る主人公の青春の始発を語るにふさわしい舞台といえよう。さびれた古都で、はからずも男は「なまめいたる女はらから」と出逢う。その目眩くような深い感動を、男は三十一文字の和歌に託して姉妹に贈るのであった。なお、本段の筋には、張文成作の唐代伝奇『遊仙窟』の受容が認められる（丸山キヨ子『源氏物語と白氏文集』）。主人公張生が旅の途中、神仙の岩窟に迷い込み、崔十娘《じゅうじょう》と王五嫂《ごそう》の二人の美女から一夜の歓待を受け、翌朝名残を惜しみつつ別れる、という話で、『万葉集』以来、多くの作品に影響を与えてきた。

男の和歌「春日野の…」に、三つの地名が詠み込まれている点に注意したい。「春日」を起点として、「若紫」から

「武蔵野」が想起され、さらに「（陸奥の）信夫」へと至る方向性を持った、きわめて技巧的な和歌である。平安京から逃れ、まだ足を踏み入れたこともない遙かな東国への憧れを封じ込めた和歌であり、今後の東下りの予告とも理解できよう（鈴木日出男『伊勢物語評解』）。初段に置かれるべくして置かれた和歌である。

末尾の「昔人は、かくいちはやきみやびをなむしける」という語り手の言葉には、「みやび」が既に失われてしまったとする慨嘆がこもる。この「みやび」とは、『伊勢物語』の主題的な要語であるが、これについては解説でふれたい。

本段は、『源氏物語』にとりわけ大きな影響を与えた段である。「若紫」は、主人公光源氏の生涯の伴侶となる紫上（若紫）との出逢い、そして長年の憧れであった藤壺との密通が語られるという、重要な巻であるが、この巻名は『伊勢物語』初段に由来する。弱冠十八歳の光源氏は、「わらは病」の治療のため北山の聖を訪ねる。そこで十歳ほどの美少女と祖母尼君を垣間見る。藤壺に似る少女の美しさに心をときめかす源氏であったが、実はこの少女は藤壺の姪であった。「紫のゆかり」（→四十一段）とされるゆえんである。また、いわゆる宇治十帖の始発の巻「橋姫」では、宇治を訪れた若い貴公子薫が、はからずも大君・中君の「女はらから」の合奏に興ずる姿を垣間見る、という印象的な場面がみられる。主人公の恋物語の発端となる「若紫」「橋姫」は、ともに『伊勢物語』初段の影響のもとに始発することになる。

二段

昔、男ありけり。奈良の京は離れ、この京は人の家まだ定まらざりける時に、西の京に女ありけり。その人、かたちよりは心なむまさりたりける。独りのみもあらざりけらし、それを、かのまめ男、うち物語らひて、帰り来て、いかが思ひけむ、時は三月《やよひ》のついたち、雨そほ降るにやりける、

3起きもせず寝もせで夜を明かしては春のものとてながめ暮らしつ

◆現代語訳◆

昔、ある男がいたのであった。奈良から都が移って、この平安京はまだ人の家が定まっていない頃に、西の京に女が住んでいた。その人は、容貌よりはむしろ気立てが優れていたのだった。独身ではなかったようだが、その女を、あの誠実な男が、親しく語り明かして、家に帰って来て、どのように思ったのであろうか、時は三月の一日、しとしとと雨が降っている折に贈った歌は、

起きもせず…（起きていたともいえず、寝ていたともいえない、そんな茫洋とした気分で夜を明かしては、春にはつきものの長雨をぼんやり見つめながら物思いにふけっております）

◆語釈◆

○西の京　平安京を二分する朱雀大路から西半分の区域。右京。低湿地だったため、人口の集中した左京に比べ、早くからさびれていた。「西京は人家漸く稀にして、殆と幽墟に幾《ちか》し。人は去ること有りて来たることなし、屋は壊るること有りて造ることなし。その移徙するに処なく、賤貧を憚ることなき者はこれ居り」（慶滋保胤・池亭記）。**○独りのみもあらざりけらし**　語り手の批評。「けらし」は、助動詞「けり」の連体形「ける」に推定の助動詞「らし」のついた「けるらし」の変化した形。**○まめ男**　「まめ」は、まじめだ、誠実だ、の意。女の「かたち」よりも「心」を重視する、男の態度への語り手の評言。**○うち物語らひて**　「うち」は接頭語。「物語らふ」は、男女が親しく情を交わすことをいう。**○そほ降る**　しとしとと降る。**○起きもせず〜ながめ暮らしつ〈和歌3〉**　「起きもせず寝もせで」は、打消対句の表現。業平は好んでこの構文を多用する。「之を求めて得ざれば寤寐《ごび》に思服す　悠なる哉悠なる哉　輾転反側す」（詩経・周南・関雎《かんしょ》）。「春のもの」は、春という季節に固有のもの。漢語「春物」の翻訳という。「坐《そぞろ》に春物の尽くるを憐び、起ちて東園に入りて行く」（白氏文集・巻六・喜陳兄至）。「ながめ」は、ぼんやりと物思いにふける意の「眺め」と、鬱陶しく降り続く「長雨」を掛ける。〈他出〉

古今集・恋三・六一六・業平。新撰和歌・恋雑・二四〇。在中将集・七。業平集・五五。古今六帖・第一「雨」四五七・業平。　古今六帖・第五「あした」二五九三・業平。

◆鑑　賞◆

旧都奈良での若々しい姉妹との出逢いを語った初段に対し、本段は、平安京での人妻との恋を語っている。平安京とはいえ、さびれた右京が舞台となっている点は、初段に通ずるものがある。都会の片隅でひっそりと暮らす人妻のもとに、男が通うようになる。その具体的な経緯は語られないが、「かたちよりも心なむまさりたりける」と評される、女の「心」に惹かれてのことであった。主人公の男は、容貌や身分といった表面的なものでなく、女性の内面的な美を理解し、追い求める人物であり、「まめ人」と呼ばれるにふさわしい。「起きもせず～」の和歌は、業平の作として、「三月の一日より、忍びに人にものら言ひて、後に、雨のそほ降るに詠みてつかはしける」との詞書で『古今集』恋三巻頭に置かれており、詠歌事情はやや異なる。「起きもせず寝もせで」という打ち消し対句は業平の好む構文で、「長雨」「眺め」の掛詞と相まって、逢瀬の余韻醒めやらぬ茫漠とした想いを見事に表現している。

ところで、『源氏物語』「帚木《ははきぎ》」「空蟬《うつせみ》」両巻に語られる、源氏と空蟬の物語は、本段を下敷きにしている。方違えが縁で、源氏は空蟬という人妻と出逢い、契りを結ぶ。強く入内を志していた父衛門督が早く没したため、年の離れた伊予介の後妻となった、薄幸の女君である。慎み深い空蟬に源氏は深く惹かれ、彼女もまた源氏に魅了されるも、受領の妻となった身のほどを強く意識し、源氏の求愛を拒み通そうとする。ある夜、源氏は空蟬とその継娘（軒端《のきばの》荻《おぎ》）の囲碁を垣間見するが、この場面では二人の女性がきわめて対照的に描かれている。若々しく「はなやかなるかたち」ではあるが、現代風で軽薄な感じのする軒端荻に対し、空蟬は「わろきによれるかたちを、いといたうもてつけて、このまされる人よりは心あらむ」と語られる。空蟬の「心」と軒端荻の「かたち」とが対比され、源氏は「心」により執着を深めてゆく。概して『伊勢物語』の各章段は、具象性に乏しく話の骨格にとどまっている。『源氏物語』は、そこに肉付けをし、新たな一篇の物語として仕立て直してゆくのである。

三段

昔、男ありけり。懸想《けさう》じける女のもとに、ひじき藻《も》といふものをやるとて、

4思ひあらば葎《むぐら》の宿に寝もしなむひしきものには袖をしつつも

二条の后の、まだ帝にも仕うまつりたまはで、ただ人にておはしましける時のことなり。

◆現代語訳◆

昔、ある男がいたのであった。想いを懸けていた女のもとに、ひじき藻という物を贈るといって（詠んだ歌）

思ひあらば…（私を思ってくださるならば葎の宿でも共寝をいたしましょう。袖を「ひじき藻」ならぬ引敷物にしながらも）

二条の后が、まだ帝のもとに入内なさってはおらず、ただ人でいらっしゃった時の出来事である。

◆語　釈◆

○ひじき藻　海藻。現在のひじきに同じ。「鹿尾菜　比須木毛」（和名抄）。**○思ひあらば～袖をしつつも〈和歌4〉**「葎の宿」は、雑草、蔓草の生い茂る陋屋。和歌では、「葎はふ下にも年は経ぬる身の何かは玉の台《うてな》をも見む」（竹取物語）「何せむに玉の台も八重葎はへらむなかに二人こそ寝め」（古今六帖・第六「葎」三八七四・作者名無）のように、しばしば「玉の台（宮殿楼閣）」との対比で詠まれる。「ひしきもの」は、「ひつしきもの（引敷物）」の促音の無表記。男女が共寝をする時に床に敷くもの。「ひじき藻」を詠み込んだ物名歌。〈他出〉大和物語・一六一段。**○二条の后**　藤原高子《たかいこ》。長良の娘、国経・基経の妹。承和九年（八四二）誕生。貞観元年（八五九）十一月従五位下、五節舞姫。同八年十二月清和天皇女御。同九年正月正五位下。同十年十二月貞明親王（陽成《ようぜい》）を産む。同十一年正月従四位下、二月貞明親王立太子。元慶元年（八七七）中宮となる。同六年正月皇太后、三月四十賀。寛平八（八九六）九月、東光寺僧善祐との件により廃后。延喜十年（九一〇）三月薨去、六十九歳。天慶六年（九四三）、皇太后の本号を復せられる。**○帝**　ここでは第五十六代清和天皇をさす。

文徳第四皇子。母は藤原良房女明子。嘉祥三年（八五〇）誕生、わずか生後八ヶ月で皇太子となる。天安二年（八五八）即位。元慶三年（八七九）落飾。同四年十二月四日崩御。三十一歳。

○ただ人（帝・后・皇族に対して）臣下。

◆補　注◆

『大和物語』百六十一段は、『伊勢物語』三段と七十六段を組み合わせて成立したとみられる。その前半は、次の通りである。歌の作者が后となっている。

在中将、二条の后の宮、まだ帝にも仕うまつりたまはで、ただ人におはしましける世に、よばひたてまつりける時、ひじきといふ物をおこせて、かくなむ、

思ひあらば葎の宿に寝もしなむひしきものには袖をしつつも

となむのたまへりける。返しを人なむ忘れにける。

◆鑑　賞◆

この段から、一連のいわゆる二条后章段が語られてゆく。二条后高子の人生は、輝かしくも悲惨なものであった。注意されるのは、彼女が主催する文芸サロンに業平らの歌人たちが出入りしていた事実である。文屋康秀《ふんやのやすひで》（古今集・春上・八、物名・四四五）、素性《そせい》・業平（古今集・秋下・二九三・二九四）、藤原敏行（後撰集・春上・一）などが、高子の恩顧を被っていたことが知られる。一首のみ伝わる「雪のうちに春は来にけり鶯のこほれる涙今やとくらむ」（古今集・春上・四）の美しい詠みぶりは、彼女の豊かで繊細な感性を感じさせる。『古今集』成立前夜の、和歌振興の一翼を担った存在と目される。このように文芸上の業平と高子の交流は確かに認められるものの、十七歳差のある二人の恋愛関係については大いに疑問がある。むしろ、二人を好一対の悲恋の主人公として、彼女のサロンで作られ、披露された物語が、一連の二条后章段だったのではないか（吉山裕樹「原型伊勢物語考」『国語と国文学』昭和五十

三年六月）。高子・陽成母子の醜聞も、良房・基経ら藤原氏の男たちとの反目・対立から生じてきたとも考えられ、少し割り引く必要もありそうである。

四段

昔、東《ひむがし》の五条に、大后《おほきさい》の宮おはしましける、西の対に、住む人ありけり。それを、本意《ほい》にはあらで、心ざし深かりける人、行きとぶらひけるを、正月《むつき》の十日ばかりのほどに、ほかにかくれにけり。あり所は聞けど、人のいき通ふべき所にもあらざりければ、なほ憂しと思ひつつなむありける。またの年の正月に、梅の花盛りに、去年《こぞ》を恋ひていきて、立ちて見、ゐて見、見れど、去年に似るべくもあらず。うち泣きて、あばらなる板敷《いたじき》に月のかたぶくまで臥せりて、去年を思ひ出でて詠める、

5　月やあらぬ春や昔の春ならぬわが身一つは
　　もとの身にして

と詠みて、夜のほのぼのと明くるに、泣く泣く帰りにけり。

◆現代語訳◆

昔、東の京の五条に、大后の宮がお住まいであった、その邸の西の対に、住んでいる女の人がいたのだった。その人のもとを、不本意ながらも、深い愛情を抱くようになった男が、訪ねて行くようになったのだが、正月の十日ごろに、余所に移り隠れてしまったのだった。居場所は耳にしたものの、気軽に出入りできるような所でもなかったので、やはり辛いと思いながら過ごしていたのだった。明くる年の正月に、梅の花盛りの頃に、去年のことを恋しく思って出かけて行き、立って見たり、座って見たり、邸を見回してみるけれども、去年とは似ても似つかない。泣いて、荒れ果てた床に、月が傾く頃まで臥せっていて、去年を思い出して詠んだ（歌は）、

月やあらぬ…（月は昔と同じ月なのだろうか、春は昔のままの春なのだろうか。すべてが移り、変わり果ててしまったように思われる。わが身一つだけは昔のまま変わらずに取り残されて）

と詠んで、夜が白々と明けてきたので、泣く泣く帰ったのだった。

◆語　釈◆

○東の五条　東の京（左京）の五条通のあたり。**○大后の宮**　天皇の母、皇太后。ここでは、文徳天皇生母である藤原順子（高子のおば）をさす。順子は、冬嗣女。母は藤原真作女美都子。春宮正良親王（後の仁明天皇）に入内し、天長四年（八二七）道康親王（後の文徳）を産む。同十年、仁明即位に伴い、従四位下。承和十一年（八四四）従三位、嘉祥三年（八五〇）皇太夫人、斉衡元年（八五四）皇太后。貞観三年（八六一）二月出家。同六年太皇太后宮。同十三年九月崩御。六十三歳。**○西の対**　寝殿の西側にある対の屋。**○住む人**　高子をさす。**○本意にはあらで**　不本意ながら。当初の思いに反して。**○ほかにかくれにけり**　入内を婉曲的にいう。**○あばらなる**　荒廃してぼろぼろになったさま。『古意』『新釈』以降、建具や調度を取り払って何もないさま、とする説が多いが採らない。**○月のかたぶくまで**　時間の経過を示す。**○月やあらぬ〜もとの身にして〈和歌5〉**「月やあらぬ」は、「月は昔の月ならぬ」の意。「心あまりて詞たらず」（古今集・仮名序）とされる業平の特徴を示す歌。「や」は疑問。「春や昔の春ならぬ」の「や」も同様で、上三句は打消対句の構文をなす（→和歌3）。自身の姿を「わが身一つ」と、あたかも物体のようにとらえている点に注意。〈他出〉古今集・恋五・七四七・業平。在中将集・三七。業平集・三四。古今六帖・第五「昔を恋ふ」二九〇四・業平。

◆鑑　賞◆

「月やあらぬ…」の歌は『古今集』恋五の巻頭歌である。「五条の后宮の西の対に住みける人に、本意にはあらでもの言ひ渡りけるを、正月の十日あまりになむ、ほかへ隠れにける。あり所は聞きけれど、えものも言はで、またの年の春、梅の花盛りに、月のおもしろかりける夜、去年を恋ひてかの西の対にいきて、月の傾くまであばらなる板敷に臥せりて詠める　在原業平朝臣」と、物語によく似た、長大な詞書を持つ。

男が通っていた女が入内し、手の届かぬ存在になってしまった。正月の十日ごろ、梅の花盛りの候であった。ちょうど一年が過ぎ、男は思い出の邸に出かけた。本来ならば季節が巡り来て、月も花も、以前と変わらぬ風景が眼前に広がるはずである。しかし、愛する女を失った男の目には、それが全く別のものに見えてしまう。「月やあらぬ春や昔の春ならぬ」と激しい口調で、問い質さずにはいられない。しかし誰も答えるはずもない。「わが身一つはもとの身にして」と、虚空のなかに、一人変わらぬ姿のまま取り残される男の孤独な姿がある。不変の自然と、老い衰えてゆく人間の対比は、「百千鳥さへづる春は物ごとにあらたまれども我ぞふりゆく」（古今集・春上・二八・詠み人知らず）や「年年歳歳花相似たり　歳歳年年人同じからず」（劉廷芝・白頭を悲しむ翁に代はる）のように、しばしば詠まれる一般的な発想である。ここでは、それを逆転して、すべてが移り変わってしまった世の中に、空しく身を置かざるを得ない、男の悲嘆と呻吟が語られている。

この段は、唐の孟棨《もうけい》撰『本事詩』情感の一話との関係が注目されてきた（一華堂切臨《さいりん》『伊勢物語集注《しっちゅう》』、斎藤拙堂『拙堂文話』、福井貞助『伊勢物語生成論』など）。崔護《さいご》という若者が、三月末、清明の日に、桃花の咲き誇る邸で美しい娘と出逢う。翌年の清明の日に、再び邸を訪ねるが、門は閉ざされていた。崔護は「去年今日此の門の中　人面桃花相映じて紅なり　人面知らず何処にか去る　桃花旧に依り春風に笑《さ》く」という詩を書き付けて帰った。以上がその梗概だが、確かに類似している。『本事詩』は八八六年ごろの成立と見られ、本段との直接的な影響関係は認めがたいが、何らかの接点はあるであろう。

五段

昔、男ありけり。東《ひむがし》の五条わたりに、いと忍びていきけり。みそかなる所なれば、門《かど》よりもえ入らで、童べの踏みあけたる築地《ついひぢ》のくづれより通ひけり。人しげくもあらねど、たび重なりければ、あるじ聞きつけて、その通ひ路に夜ごとに人を据ゑてまもらせければ、いけども、え逢はで帰りけり。さて、詠める、

6人知れぬわが通ひ路の関守《せきもり》は宵々ごとにうちも寝ななむ

と詠めりければ、いといたう心やみけり。あるじ許してけり。

二条の后に忍びて参りけるを、世の聞こえありければ、兄人《せうと》たちのまもらせたまひけるとぞ。

◆現代語訳◆

昔、ある男がいたのだった。東の京の五条あたりに、こっそりと忍んで通っていたのであった。人目を忍ぶ所なので、門から入ることもできず、子供の踏みあけた築地の崩れた所から通うのだった。人目が多いわけではないが、男の訪れが頻繁になるので、邸の主人が聞きつけて、その通路に毎晩番人を据えて監視させるので、男は出かけて行っても、女と逢えずに帰るのだった。そのようなわけで、（男が）詠んだ歌は、

人知れぬ…（人に知られないように私が通って行く、その恋路で見張っている関守たちは、宵ごとに居眠りしてくれないものか）

と詠んだので、女はたいそう心を痛めた。主人は男を許したのだった。

二条の后のもとに忍んで参上していたのだが、世間の噂があったので、女の兄たちが見張っていらっしゃったとのことである。

◆語　釈◆

○東の五条わたり　前段の設定を承ける。**○みそか**　こっそり人に知られずにするさま。類義語「ひそか」は、漢文訓読系の語。**○築地**　「つきひぢ」の音便形。土を固めて築いた塀。**○あるじ**　ここでは順子を暗示。**○まもらせければ**　「まもる」は、見守る。見張る。**○人知れぬ～うちも寝ななむ（和歌6）**　「関守」は、関所の番人の意で、「あるじ」が据えた見張りの者をいう。「うちも寝ななむ」の「うち」は接頭語。「寝」は動詞の連用形、「な」は強意の助動詞「ぬ」未然

形、「なむ」はあつらえの終助詞。参考「つねよりも今宵は宿直する者などあれば、夜しも関守のまさるよし言ひたれば」〈平中物語・二段〉。〈他出〉古今集・恋三・六三二・業平。在中将集・四七。業平集・四二。**○心やみけり**「心やむ（病む）」は、心を痛める、の意。**○二条の后**→三段。**○兄人たち** 二条の后の兄たち、藤原国経、基経らをさす。六段参照。

◆補　注◆

『古今集』恋三（六三二）の詞書は、「東の五条わたりに、人を知りおきてまかり通ひけり。忍びなる所なりければ、門よりしもえ入らで、垣の崩れより通ひけるを、たび重なりければ、あるじ聞きつけて、かの道に夜ごとに人を伏せて守らすれば、いきけれども逢はでのみ帰りて、詠みてやりける　業平朝臣」と、物語本文とよく似た、長大なものとなっている。

◆鑑　賞◆

前段と同様、二条后との恋を語る段である。男の切実な訴えに、女は胸を痛め、「あるじ」も二人の仲を認めるようになったという。人々を感動せしめる、歌の力が示された段である。男の歌の「関守」とは、人の恋路を見とがめ、邪魔立てする者をいい、業平のこの歌によって歌語として定着した。「人知れぬ恋の路なる関守はしのびにといひしことにぞありける」（能宣集・三二七）、「越えもせむ越さずもあらむ逢坂の関守ならぬ人なとがめそ」（和泉式部集・二二五）など恋路を阻む「関守」を詠んだ歌は多い。『源氏物語』でも、好んで用いられる言葉である。「藤裏葉」巻、娘の雲居雁と夕霧の結婚を頑なに拒んでいた内大臣は、「関守のうちも寝ぬべき気色に思ひ弱」って、態度を軟化させるようになる。「若菜」上巻、朧月夜と久しぶりに再会した源氏は、「いと若やかなる御ふるまひを、心ながらも許さぬことに思しながら、関守の固からぬたゆみにや、いとよく語らひおきて出でたま」うのであった。

六段

昔、男ありけり。女のえ得まじかりけるを、年を経てよばひわたりけるを、からうして盗み出でて、いと暗きに来にけり。芥川《あくたがは》といふ川を率《ゐ》ていきければ、草の上に置きたりける露を、「かれは何ぞ」となむ男に問ひける。行く先多く、夜も更けにければ、鬼ある所とも知らで、神さへいといみじう鳴り、雨もいたう降りければ、あばらなる蔵に、女をば奥に押し入れて、男、弓、胡簶《やなぐひ》を負ひて戸口にをり。はや夜も明けなむと思ひつつゐたりけるに、鬼はや一口に食ひてけり。「あなや」と言ひけれど、神鳴るさわぎに、え聞かざりけり。やうやう夜も明け行くに、見れば、率て来し女もなし。足摺《あしず》りをして泣けども、かひなし。

7白玉か何ぞと人の問ひし時露と答へて消え
なましものを

これは、二条の后の、いとこの女御の御もとに、仕うまつるやうにてゐたまひけるを、かたちのいとめでたくおはしければ、盗みて負ひて出でたりけるを、御兄人《せうと》堀河の大臣《おとど》、太郎国経《くにつね》の大納言、

◆現代語訳◆

昔、ある男がいたのだった。ある女で、とてものにすることができそうもない人を、長年にわたって求婚し続けていたのだが、やっとのことで盗み出して、とても暗い所にやってきた。芥川という川を連れて行ったところ、女は、草の上に降りてある露を、「あれは何でしょう」と男に尋ねたのだった。目的地までまだ遠く、夜も更けてきたので、鬼のいる所とも知らずに、雷も激しく、雨もひどく降るので、荒れ果てた蔵に、女を奥に押し込んで、男は、弓と胡簶を背負って戸口に座っている。早く夜が明けてほしいと思いながら座っていたところ、鬼が早くも一口に女を食ってしまった。「きゃあ」と叫んだけれども、雷鳴のさわがしさに、聞き取れなかった。しだいに夜も明けて行くが、見ると、連れて来た女の姿がない。地団駄を踏んで泣きわめいても、何の甲斐もない。

白玉か…（「あれは、白玉でしょうか。それとも何でしょうか」とあの人が尋ねた時、「あれは露ですよ」と答えて、私も露のようにはかなく消えてしまえば良かったのに）

この出来事は、二条の后が、いとこの女御のおそばに、お仕えするようなかたちでいらっしゃったのを、容貌がとても美しくていらっしゃったので、男が背負って盗み

まだ下臈《げらふ》にて内裏《うち》へ参りたまふに、いみじう泣く人あるを聞きつけて、とどめて取り返したまうてけり。それを、かく鬼とは言ふなりけり。まだいと若うて、后のただにおはしける時とや。

出してきたのを、兄上の堀河の大臣と太郎国経の大納言が、まだ身分が低い時分に参内なさる時に、激しく泣く人がいるのを聞きつけて、引きとどめて取り返しなさったのである。それを、このように鬼とは言うのであった。まだとても若くて、后がただ人でいらっしゃった時のことだそうだ。

◆語　釈◆

○女のえ得まじかりける　女で、妻にできそうもない人。「の」は同格の助動詞。**○よばひわたり**　「よばひ」は「呼ぶ」に反復・継続の意の「ふ」がついた「よばふ」の連用形。繰り返し相手の名を呼び続けることから、求婚する、の意。「わたり」は動詞のあとについて～し続ける、の意を表す。**○芥川**　摂津国三島郡（現在の大阪府高槻市）の川。「人をとくあくた川てふ津の国の名にはたがはぬものにぞありける」（拾遺集・恋五・九七七・延喜御時の承香殿中納言、大和物語・一三九段）。**○鬼**　死者の魂や物の怪で、人に災いをなすもの。「隠」の転といわれ、目に見えない、実体のないものと考えられた。後文に「神さへいといみじう鳴り、雨もいたう降りければ」とあるように、雷雨の夜に現れることが多い。**○あばらなる**→四段。**○胡籙**　矢を入れて背に負う武具。**○はや夜も明けなむ**　男の思い。「なむ」はあつらえの終助詞。**○あなや**　女の悲鳴。**○足摺り**　地団駄を踏むこと。激しい悲嘆、憤り、後悔のさま。参考「たまきはる　命絶えぬれ　立ち躍り　足摺り叫び　伏し仰ぎ　胸打ち嘆き」（万葉集・巻五・九〇四・山上憶良）、「立ち走り　叫び袖振り　臥《こ》いまろび　足摺りしつつ」（同・巻九・一七四〇・高橋虫麻呂）。**○白玉か～消えなましものを（和歌7）**　「白玉か何ぞ」は、女の「かれは何ぞ」に対応。「まし」は反実仮想の助動詞で、はかない露のように自分も消えてしまえばよかった、とする。参考「白玉か露かと問はむ人もがなもの思ふ袖をさして答へむ」（元真集・三三〇）。〈他出〉新撰和歌・恋雑・三六〇（第三句「とひしより」）。新古今集・哀傷・八五一・業平（第五句「けなましものを」）。**○いとこの女御**　藤原明子を暗示。良房の娘。母は嵯峨天皇皇女の源潔子。道康親王（後の文徳）に入内、嘉祥三年（八五〇）に惟仁親王（後の清和天皇）を産み、文徳即位に伴い女御となる。天安二年（八五八）従一位皇太夫人。貞観六年（八六四）皇太后。元慶六年（八八二）太皇太后。昌泰三年（九〇〇）五月崩御。七十三歳。居所により染殿后とも呼ばれる。**○堀河の大臣**　藤原基経。長良の三男、母は藤原乙春。叔父良房の養子となる。貞観六年（八六四）参議。同八年中納言。同一四年右大臣。同十八年、甥の陽成の即位により摂政となる。元慶四年（八八〇）太政大臣、人臣初の関白となる。寛平三年（八九一）正月十三日、薨去。五十六歳。正一位を追贈される。諡は昭宣公。**○国経**　長良の長男。貞観元年（八五九）授爵。元慶元年（八七七）従四位下。左馬頭。同二年蔵人頭。同六年参議、寛平八年（八九六）まで皇太后宮（高子）大夫を兼ねる。同九年中納言。延喜二年（九〇二）大納言。翌三年正三位。同八年六月二十九日薨去。八十一歳。『古今集』に一首入集（恋三・六三八）。若い妻（在原棟梁女）を甥の時平に奪われた話は有名（今昔物語集・巻二二・八）。〇**下﨟**（「﨟」は、僧侶が受戒してから修行を積んだ年数のこと）身分の低い者。卑官の者。〇**ただに**　三段の「ただ人」に同じ。

◆補　注◆

類話が、『今昔物語集』巻二十七「在原業平中将女、被噉鬼語《おににくらはるること》第七」に見える。

今ハ昔、右近中将在原業平ト云フ人有ケリ。極《いみじ》キ好色ニテ、世ニ有ル女ノ形チ美《うるはし》ト聞クヲバ、宮仕人ヲモ人ノ娘ヲモ見残ス無ク、員《かず》ヲ尽シテ見ムト思ヒケルニ、或ル人ノ娘ノ形チ有様世ニ不知ズ微妙《めでた》シト聞ケルヲ、心ヲ尽シテ極ク仮借《けさう》シケレドモ、「止事《やむごと》無カラム婿取ヲセム」ト云テ、祖《おや》共ノ微妙ク傅ケレバ、業平ノ中将、力無クシテ有ケル程ニ、何ニシテ構ヘケム、彼ノ女ヲ密《ひそか》ニ盗出シテケリ。

其レニ、忽《たちまち》ニ可将隠《ゐてかくすべ》キ所ノ無カリケレバ、思ヒ繚《あつかひ》テ、北山科ノ辺ニ旧キ山庄ノ荒テ人モ不住ヌガ有ケルニ、其ノ家ノ内ニ大ナルアゼ倉有ケリ。片戸ハ倒レテナム有ケル。住ケル屋ハ板敷ノ板モ無クテ、可立寄《たちよるべ》キ様モ無カリケレバ、此ノ倉ノ内ニ畳一枚ヲ具シテ、此ノ女ヲ具シテ将行《ゐてゆき》テ臥セタリケル程ニ、俄ニ来電霹靂《へきれき》シテ喤《ののしり》ケレバ、中将大刀ヲ抜キテ、女ヲバ後ノ方ニ押遣テ、起居テヒラメカシケル程ニ、雷モ漸ク鳴止ニケレバ、夜モ曙《あけ》ヌ。

而ル間、女、音モ不為《せ》ザリケレバ、中将怪ムデ見返テ見ルニ、女ノ頭ノ限ト着タリケル衣共ト許残タリ。中将、奇異《あやし》ク怖シクテ、着物ヲモ不取敢《とりあへ》ズ逃テ去ニケリ。

其レヨリ後ナム、此ノ倉ハ人取リ為ル倉トハ知ケル。然レバ、来電霹靂ニハ非ズシテ、倉ニ住ケル鬼ノシケルニヤ有ケム。

然レバ、案内不知《しら》ザラム所ニハ、努努《ゆめゆめ》不立寄《たちよる》マジキ也。況《いはむ》ヤ、宿《やどり》セム事ハ不可思懸《おもひかくべから》ズトナム語リ伝ヘタルトヤ。

なお、塗籠本では、本段の次に、定家本にはない一段が続く（阿波国文庫本・為氏本など、ほぼ同じ話を載せる本は多い）。

昔、男ありけり。女を盗みて、率て行く道にて、「水飲まむ」ととふに、うなづきければ、杯なんども具せねば、手にむすびて飲ます。さて、率て上りにけり。女はかなくなりにければ、もとの所へ行く道に、かの清水飲みし所にて、

大原や清和井《せがゐ》に水をむすびあげてあくやといひし人はいづらぞ

といひて消えかへり、「あはれあはれ」といへど、かひなし。

◆鑑　賞◆

前段では「あるじ許してけり」とあったが、やはり将来の妃として大事にかしづかれている姫君との恋は成就するはずもない。男は女を強引に盗み出すという挙に出た。二人の逃避行のさまが、美しくかつ不気味に語られる段である。せっかく盗み出した女は、露のようにはかなく消えてしまった。それが鬼のしわざであったという禍々しい話だが、「これは」以下の後半部で、鬼とは高子の兄たちであり、京中で起こった事件として語り直される。「芥川」も摂津国のそれではなく、塵芥の流れる都の川となってしまう。幻想的で甘美な恋の物語・怪異譚が、にわかに現実的な次元に引きずり下ろされてしまった。後半部は一般に「後人注」と称されるが、必ずしも後の人の注記とも思われない。むしろ無理を押して連れ出した女が姿を消してしまった、という事件を、虚と実と、二つの角度から語ろうとする、物語固有の方法とみるべきであろう。

この段は、『源氏物語』にさまざまな形で引用、変相されている。「夕顔」巻では、ある夏の夕べ、光源氏は夕顔の宿の不思議な女性と知り合い、逢瀬を重ねて行く。ある晩「なにがしの院」（八十一段に語られる河原院がモデルとされる）に女を連れて出かけるが、そこで現れたもののけに女は命を奪われる、という物語である。甘美な恋と不気味な妖物による女の死と、話の骨格もよく似ているが、「露」が両物語を結ぶキーワードとなっている。「心あてにそれかとぞ見る白露の光そへたる夕顔の花」という女の歌から夕顔巻は始まる。夕顔の女を失った源氏は「思へどもなほあかざりし夕顔の露に後れし心地を、年月経れど思し忘れ」なかった（末摘花巻）。まさに夕顔の女は、本段の女と同様、露のごとくはかなく消えたのである。

「賢木」巻末、朧月夜（右大臣の六君）と源氏は逢瀬を重ねていた。「雨にはかにおどろおどろしう降りて、神いたう鳴り騒ぐ暁」のことである。敵対する右大臣の邸で密会するという大胆さである。「神鳴り止み、雨少しを止みぬるほどに」姫君のもとを見舞った右大臣は、源氏の姿を認める。ここでの右大臣とは、六段の鬼・兄たちに相当しよう。この件を契機に右大臣と弘徽殿女御（大臣の長女）は源氏の政界放逐を企て、その不穏な動きを察知した源氏は須磨へと退く。『伊勢物語』では次の七段以降、東下り章段が語られてゆく。六段と「賢木」巻末が、ともに主人公の流離の直前に位置していることも注意される。

「若菜」下巻、女三宮と契った柏木は「いづちもいづちも率て隠したてまつりて、わが身も世に経るさまならず、跡絶えてやみなばやとまで思ひ乱れ」たという。女を盗み出す話は、『大和物語』百五十四段や百五十五段、『うつほ物語』「藤原の君」、『更級日記』（竹芝説話）などにも見られる重要な話型だが、とりわけこの『伊勢物語』六段は代表的なものといえよう。

なお、この話は『今昔物語集』巻二十七の第七話にも収められているが、もっぱら怪異を語ることに終始しており、「白玉か…」の歌もみられない。

七　段

昔、男ありけり。京にありわびて東《あづま》にいきけるに、伊勢、尾張《をはり》のあはひの海づらを行くに、波のいと白く立つを見て、

8 いとどしく過ぎ行く方の恋しきにうらやま
しくもかへる波かな

となむ、詠めりける。

◆現代語訳◆

昔、ある男がいたのだった。都を住みにくく思って東国へと出かけたのだが、伊勢と尾張の国ざかいの海岸を過ぎたところ、波がとても白く立つのを見て、

いとどしく…（ますます、過ぎ去っていく、都が恋しく、昔のことが思われるのに、うらやましくも都の方へと立ち返っていく波であることだ）

と詠んだのであった。

◆語　釈◆

○ありわびて　住みづらく思って。**○東**　東国。一般的には、逢坂の関より東方を広くさしていう。**○伊勢**　現在の三重県北部。**○尾張**　現在の愛知県西部。**○いとどしく～かへる波かな（和歌8）**「いとどしく」は、ますます、いっそう。「恋しきに」にかかる。「過ぎ行く方」は過ぎ去っていく方角（都）と、過去・昔の意をかける。参考「うきめ見しそのをりよりも今日はまた過ぎにしかたにかへるなみだか」（源氏物語・絵合）。〈他出〉後撰集・羇旅・一三五二・業平。

◆鑑　賞◆

『後撰集』羇旅（一三五二）の詞書に「東へまかりけるに、過ぎぬる方恋しくおぼえけるほどに、川を渡りけるに、波の立ちけるを見て　業平朝臣」とある。

東下り章段の最初に位置する段である。我が身を役立たずの、無用者と自認する男は都を離れ、東・陸奥（現在の関東・東北地方）へとあてもなく、さすらいの旅を続ける。その地での人々との交渉、あるいは都への望郷の思いなどが以下の諸段で語られてゆくことになる。元服するやいなや春日に赴いたように（初段）、男は都の生活に居心地

の悪い、空漠たる思いを抱き続けていた。都を厭う気持ちは、前段の二条后との恋の挫折を経ていっそう強まり、ついにさすらいの旅へと出発するのである。とはいえ、いざ旅立つと都への想いが頭をもたげてくる。望郷の想いを振り払いつつ、男は都から遠ざかろうとする。

『源氏物語』須磨巻には、「渚に寄る波のかつ返るを見たまひて、「うらやましくも」とうち誦じたまへるさま、さる世の古事なれど、めづらしう聞きなされ、悲しとのみ、御供の人々思へり」とある。都を離れ須磨へと赴く光源氏と、東へ下ってゆく男の姿は、ともに貴種流離譚の主人公として重なり合う。

八段

昔、男ありけり。京や住み憂かりけむ、東《あづま》の方に行きて住み所求めむとて、友とする人一人二人して、行きけり。信濃《しなの》の国、浅間《あさま》の嶽《たけ》に煙《けぶり》の立つを見て、

9信濃なる浅間の嶽に立つ煙をちこち人の見やはとがめぬ

◆口語訳◆

昔、ある男がいたのだった。京の都が住みにくかったのだろうか、東国に行って住む所をさがそうと思って、友人たち一人二人と連れだって、出かけたのだった。信濃の国、浅間の嶽に煙の立ち昇るのを見て（詠んだ歌）、

信濃なる…（信濃の国にある浅間の嶽から立ち昇る煙、人恋しさにこらえきれず立ち昇る煙を、周りの人々は見とがめないのだろうか）

◆語　釈◆

○**信濃の国、浅間の嶽**　「信濃の国」は、現在の長野県。東山道八国の一。「浅間の嶽」は、信濃国佐久郡と上野国（現在の群馬県）吾妻郡の境に位置する活火山。日本書紀・天武十四年三月条の「灰、信濃国に零れり。草木皆枯れぬ」とある記事が噴煙の初見。○**信濃なる～見やはとがめぬ（和歌9）**「煙」には、恋ゆえに立ち昇る煙、の意を掛ける。「をちこち人」は、

「遠近〈彼此〉人」で、周囲の人々。〈他出〉業平集・一〇三。新古今集・羇旅・九〇三・業平。

◆鑑　賞◆

男が噴煙を上げる浅間山を見て詠んだ歌を中心とする段である。もとより都の近辺には火山などない。東国の見馴れぬ風土に接した、新鮮な感動が「信濃なる…」の詠歌の主題である。と同時に、浅間山を擬人化し、その煙を胸中の「思ひ」の「火」が堪えきれずに立ち上ったものとするところに機知が認められる。

九　段

昔、男ありけり。その男、身をえうなき物に思ひなして、京にはあらじ、東《あづま》の方に住むべき国求めにとて、行きけり。もとより友とする人、一人二人していきけり。道知れる人もなくて、まどひいきけり。

三河《みかは》の国、八橋《やつはし》といふ所に至りぬ。そこを八橋といひけるは、水行く河の蜘蛛手《くもで》なれば、橋を八つ渡せるによりてなむ、八橋といひける。その沢のほとりの木のかげに降りゐて、乾飯《かれいひ》食ひけり。その沢に、かきつばたいと面白く咲きたり。それを見て、ある人の言はく、「かきつばたといふ

◆現代語訳◆

昔、ある男がいたのだった。その男は、わが身を不要なものと思い込んで、都には住むまい、東の方に住むべき国を探しに行こうと思って、旅立った。以前から友としている人、一人二人と連れだって出かけたのだった。道を知っている人もないので、とまどいながら行くのだった。

三河の国の八橋という所にたどり着いた。そこを八橋と呼ぶのは、水が流れてゆく河が蜘蛛の手のように分かれているので、橋を八つ渡していることによって、八橋というのだった。その沢のほとりの木蔭に降りて座って、乾飯を食った。その沢に、かきつばたがたいそう趣深く咲いている。それを見て、ある人が言うには、「かきつばたという五文字を各句の頭に据えて、旅の心を詠め」

五文字《いつもじ》を句のかみに据ゑて、旅の心を詠め」と言ひければ、詠める、

10から衣きつつなれにしつましあればはるばるきぬる旅をしぞ思ふ

と詠めりければ、皆人、乾飯の上に涙落としてほとびにけり。

行き行きて、駿河《するが》の国に至りぬ。宇津《うつ》の山に至りて、わが入らむとする道は、いと暗う細きに、蔦《つた》、楓《かへで》はしげり、物心細く、すずろなる目を見ることと思ふに、修行者《すぎやうじや》逢ひたり。「かかる道は、いかでかいまする」と言ふを見れば、見し人なりけり。「京に、その人の御もとに」とて、ふみ書きてつく。

11駿河なる宇津の山辺のうつつにも夢にも人に逢はぬなりけり

富士の山を見れば、五月《さつき》のつごもりに、雪いと白う降れり。

12時知らぬ山は富士の嶺《ね》いつとてか鹿《か》の子まだらに雪の降るらむ

その山は、ここにたとへば、比叡《ひえ》の山を二十《はたち》ばかり重ね上げたらむほどして、なりは塩尻《しほじり》のやうになむありける。

と言ったので、詠んだ(歌は)、

から衣…(から衣を着ているうちに萎れてきた、そのように慣れ親しんだ妻を都に残してきたので、遙々遠くまでやってきたこの旅を辛く思うことだ)

と詠んだので、その場の人は皆、乾飯の上に涙を落としたので、ふやけてしまった。

さらに行って、駿河の国に到着した。宇津の山に至って、自分が入ろうとする道は、たいそう暗くて細くて、蔦、楓がしげっていて、何となく心細く、とんでもない目を見ることだと思っていると、山伏が一行に出逢った。「このような道に、どうしていらっしゃるのか」と言うのを見ると、かつて面識のあった人である。「京に、その人のお手元に(届けて下さい)」と言って、手紙を書いて託す。

駿河なる…(駿河にある宇津の山辺で、その「宇津」ではないが、うつつでも夢の中でもあなたにお会いできないことです)

富士の山を見ると、五月も末というのに、雪がたいそう白く降っている。

時知らぬ…(時節をわきまえない山は富士山だ。今をいつと思ってか、鹿の子まだらに雪が降っているのだろうか)

その山は、ここ、都にたとえてみれば、比叡山を二十ほど積み重ねたような高さで、塩尻のような形であった。

さらに旅を続けると、武蔵の国と下総の国の間に、と

なほ行き行きて、武蔵《むさし》の国と下《しも》つ総《ふさ》の国との中に、いと大きなる河あり。それを墨田河《すみだがは》といふ。その河のほとりに群れゐて、思ひやれば、「限りなく遠くも来にけるかな」とわびあへるに、渡し守、「はや舟に乗れ。日も暮れぬ」と言ふに、乗りて渡らむとするに、皆人、物わびしくて、京に思ふ人なきにしもあらず。さる折しも、白き鳥の、嘴《はし》と足と赤き、鴫《しぎ》の大きさなる、水の上に遊びつつ、魚《いを》を食ふ。京には見えぬ鳥なれば、皆人、見知らず。渡し守に問ひければ、「これなむ都鳥」と言ふを、聞きて、

13名にし負はばいざ言問《こと》はむ都鳥わが思ふ人
　　はありやなしやと

と詠めりければ、舟こぞりて泣きにけり。

ても大きな河がある。それを隅田河という。その河のほとりに集まって、思いやるに、「限りなく遠くまでやって来たことだ」と皆でわびしく思っていると、渡し守が、「早く舟に乗りなさい。日も暮れます」と言うので、乗って渡ろうとすると、皆、辛い思いがして、京に恋しく思う人がいないわけではない。その折しも、白い鳥で、嘴と足とが赤く、鴫の大きさの鳥が、水の上で飛びまわりながら、魚を食っている。京では見かけない鳥なので、皆、わからない。渡し守に尋ねると、「これぞ都鳥」と言うのを、聞いて、

　名にし負はば…（「都」という名を背負っているのならば、さあお尋ねしよう、都鳥よ、都にいる私の恋人は元気でいるのか、そうではないのか、と）

と詠んだので、舟にいる者は、皆、こぞって泣いたのだった。

◆語　釈◆

○**えうなき**　「要なき」で、役に立たない、つまらないの意。「よう（用）なき」「やう（益）なき」と見ても意味に大差はない。○**もとより友とする人**　主人公の男と同様に、都の生活に疎外感をおぼえる者たちであろう。○**三河の国、八橋**　現在の愛知県知立市のあたり。○**乾飯**　蒸した米を乾燥させたもの。湯や水でもどして食べる。旅行際に携行した。○**かきつばた**　アヤメ科の多年草で水湿地に生える。初夏に紫や白い花が咲く。『万葉集』では、「我のみやかく恋ひすらむかきつばた丹つらふ妹はいかにあるらむ」（巻十・一九八六・作者未詳）のように、恋しい女性の比喩となることが多い。○**五文字を句のかみに据ゑて**　このような表現技法を折句という。物名（隠し題）の一種である。○**から衣〜旅をしぞ思ふ（和歌10）**　「から衣」は、中国風の衣服。裾が長く広袖で、美麗な衣のことをもいうようになった。また転じて、上前と下前を深く打ち合わせて着用する。「背子　加良岐沼　形如半臂、無腰襴之袷衣也」（和名抄）。「なれ」は「萎れ」「馴れ」、「つま」は

「褄」「妻」、「はるばる」は「張る張る」「遙々」「きぬる」は「着ぬる」「来ぬる」の掛詞。「萎れ」「褄」「張る張る」「着ぬる」は「から衣」の縁語。〈他出〉古今集・羇旅・四一〇・業平。新撰和歌・別旅・一九八。古今六帖・第六「かきつばた」三八〇六・業平。在中将集・八〇。業平集・二三。今昔物語集・二四・三五。**○ほとびにけり**　「ちと誹諧の体に云り」（闕疑抄）。**○行き行きて**　参考「行き行きて重ねて行き行く、君と生きながら別離す」（古詩十九首・文選・巻二十九）、「行き行きて逢はぬ君ゆゑひさかたの天露霜に濡れにけるかも」（万葉集・巻十一・二三九五・人麻呂歌集）。**○駿河の国**　現在の静岡県中央部。**○宇津の山**　現在の静岡県静岡市と藤枝市の境にある宇津谷峠の周辺。**○すずろなる目**　参考「うたてある主の御もとに仕うまつりて、すずろなる死にをすべかめるかな」（竹取物語）。**○修行者逢ひたり**　破格の文章だが、主語は「修行者」。驚きを表す表現という。**○いまする**　「います」は、「あり」「をり」「行く」「来る」などの尊敬語。いらっしゃる。おいでになる。**○駿河なる～逢はぬなりけり（和歌11）**　第二句まで「うつつ」の序詞。「人」は、ここでは二人称の用法。空間を隔てた「うつつ」で逢えぬのはしかたないが、「夢」でも逢えぬのは、あなたが私を愛してくれないからと、恋人のつれなさを詰る。〈他出〉古今六帖・第二「山」・八三八・作者名無（第二句「うつのを山の」、第四五句「夢にも見ぬに人のこひしき」）。忠岑集・三八。新古今集・羇旅・九〇四・業平。今昔物語集・二四・三五。**○時知らぬ～雪の降るらむ（和歌12）**　「時知らぬ」は、季節を知らぬ、の意で、擬人的な表現。「鹿の子まだら」は、鹿の子の毛にある白い斑点。〈他出〉古今六帖・第一「雪」六八七・作者名無。在中将集・六六。業平集・二四。新古今集・雑中・一六一六・業平。今昔物語集・二四・三五。**○ここ**　京都。**○比叡の山**　都人にとって、「山」といえば比叡山である。**○塩尻**　製塩のために作られた円錐形の砂山。「予海浜に遊びて塩竈の煙を見しに、海民塩を焼くに、砂を集めて堆をなし畦を作す。潮水来たりて砂畦をひたす。日々にかくして後砂をつみ、山様をつくり日に曝す。これを塩尻といふ。実に富士の形に似たり」（天野信景『塩尻』）。**○なほ行き行きて**　前に「行き行きて」とあった。それよりもさらに、都を離れ、東国に足を踏み入れる。**○武蔵の国**　現在の東京都、埼玉県の大部分と神奈川県の東北部にあたる。**○下つ総**　現在の千葉県北部、茨城県南部と埼玉県東部、東京都東部の一部。**○墨田河**　「隅田河」「角田河」「住田河」とも。現在の東京都東部を流れ、東京湾に注ぐ。上流が荒川。「武蔵と相模との中にゐて、あすだ河といふ、在五中将の『いざ言問はむ』と詠みける渡りなり、中将の集には墨田河とあり」（更科日記）。**○はや舟に乗れ。日も暮れぬ**　参考「『潮満ちぬ。風も吹きぬべし』と騒げば、舟に乗りなむとす」（土佐日記）。**○都鳥**　ゆりかもめ。鳴き声が「みやこ」と聞こえることからの称という。**○名にし負はば～ありやなしやと（和歌13）**　「名にし負はば」は、その名を持っているのならば、の意。「都鳥」なのだから、都のことをよく知っているはず、というのである。「いざ言問はむ」は、詩語「借問す」の翻訳。「あり」は、ここでは、無事に暮らす、の意。参考「まことにて名に聞くところ羽ならば飛ぶがごとくに都へもがな」（土佐日記）、「名にし負はば関をも越えじ都鳥声するかたをももしきにして」（うつほ物語・吹上上・源仲頼）。〈他出〉古今集・羇旅・四一一・業平。新撰和歌・別旅・一九四。在中将集・八一。業平集・二五。古今六帖・第二「都鳥」一二四四・業平。今昔物語集・二四・三五。

◆補注◆

和歌10と13は、『古今集』羇旅（四一〇・四一一）に連続して載る。「東の方へ、友とする人一人二人いざなひていきけり。三河の国、八橋といふ所にいたれりけるに、その川のほとりに、かきつばたいとおもしろく咲けりけるを見て、木のかげに降り居て、かきつばたといふ五文字を句のかしらに据ゑて、旅の心を詠まむとて詠める　在原業平朝臣」（四一〇）、「武蔵の国と下総国との中にある、隅田河のほとりにいたりて、都のいと恋しうおぼえければ、しばし河のほとりに降り居て、思ひやれば、限りなく遠くも来にけるかな、と思ひわびてながめをるに、渡守、「はや舟に乗れ。日暮れぬ」と言ひければ、舟に乗りて渡らむとするに、みな人ものわびしくて、京に思ふ人なくしもあらず。さる折に、白き鳥の、嘴と足と赤き、河のほとりに遊びけり。京には見えぬ鳥なりければ、みな人見知らず。渡守に「これは何鳥ぞ」と問ひければ、「これなむ都鳥」と言ひける、聞きて詠める」（四一一）と、物語に酷似した長大な詞書をもつ。また本段は『今昔物語集』巻二十四「在原業平中将、行東方読和歌語《あづまのかたにゆきてわかをよむこと》第三十五」に、ほぼ同文で載る。

◆鑑賞◆

この長大な段は、大きく三段落に分けられる。第一段落（昔、男ありけり～ほとびにけり）は、友と東国に一緒に向けて旅立った男が、三河の八橋で「かきつばた」を折句にした歌を詠み、一同を感涙させる話。第二段落（行き行きて～なりは塩尻にやうになむありける）は、駿河の宇津の山で修行者と出逢い、都の恋人への歌を託す話。また、真夏でも雪が降っている富士山の威容への驚嘆が語られる。最後の第三段落（なほ行き行きて～舟こぞりて泣きにけり）では、墨田河のほとりで見た都鳥に京を思い出し、恋人の安否を尋ねる様子が語られる。

男が八橋で詠んだ「から衣きつつなれにしつましあればはるばるきぬる旅をしぞ思ふ」は、『古今集』羇旅に長い詞書をもつ業平の実作である。縁語・掛詞・折句を駆使した業平の面目躍如たる名歌である。「萎れ」「褄」「張る張る」「着ぬる」が「から衣」の縁語で一つの文脈をなし、「馴れ」「妻」「遙々」「来ぬる」がもう一方の文脈を形成している。都の妻が仕立ててくれた旅衣もすっかり萎れてしまった、そうした妻を偲ぶ衣をまといつつ、遠く離れた妻を恋しく思うのである。また、美しく咲く「かきつばた」も妻・恋人の比喩である。掛詞による二つの文脈が緊密かつ有機的に響き合い、かつ折句の「かきつばた」も共振しながら抒情を発揮している点に、この歌の見事さがある。一つ一つの語句を吟味して周到に練り上げられた、言葉の職人による傑作である。

宇津の山での詠歌「駿河なる宇津の山辺のうつつにも夢にも人に逢はぬなりけり」は、遠く離れているのだから「うつつ」では仕方ないが、夢の中でもあなたに逢えないとは、私のことを思って下さらないからでしょう、と都の恋人をなじる歌である。また富士山での歌は、季節を超越した悠久にして、高く聳立する霊峰の神秘に接した驚きを詠んでいる。八段の、浅間山での歌に通ずる趣である。

墨田河では、都では見たこともない鳥が「都鳥」の名を持つことを意外に思い、望郷の念を掻き立てられて、歌を詠むことになる。

「なれにしつま」「人に逢はぬ」「わが思ふ人」と、この段の四首のうち三首が都の妻や恋人への思いに収斂している点に注意されよう。「京にはあらじ」と意を決して出京した彼らではあるが、所詮東国は安住の地たりえない。生まれ育ち、恋しい人々の待っている、都こそが彼らの帰るべき土地である。辛く苦しい東国への旅は、都人であることの自覚をあらためて呼び起こすものであった。

十段

昔、男、武蔵《むさし》の国までまどひ歩《あり》きけり。さて、その国にある女をよばひけり。父はこと人にあはせむと言ひけるを、母なむあてなる人に心つけたりける。父はなほ人にて、母なむ藤原なりける。さてなむ、あてなる人にと思ひける。この婿がねに詠みておこせたりける。住む所なむ、入間《いるま》の郡《こほり》、三芳野《みよしの》の里なりける。

14三芳野のたのむの雁もひたぶるに君が方に
　ぞ寄ると鳴くなる

婿がね、返し、

15わが方に寄ると鳴くなる三芳野のたのむの
　雁をいつか忘れむ

となむ。人の国にても、なほ、かかることなむ、やまざりける。

◆現代語訳◆

昔、男が、武蔵の国までさまよい歩き回っていた。そうしているうちに、その国にいる女に求愛したのだった。女の父親は別の男と結婚させようと言ったのだが、母親は高貴な人に心を寄せていたのであった。父は庶民の出で、母は藤原氏の出身だったのである。そうしたわけで、高貴な人に、と思っていたのであった。（母親が）この婿候補に歌を詠んでよこして来た。女の住む所は、入間の郡、三芳野の里なのだった。

三芳野の…（三芳野の田の面にいる雁、あなたを頼みに思っているわが娘は、引板を振っては、しきりにあなたに寄り添いたいと鳴いて、泣いているのが聞こえます）

婿候補の返しの歌は、

わが方に…（私の方に寄り添いたいと鳴いているという、三芳野の田の面の雁、娘さんを、いつ忘れることがありましょうか）

と詠んだ。よその国にいても、やはり、こうした色恋沙汰は、止むことがないのだった。

◆語　釈◆

○**武蔵**　前段を承ける。○**よばひけり**　「よばふ」は、求婚する→六段。○**あてなる**　高貴な。上品な。○**なほ人**　庶民。平民。○**婿がね**　婿候補。「がね（予ね・兼ね）」は「后がね」「坊がね」のように、名詞について、～になる予定のもの、の意を表す。〇**入間の郡、三芳野の里**　現在の埼玉県坂戸市周辺か。〇**三芳野の～寄ると鳴くなる（和歌14）**「たのむの雁」の「たのむ」は「田の面（も）」の訛ったもので、やや強引に「頼む」との掛詞とする。「雁」に娘をたとえる。「ひたぶる」は、しきりに、の意の副詞と、「引板振る」を掛ける。「引板」は、田で鳥を追い払うために、設けた鳴子。「あしひきの山田のひたのひたぶるに忘るる人をおどろかすかな」（古今六帖・第五「おどろかす」二八八六・作者名無）。〈他出〉古今六帖・第六「雁」四三八〇・作者名無。在中将集・一四。業平集・三八（第二句「たのむの雁は」）。続後拾遺集・恋三・八〇〇・詠み人知らず。〇**わが方に～いつか忘れむ（和歌15）**　娘の母親の贈歌に対し、ほぼ鸚鵡返しの歌である点に注意。〈他出〉古今六帖・第六「雁」四三八一・作者名無。在中将集・一五。業平集・三九。続後拾遺集・恋三・八〇一・業平。〇**人の国**　地方。〇**かかること**　こうした軽々しい、好色めいた振る舞い。

◆鑑　賞◆

武蔵国に来た男を、わが娘と縁づけようとして躍起になる母親を、男が嘲弄する、という話である。この母は「藤原なりける」とあるように、もとは都人であったらしい。それが地方に下り、「なほ人」である男と結婚するまでに落ちぶれてしまった。せめて娘は「あてなる人」と結婚させたいと思うのも道理であろう。折しも申し分のない高貴な男が都から下って来た。女性である母親からの異例の贈歌となっているのは、この好機を逃すまいという執着のあらわれである。対する男の返歌は、あまりにも贈歌に密着した、鸚鵡返しのような歌である。娘の幸せのため、なりふり構わぬ母親と、それを軽くはぐらかす男の態度の違いが際立った贈答となっている。

十一段

昔、男、東《あづま》へ行きけるに、友だちどもに、道より言ひおこせける、

16忘るなよほどは雲ゐになりぬとも空行く月のめぐり逢ふまで

◆現代語訳◆

昔、男が、東に行った際に、友人たちに、道中から言ってよこして来た（歌）

忘るなよ…（私のことを忘れないでくれよ、雲居ほども隔たることになっても、空行く月がめぐりあうように、再会するその時まで）

◆語　釈◆

○友だちども　「友だち」はここでは単数、「ども」は複数をあらわす。「この男の友だちども集まり来て」（平中物語・初段）。**○忘るなよ～めぐり逢ふまで（和歌16）**　「雲ゐ」は、大空。遠く離れた所。〈他出〉業平集・一一二。拾遺集・雑上・四七〇・橘忠幹。

◆鑑　賞◆

『拾遺集』雑上の詞書には「橘の忠幹《ただもと》が人の娘に忍びて物言ひはべりけるころ、遠き所にまかりはべるとて、この女のもとに言ひつかはしける」とある。忠幹（忠基とも）は、長盛の子、直幹の弟。生没年不詳だが、天暦年間（九四七～九五七）に駿河守であった。この忠幹の歌を転用して作られた段である。大空に皎皎と輝く月を、遠方にある友も眺めていよう。そう思うと、友恋しさは募り、再会が待ち遠しい。ここでの「月」は、遠く離れた彼らを強く結びつけ、再会を予感させるものとなっている。鈴木『評解』が指摘する「地勢風牛域を異にすと雖も　天文月兎尚し光を同じくす　君を思ふこと一に雲間の影に似て　夜々相随ひて遠き郷に到らむ」（文華秀麗集・上・桑原腹赤・月夜離を言ふ）のような官人的・漢詩文的な発想を踏まえた和歌である。

十二段

昔、男ありけり。人の娘を盗みて、武蔵野《むさしの》へ率《ゐ》て行くほどに、盗人なりければ、国の守《かみ》にからめられにけり。女をば草むらの中に置きて、逃げにけり。道来る人、「この野は盗人あなり」とて、火つけむとす。女、わびて、

17武蔵野は今日はな焼きそ若草のつまも籠《こ》も
れり我も籠もれり

と詠みけるを聞きて、女をば取りて、ともに率ていにけり。

◆現代語訳◆

昔、ある男がいたのだった。人の娘を盗み出して、武蔵野へ連れて行く時に、盗人なので、国司に逮捕されてしまった。（男は）女を草むらの中に置き去りにして、逃げてしまった。道を追ってきた人が、「この野には盗人が隠れているようだ」と言って、火をつけようとする。女は、困り果てて、

武蔵野は…（武蔵野は、今日は焼かないで下さい。若草のような愛しいあの方も籠もっているのです。この私も籠もっているのです）

と詠んだのを（追手が）聞きつけて、女を取り戻して、一緒に連れさってしまった。

◆語　釈◆

○**道来る人**　追手。参考「玉鉾の　道来る人の　泣く涙　小雨に降り」（万葉集・巻二・二三〇・笠金村歌集）。「満ち来る人」とする解（愚見抄・肖聞抄など）は採らない。○**あなり**　「あるなり」の音便「あんなり」の発音無表記形。○**武蔵野は～我も籠もれり（和歌17）**　「な焼きそ」の「な…そ」は、禁止を表す。参考「おもしろき野をばな焼きそ古草に新草まじり生ひば生ふるがに」（万葉集・巻一四・三四五二・東歌）。「つま」は、ここでは、夫。元来、二つで対になるものの片方を意味し、男女どちらをも「つま」といった。〈他出〉古今集・春上・一七・詠み人知らず（初句「春日野は」）。

◆鑑　賞◆

六段とよく似た、女を盗み出す話である。本段の和歌は、『古今集』春下の、題知らず、詠み人知らずの歌「春日野は今日はな焼きそ若草のつまも籠もれり我も籠もれり」の「春日野」を物語にふさわしく「武蔵野」に改めたものである。この古今集歌は、春の野焼きの行事の際に歌われた民謡と考えられる。農事の初めとして野を焼くことで土壌を豊かにする、この行事では、村の若い男女が飲食や歌の掛け合いを楽しむこともあった。そこで歌われた民謡をもとに作られた段である。野焼きの民謡が物語に取り込まれていくのは、『古事記』中巻のヤマトタケルの東征の物語にもみられる。相模国の造《みやつこ》に欺かれ、火攻めに遭ったヤマトタケルは叔母ヤマトヒメから賜った草薙《くさなぎ》の剣と燧石《ひうちいし》で難を逃れる。タケルの妃オトタチバナヒメの絶唱「さねさし相模の小野に燃ゆる火の火中《ほなか》に立ちて問ひし君はも」は、この火難のさまを歌ったものだが、本来はこれも野焼きの民謡であったと想像される。

十三段

昔、武蔵《むさし》なる男、京なる女のもとに、「聞こゆれば、恥づかし。聞こえねば、苦し」と書きて、上書《うはがき》に、「むさしあぶみ」と書きて、おこせて後、音もせずなりにければ、京より女、

18むさしあぶみさすがにかけて頼むには問はぬもつらし問ふもうるさし

とあるを見てなむ、たへがたき心地しける。

19問へば言ふ問はねば恨むむさしあぶみかかる折にや人は死ぬらむ

◆現代語訳◆

昔、武蔵にいる男が、京にいる女のもとに、「申し上げるのも恥ずかしいことですが。かといって申し上げないのも心苦しいのです」と書いて、包み紙に「むさしあぶみ」と書いて、よこしてから後は、音沙汰がなくなってしまったので、京から女（の歌）

むさしあぶみ…（武蔵で他の人と一緒になったあなたを、そうはいっても心にかけて頼りにしている私には、お手紙をよこして下さらないのも恨めしいことですが、かといってお手紙が来るのも煩わしいことです）

と書いてあるのを見て、（男は）耐え難い気持ちになるのだった（そこでこのような歌を詠んだ）。

問へば言ふ…（手紙を差し上げると文句をおっしゃる。かといって差し上げないとお恨みになる。こんな折に、人は困り果てて、死んでしまうものなのでしょうか）

◆語　釈◆

○上書　手紙の表書。　○むさしあぶみ　「あぶみ」に「鐙」と「逢ふ身」を掛ける。「鐙」は、「足踏み」で、馬具の一種。武蔵の名産。「逢ふ身」は、その土地の女性と出逢って、結婚したことをいう。「定めなくあまたにかくる武蔵鐙いかに乗ればかふみは違ふる」（古今六帖・第五「ふみたがへ」二八五七・作者名無）。　○むさしあぶみ〜問ふもうるさし（和歌18）「さすが」は「挿すが・刺金（鐙の金具）」と、そうはいうものの、やはりの意の副詞を掛ける。「かけて」は「挿すが」に掛ける、の意と、心に掛ける、の意を掛ける。　○問へば言ふ〜人は死ぬらむ（和歌19）「むさしあぶみ」は「かかる」の枕詞。「かかる」は、「武蔵鐙」が「掛かる」と、「斯かる（このような）」の意を掛ける。

◆鑑　賞◆

冒頭の「武蔵なる男」という呼称には、すっかり男が武蔵の地に根を下ろしてしまったような印象がある。その男が、京の恋人のもとに珍妙な手紙を寄越してきた。土地の女と結婚したことを告白するのは気が引けるが、打ち明けずにいるのも心苦しいというところに、男のやや滑稽なまでの律儀さがうかがえよう。この一連の贈答の特徴は「聞こゆれば、恥づかし。聞こえねば、苦し」「問はぬもつらし問ふもうるさし」「問へば言ふ問はねば恨む」という対句の繰り返しにある。自分でもどうしてよいか扱いかねる、相矛盾、葛藤する心理を詠んだ歌のやりとりである。最後の男の歌の「かかる折にや人は死ぬらむ」というのは大げさな誇張だが、いかんともしがたい、進退窮まった心情をよく伝えている。

十四段

昔、男、陸奥《みち》の国にすずろに行き至りにけり。そこなる女、京の人はめづらかにやおぼえけむ、切《せち》に思へる心なむありける。さて、かの女、

20なかなかに恋に死なずは桑子《くはこ》にぞなるべかりける玉の緒ばかり

歌さへぞひなびたりける。さすがにあはれとや思ひけむ、いきて寝にけり。夜深く出でにければ、女、

21夜も明けばきつにはめなでくたかけのまだきになきてせなをやりつる

と言へるに、男、「京へなむまかる」とて、

22栗原の姉歯《あねは》の松の人ならば都のつとにいざと言はましを

と言へりければ、喜ぼひて、「思ひけらし」とぞ言ひをりける。

◆現代語訳◆

昔、男が、陸奥に、これという目的もなしにたどり着いた。その土地の女は、京の人は珍しく思われたのだろうか、切実に男のことを恋しく思っているのだった。そういうわけで、例の女（が詠んだ歌）、

なかなかに…（中途半端に恋死になどせずに、いっそのこと蚕になるべきだった。どうせ短い命なのだから）

歌までもがひなびているのであった。そうはいうものの気の毒に思ったのだろうか、男は女を訪ねて一夜を共にしたのだった。まだ夜深いうちに男が出て行ったので、女は、

夜も明けば…（夜が明けたならば水槽にぶち込んでしまおう。あの憎らしい鶏が早くも鳴いてあの方を送り出してしまった）

と言っているうちに、男は、「京へ帰ります」と言って、

栗原の…（栗原の姉歯の松が人並みであるならば―もしあなたが人並みであるならば—都への土産にさあ一緒に、というのだけれども）

と言ったので、女は、たいそう喜んで、「やはりあの方は私を思っているらしい」などと言い散らしているのであった。

◆語　釈◆

○陸奥の国　「みちのく」は「みちのおく」の約（→初段）。前段の「武蔵」よりさらに北上。**○すずろに**　あてもなく。これといった目的もなく。**○切に**　ひたすら、しきりに。**○なかなかに～玉の緒ばかり（和歌20）**　「なかなかに」は、なまじっか、中途半端、の意。「死なずは」の「ずは」は、打消の助動詞「ず」の連用形に係助詞「は」がついたもので、～ナイデの意を表す。「桑子」は、蚕。雌雄が一つの繭にこもるほど、夫婦仲が良いとされた。「玉の緒」は、緒に貫いた玉と玉の間が短いことから、束の間の命のことをいう。「なかなかに人とあらずは桑子にもならましものを玉の緒ばかり」（万葉集・巻十二・三〇八六・作者未詳）。**○歌さへぞ**　人柄や風采だけでなく、歌までも。**○ひなびたりける**　「ひなび」は田舎じみている、粗野である、の意。「みやび」の逆。**○夜深く出でにければ**　参考「何ごとにつけてかは御心もとまらむ、うちうめかれて、夜深く出でたまふ」（源氏物語・末摘花）。**○夜も明けば～せなをやりつる（和歌21）**　「きつにはめなで」は、水槽にぶち込んでしまおう、とする説と、狐に食わしてしまおう、と解するものの両説がある。「はめなで」は「はめなむ」の方言、あるいは誤写か。「はめなではあらじ」の意か。「くたかけ」の「かけ」は鶏。「庭つ鳥可鶏《かけ》の垂尾の乱尾の」（万葉集・巻七・一四一三・作者未詳）。「くた」は朽・腐の意で、鶏をののしる語。参考「殺してもなほあかぬかなにはとりのをりふし知らぬ今朝の一声」（和泉式部日記）。「せな」は「せ」に同じ。女性から恋人に愛情をこめて呼びかける称。**○栗原の～いざと言はましを（和歌22）**　「姉歯」は底本「あれは」を改める。現在の宮城県栗原市金成姉歯。「都のつと」は、都への土産。「をぐろ崎みつの小島の人ならば都のつとにいざといはましを」（古今集・東歌・一〇九〇・陸奥歌）の改作。「住江の岸の姫松人ならば幾代かへしと言はましものを」（古今集・雑上・九〇六・詠人不知）、「玉津島入り江の小松人ならば幾代かへしと問はましものを」（古今六帖・第三「江」一六五五・作者名無）。**○喜ぼひて**　「喜ぼふ」は「喜ぶ」の未然形の転「喜ぼ」に反復継続の接尾語「ふ」がついて動詞化したもの。はなはだしく喜ぶさま。はしゃいで。**○言ひをりける**　「をり」には、動作の主体を軽んじるニュアンスがある。男の真意を理解できずにはしゃいでいる女への侮蔑がこもる。

◆鑑　賞◆

前段の「武蔵」からさらに遠方の「陸奥」へと男は辿り着いた。そのような土地の女だから、さぞかし野卑なのであろう。女は男の気を引くべく無理をして和歌を詠もうと努めるものの、それは「ひなび」たものでしかない。それでも憐憫を感じた男は女を訪ね一応の愛情は示すが、夜深いうちに立ち去るという薄情な態度である。愚かな女は、それを鶏のせいにして男の愛情を少しも疑わない。「夜も明けば…」は解釈が分かれるが、いずれにせよ女の粗暴さを示している。やがて帰京する男が詠んだ「栗原の姉歯の松の…」は、『古今集』東歌の「をぐろ崎みつの小島の人ならば都のつとにいざと言はましを」の地名を変えた歌であり、十二段と同様の成立事情を持つ。ヤマトタケルの「尾張に直に向かへる一つ松あはれ（古事記では「あせを」）一つ松人にありせば衣着せましを太刀佩《は》けましを」（景行紀）にもよく似ているが、女を愚弄する男と、一つ松を慈しむタケルの歌とでは、その径庭は大きい。自分を侮辱する男の歌も理解できずに、大喜びする女の姿は哀れを誘う。愚かで粗野だが純粋な女の真心を、男は無残にも踏みにじるのである。男の歌は、残忍な凶器でさえある。この段では、「ひなび」を厳しく拒み、排斥しようとする男の「みやび」の残酷さや不寛容さ、自らの価値観と相容れぬものは容赦なく退ける「みやび」の否定的な側面が語られているといえよう。

十五段

昔、陸奥《みち》の国にて、なでふことなき人の妻《め》に通ひけるに、あやしう、さやうにてあるべき女ともあらず見えければ、

23しのぶ山しのびて通ふ道もがな人の心の奥も見るべく

女、限りなくめでたしと思へど、さるさがなきえびす心を見ては、いかがはせむは。

◆現代語訳◆

昔、陸奥の国で、取るに足りない男の妻に通っていたところ、不思議にも、そのような境遇であるはずの女ではないと見えたので、

しのぶ山…（信夫山をその名の通り、人目を忍んで通う道があったならなあ。信夫山のように深いあなたの心の奥まで見ることができるように）

女は、（男のことを）この上なくすばらしいと思ったが、そんな粗野な田舎人の心を男が見たところで、何になろうというのか。

◆語　釈◆

○なでふことなき　「何と言ふことなき」の約で、これといったこともない、つまらない、取るに足りない、平凡だ、の意。　**○さやうにてあるべき**　具体的には、田舎の平凡な男の妻におさまっていて当然の、の意。　**○しのぶ山〜奥も見るべく（和歌23）**　「しのぶ山（信夫山）」は現在の福島市北方の山という。同音の「しの（忍）びて」を導く枕詞。「道もがな」の「もがな」は願望の終助詞。〈他出〉古今六帖・第二「山」八六六・作者名無（第二句「しのびにこえむ」）。新勅撰集・恋五・九四二・業平。　**○さるさがなきえびす心**　以下、語り手の評言。返歌をためらう女の心内語とも解しうる。「さがなき」は「性無き」で、性質が悪い、たちが悪い、の意。「えびす心」は、田舎人の野蛮で下品な心。

◆鑑　賞◆

奥ゆかしい人妻の許に男が通うようになるという設定は、二段に似ている。いったい、この女の素性とはいかなるものか。物語本文は寡黙にして多くを語らないが、もとは都の女ではなかったか。十段の母親のように、何らかの事情で零落し、陸奥で賤しい男の妻となった薄幸の女性と想像される。女に都の雰囲気を感じ取った男は、共感を深めたいと願わずにはいられない。そこで詠まれたのが「しのぶ山…」の歌である。鬱蒼とした木々の茂る奥深い信夫山に女の心の奥深さを重ね、その心の奥に分け入りたいとするこの歌は、見事であるからこそ女に返歌を躊躇させるものであった。女に返歌が詠めぬはずはない。しかし零落し田舎の垢に塗れた我が身を恥じる女にとって「人の心の奥も見るべく」とは何と残酷な言葉であろうか。下手に返歌して、自らの至らなさをさらけ出し、男を幻滅させせまいとする女の思いが詠歌を遮るのである。積極的に歌を詠み掛けた十段や十四段の女たちとは対照的である。男に深く共感しつつも、あえて歌を詠まぬことで相手との関係を保とうとするのであり、この女ならではの「みやび」を示した段とみられる。末尾の「さるさがなきえびす心を見ては、いかがはせむは」は難解で、語り手の評言とも返歌をためらう女の心内語とも解釈し得る。語り手の言葉とみた場合、この語り手は女の素性や心中を充分に理解してはいないらしい。土地の野卑な女として冷たく突き放すのである。いずれにせよ女は孤独である。

七段に始まった東下り章段は、ここで一段落する。実際に業平は東国に下ったのか、その虚実について早くから議論があった。中世の『和歌知顕集』は、「まことに下りたるにはあらず。ただ作りごとにしたり」と虚構説を取る。虚構説でも「東の方に行きけるとは、実にありわびて東に行くにはあらず。二条の后盗みたてまつることあらはれて、東山の関白忠仁公（良房）の許に預け置かるるを云ふなり」と『冷泉家流伊勢物語抄』はユニークな説を唱える。近世の契沖『勢語臆断』は、史実とし、「従五位下にとく叙せられたる人の、かへりて一等を降して四十歳に及ぶまで六位すがたにてあられけるは、二条の后のそのかみの事など大方の人ならば、ことなる勅勘もあるべきほどの罪なるを、その身阿保親王の子にて、また藤原氏の栄花の盛りなれば、后のためにも然るべからぬ事なるゆゑに、勅勘ともなくてわづか一等を降して捨て置かれたるほどの事か」と想定する。歴史資料に基づいた、いかにも近世的な、実証的・合理的な研究である。ただし従五位下から六位に降格された、というのは契沖の依拠した史料の誤りである。近年の研究では、業平の閲歴を詳細に検討した目崎徳衛『平安文化史論』の説が注意される。氏は、従五位下（嘉祥二年・八四九）から従五位上（貞観四年・八六二）にいたる官位の異例な停滞について、「この十三年間にこそ、伝説の核となった青春無頼の行動の大部分があった」という。それはそれとして、官人たる業平が都の生活を厭うて、個人的な理由で東国に出奔したということは考えられない。ここには、いわゆる貴種流離譚の話型が強く作用している。高貴な出自の主人公が、大きな罪を犯して故郷を離れ、さすらいの旅を続けるうちに建設的な仕事を成し遂げ、いずこへと去ってゆくという話型である。神話や物語に多くみられ、『古事記』のスサノヲ、ヤマトタケル、『竹取物語』のかぐや姫、『源氏物語』須磨巻の光源氏などがその典型である『伊勢物語』もまた、この話型を踏襲している。なお、男の東下りの原因となる「罪」とは、まだ語られないが、六十九段の斎宮との一件にほかならない。

十六段

昔、紀《き》の有常《ありつね》といふ人ありけり。三代《みよ》の帝に仕うまつりて、時にあひけれど、後は、世変はり、時移りにければ、世の常の人のごともあらず。人がらは、心うつくしく、あてはかなることを好みて、こと人にも似ず、貧しく経ても、なほ、昔よかりし時の心ながら、世の常のことも知らず。年ごろあひなれたる妻、やうやう床離《とこはな》れて、つひに尼になりて、姉の先立ちてなりたる所へ行くを、男、まことにむつましきことこそなかりけれ、「今は」と行くを、いとあはれと思ひけれど、貧しければ、するわざもなかりけり。思ひわびて、ねむごろにあひかたらひける友だちのもとに、「かうかう。『今は』とてまかるを、何ごともいささかなることもえせで、つかはすこと」と書きて、奥に、

24 手を折りてあひ見しことを数ふれば十《とを》とい
　ひつつ四つは経にけり

かの友だち、これを見て、いとあはれと思ひて、夜の物まで贈りて詠める、

25 年だにも十とて四つは経にけるをいくたび

◆現代語訳◆

昔、紀の有常という人がいたのだった。三代の帝にお仕えして、羽振りがよかったが、その後は、時代が移り変わったので、世間並みの人の暮らしぶりでもなかった。人柄は、高貴な心の持ち主で、優美なことを好み、世の他の人には似ることもなく、貧しく過ごしていても、やはり、昔の恵まれていた時の心のままで、浮世離れしているのだった。長年馴れ親しんだ妻が、だんだん閨を別にするようになり、ついには尼になって、先立って尼になった姉のもとに行くのを、男は、本当に仲むつまじいというわけではなかったが、「今はこれまで」と言って妻が出て行くのを、とても切なく思うけれども、貧しいので、何もしてやれない。つらく思って、親しくつきあっていた友人のもとに、「このような次第でして。『今はこれまで』と言って妻が出て行ったのを、何もささやかなことも出来ずに、行かせてしまったことです」と書いて、手紙の末尾に、

手を折りて…（妻と連れ添った年月を指折り数えてみると、四十年も過ごしていたのでした）

例の友だちは、これを見て、とても不憫に思って、寝具まで贈って詠んだ（歌）、

年だにも…（年月でさえも四十年は過ごしてきたのに、奥さんは何度あなたのことを頼りにしてきたので

君を頼み来ぬらむ

かく言ひやりたりければ、

26これやこのあまの羽衣《はごろも》むべしこそ君がみけ
しと奉りけれ

喜びにたへで、また、

27秋や来る露やまがふと思ふまであるは涙の
降るにぞありける

しょう—四十などものの数ではありませんよ)

このように言っておくったので(有常が詠んだ歌)、

これやこの…(これがあの尼ならぬ天の羽衣なのですね。あなたがお着物としてお召しになっていたのももっともな、素晴らしい羽衣なのですね)

喜びに堪えきれず、もう一首、

秋や来る…(秋が来たのでしょうか、それとも露が季節を間違えたのでしょうか。そう思うほどぐっしょり濡れているのは、あなたへの感謝の涙が降るのでありました)

◆語　釈◆

○紀の有常　業平の岳父で友人→補注。**○三代の帝**　仁明・文徳・清和が該当する。次の「後は〜世の常の人のごともあらず」との関連から、一代繰り上げて淳和・仁明・文徳とする説（肖聞抄・闕疑抄・拾穂抄など）もあるが、史実に合わない。参考「いにしへに君し三代経て仕へけりわが大主は七代申さね」（万葉集・巻一九・四二五六・大伴家持）。**○時にあひけれど**　時流にのって羽振りがよかったが。**○世の常の人のごともあらず**　「有常」の名を踏まえた諧謔的な表現か。**○人がらは、心うつくしく、あてはかなることを好みて**　「性清警にして儀望有り」（三代実録）。**○妻**　『尊卑分脈』によれば藤原内麻呂の女で冬嗣の妹という。**○床離れて**　夫婦が寝室を別々にして　**○するわざ**　別れに際して衣服などを贈ること。

○友だち　業平を暗示。**○かうかう**　「かくかく」の音便形。手紙には、妻が出て行くまでの具体的な経緯が記されていた。

○手を折りて〜四つは経にけり（和歌24）　「手を折りて」は、指を折って。「手を折りてあひ見しことを数ふればこれ一つやは君がうきふし」（源氏物語・帚木）はこの歌のパロディ。「あひ見」るとは、夫婦が一緒に暮らすこと。「十といひつつ四つ」は、四十。十四とする説（愚見抄・童子問など）もあるが、採らない。〈他出〉在中将集・六九（第二句「へにけるとしを」）。業平集・一一（第二句「へにけるとしを」、第四五句「四つといひつつ十ぞへにける」）。**○夜の物まで**　「夜の物」は、夜具、寝具。「まで」に、衣服はもちろん、の意を込める。

○年だにも〜頼み来ぬらむ（和歌25）　「だに」は係助詞。程度の軽いものを挙げて、他を類推させる。〈他出〉在中将集・七〇。業平集・一二（第二句「とをつつよつは」、第五句「たづねきぬらむ」）。**○これやこの〜奉りけれ（和歌26）**　「あまの羽衣」は、男からの贈り物を、天人がまとう美しい「天の羽衣」にたとえ、謝意を示す。「あま」は「天」と「尼」の掛詞。「むべしこそ」の「むべ」は副詞、「し」「こそ」はともに強意。〜なのももっともだ、の意。「みけし」は「着る」の尊敬語「けす」の名詞形に「御」のついた形。お召し物。古事記や万葉集に見えるが、平安時代には珍しい語。「奉る」は、ここでは、「着る」の尊敬語。〈他出〉業平集・一三。 **○秋や来る〜降るにぞありける（和歌27）** 「露やまがふ」は、秋の景物である露が、季節を間違って置いたのだろうか、の意。「まがふ」の主体を有常として、露が置いたのかと見間違える、とする説もある。「あるは」は、ここでは、ひどく濡れているさまをいう。〈他出〉新古今集・雑上・一四九八・紀有常。

◆補　注◆

紀有常の経歴については、『三代実録』元慶元年（八七七）正月二十三日の卒伝に詳しい。「二十三日乙未、従四位下行周防《すはう》権守紀朝臣有常卒す。有常は左京の人、正四位下名虎の子なり。性清警にして儀望有り。少年にして仁明天皇に侍し奉り、承和中、擢《ぬきん》でられて左兵衛大尉に拝せられ、数年にして右近権将監となりて近江権掾を兼ね、仁寿の初、左馬介に遷る。是の年、従五位下を授りて但馬介と為り、左馬助故《もと》の如し。俄《しばらく》して右兵衛佐兼讃岐介となり、継ぎて右近衛少将に遷りて讃岐介故の如し（二年従五位上を授りて左近衛少将に遷る──この一文誤脱）。天安元年、左近衛少将より遷りて伊勢権守と為り、同年、少納言に除せられて侍従を兼ね、明年、肥後権守に遷り、貞観九年、下野権守と為り、秩満ちて信濃権守と為り、十五年、正五位下を授り、十七年、雅楽頭《うたのかみ》と為り、十八年、従四位下に至りて、周防権守と為りき。卒せし時年六十三」とある。

◆鑑　賞◆

紀有常は業平の舅にあたるが、むしろ「友だち」として語られている。生来の心の美しさを、零落しても失わない好人物である。それなりに羽振りの良い時期もあったが、世事に疎く、浮世離れした彼の性格ゆえか、しだいに生活は困窮逼迫してゆく。長年連れ添った妻も、ついに有常との生活に見切りをつけ、尼となって去ってゆく。糟糠の妻の出家に何もしてやれぬ不甲斐なさを、有常は「友だち」たる主人公に訴えた。「手を折りて…」の歌にあるように、四十年もの長い歳月をこの夫婦は共に過ごしてきたのであった。不憫に思った男は、様々な心のこもった贈り物をした。困窮した身内に温かな手をさしのべる主人公の思いやりが示された段といえるが、同様の話は後の四十一段にも見られる。四十一段では、妻の「はらから」の夫のために、男は「緑衫の袍」を贈ってやった。物心両面にわたる、こうした細やかな心遣いこそ「みやび」と称すべきであろう。

いったい、この段の主眼は有常と主人公の、二人の男の「みやび」を語ることにあるのではないか。貧苦にあっても、世俗に汚れず心の美しさを保ち続ける姿勢は、称賛に値する。その意味で有常の高潔な生き方は「みやび」といえよう。しかし、その世事への疎さ、生活力のなさは、夫として、家庭人としては失格ではないか。妻は夫の心の美しさを頼りに、耐え忍んで一緒に暮らしてきた。その長年に及ぶ妻の苦衷を、有常は必ずしも理解できていない。これまでの夫婦仲を感動乏しく惰性的に「まことにむつまじきことこそなかりけれ」と振り返るのも、あまりに情けない。有常の「みやび」とはその程度の、自己本位のものでしかないのであろう。一方、主人公の態度はどうか。歳月でさえも四十も過ごしてきたのに、奥さんはあなたを何度頼りとしてきたのでしょうか、四十などものの数でもありませんよ、という主人公の歌は、有常には見えていなかった老妻の思いを的確に汲み取り、かつ有常を優しく諭すものとなっていよう。妻の心を斟酌し、物質的・経済的な配慮も行き届いた主人公のふるまいこそ、「みやび」の理想である。「みやび」に次元や等級があるとすれば、有常のそれはやや低次の、主人公のそれはより高次の「みやび」ということができよう。

主人公からの厚志に、有常は感激する。「これやこの…」の歌では、「みけし」「奉り」と敬語を繰り返した異例の表現が見られるが、それほど有常の感動が並々ならぬものだったのだろう。一首だけでは謝意を示しきれず、さらに「秋や来る…」の歌を詠まずにはいられぬところにも、滑稽なまでに単純無垢な有常の人柄の良さがうかがえる。

十七段

年ごろ訪れざりける人の、桜の盛りに見に来たりければ、あるじ、

28あだなりと名にこそ立てれ桜花年にまれなる人も待ちけり

返し、

29今日来ずは明日は雪とぞ降りなまし消えずはありとも花と見ましや

◆現代語訳◆

数年来、ご無沙汰だった人が、桜の盛りに見に来たので、主人（が詠んだ歌）、

あだなりと…（散りやすいと評判の桜花ですが、それでも散らずに、数年ぶりに訪れた人を待っていたのですね）

（男の）返しの歌、

今日来ずは…（今日来なかったら明日には散って雪のように降ってしまいましょう。それを雪とは違って消えないとはいっても、花として見られましょうか）

◆語　釈◆

○年ごろ　「此段に昔と云字なし。かき落したるか、又年ごろと書るにて昔の心もある歟」（肖聞抄）。**○人**　業平を暗示。**○あるじ**　主人。男性、女性の両説あるが、どちらとも定めがたい。**○あだなりと～人も待ちけり（和歌28）**　「あだ」は、実がない、浮気だ、の意。ここでは桜花のうつろいやすさをいう。「名にこそ立てれ」は「こそ～已然形」による逆接の構文で、浮き名を流しているが、の意。「あだなりと名にぞ立ちぬる女郎花なぞ秋の野に生ひそめにけむ」（亭子院女郎花合・一八）。〈他出〉古今集・春上・六二・詠み人知らず。在中将集・二。業平集・二一（第五句「ひともとひけり」）。**○今日来ずは～花と見ましや（和歌29）**　「来ずは」の「ずは」は打消の助動詞「ず」の未然形に助詞「ば」の清音化した「は」がついたもので、仮定条件を表す。「降りなまし」「見ましや」の「まし」は反実仮想の助動詞。「消えずは」の「ずは」は、打消の「ず」の連用形に係助詞「は」がついたもので、強意を示す。〈他出〉古今集・春上・六三・業平。古今六帖・第六「桜」四二一〇・業平。在中将集・三。業平集・二二（第四句「消えずはありと」）。

◆鑑　賞◆

この贈答は、『古今集』春上に「桜の盛りに、久しくとはざりける人の来たりける時に詠みける　詠み人知らず」

「返し　業平朝臣」とあり、詠歌事情に大きな違いはない。久しく姿を見せなかった男が、厚かましくも盛りの花を見に訪れた。男にしては関係の修復を願っての来訪だったかもしれない。主人は、咲いたかと思うとすぐに散ってしまう「あだ」な桜花でさえもあなたのお越しを待っていたのですよ、と詠み、桜よりもいっそう「あだ」な男の不実さ、無沙汰ぶりを詰っている。この「あるじ」については、男女いずれとも決しがたいが、恋歌的・女歌的な雰囲気の濃い歌である。男は、明日には雪のように散ってしまう花を見られるのは今日までと思ってやって来た、という。花を惜しむ風流心に誘われて参上したと、無沙汰の釈明をするのである。この贈答は、語句や発想の対応がさほど緊密ではない。心変わりを責める贈歌に対し、返歌は、あえて論点をずらし、はぐらかすことで、厳しい非難を逃れようとする趣である。なお、この贈答は、次の『古今集』春上（四二）の歌と詠歌事情がよく似ている。

　初瀬にまうづるごとに、宿りける人の家に久しく宿らで、ほど経て後にいたれりければ、かの家のあるじ、「かく定かになむ宿りはある」と言ひ出だしてはべりければ、そこに立てりける梅の花を折りて詠める　　貫之

人はいさ心も知らずふるさとは花ぞ昔の香ににほひける

十八段

昔、なま心ある女ありけり。男、近うありけり。女、歌詠む人なりければ、心見むとて、菊の花のうつろへるを折りて、男のもとへやる。

30紅ににほふはいづら白雪の枝もとををに降るかとも見ゆ

男、知らず詠みに詠みける、

31紅ににほふが上の白菊は折りける人の袖かとも見ゆ

◆現代語訳◆

昔、中途半端なみやび心を持つ女がいたのだった。男が、近くに住んでいた。女は、男が歌を詠む人だったので、そのみやび心を試してみようと思って、菊の花の色変わりしたのを折って、男のもとへ贈った。

紅に…（白菊が紅に美しく色づいているというのはどちらでしょう。白雪が枝もたわわに降り積もっていて、まったく色づいているように見えませんわ—あなたは色好みの方とうかがっておりましたが、一向にそんなそぶりをお見せになりませんね）

男は、何もわからぬ風を装って詠んだ、

紅に…（紅に美しく色づいている、その上を覆っている白菊は、これを折って贈ってくださったあなたの袖の色かと思われます）

◆語　釈◆

○なま心　「なま」は、未熟な、不十分な、の意。「心」は、ここでは、風流心、の意。**○歌詠む人**　男が歌人として知られていることをいう。女をさすとする説は採らない。**○菊の花のうつろへる**　白菊が盛りを過ぎて美しく紅に色変わりしたもの。**○紅に～降るかとも見ゆ（和歌30）**　「にほふ」は、ここでは視覚的な美しさをいう。「枝もとををに」は、枝もたわむほどに。色づいた菊に、男の色好みを寓した。**○知らず詠みに**　女からの歌の意味を理解できぬふりをして詠んだ。〈他出〉業平集・六七（第二句「うつるやいつも」、第四句「えたもたわわに」）。**○紅に～袖かとも見ゆ（和歌31）**　「紅ににほふ～かとも見ゆ」と、贈歌の構文をそのまま踏まえて返歌している点に注意。九月九日、菊を愛でる陶淵明の許に王弘が白衣の使者に酒を持たせて贈った、という故事（芸文類聚）を踏まえるか（愚見抄）。

◆鑑　賞◆

男の色好みぶりに興味を抱いた女の方から、積極的に歌を読み掛けてきた。女は美しく色変わりした菊に寄せて、色好みらしく振る舞うよう、男を挑発する。しかし、何も知らぬ態で返した男の歌は、鸚鵡返しの口ぶりで、あまりにそっけない。男は、この女を歌の贈答を楽しむに足る相手と認めていない。「なま心ある女」とされるゆえんである。契沖『勢語臆断』が指摘したように、『貫之集』に類似する話がみられる。

　近隣りなる所に、方違へに、ある女の渡れると聞きてあるほどに、ことにふれて見聞くに、歌詠むべき人なりと聞きて、これが詠むさまいかで心見むと思ふとの心なりければ、深くも言はぬに、かれも心見むとや思ひけむ、萩の葉のもみぢたるにつけておこせたり。あはせて十首、女

秋萩の下葉につけても目に近くよそなる人の心をぞ見る

　返し

世の中の人の心を染めしかば草葉の露も見えじとぞ思ふ（八六〇〜八六一）

以下は省略するが、この二首は『拾遺集』雑秋（一一一六〜一一一七）にも収められている。前段でもそうであったが、『伊勢物語』の成立には貫之の関与があるのではないか。

また、本段のやりとりは、『万葉集』の石川郎女《いしかわのいらつめ》と大伴田主《おおとものたぬし》の、いわゆる「みやびを」問答（巻二・一二六〜一二七）にも通ずるものがある。美貌の風流才子田主は、女性たちの憧れの的であった。彼に想いを寄せる郎女は、貧しい老婆に変装し鍋を提げて、田主の家に火を乞いに訪ねる。乞われるままに田主は火を与え、そのまま郎女を帰してしまった。思いを遂げられなかった郎女は、田主の無粋を詰る歌をよこしてきた。

　遊士《みやびを》と我は聞けるを屋戸貸さず我を帰せりおその風流士《みやびを》

ここでの「みやびを」とは恋愛の機微に通じた男、といった意である。「みやびを」とあなたのことを聞いていたの

に一夜の宿も貸さずに私を帰してしまった、間抜けな「みやびを」だったのですね、あなたは、といった意である。

田主の返歌は、

遊士に我はありけり屋戸貸さず帰しし我そ風流士にはある

というもの。私こそ「みやびを」だったのですね、あなたに宿を貸さずに帰した私こそ、真の「みやびを」だったのですね、といった意である。贈歌の語句をそのまま鸚鵡返しにして詠んでいるが、ここでの鍵語は「みやびを」であり、その意味のずれに面白さがある。色好み、恋愛の達人の意で郎女が用いているのに対し、田主は女性の誘惑を退ける道徳的な男子の意に取りなし、切り返しているのである。

十九段

昔、男、宮仕へしける女の方に、御達《ごたち》なりける人をあひ知りたりける、ほどもなく離《か》れにけり。同じ所なれば、女の目には見ゆるものから、男は、あるものかとも思ひたらず。女、

32あま雲のよそにも人のなりゆくかさすがに
　目には見ゆるものから

と詠めりければ、男、返し、

33あま雲のよそにのみしてふることはわがゐ
　る山の風はやみなり

と詠めりけるは、また男ある人となむ言ひける。

◆語　釈◆

○**宮仕へしける女**　帝に仕える女、の意で、女御・更衣などの妃をいう。○**御達**　上席の女房。『古今集』によれば、紀有常女を暗示。○**あひ知りたりける**　「あひ知る」は、知り合いになる、昵懇になる。○**あるものかとも思ひたらず**　眼中にない、という態度。○**あま雲の～見ゆるものから（和歌32）**　「あま雲の」は「よそ」の枕詞。「あま雲のよそに見しより我妹子に心も身さへ寄りにしものを」（万葉集・巻四・五四七・笠金村）。〈他出〉古今集・恋五・七八四・紀有常娘（あるいは有常か）。新撰和歌・恋雑・二八四。在中将集・五二。業平集・一九。○**あま雲の～風はやみなり（和歌33）**　「ふる」

◆現代語訳◆

昔、男が、宮仕えしている女のもとで、その上臈女房である人と深い仲になったのだが、まもなく別れてしまった。同じ所に仕えているので、女の目には男の姿が見えるものの、男はその女がいるものとも思っていない。女は、

あま雲の…（天雲のようにあなたは遠ざかって行くのですか。そうはいうものの私の目にはあなたの姿が見えますのに）

と詠んだので、男の返しの歌は、

あま雲の…（天雲のように私が遠ざかって過ごしてばかりいるのは、私のいる山の風が早く吹くからです—あなたが多くの男性を通わせているので私は近寄れないのですよ）

と詠んだのは、他にも恋人のいる女だと言う、世間の噂だった。

に「経る」と「雲」の縁語「降る」を掛ける。「雲」に男、「山」に女、「風」に他の男性をたとえる。「はやみなり」の「み」は、形容詞の語幹について原因・理由を表す。〈他出〉古今集・恋五・七八五・業平、在中将集・五三、業平集・二〇、いずれも初二句「ゆきかへりそらにのみして」。**〇また男** 別の男。

◆鑑　賞◆

この贈答は、『古今集』恋五（七八四・七八五）に「業平朝臣、紀有常が娘に住みけるを、恨むることありて、しばしの間、昼は来て夕さりは帰りのみしければ、詠みてつかはしける」「返し　業平朝臣」とあり、詠歌事情はかなり異なる。家庭内の夫婦のいざこざを語る『古今集』に対し、『伊勢』では宮仕えする男女のすれ違いを描いている。男の返歌の「風はやみ」は、『古今集』では女の激しい剣幕をいうが、本段では女の浮気相手の存在をたとえている。女を有常の娘とせず、ある御達とするのも大きな違いである。有常を「友だち」とし、義父とは語らない十六段の態度に通ずるものがある。

二十段

昔、男、大和にある女を見て、よばひて逢ひにけり。さて、ほど経て、宮仕へする人なりければ、帰り来る道に、三月《やよひ》ばかりに、楓《かへで》の紅葉のいとおもしろきを折りて、女のもとに道より言ひやる、

34君がため手折《たを》れる枝は春ながらかくこそ秋の紅葉しにけれ

とてやりたりければ、返事《かへりごと》は、京に来つきてなむ、もて来たりける、

35いつの間にうつろふ色のつきぬらむ君が里には春なかるらし

◆現代語訳◆

昔、男が、大和にいる女に言い寄って、結婚した。そうして、しばらく経って、男は宮仕えをする人だったので、大和からの帰り道に、三月のころに、楓の紅葉のたいそう風情のあるのを折って、女のもとに道中から言ってよこしてきた（歌）、

君がため…（あなたのために私が手折ったこの枝は、今は春なのに、こんなにも秋の紅葉のように色づいたことです）

と詠んでやったので、その返事は、京に到着してから、（女の使いが）持って来たのだった、

いつのまに…（この楓の紅葉のように、いつの間にあなたは色変わりなさったのでしょう。あなたの住む里には春はなくて秋—飽きばかりなのでしょう）

◆語　釈◆

○**大和**　主人公の男にとって特別な愛着のある土地である（↓初段）。○**よばひて**　求婚して。○**楓**　「かへるで（蛙手）」の約で、葉の形が蛙の手に似ていることからこの名がある。○**君がため〜紅葉しにけれ（和歌34）**　「君がため」は、贈り物をする時に詠む歌の常套句（↓四十四段・和歌83、九十八段・和歌173）。「春ながら」の「ながら」は接続助詞で、同時に行われる二つの事柄が矛盾するさまを表す。〜であるのに、〜けれども、の意。〈他出〉玉葉集・恋四・一六一四・業平。○**いつの間に〜春なかるらし（和歌35）**　「うつろふ」は、楓が色変わりしたことに、男の心変わりを寓する。また「春なかるらし」から「秋」→「飽き」を連想させる。

◆鑑　賞◆

大和の女と出逢い、結婚したという筋立ては、初段との関連を思わせる。初段の延長線上にある段といえよう。せっかく結婚しても、「宮仕へ」のために頻繁に逢うこともままならない。都への帰途、男は美しく色づいた楓を目にし、感動を分かち合うべく、女のもとに贈った。男の歌の「君がため」は、真心こめた贈り物をする時の常套句。「春ながらかくこそ秋の紅葉しにけれ」は、あなたへの深い愛情ゆえに、春の紅葉という珍しい出来事が生じたのだという意である。春の紅葉とは、男の愛情を証し立てる絶好の景物である。女の返歌は、男の「紅葉」を、心変わりの「うつろふ色」、「秋」を「飽き」にとりなして反発するという、女歌の典型を示している。もちろん、これは女の本心ではない。女が洗練された「みやび」の人であることをうかがわせる、見事な切り返しである。返歌に対する男の反応は語られないものの、女への愛着をいっそう深めていったことは想像に難くない。「大和の女」とは、男にとって特別な存在なのであろう。

二十一段

昔、男、女、いとかしこく思ひかはして、こと心なかりけり。さるを、いかなる事かありけむ、いささかなることにつけて、世の中を憂しと思ひて、出でていなむと思ひて、かかる歌をなむ詠みて、物に書きつけける。

36出でていなば心軽しと言ひやせむ世のありさまを人は知らねば

と詠み置きて、出でていにけり。この女、かく書き置きたるを、けしう、心置くべきこともおぼえぬを、何によりてか、かからむと、いといたう泣きて、いづかたに求め行かむと、門に出でて、と見かう見、見けれど、いづこをはかりともおぼえざりければ、帰り入りて、

37思ふかひなき世なりけり年月をあだにちぎりて我や住まひし

と言ひて、ながめをり。

38人はいさ思ひやすらむ玉かづら面影にのみいとど見えつつ

この女、いと久しくありて、念じわびてにやあ

◆現代語訳◆

昔、男も女も、たいそう懇ろに愛情を交わし合っていて、浮気心などは持っていなかった。それなのに、どんなことがあったのだろうか、些細なことがきっかけで、女は、夫婦仲に嫌気がさして、出て行ってしまおうと思って、こんな歌を詠んで、物に書きつけたのだった。

出でていなば…（私が家を出て行ったならば、軽々しい振る舞いと世の噂になるだろう。私たち夫婦の事情を世の人は知らないのだから）

と詠み置いて、出て行った。この女がこのように書き置きしたのを、男は、奇妙だ、心を隔てられるような覚えもないのに、どんなわけで、こんなことにと、たいそう激しく泣いて、どこに捜しに行こうかと、門に出て、あちらこちらを見まわして、見るけれども、どこを目当てとも思いつかないので、帰って家に入って、

思ふかひ…（思っても甲斐のない夫婦仲であったよ。この長い年月をむだに誓って私は暮らしていたのか）

と言って、物思いに沈んでいる。

人はいさ…（あの人は、さあどうだか、私のことを思ってくれているのだろうか。あの人の面影ばかりがしきりに見えることだ）

この女は、たいそう久しくなってから、我慢しきれなくなったのであろうか、言ってよこして来た（その歌

りけむ、言ひおこせたる、

39今はとて忘るる草の種をだに人の心にまか
　せずもがな

返し、

40忘れ草植うとだに聞くものならば思ひけり
　とは知りもしなまし

またまた、ありしよりけに言ひかはして、男、

41忘るらむと思ふ心のうたがひにありしより
　けに物ぞかなしき

返し、

42中空に立ちゐる雲のあともなく身のはかな
　くもなりにけるかな

とは言ひけれど、おのが世々になりにければ、うとくなりにけり。

は）、

　今はとて…（今はこれまで、といって人を忘れる、そんな忘れ草の種だけでもせめてあなたの心にはまかせないでほしいものです）

（男の）返し、

　忘れ草…（せめてあなたが私のことを忘れようとして忘れ草を植えていると聞いていましたら、私を思っていてくれたと知ることができるのですが）

ふたたび、以前より、いっそう歌をやりとりするようになって、男（が詠んだ歌）、

　忘るらむと…（あなたが私を忘れているのだろうかと思う疑いの心を抱くにつけても、以前よりいっそうもの悲しく思われることです）

（女の）返し、

　中空に…（中空に立ち昇る雲のように、あとはかもなく我が身ははかなくなってしまうことです）

とは言ったけれども、それぞれ別の相手と結婚したので、疎遠になってしまった。

◆語　釈◆

○かしこく　形容詞「かしこし」の連用形で、副詞的に用いられる。はなはだしく、たいそう。**○こと心**　「異心」で、浮気心。他の異性に心を移すこと。**○いかなる事かありけむ**　語り手のことば。女の家出が予想外だったとする。**○世の中**　夫婦仲。**○物に書きつけける**　「物」は壁や柱、障子など。参考「亭子の帝、今は降りゐさせたまひなむとするころ、弘徽殿の壁に、伊勢の御の書きつけける」（大和物語・初段）。**○出でていなば～人は知らねば（和歌36）**　「心軽し」は、軽薄だ、軽はずみだ、思慮が浅い、の意。「世」は夫婦仲。「人」は、世間の人々。〈他出〉古今六帖・第四「悲しび」二四七一・業平（第五句「人はしらずて」）。**○詠み置きて、出でていにけり**　参考「上はつれなくみさをづくり、心一つに思ひ余る時は、

言はむ方なくすごき言の葉、あはれなる歌を詠み置き、しのばるべき形見をとどめて、深き山里、世離れたる海づらなどに這ひ隠れぬるをり」（源氏物語・帚木）。**○はかり（和歌37）**　目当て。めど。あてど。**○思ふかひ～我や住まひし（和歌37）**「住まふ」は「住む」の未然形「住ま」に反復・継続の意を示す「ふ」がついて動詞化したもの。住み続ける。夫婦として生活する。**○人はいさ～いとど見えつつ（和歌38）**「人はいさ」は、あの人は、さあどうだかわからないが、の意。「玉かづら」は、多くの玉を緒に通して頭にかけた飾り。頭にかけることから「懸け」、あるいは同音の「（面）影」の枕詞になる。「人はよし思ひやむとも玉かづらかげに見えつつ忘らえぬかも」（万葉集・巻二・一四九・倭大后）。〈他出〉新勅撰集・恋五・九五〇・詠み人知らず。**○念じわびてにやありけむ**　語り手の評言。**○今はとて～まかせずもがな（和歌39）**「忘るる草」は、次歌の「忘れ草」に同じ。萱草。恋の苦しみを忘れるために、垣根に植えたり、下紐につけたりした。「忘れ草種のかぎりはてななむ人の心にまかせざるべく」（古今六帖・第六「わすれぐさ」三八五三・作者名無）。〈他出〉新勅撰集・恋四・八七九・詠み人知らず。**○忘れ草～知りもしなまし（和歌40）**「忘れ草」を「植」える主体を女と解したが、男自身とも解し得る。その場合、「聞く」「思ひけり」「知り」の主体は、順に女・男・女となる。〈他出〉続後撰集・恋五・九八二・業平。**○ありしよりけに**「ありし」は、ラ変動詞「あり」の連用形に過去の助動詞「き」の連体形「し」がついたもの。昔、以前、の意。「けに」は、副詞で、いよいよ、ますます、の意。**○忘るらむと～物ぞかなしき（和歌41）**〈他出〉古今集・恋四・七一八・詠み人知らず（初句「わすれなむ」、第三句「つくからに」、第五句「まづぞ恋しき」）。新古今集・恋五・一三六二・詠み人知らず。**○中空に～なりにけるかな（和歌42）**「中空」は、空の中ほど。中天。〈他出〉新古今集・恋五・一三七〇・詠み人知らず。**○世々**　男女がそれぞれ、他の相手と生活をともにするようになったことをいう。

◆鑑　賞◆

いかにも仲睦まじく見えた夫婦であったのに、些細なことで女が家を出てしまった。男は妻の出奔の真意もつかめず、ただ困惑するばかりであった。夫婦の溝が次第に広がってゆき、修復不可能なほど深刻になったのだろう。しかしそれは男にとっては、意想外な、唐突なものに思われた。女の突然の出奔や失踪は、他の王朝文学にもいくつかの例を見出せる。『蜻蛉日記』中巻では、夫兼家との関係に悩む作者が、歌を書き置いて家を出、鳴滝（般若寺）にしばらく籠もるが、やがて訪れた夫に強引に連れ戻される、という話が見える。『源氏物語』帚木巻の、いわゆる「雨夜の品定め」で、右馬頭ならぬ左馬頭は、次のように言う。「艶にもの恥ぢして、恨み言ふべきことをも見知らぬさまに忍びて、上はつれなくみさをづくり、心一つに思ひ余る時は、言はむ方なくすごき言の葉、あはれなる歌を詠み置き、しのばるべき形見をとどめて、深き山里、世離れたる海づらなどに這ひかくれぬるをり。童にはべりし時、女房などの物語読みしを聞きて、いとあはれに悲しく心深きことかなと涙をおとしはべりし」とあり、こうした話柄が、当時の物語の常套であったことが知られる。左馬頭は、続けて「今思ふには、いと軽々しくことさらびたることなり」と言って女の振る舞いを否定するが、世間一般の見方とはこのようなものなのだろう。「出でていなば…」の歌には、そうした世間の非難を浴びてでも出奔せざるを得ない女の苦衷がうかがえる。強い決意で出奔したかに見えた女だが、やはり男への想いを断念しづらいのか、ようやく自ら歌をよこしてきた。「忘れ草」を鍵語とした贈答がなされ、関係は修復されたかに見えた。しかし結局はそれぞれ別の男女と一緒になり、疎遠になってゆく。地の文による説明は抑制しつつ、七首の和歌の贈答によって事態の推移や、不即不離の男女関係の機微を物語る段である。

二十二段

昔、はかなくて絶えにける仲、なほや忘れざりけむ、女のもとより、

43憂きながら人をばえしも忘れねばかつ恨みつつなほぞ恋しき

と言へりければ、「さればよ」と言ひて、男、

44あひ見ては心一つをかはしまの水のながれて絶えじとぞ思ふ

とは言ひけれど、その夜いにけり。いにしへ行く先のことどもなど言ひて、

45秋の夜の千夜《ちよ》を一夜になずらへて八千夜《やちよ》し寝ばやあく時のあらむ

返し、

46秋の夜の千夜を一夜になせりとも言葉残りて鶏《とり》や鳴きなむ

いにしへよりもあはれにてなむ通ひける。

◆現代語訳◆

昔、あっけなく絶えてしまった男女があったが、やはり忘れがたかったのだろうか、女のもとから、

憂きながら…（つらいと思いながらもあなたを忘れ去ることができないので、一方では恨みながらもやはり恋しく思われることです）

と言って来たので、「やはり。思った通りだ」と言って、男（が詠んだ歌）、

あひ見ては…（結婚してからは一途に愛情を交わしてきてきたのですから、川島にせかれても水の流れが絶えずにやがて合流するように、私たちの仲も絶えることがないと思いますよ）

とは言ったけれども、その夜のうちに早速、出かけて行った。昔、将来のことなどを語って、（男が詠んだ歌）

秋の夜の…（秋の長夜の千夜を一夜として八千夜寝たならば、夜が明けてあなたを飽きる時もありましょう）

（女の）返し、

秋の夜の…（長い秋の千夜を一夜になしてみたところで、愛の言葉が尽きぬうちに鶏が夜明けを告げるでしょう）

男は、以前よりも愛情深く通うのであった。

◆語　釈◆

○**なほや忘れざりけむ**　語り手の推量のことば。○**憂きながら〜なほぞ恋しき（和歌43）**〈他出〉新古今集・恋五・一三六三・詠み人知らず。○**あひ見ては〜絶えじとぞ思ふ（和歌44）**「あひ見る」は、男女が情を交わす、結婚する。「かはしま」は「（心を）交はし」と「川島」を懸ける。〈他出〉続後撰集・恋三・八三七・業平。○**言ひけれど**　歌では「絶えじ」と悠長なことを言ってみたものの、やはり恋しさに耐えきれず、の意。○**秋の夜の〜あく時のあらむ（和歌45）**「あく」に「（夜が）明く」「飽く」を掛ける。〈他出〉古今六帖・第四「恋」一九八七・作者名無（第五句「こひはさめなむ」）。○**秋の夜の〜鶏や鳴きなむ（和歌46）**〈他出〉続古今集・恋三・一一五七・詠み人知らず。

◆鑑　賞◆

前段同様、男女の不即不離の関係を、地の文による説明は抑制し、もっぱら和歌の贈答によって語っている。しばらくの途絶えの後、耐えきれずに女の方から歌を詠み掛けてくるという点も似ている。女は「憂きながら／忘れねば」「恨みつつ／恋しき」と、男を恨み通せない、恋々とした執着を歌う。この歌を契機に男が再び通い始める。後半の贈答では「秋の夜の千代を一夜に」という誇張的で機知的な句を共有させつつ、永遠の愛を誓いあう。紆余曲折を経て関係が解消された前段とは対照的に、「いにしへよりもあはれにてなむ通ひける」という幸福な結末を迎える。和歌の力が男女の仲を修復した例である。

二十三段

昔、田舎わたらひしける人の子ども、井のもとに出でて、遊びけるを、大人になりにければ、男も女も、恥ぢかはしてありけれど、男は、この女をこそ得めと思ふ。女は、この男をと思ひつつ、親のあはすれども、聞かでなむありける。さて、この隣の男のもとより、かくなむ。

47筒井《つつゐ》つの井筒《ゐづつ》にかけしまろが丈《たけ》過ぎにけらしな妹《いも》見ざるまに

女、返し、

48比べこし振り分け髪も肩過ぎぬ君ならずして誰かあぐべき

など、言ひ言ひて、つひに本意《ほい》のごとくあひにけり。

さて、年ごろ経るほどに、女、親なく、頼りなくなるままに、もろともに、言ふかひなくてあらむやはとて、河内《かふち》の国、高安《たかやす》の郡に、いき通ふ所出で来にけり。さりけれど、このもとの女、悪しと思へるけしきもなくて、出だしやりければ、男、こと心ありてかかるにやあらむと思ひうたがひて、

◆現代語訳◆

昔、田舎で世渡りをしていた人の子どもが、井のもとに出て遊んでいたが、大人になったので、男も女も互いに恥ずかしく思っていたが、男は、この女をこそ妻として得ようと思っている。女は、この男を（夫に）と思いながら、それぞれの親たちは別の相手と結婚させようとするものの、聞き入れないで過ごしていた。そうしているうちに、この隣の男のもとから、このように（詠んでよこして来た）。

筒井つの…（筒井つの井筒にあなたとの結婚を誓った、その私の背丈は高くなって、目印を過ぎたようだ。しばらくあなたを見ぬうちに）

女の返事、

比べこし…（お互いに比べあってきた振り分け髪も伸びて肩を過ぎるようになりました。あなたでなくて誰が私の髪上げをいたしましょう）

などと歌を詠み交わして、かねてからの願い通りに結婚したのだった。

そうして長年過ごしているうちに、女は、親が亡くなって、生活の支えがなくなるにつれて、一緒に、みじめなさまで暮らしていけようかというわけで、河内の国、高安の郡に、行き通う女が出来た。それなのに、このもとの妻は、不快に思っている様子もなくて、男を送り出

前栽《せんざい》の中に隠れゐて、河内へいぬる顔にて見れば、この女、いとよう化粧《けさう》じて、うちながめて、

49風吹けば沖つ白波たつた山夜半《よは》にや君が一人越ゆらむ

と詠みけるを聞きて、限りなくかなしと思ひて、河内へもいかずなりにけり。まれまれ、かの高安に来て見れば、初めこそ心にくもつくりけれ、今はうちとけて、手づから飯匙《いひがひ》とりて、笥子《けこ》の器物《うつはもの》に盛りけるを見て、心うがりて、いかずなりにけり。さりければ、かの女、大和の方を見やりて、

50君があたり見つつををらむ生駒山《いこまやま》雲な隠しそ雨は降るとも

と言ひて、見出だすに、からうして、大和人、「来む」と言へり。喜びて待つに、たびたび過ぎぬれば、

51君来むと言ひし夜ごとに過ぎぬれば頼まぬものの恋ひつつぞ経る

と言ひけれど、男、住まずなりにけり。

すので、男は、女も浮気をしているので、こんなにも穏やかなのだろうかと疑わしく思って、前栽の中に隠れて、河内へ出かけるそぶりをして様子をうかがっていると、この女は、たいそうよく化粧をして、ぼんやりと物思いに沈んで、

風吹けば…（風が吹くと沖の白波が立つ、その龍田山を、この夜更けにあなたは一人で越えているのでしょうか）

と詠んだのを聞いて、この上なくいとおしいと思って、河内にも行かなくなってしまった。

たまたま、例の高安に来て見ると、初めのうちは奥ゆかしい態度を装ってはいたが、しだいに今はうちとけて、自ら女がしゃもじを手にして、食器に盛るのを見て、不快に思って、行かなくなってしまった。そんなわけで、例の女は、大和の方角を見つめて、

君があたり…（あなたのいらっしゃるあたりをずっと見続けておりましょう。生駒山を、雲よ、隠してくれるな。雨は降ってもよいから）

と言って、外を見出していると、ようやく、大和人が、「うかがいます」と言って来た。喜んで待つものの、何度もむなしく過ぎてしまうので、

君来むと…（あなたがお出でになるとおっしゃる夜ごとに過ぎてしまうので、あてにはしないものの、あなたを恋しく思いながら過ごしていることです）

と言ったけれども、男は、ついに住まなくなってしまった。

◆語　釈◆

○田舎わたらひ　田舎暮らし。田舎で生計をたてること。「わたらふ」は「わたる」の未然形に継続・反復の接尾語「ふ」がついて動詞化したもので、生活する、暮らす、の意。具体的に行商人や、地方官と解したりする必要はない。「此段作物語なり。業平は阿保親王の男、ゐなかわたらひしける人の子と書べきやうなし」（臆断）。**○井**　地面を掘り下げて地下水を汲み上げる所。また、湧き水や流水をせきとめ、汲めるようにしたもの。**○筒井つの～妹見ざるまに（和歌47）**「筒井つ」の「筒井」は、筒状に円形に掘り下げた井という。「つ」は諸説あるが不詳、「筒井筒」とする本も多く、これによれば同音繰り返しによる「井筒」の枕詞となる。「井筒」は、井戸のまわりにめぐらした筒状の囲い。「かけし」は、（背丈を）はかり比べた、とする解釈が多いが、井に向かって誓った、約束した、と解するのがよい。「まろ」は自称。「妹」は、男性が恋人に愛情を込めて呼びかける語。**○比べこし～誰かあぐべき（和歌48）**「振り分け髪」は、男女ともに児童の髪型。髪を左右に振り分けて、肩のあたりで切りそろえた。「あぐ」は、垂らした髪を結い上げることで、女子の成人を意味する。「君ならずして」を「あなた以外の誰のために」とする解釈は、髪上げの儀が、実際には女性の親族によって行われたことによる。「よきほどなる人になりぬれば、髪上げなどさうして、髪上げさせ、裳着す」（竹取物語）。**○頼り**　生活の支え。財力。**○言ふかひなくてあらむやは**　「言ふかひなし」は言ってもしかたがない、話にならない。ここでは、ふがいない、みっともない、の意。「あらむやは」の「や」は反語。**○河内の国、高安の郡**　「河内の国」は、現在の大阪府南東部。「高安の郡」は、現在の八尾市。信貴山の西麓周辺の地。**○行き通ふ所**　新たに男が通うようになった女。裕福な女であろう。**○こと心ありてかかるにやあらむ**　「こと心」は既出（→二十一段）。「かかる」とは、女の「悪しと思へるけしきもな」く「出だしや」る態度をさす。男の邪推。**○前栽**　庭の植え込み。**○化粧じて**　女の奥ゆかしさを示す。と同時に、夫の無事を祈る呪術的な意味もあろう。**○風吹けば～一人越ゆらむ（和歌49）**　上二句は、「立つ」から同音の「龍田山」を導く序詞。「白波」には『後漢書』の故事により盗賊の意を込めるとする説（俊頼髄脳・知顕集・童子問など）もあるが、採らない。「二人行けど行き過ぎがたき秋山をいかにか君が一人越ゆらむ」（万葉集・巻二・一〇六・大伯皇女）、「山城のいはたの森のははそはら見つつや君が一人越ゆらむ」（古今六帖・第六「ははそ」・四〇九三）。〈他出〉古今集・雑下・九九四・詠み人知らず。新撰和歌・恋雑・二五九（第五句「ひとりゆくらむ」）。大和物語・一四九段。古今六帖・第一「雑の風」四三六・かぐやまのはなのこ、古今六帖・第二「山」八五七・かごのやまのはな子（第五句「ひとりゆくらむ」）。**○心にくも**　「心にくし」の語幹に助詞「も」のついた形。「心にくくも」の誤脱とみる説もある。**○つくりけれ**　「つくる」は、態度をとりつくろう、の意。**○今はうちとけて**　塗籠本ではこの後に「髪をかしらに巻き上げて、面長やかなる女の」とある。**○手づから飯匙とりて**　「手づから」は、自身の手で。「飯匙」は、飯を盛るための具。しゃもじ。裕福な高安の女は、召使いに給仕をさせるのが当然で、自ら行うのは下品な振る舞い。**○笥子の器物**　食器。椀。「けこ」を「家子（一族眷属）」と解する説（愚見抄・闕疑抄・拾穂抄など）もある。**○君があたり～雨は降るとも（和歌50）**「生駒山」は現在の奈良県生駒市と大阪府東大阪市の境に位置する山。役行者や空海が修行したという伝承がある。「雲なかくしそ」は、雲への呼びかけ。「な〜そ」は、〜してくれるな、の意で禁止を表す。「をとめごがはなるる神をゆふ山の雲なかくしそ家のあたり見む」（古今六帖・第二「家」一三三二・作者名無）。参考「行く方をながめもやらむこの秋は逢坂山を霧なへだてそ」（源氏物語・賢木）。〈他出〉万葉集・巻十二・三〇三二・作者未詳（第二句「見つつもをらむ」、第四句「雲なたなびき」）。新古今集・恋五・一三六九・詠み人知らず。

○君来むと〜恋ひつつぞ経る（和歌51）　「我が背子が来むと語りし夜は過ぎぬしゑやさらさらしこり来めやも」（万葉集・巻十二・二八七〇・作者未詳）。〈他出〉新古今集・恋三・一二〇七・詠み人知らず。

◆補　注◆

「風吹けば…」の歌は、『古今集』雑下（九九四）に、次の長大な左註をもって載せられている。

ある人、この歌は、「昔大和の国なりける人の娘に、ある人住みわたりけり。この女、親もなくなりて家も悪くなりゆくあひだに、この男、河内の国に人をあひ知りて通ひつつ、離れやうにのみなりゆきけり。さりけれども、つらげなる気色も見えで、河内へいくごとに男の心のごとくにしつつ出だしやりければ、あやしと思ひて、もしなき間にこと心やあると疑ひて、月のおもしろかりける夜、河内へいくまねにて前栽の中に隠れて見ければ、夜更くるまで琴をかき鳴らしつつうち嘆きて、この歌を詠みて寝にければ、これを聞きて、それよりまたほかへもまからずなりにけり」となむ言ひ伝へたる。

また、『大和物語』百四十九段に、類話を収める。その全文を次に掲げる。

昔、大和の国、葛城《かつらぎ》の郡に住む男女ありけり。この女、顔かたちいと清らなり。年ごろ思ひかはして住むに、この女いとわろくなりにければ、思ひわづらひて、限りなく思ひながら妻《め》をまうけてけり。この今の妻は、富みたる女になむありける。ことに思はねど、いけばいみじういたはり、身の装束もいと清らにせさせけり。かくにぎはしき所にならひて、来たれば、この女、いろわろげにてゐて、かくほかに歩けど、さらにねたげにも見えずなどあれば、いとあはれと思ひけり。心地には限りなくねたく心憂く思ふを、忍ぶるになむありける。とどまりなむと思ふ夜も、なほ「いね」と言ひければ、我がかく歩きするをねたまで、ことわざするにやあらむ、さるわざせずは、恨むることもありなむなど、心のうちに思ひけり。さて、出でていくと見えて前栽の中に隠れて、男や来ると、見れば、端に出でゐて、月のいといみじうおもしろきに、頭かいけづりなどしてをり。夜更くるまで寝ず、いといたううち嘆きてながめければ、人待つなめりと見るに、使ふ人の前なりけるに言ひける。

風吹けば沖つ白波たつた山夜半にや君が一人越ゆらむ

と詠みければ、我が上を思ふなりけりと思ふに、いとかなしうなりぬ。この今の妻の家は、龍田山越えていく道になむありける。かくてなほ見をりければ、この女、うち泣きて臥して、金椀《かなまり》に水を入れて、胸になむ据ゑたりける。あやし、いかにするにかあらむとて、なほ見る。さればこの水、熱湯《あつゆ》にたぎりぬれば、湯ふてつ。また水を入る。見るにいとかなしくて、走り出でて、「いかなる心地したまへば、かくはしたまふぞ」と言ひて、かき抱きてなむ寝にける。かくてほかへもさらにいかで、つとゐにけり。かくて月日多く経て思ひやるやう、つれなき顔なれど、女の思ふこと、いといみじきことなりけるを、かくいかぬをいかに思ふらむと思ひ出でて、ありし女のがりいきたりけり。久しくいかざりければ、つつましくて立てりける。さて垣間めば、我にはよくて見えしかど、いとあやしきさまなる衣を着て、大櫛を面櫛《つらぐし》にさしかけてをり、手づから飯盛りをりける。いといみじと思ひて、来にけるままに、いかずなりにけり。この男はおほきみなりけり。

これらに見るように、「風吹けば…」の歌は、本来、龍田山にちなむ伝承歌だったのだろう。と同時に、本段は、李白の「長干行」の翻案ともなっている（仁平道明『和漢比較文学論考』）。長干の町に住む商人の子供たちが幼恋を成就させる、やがて商用で家を離れて旅する夫の安全な帰りを妻は祈る、という内容の詩である。その冒頭は「妾が髪初めて額を覆ひ　花を折りて門前に劇《たは》むる　郎は竹馬に騎《の》りて来たり　牀《しやう》（井戸のこと）を遶《めぐ》りて青梅を弄す　同じく長干の里に居り　両《ふた》つながら小《をさ》なく嫌猜無し　十四君が婦《つま》と為り　羞顔未だ嘗て開かず」とある。伝承の古層と漢詩の翻案による新しい層からなる段といえよう。

◆鑑　賞◆

樋口一葉の『たけくらべ』にも影響を与えた有名な段である。幼な恋を成就させた男女にやがて亀裂が生じるが、結局はよりを戻すという話になっている。

長大な本段は、三つの段落に分けられる。第一段落（昔～本意のごとくあひにけり）では、田舎の井のもとで遊んでいた男女が成人し、かねてからの願い通りに結婚する。男の求婚の歌「井筒にかけし」は、諸説あるが、井に誓約したと解釈するのがよい。本来、井は、男女の出逢いや別れの場であり、愛を誓う神聖な空間であった（多田一臣「井の誓いの歌と物語」『古代文学表現史論』）。海神の宮に赴いたヒコホホデミノミコト（山幸彦）は井のもとで美女と出逢う（神代記・神代紀下）。出雲国嶋根郡邑美《おうみ》の清水や、常陸国久慈郡の大井には男女が集い、宴が行われたという（風土記）。「和銅五年壬子の夏四月、長田王を伊勢の斎宮に遣はしし時に、山辺の御井にして作れる歌　山の辺の御井を見がてり神風の伊勢処女どもあひ見つるかも」（万葉集・巻一・八一）、「志賀の山越えにて、石井のもとにてものいひける人の別れにける折に詠める　むすぶ手のしづくににごる山の井のあかでも人に別れぬるかな」（古今集・離別・四〇四・紀貫之）など、井という空間の神聖性を示す例は多い。『伊勢物語』百二十二段の「山城の井手の玉水手にむすびたのみしかひもなき世なりけり」も、同様である。

第二段落（さて～河内へもいかずなりにけり）では、女の親が亡くなり生活が不如意になったことから、男は河内国、高安の女に通い始める。不満や怒りも表に出さずに自分を送り出す妻に、男はあらぬ疑いまで抱く。前栽から様子をうかがうと、妻は化粧して「風吹けば…」と夫の道中の無事を祈る歌を詠む。男の愛情は蘇り、河内へも行かなくなった。女の奥ゆかしさ、夫の身を案ずる深い愛情が、夫を取り戻したのである。ここには、優れた歌を詠むことで神仏の加護を得て、幸福になるという、いわゆる歌徳説話の趣がある。

第三段落（まれまれ～男、住まずなりにけり）は、高安の女の後日譚である。次第に男に対する態度も気を許したものとなり、「手づから飯匙と」るといったありさまである。その嗜みのなさに男はすっかり幻滅して、高安に通わなくなった、というのである。とはいえ、二首の哀切な歌を詠んでいることからしても、高安の女がさほど教養を欠いているとも思われない。特に「君があたり…」の歌では「雲な隠しそ雨は降るとも」という非現実的な出来事を力強く切望しているのが哀れを誘う。高安の女は、二首の歌をもってしても男の心を繋ぎ止めることはできなかった。歌徳説話的な第二段落を相対化し、この段落ではむしろ歌の無力を語ろうとしているのではないか。

この段では、対照的な二人の女と、主人公の男の三角関係が語られる。もとの妻は、幼い時から長年の間、連れ添っていても奥ゆかしさを失わない理想的な女性として描かれる。当然、夫に対する不満や憤り、悲嘆も胸のうちを占めている。しかし、そうした心情は一切押し殺して嫉妬も見せずに送り出すのである。その苦衷は察するに余りある。もとの妻は「みやび」を体現した女性とみることができる。一方、高安の女には、ふるまいこそ下品ではあるけれども、男に打ち解けて甲斐甲斐しく世話する情の深さがうかがえる。自分の心に忠実にふるまう、「自然」のままの女性といえよう。この段は、二人の女性の体現する「みやび」と「自然」の対立、そして結局は後者は前者に敗れ去るしかないという、貴族社会の厳しい現実を物語るものとなっているのである。その二人の間を巧みに行きつ戻りつするところに、男の身勝手さ、卑小さがうかがえよう。

『大和物語』百四十九段にも類話が見られるが、『伊勢』との違いは少なくない。『大和』には、「風吹けば…」の一首のみしか和歌がない。二人の幼な恋、「筒井つの…」と「比べこし…」の贈答もみられず、この夫婦の育んできた時間の重みが感じられない。簡潔な『伊勢』の文章に比べ、『大和』のほうが概して冗長であり、説明的である。もとの妻の胸の火で金椀の湯が沸騰するというのも荒唐無稽である。

この段は、『源氏物語』にも大きな影響を与えている。「少女」巻で、夕霧はいとこの雲居雁と幼な恋を育んでいたが、雲居雁の父内大臣によって仲を裂かれる。やがて内大臣に認められ、七年越しの恋を成就させる（藤裏葉巻）。多くの子女に恵まれた幸福な家庭を築くが、風流の嗜みもなく家事や育児に勤しむ妻に夕霧は倦怠を感じてゆく。親友の柏木の死後、その未亡人落葉宮に心惹かれ、強引に我が物としてしまう（夕霧巻）。幼な恋が次第に日常性に浸食され、惰性的で無感動になってゆく夕霧の物語は、この二十三段を組み替えたものといえよう。これに対して、二十三段を忠実になぞっているのが、「若菜」以降の、光源氏・紫上・女三宮の三者の関係である。幼時に引き取られてから、二十余年の歳月を、紫上は源氏とともに過ごしてきた。源氏の最愛の妻という立場に何の疑いもなかった。しかし、四十歳になった源氏は兄朱雀院の懇請により、院の鍾愛の女三宮の降嫁を受け入れる。紫上は激しく動揺するものの、「憎げにも聞こえなさじ」「をこがましく思ひむすぼほるるさま世人に漏りきこえじ」と思い、「人笑へならむことを下には思ひ続けたまへど、いとおいらかにのみもてな」そうと努める。沈鬱な思いは押し殺し、ひたすら宮に恭順し、鷹揚にふるまおうと決意する。身と心を峻別する、厳しい生き方を紫上は選び取ったのである。その一方、源氏は宮の未熟さ、幼稚さに失望し、降嫁を後悔するようになる。「去年より今年はまさり、昨日より今日はめづらしく、常に目馴れぬさまのしたまへるを、いかでかくしもありけむ」と、あらためて紫上の類稀な美質――「みやび」と称してよいであろう――が、かけがえなく、愛おしく思われてくるのだった。しかしながら、自らの心を押し殺す、こうした生き方は、必然的に紫上の心身を無残なまでに苛む。この世に女が生きることの困難を痛感しつつ、次第に紫上は死へと傾斜してゆく。

二十四段

昔、男、片田舎に住みけり。男、宮仕へしにとて、別れ惜しみて行きにけるままに、三とせ来ざりければ、待ちわびたりけるに、いとねむごろに言ひける人に、「今宵あはむ」とちぎりたりけるに、この男来たりけり。「この戸開けたまへ」と叩きけれど、開けで、歌をなむ詠みて出だしたりける。

52あらたまの年の三とせを待ちわびてただ今宵こそ新枕《にひまくら》すれ

と言ひ出だしたりければ、

53あづさ弓ま弓つき弓年を経てわがせしがごとうるはしみせよ

と言ひて、いなむとしければ、女、

54あづさ弓引けど引かねど昔より心は君に寄りにしものを

と言ひけれど、男帰りにけり。女、いとかなしくて、しりにたちて追ひ行けど、え追ひつかで、清水のある所に臥しにけり。そこなりける岩に、およびの血して、書きつけける、

55あひ思はで離《か》れぬる人をとどめかねわが身

◆現代語訳◆

昔、男が片田舎に住んでいた。男は、宮仕えをするために（上京する）ということで、（妻と）別れを惜しんで出かけて行ったまま、三年過ぎても戻って来なかったので、女は待ちわびていたのだが、たいそう熱心に言い寄ってくる人に、「今夜結婚しましょう」と約束したところ、このもとの夫が帰って来たのだった。「この戸を開けてください」と男は戸を叩くけれども、女は開けずに、歌を詠んで差し出すのであった。

あらたまの…（あらたまの）三年間を待ちわびて、私は、まさに今夜、新たな方と結婚するのです）

と詠んで差し出したところ、

あづさ弓…（長年にわたって私があなたにしてきたように、あなたも新しい夫を大事にいたわってやりなさい）

と言って、立ち去ろうとしたので、女は、

あづさ弓…（あなたが私の心を引いても引かなくても、昔から私の心はあなたに寄り添っていましたのに）

と言ったけれども、男は帰ってしまった。女は、たいそう悲しくて、後に立って追って行くけれども、追いつけずに、清水のある所に倒れ臥してしまった。そこにあった岩に、指の血で書きつけた（歌）、

は今ぞ消え果てぬめる
と書きて、そこにいたづらになりにけり。

あひ思はで…（愛し合うことが出来ずに去ってしまった人をとどめきれず、わが身は今にも消え果ててしまうようだ）
と書いて、そこで死んでしまった。

◆語　釈◆

○男　「男女」とする本も多い。　**○片田舎**　都から離れた、辺鄙な田舎。　**○三とせ**　「其の夫外蕃に没落して、子有りて五年、子無くして三年帰らざる時、及び逃亡し、子有りて三年、子無くして二年出でざる者は、並に改嫁を聴《ゆる》す」という『戸令』の条文を踏まえる。また、神話や物語では、いわゆる神聖数（象徴性を帯びて暗示的に繰り返される特定の数）として「三」が多用される。　**○あらたまの～新枕すれ（和歌52）**　「あらたまの」は「年」にかかる枕詞。「新枕」は初めて夫婦の契りを結ぶこと。「いにしへのことのたとひのあらたまの年の三年に今日こそはなれ」（平中物語・三二段）。〈他出〉続古今集・恋四・一二一〇・詠み人知らず。　**○あづさ弓～うるはしみせよ（和歌53）**　上二句は序詞。「つき（槻）」が同音の「月」を呼び起こし、その縁で「年」を導く。「弓といへば品なきものを梓弓ま弓つき弓品こそあるらし」（神楽歌）。「うるはしみ」は、形容詞の語幹に接尾語「み」がついて名詞化したもの。　**○あづさ弓～寄りにしものを（和歌54）**　「あづさ弓」は、「引く」の枕詞。「引けど引かねど」は、あなたが私の気持ちを引こうが引くまいが、の意。また弓を引くと本と末が近寄ることから、「引く」は「寄る」の縁語となる。〈他出〉万葉集・巻十二・二九八五・作者未詳の一本歌、古今六帖・第五「弓」三四二〇・作者名無（第二三句「末のたづきは知らねども」）。万葉集・巻十二・二九八六・作者未詳（第二～四句「引きみゆるへみ思ひ見てすでに心は」）。猿丸集・一三（第二三句「末のたづきは知らずとも」、第五句「寄りにけるかも」）。新勅撰集・恋四・八七一・詠み人知らず、続後撰集・恋三・八一三・詠み人知らず（第二句「引きみ引かずみ」）。　**○清水**　清く澄んだ湧き水。　**○およびの血**　「および」は「ゆび」の俗名という。「指　由比　俗云於与比」（和名抄）。指をかみ切って血を出したのである。　**○あひ思はで～消え果てぬめる（和歌55）**　「あひ思ふ」は、互いに愛し合う。　**○いたづらになりにけり**　「いたづら」は、無駄だ、役に立たない、むなしい、などの意。ここでは、女が死んでしまったことをいう。

◆鑑　賞◆

宮仕えのために家を出たまま三年帰って来なかった、夫との関係を諦めた女は新しい夫を迎えようとする。ちょうど新枕の日に昔の夫が戻って来た、という運命に翻弄される悲劇である。テニスンの有名な叙事詩『イノック・アーデン』をも彷彿させる。本段は、前段ときわめて対照的な話となっている。ともに田舎を舞台とし、前段の女二人男一人の三者の関係を、男二人女一人に置き換えている。物語の結末も、夫婦がもとの鞘に戻る前段に対し、本段では女の死という悲劇によって閉じられる。本段では、女は「清水のある所に臥」して息絶えた。この「清水」とは、二十三段の「井」に対応している。前段における恋の始まり、そして本段での恋の終わり、ともに水が流れ続けているのである。

二十五段

昔、男ありけり。逢はじとも言はざりける女の、さすがなりけるがもとに、言ひやりける、

56秋の野に笹分けし朝の袖よりも逢はで寝る
　夜ぞひちまさりける

色好みなる女、返し、

57みるめなきわが身をうらと知らねばやかれ
　なで海人《あま》の足たゆく来る

◆現代語訳◆

昔、ある男がいたのだった。逢いたくないとも言わない女で、そうはいっても逢おうともしない女のもとに、詠んでやった（歌）、

秋の野に…（あなたに逢うために秋の野の笹を分けて、露で濡れた後朝の袖よりも、あなたと逢えずに独り寝る夜の方が涙でいっそう濡れております）

色好みな女の返歌、

みるめなき…（海松もない海岸と知らないからでしょうか、海人が足のだるくなるまで通ってくるのは。そのように私を逢うことのできない女とご存じなくて、あなたは足を引きずりながらお越しになるのでしょうか）

◆語　釈◆

○さすがなりける　男の愛情を受け入れるようでいて、いざとなると男と逢おうとしない女。男の気持ちを惹きつけようとする、思わせぶりな態度。**○秋の野に～ひちまさりける（和歌56）**「秋の野に笹分けし朝」は、女のもとから帰って行く光景。「ひちまさる」は、いっそうひどく濡れる、の意。〈他出〉古今集・恋三・六二二・業平。古今六帖・第一「露」五五七・作者名無（初句「秋の野の」、第四句「あはで来し夜ぞ」）。古今六帖・第五「くれどあはず」三〇三七・業平（第三句「あさのつゆよりも」）。在中将集・五一。業平集・一五（第四句「あはでくるよぞ」）。**○色好みなる女**　多情な女（→二十八段、三十七段、四十七段）。**○みるめなき～足たゆく来る（和歌57）**「みるめ」に、「見る目（逢う機会）」と「海松布（海藻の一首で、食用にする）」を懸ける。「うら」は「憂」と「浦」、「かれ」は「離れ」「刈れ」の掛詞。「海松布」「浦」「刈れ」「海人」が、縁語となり、荒涼とした海岸風景を描いている。〈他出〉古今集・恋三・六二三・小野小町。古今六帖・第五「くれどあはず」三〇三三・小町。小町集・二三。

◆鑑　賞◆

この段は、『古今集』恋三に連続して載せる業平と小町の歌（六二二・六二三）を、やや強引に贈答歌とすることで成立した。共通する語句を持たず贈答らしくないのも、本来関係のない歌だからである。業平と小町という六歌仙の代表的な歌人を番えさせたいという思いがこの段の背景にあろう。「色好みなる女」の「逢はじとも言はざりける女の、さすがなる」という態度に、恋の道の達人である男も振り回されている態である。男の歌「秋の野に…」も女の歌「みるめなき…」も、せっかく足を運んでも女に逢えずに悄然として帰ってゆく、男の孤独な姿を強く印象づけるものとなっていよう。

二十六段

昔、男、五条わたりなりける女を、え得ずなりにけることと、わびたりける、人の返りごとに、

58 思ほえず袖にみなとの騒ぐかなもろこし舟の寄りしばかりに

◆現代語訳◆

昔、男が五条のあたりにいた女を、得ることが出来なくなってしまった、と嘆いていた、その男が（慰めの手紙をくれた）ある人への返事に、

思ほえず…（思ってもみないことですが、袖が感激の涙でひどく濡れて港のような騒ぎです。港にもろこし舟が寄ったおかげで—あなたからありがたくも真心のこもった慰めのお手紙をいただいて）

◆語　釈◆

○**五条わたりなりける女**　二条后（藤原高子）を暗示（→四・五段）。○**人**　男の友人であろう。文章が簡略に過ぎ難解だが、失恋した男に、慰めの手紙を送ったのだろう。○**返りごと**「人」の手紙に対する、男の返信。○**思ほえず〜寄りしばかりに（和歌58）**「袖にみなとの騒ぐ」とは、感謝の涙で袖を濡らすこと。「もろこし船」は、中国から商用などで来航する船。友人からのありがたい手紙を、財宝を積んで寄港する船にたとえた。〈他出〉新古今集・恋五・一三五八・詠み人知らず。

◆鑑　賞◆

二条后関連章段の一つであろうが、難解な段である。涙で濡れる袖を詠むのは和歌の常套だが、それだけに平板なものになりやすい。「古代の歌詠みは、唐衣、袖濡るるかごとこそ離れぬな」（源氏物語・玉鬘）という光源氏の言葉もある。平板を避けるべく、いかに大胆奇抜な発想や表現を持ち込むかが重要となる。「思ほえず…」の歌は、袖を荒れる港にたとえ、その理由を大きな「もろこし舟」が寄港したからだとする、類例を見ないものとなっている。解釈が定まらないゆえんでもある。なお、塗籠本にはこの段はない。

二十七段

昔、男、女のもとに、一夜いきて、またもいかずなりにければ、女の、手洗ふ所に、貫簀《ぬきす》をうちやりて、盥《たらひ》のかげに見えけるを、みづから、

59我ばかり物思ふ人はまたもあらじと思へば
　水の下にもありけり

と詠むを、来ざりける男、立ち聞きて、

60水口《みなくち》に我や見ゆらん蛙《かはづ》さへ水の下にて諸声《もろこゑ》
　になく

◆現代語訳◆

昔、男がある女のもとに、一夜出かけて行って、その後は行かなくなってしまったので、女は、手を洗う所で、貫簀を取りのけて、盥のかげに（自分の姿が）見えたのを、ひとりで、

我ばかり…（私ほど物思いに沈んでいる人は他にあるまいと思っていたら、水の下にもいたのだった）

と詠んだのを、それまでやって来なかった男が、立ち聞きして、

水口に…（水口に私の姿が映って見えたのでしょうか。蛙までもが水の下で私と一緒に鳴いておりますよ）

◆語　釈◆

○女の、手洗ふ所に　塗籠本「女の親、腹立ちて、手洗ふ所に、貫簀を取りて投げ捨てければ」。**○貫簀**　竹を編んだすだれ。盥の上などにかけて、手を洗う際に水が飛び散らないようにした。「小さき簾をたらひの上にうちおほひて、手水をかくるなり。かくのごとくすれば、はんざうにて水をそそぐ時、水飛び散らず貫簀よりもれて下へ水抜くるなり」（安斎随筆）。「いにしへの人の食《き》こせる吉備の酒病めばすべなし貫簀たばらむ」（万葉集・巻四・五五四・丹生女王）。**○みづから**　誰に詠みかけるというのではなしに。「水から」を響かせる。**○我ばかり～下にもありけり（和歌59）**「ありけり」は気づき、驚きを表す。参考「わが身またあらじと思へど水底におぼつかなきは影にやあらぬ」（貫之集・巻三・三六二）。**○水口に～諸声になく（和歌60）**「水口」は、田に水を注ぎ入れる口。ここでは盥の水をたとえた。水に映ったかげを、物思いに沈む自分の姿と取りなした歌。

◆鑑　賞◆

一夜通ったきり、男はそのまま訪れなくなった。男の冷淡さを嘆く女は、盥の水に映るわが顔を見て驚く。もの思いが、これほどまでに容貌を衰えさせていたのか、と。ここで想起されるのは、『大和物語』百五十五段である。昔、ある大納言が大事にかしずいている美しい姫君がいた。姫君を垣間見て、恋情抑えがたくなった内舎人《うどねり》は、姫を連れて出奔する。陸奥の安積山《あさか》に庵を構えて暮らし始める。

この男、物求めに出でにけるままに、三四日来ざりければ、待ちわびて立ちて出でて、山の井にいきて影を見れば、我がありしかたちにもあらず、あやしきやうになりにけり。鏡もなければ、顔のなりたらむやうも知らでありけるに、にはかに見れば、いとおそろしげなりけるを、いとはづかしと思ひけり。さて詠みたりける、

安積山影さへ見ゆる山の井のあさくは人を思ふものかは

と詠みて、木に書きつけて、庵に来て死にけり。

やがて戻って来た男は、女の死を悲嘆し、後を追う。哀切きわまりない話だが、本段では悲劇的な結末にはなっていない。久しぶりにやって来た男は、水に映る影を女ではなく自分自身の姿として、女を慰めようとする。この男なりの優しさがうかがえる段である。

二十八段

昔、色好みなりける女、出でていにければ、

61　などてかくあふごかたみになりにけむ水も
　　らさじとむすびしものを

◆現代語訳◆

昔、色好みである女が、出て行ってしまったので（男が詠んだ歌）、

などてかく…（どうしてこんなに逢うことが難しくなってしまったのだろう―竹籠に水をためがたいように。水も漏らすまいと固く約束していたのに）

◆語　釈◆

○色好みなりける女　多情だった女（→二十五段、三十七段、四十七段）。**○などてかく〜むすびしものを（和歌61）**「あふごかたみ」は「逢ふ期難み」と「朸筐」の掛詞。「朸」は、物を担うのに用いる天秤棒。「朸　阿布古　杖名也」（和名抄）、「朸　阿保古」（新撰字鏡）。「筐」は、竹で編んだ籠。「むすびし」は、約束する、契るの意の「結びし」と、手に掬って水を飲む、の意の「掬びし」を掛ける。参考「人恋ふることを重荷とになひもてあふごなきこそわびしかりけれ」（古今集・雑躰・一〇五八・詠み人知らず）、「うれしげに君がたのめし言の葉はかたみにくめる水にぞありける」（後撰集・恋一・五五八・詠み人知らず）。

◆鑑　賞◆

「色好み」の多情な女に翻弄される男の姿を描いた、一連の章段の一つである。女は別の男ができたのか、男のもとから去っていった。男の歌に「水もらさじとむすびしものを」とある。この表現には、神聖な水辺での恋の誓約の発想（→二十三段、百二十二段）が垣間見られる。しかし、そんな誓約も移り気な女には、どこ吹く風、何の意味もないのだった。

二十九段

昔、春宮の女御の御方の花の賀に、召し預けられたりけるに、

62花に飽かぬ嘆きはいつもせしかども今日の今宵に似る時はなし

◆現代語訳◆

昔、春宮の御母の女御が催された花の賀宴に、召し出された時に（男が詠んだ歌）、

花に飽かぬ…（花を満喫できないことをいつも嘆いてきましたが、今日の今夜ほど深く感動したことはございません）

◆語　釈◆

○春宮の女御の御方　春宮の母女御の意で、貞明親王（陽成）の母、二条后高子を暗示。　**○花の賀**　春の花の咲く頃に行われた賀宴。「賀」は、長寿の祝いの宴で、四十歳以降、十年ごとに催された。誰のための算賀であるか、具体的には語られていない。　**○召し預けられたりけるに**　「召し預く」は、召し出されて奉仕することをいうか。「めしあつめ」「めしあげ」などとする本もある。　**○花に飽かぬ～似る時はなし（和歌62）**　「花に飽かぬ嘆き」は、花をいくら眺めていても満足できない、という嘆き。男の、女御への満たされない恋慕の情を込める。「いつも」→「今日」→「今宵」と時間を限定し、感動の高まりを絞り込んでゆく表現の脈絡に注意。〈他出〉新古今集・春下・一〇五・業平。

◆鑑　賞◆

二条后章段の一つである。すでに入内し春宮の母となった高子との接点は、この「花の賀」のような晴れがましい公の儀式にしかあるまい。男を「召し預け」、奉仕させたのも、高子の特別の抜擢だったのだろう。男の歌は、花の見事さを賞美することで賀を寿ぐものであるが、同時に「花」に主催者の女御をたとえ、称賛している。その一方で、今もなお諦めがたい高子への想いをにじませた歌である。賀宴の場を寿ぐ慶祝の歌でありながら、私的な恋情を潜ま

せたものでもある、この段の趣は、七十六段、高子の大原野神社参詣に随った男が歌を献じた話とよく似ている。なお、塗籠本では、歌の作者を「肥後介なりける人」とするが、その理由は不明である。

三十段

昔、男、はつかなりける女のもとに、

63逢ふことは玉の緒ばかり思ほえてつらき心の長く見ゆらむ

◆現代語訳◆

昔、男が、わずかにしか逢えなかった女のもとに（詠みかけた歌）、

逢ふことは…（あなたと逢うことは玉の緒ほどのごくわずかな間と思われるのに、後にはあなたの冷淡な気持ちがずっと長くつづくのでしょう）

◆語　釈◆

○はつかなりける　「はつか」は、時間の短いさま。ここでは、逢瀬が束の間だったことをいう。**○逢ふことは～長く見ゆらむ（和歌63）**　「玉の緒」は、短い時間（→十四段）。地の文の「はつかなりける」に対応。逢瀬のひとときの感動と、女と逢えない長い時間の苦しみを対比的に詠む。類歌「さ寝《ぬ》らくは玉の緒ばかり恋ふらくは富士の高嶺の鳴沢のごと」（万葉集・巻十四・三三五八・東歌）、「逢ふことは玉の緒ばかり名の立つは吉野の河のたぎつ瀬のごと」（古今集・恋三・六七三・詠人不知、古今六帖・第五「玉の緒」三二〇五・作者名無）。〈他出〉新勅撰集・恋五・九四九・詠み人知らず（第五句「ながくもあるかな」）。

◆鑑　賞◆

前段の余韻が感じられる段である。「はつかなりける女」とは、高貴であったり、人妻であったりして、男と逢うことができないことを言うのだろう。逢瀬の感動が束の間の短いもので、逢えない苦しみが延々と続くという詠みぶりも、前段の和歌に通ずるものがある。

三十一段

昔、宮の内にて、ある御達《ごたち》の局《つぼね》の前を渡りけるに、なにのあたにか思ひけむ、「よしや、草葉よ、ならむさが見む」と言ふ。男、

64つみもなき人をうけへば忘れ草おのが上にぞ生ふといふなる

と言ふを、ねたむ女もありけり。

◆現代語訳◆

昔、宮中で、ある上臈女房の局の前を通り過ぎた時に、男をどんな仇敵に思ったのだろうか、「まあよい、草葉よ、これからの成り行きを見届けてやろう」と言う。男は、

罪もなき…（草葉を摘んだこともない、罪もない人を呪うと、忘れ草がわが身の上に生えてしまうそうですよ—あなたこそ人から忘れ去られてしまいますよ）

と言うのを、ねたましがる女もいたのだった。

◆語　釈◆

○昔　塗籠本のように、本来「昔、男」とあったものか。**○宮の内**　宮中。**○御達**　上級の女房（→十九段）。**○局**　障屛具によって仕切られた部屋。曹司。**○あた**　仇敵。自分に害をなす者。**○よしや**　以下、『直解』は、「忘れ行くつらさはいかに命あらばよしや草葉よならむさが見む」という現存しない歌（続万葉集・巻八・石上乙丸）の下句を引いたとするが、不審。「よしや」は、ええ、ままよ、どうなろうとも、の意。「ならむさが」は、将来の様子、成り行き。ここでは、おちぶれてゆく末路、くらいの意。**○つみもなき〜生ふといふなる（和歌64）**　「つみ」は「罪」「摘み」の掛詞。「摘み」「忘れ草」「生ふ」が縁語。「うけ（誓・祈）ふ」は、ここでは、人の不幸を祈る、呪う、の意。「忘れ草」は既出（→二十一段）。女の「草葉」に応じて切り返したもの。「いふなる」の「なる」は伝聞の助動詞の連体形。

◆鑑　賞◆

宮中を舞台とした、ある上臈女房との応酬である。関係を持ってはすぐに忘れ去る、そうした身勝手な男の振る舞いを恨む女房も少なくなかったのだろう。局から男を呪うかのような言葉が投げかけられてきた。「よしや、草葉よ、ならむさが見む」は、現存しない古歌の一節であろうが、典拠未詳である。男は女の言葉の「草葉」を「忘れ草」と

取りなし、無実の人を呪うと、かえって人に忘れ去られる災いを招くことになる、と切り返す。「罪」「うけふ」とやや珍しい用語によって、大げさな印象を強めてもいる。「後涼殿のはさま」の「やむごとなき人の局」から、忘れ草を差し出された、という百段と連続する段であろう。

三十二段

昔、物言ひける女に、年ごろありて、

65 いにしへのしづのをだまき繰り返し昔を今
　になすよしもがな

と言へりけれど、何とも思はずやありけむ。

◆現代語訳◆

昔、親しく言い交わしていた女に、しばらく経ってから、

いにしへの…（昔のしずのおだまきを繰り返す、そのように、繰り返して、懐かしい昔を今に取り戻すすべがあればなあ）

と言ったのだが、（女は）何とも思わなかったのであろうか（それきりよりは戻らなかった）。

◆語　釈◆

○**昔**　前段と同じく次に「男」の語がない。○**物言ひける女**　「物言ふ」は、男女が親しく情を交わす、の意。○**いにしへの〜なすよしもがな（和歌65）**　「しづ（倭文）」は、日本古来の織物で、「倭文布《しづり》」「倭文機《しづはた》」ともいう。楮・麻・苧などを赤や青に染めた横糸で、乱れ模様に織ったもの。「をだまき（苧環）」は、糸を巻子（へそ）に巻いたもの。何度も巻きつけることから「繰り返し」の序詞となる。類歌「いにしへのしづのをだまきいやしきもよきもさかりはありしものなり」（古今集・雑上・八八八・詠み人知らず。古今六帖・第四「雑の思」二一五一・作者名無、第五句「ありこしものを」）。○**何とも思はずやありけむ**　女の心中を忖度する、語り手の評言。

◆鑑　賞◆

男は、しばらく関係の途絶えていた女に、復縁を求める。心を互いに通い合わせていた「昔」へ戻り、やり直そうというのである。「昔」を二人にとってかけがえのないものとして女の共感を得ようとする。古今集歌の見事な改作である。しかし、女は応じず、よりが戻ることはなかった。なお、塗籠本にはこの段はない。

三十三段

昔、男、津の国、菟原《むばら》の郡《こほり》に通ひける女、このたびいきては、または来じと思へるけしきなれば、男、

66芦辺より満ち来る潮のいやましに君に心を
　思ひますかな

返し、

67こもり江に思ふ心をいかでかは舟さす棹《さを》の
　さして知るべき

田舎人の言にては、よしや、あしや。

◆現代語訳◆

昔、男が、摂津の国、菟原の郡の女に通っていたが、この女が、このたび京へ帰って行ったら、もう二度と戻って来るまいと不安に思っている様子なので、男は、

芦辺より…（芦辺から満ちて来る潮のように、ますますあなたへの愛情がまさっていくことです）

（女の）返し、

こもり江に…（こもり江のように人知れず深く思っている私の心を、あなたがどうして舟を操る棹のように、はっきりとおわかりになれましょう）

田舎人の和歌としては、上出来だろうか、それとも不出来だろうか。

◆語　釈◆

○津の国、菟原の郡　「津の国」は、摂津の国。「菟原の郡」は、現在の兵庫県芦屋市周辺。古くは「うばら」で、平安末期に「むばら」となる。『伊勢物語』の頃は過渡期として混用が見られるという。「津の国、菟原の郡、芦屋の里に、しるよしして、行きて住みけり」（八十七段）。**○芦辺より～思ひますかな（和歌66）**　上二句は「いやましに」を導く序詞。類歌「芦辺より満ち来る潮のいやましに思へか君が忘れかねつる」（万葉集・巻四・六一七・山口女王）、「芦間より満ち来る潮のいやましに思ひませどもあかぬ君かな」（新撰万葉集・下・四九二）、「芦間より満ち来る潮のいやましに思ひはませど逢はぬ君かな」（古今六帖・第三「潮」一七八二・山口女王）、「芦辺より満ち来る潮のいやましに思ふが君が忘れかねつる」（新古今集・恋五・一三七八・山口女王）。**○こもり江に～さして知るべき（和歌67）**　「こもり江」は、隠れていて人目につかない入江。「さして」は、棹を「さして」と、副詞の「指して（はっきりそれと）」の掛詞。〈他出〉続後撰集・恋一・六九四・詠み人知らず。**○田舎人の言にては、よしや、あしや**　語り手の批評。「芦《よし》や芦《あし》や」を響かせた遊戯的な表現。「田舎人の歌にては、余れりや、足らずや」（八十七段）に類似。

◆鑑　賞◆

摂津の国を舞台とする章段（→六十六・八十七段）の一つである。不遇の男性官人たちの交流を語ることが多い一連の章段において、男と土地の女の交渉を語る、やや異例な段になっている。男の帰京が決まったのだろうか、女は男の愛情の薄らぎを感じている。男は、そうした女の懸念を払拭すべく歌を詠みかける。男の「芦辺より…」の歌は、満ちて来る潮に、ますます女への愛情がまさっていくことをたとえる。「満ち来る」には、女のもとを忘れずに通って来る、の含みがある。女の返歌は、こもり江に人知れず深く思い悩む自身の心をたとえる。ともに眼前の海岸風景に即しつつ、その景を心情のかたちとした、贈答歌である。「田舎人の言にては、よしや、あしや」は、「良しや悪しや」「芦や芦や」の掛詞による遊戯的な語り手の評言だが、田舎の女を軽んじつつも、予想外に見事に切り返した女を評価してもいる。

三十四段

昔、男、つれなかりける人のもとに、
68言へばえに言はねば胸に騒がれて心一つに
　嘆くころかな
おもなくて言へるなるべし。

◆現代語訳◆
昔、男が、つれなかった女に（詠んだ歌）、
　言へばえに…（言おうとすると言い出せないで、かといって言わずにいると胸がどぎまぎして、心はひたすらに嘆く、このごろです）
恥を捨てて言ったのだろう。

◆語　釈◆
○**言へばえに〜嘆くころかな（和歌68）**「えに」は、動詞「得」の未然形「え」に、打消の助動詞「ず」の古形の連用形「に」がついたもの。「言へばえに言はねば苦し世の中を嘆きてのみもつくすべきかな」（古今六帖・第四「うらみ」二〇九八・作者名無）、「言へばえに言はねばさらにあやしくもかげなる色のてふにもあるかな」（同・第六「てふ」四〇二三・作者名無）。〈他出〉業平集・一〇八。新勅撰集・恋一・六三五・業平。○**おもなくて**　以下、語り手の評言。「おもなし」は、臆面もなく。あつかましくも。参考「おもなきことをば、はぢを捨つとは言ひける」（竹取物語）。

◆鑑　賞◆
冷淡な女に対する、逡巡する想いを「言へばえに」「言はねば胸に騒がれて」の対句によって表現した歌である。十三段のやりとりに似た趣がある。

三十五段

昔、心にもあらで絶えたる人のもとに、

69玉の緒をあわをによりて結べれば絶えての後も逢はむとぞ思ふ

◆現代語訳◆

昔、不本意ながらも関係が途絶えてしまった女のもとに（男が詠んだ歌）、

玉の緒を…（玉の緒をあわおに縒って結んだのですから、私たちの仲が途絶えた後もまた逢えると信じております）

◆語　釈◆

〇玉の緒を～逢はむとぞ思ふ（和歌69）　「玉の緒」は、玉と玉とを貫く緒。命の意をも響かせる。「あわを（沫緒）」は、諸説あるが実態はよくわからない。「とけやすきやうに結を沫緒といふ」（童子問）と解するのがよいか。〈他出〉万葉集・巻四・七六三・紀郎女（第三～五句「結べらばありて後にも逢はざらめやも」）。古今六帖・第五「玉の緒」三二〇八・紀女郎（第三～五句「結べらばありての後も逢はざらめやは」）。新勅撰集・恋五・九四八・詠み人知らず。

◆鑑　賞◆

万葉歌をもとに作られた段。「あわを」の実態がわからないが、いずれにせよ、男女の仲の回復、再会を願い、将来に期待をつなぐ歌である。

三十六段

昔、「忘れぬるなめり」と、問ひ言《ごと》しける女のもとに、

70谷狭《せば》み峰まではへる玉かづら絶えむと人に
　わが思はなくに

◆現代語訳◆

昔、「私のことなどお忘れになったのでしょう」と、問いただしてきた女のもとに（男が詠んだ歌）、

谷せばみ…（谷が狭いので、峯まで生い茂る玉葛、その玉葛のように私たちの仲が絶えることがあろうとは思ってもおりませんのに）

◆語　釈◆

○**問ひ言**　問いただすこと、恨み言を言ってよこすこと。○**谷狭み～わが思はなくに（和歌70）**「狭み」は、形容詞「狭し」の語幹に接尾語「み」がついたもの。狭いので、の意。「玉かづら」の「玉」は美称。「かづら（葛・蔓）」は、つる草。つるの状態から、「絶ゆ」「長し」「延ふ」などにかかる。第三句まで「絶えむ」を導く序詞。「葛《くず》の覃《つる》中谷に施《の》び維《こ》れ葉萋萋《せいせい》たり」（詩経・周南・葛覃《かったん》）。「谷狭み峰辺にはへる玉かづらはへてしあらば年に来ずとも（万葉集・巻十二・三〇六七・作者未詳）。〈他出〉万葉集・巻十四・三五〇七・東歌、続後拾遺集・恋四・九一三・詠み人知らず（第二句「峰にはひたる」、第四五句「絶えむの心わが思はなくに」）。

◆鑑　賞◆

前段同様、万葉歌をもとに作られた段。前段の「玉の緒」→「玉かづら」、「絶えて」→「絶えむ」の連想で続く。同じく「玉かづら」を詠んだ、百十八段との関連も注意される。なお、定家本以外の本では、「いつはりと思ふものからいまさらに誰がまことをか我は頼まむ」（古今六帖・第四「雑の思」二一四一・作者名無）という女の返歌を載せる。

三十七段

昔、男、色好みなりける女に逢へりけり。うしろめたくや思ひけむ、

71我ならで下紐《したひも》解くな朝顔の夕影待たぬ花に
はありとも

返し、

72二人して結びし紐を一人してあひ見るまで
は解かじとぞ思ふ

◆現代語訳◆

昔、男が、色好みな女と出逢ったのだった。（女の浮気を）不安に思ったのだろうか（このような歌を詠んだ）、

我ならで…（私以外の相手には下紐を解かないでください。夕陽を待たずにしぼんでいく、朝顔の花のように移り気なあなたであったとしても）

（女の）返し、

二人して…（二人できつく結んだ紐ですもの、再びあなたと逢う時までは、一人でほどくことは決していたしません）

◆語　釈◆

○色好みなりける女→二十五段、二十八段、四十七段。**○我ならで〜花にはありとも（和歌71）**「下紐」は、下裳・下袴の紐。それを「解く」とは、男女が契りを結ぶこと。男女が別れる際に、互いに下紐を結びあい、再び逢うまで解かないとする風習があったらしい。「朝顔」は、秋の七草の一つ。漢名、牽《けに》牛子《ごし》。現在の朝顔のほか、桔梗、木槿、旋花などもさし、特定しがたい。和歌では、しばしばはかなさ、無常の象徴となる。ここでは、好色な女の移り気を寓する。〈他出〉新勅撰集・恋三・八二一・業平。**○二人して〜解かじとぞ思ふ（和歌72）**類歌「二人して結びし紐を一人して我は解き見じただに逢ふまでは」（万葉集・巻十二・二九一九・作者未詳）。

◆鑑　賞◆

多情な「色好み」である女に翻弄される、愚かしいまでの男の姿を描いた一連の章段の一つである。男は、夕方にははかなく萎む朝顔に、浮気な女をたとえる。「下紐解くな」の厳しく、切実な懇願に対し、女の返歌は、ややそっけない。

三十八段

昔、紀《き》の有常《ありつね》がりいきたるに、歩《あり》きて遅く来けるに、詠みてやりける、

73君により思ひならひぬ世の中の人はこれをや恋と言ふらむ

返し、

74ならはねば世の人ごとに何をかも恋とは言ふと問ひし我しも

◆現代語訳◆

昔、紀の有常のもとに出かけて行った時、よそを歩き回って、遅く戻って来たので、（その後、男が）詠んでやった（歌）、

君により…（あなたのおかげで知ることができました。訪れない人を待つ気持ち、これを恋と世の中の人は呼ぶのでしょうか）

（有常の）返し、

ならはねば…（恋の経験がなかったので、世間の人々がそれぞれ何を恋と呼ぶのかとあなたに尋ねていた、この私が、よりによってこの道の達人のあなたに恋を教えることになろうとは）

◆語　釈◆

○紀の有常がり　「紀の有常」は、十六段に既出。「がり」は、人名や代名詞について～のもとに、～のいる所へ、の意を表す接尾語。**○君により～恋と言ふらむ（和歌73）**　「思ひならひぬ」は、思い知った、経験してわかった、の意。男の訪れを待つ女の立場になって詠んだ歌。〈他出〉続古今集・恋一・九四四・業平。**○ならはねば～問ひし我しも（和歌74）**　「ならはねば」は、恋の経験がなかったので。「世の人ごと（毎）に」は、贈歌と同じく「言ふ」にかかる、とする『新釈』に従う。「問ひし」にかかるとする説が古くからの通説。「世の人の言草に」と解する説（愚見抄など）もある。

◆鑑　賞◆

十六段に続き、本段でも紀有常と主人公の親交が語られる。有常は業平の岳父ではあるが、むしろ気のおけない友人として描かれる。この贈答は、男である二人を恋人同士に見立てたところに面白みがある。また、恋の道に疎かっ

た有常が、その道の達人に恋を教えることになった、とする意外性に滑稽がある。男同士が恋人の立場になって、恋歌めいた贈答をすることで友情を確かめ合う例は、『万葉集』以来、少なくない。例えば大伴家持と大伴池主の親交が知られる。「秋の田の穂向き見がてりわが背子がふさ手折りける女郎花かも」（万葉集・巻十七・三九四三）では、家持は池主を「わが背子」と呼んで親愛の情を示している。あるいは『古今集』雑上（八八〇）の「月おもしろしとて、凡河内躬恒がまうで来たりけるに詠める　紀貫之　かつ見れどうとくもあるかな月影のいたらぬ里もあらじと思へば」などとも似た趣である。

三十九段

昔、西院《さいゐん》の帝と申す帝おはしましけり。その帝の皇女《みこ》、崇子《たかいこ》と申すいまそかりけり。その皇女失せたまひて、御葬《はぶ》りの夜、その宮の隣なりける男、御葬り見むとて、女車《をんなぐるま》にあひ乗りて出でたりけり。いと久しう率《ゐ》て出でたてまつらず。うち泣きて、止みぬべかりける間に、天《あめ》の下の色好み、源の至《いたる》といふ人、これも、もの見るに、この車を、女車と見て、寄り来て、とかくなまめく間に、かの至、蛍を取りて、女の車に入れたりけるを、車なりける人、「この蛍のともす火にや見ゆらむ。ともし消ちなむずる」とて、乗れる男の詠める、

◆現代語訳◆

昔、西院の帝と申し上げる帝がいらっしゃった。その帝の皇女に、崇子と申し上げる方がいらっしゃった。その皇女がお亡くなりになり、御葬送の夜、その宮の隣に住んでいた男が、御葬儀を見ようと思って、女車に（女と）同乗して出かけたのだった。ずいぶん長い間、棺を乗せた車をお引き出し申し上げない。泣くばかりで葬儀を見ずに終わってしまいそうだったところへ、天下の色好み、源の至という人が、これも見物に来ていて、この車を、女車と見て、近寄って来て、あれこれ色めいた振る舞いをしているうちに、あの至が、蛍を取って、女の車に入れたのを、車にいた人が、「この蛍火で姿が見えてしまうだろう。灯を消してしまおう」と思って、乗っている男の詠んだ（歌）、

75出でていなば限りなるべみともし消ち年経
ぬるかと泣く声を聞け

かの至、返し、

76いとあはれ泣くぞ聞こゆるともし消ち消ゆ
る物とも我は知らずな

天の下の色好みの歌にては、なほぞありける。至は、順《したがふ》が祖父《おほぢ》なり。みこの本意《ほい》なし。

出でていなば…（車が出て行ったならばこれが永遠の別れになるはずなのだから、灯を消して、皇女は長い年月をお過ごしになれたのだろうか、と泣いている皆の声をお聞きなさい）

あの至の、返し、

いとあはれ…（とてもおいたわしい。人々の泣く声が聞こえます。でも、灯を消しても本当に「思ひ」の「火」が消えるものとは私は思いませんよ）

天下の色好みの歌にしては、今ひとつの出来であった。至は、順の祖父である。（至の振る舞いは）皇女にとって不面目なものだった。

◆語　釈◆

○**西院の帝**　第五十三代淳和天皇。桓武天皇第三皇子。母は藤原百川女の旅子。名は大伴。平城・嵯峨天皇の弟。弘仁十四（八二三）～天長十年（八三三）在位。退位後御所とした淳和院（大宮東、四条北）を西院ともいったことからの称。○**崇子**　淳和皇女。母は橘船子。承和十五（八四八）年五月十五日、一九歳で薨去。○**いまそかりけり**　「いまそかり」は「いますかり」の転。「あり」の尊敬語。いらっしゃる、おいでになる、の意。○**御葬り**　御葬送。御葬儀。○**宮の隣なりける男**　業平を暗示。亡くなった皇女とはいとこの関係になる。○**女車**　女房の乗る牛車。出衣や下簾を出して、女性の乗車を示す。○**天の下の**　天下第一の、世間に名の知られた、の意。○**源の至**　嵯峨天皇の皇子源定の子。順の祖父。従四位上右京大夫。貞観五年（八六三）正月三日没。四十九歳。至が「天の下の色好み」であったことを裏付ける資料はない。○**なまめく**　色めかしくふるまう。懸想めいたそぶりをする。○**ともし消ちなむずる**　「ともし」は燈火。「なむずる」は助動詞「ぬ」の未然形「な」に助動詞「むず」の連体形「むずる」が接続したもの。○**出でていなば～泣く声を聞け（和歌75）**　「限りなるべみ」の「べみ」は、助動詞「べし」の語幹「べ」に、原因・理由を表す接尾語「み」のついた形。「ともし消ち」は「仏此の夜滅度したまふこと、薪尽きて火の滅するが如し」（法華経・序品）を踏まえ、皇女の死を釈迦の入滅になぞらえる。〈他出〉在中将集・四二。業平集・二六（第四句「としつむなかぬか」）。○**いとあはれ～我は知らずな（和歌76）**　「我涅槃を説くと雖も、是れ亦た真の滅に非ず」（法華経・方便品）により、皇女が真に亡くなったとは思われない、とする。燈火を消したところで、車の女性への「思ひ」の火は消えない、の意を込める。〈他出〉在中将集・四三（第四句「消ぬる物とも」）。**〇順**　源順。挙の子。梨壺の五人の一人として、万葉集の訓読と『後撰和歌集』の編纂に従事した。『和名類聚抄』の著者。『うつほ物語』の作者とする説もある。康保元年（九六四）上総権守、同四年和泉守、天元二年（九七九）能登守、従五位上に至る。永観元年（九八三）没、七三歳。

〇みこの本意なし　至の不謹慎な振る舞いが、亡くなった皇女にとって面目ないものだった、ということ。「親王の本になし（親王の所持していた本にはこの段はない）」という注記とみる説もある（片桐『全読解』）。

◆鑑　賞◆

この段では、皇女の葬送を背景に、「天の下の色好み」源至と、主人公の男が、歌の応酬をすることになる。男と女が同乗した女車を認めた至は、蛍を放った。蛍火で美しい女の姿を照らし出す、という趣向は、物語の一つの類型でもある。『うつほ物語』内侍督（初秋）巻では、朱雀帝が俊蔭女に魅了され、『源氏物語』蛍巻では、蛍兵部卿宮が玉鬘に心を惑わせる。至も、蛍火で車中の女を見ようとしたのである。男の「出でていなば…」は、法華経の序品を踏まえ、皇女の死を釈迦の入滅になぞらえて、至の不謹慎な振る舞いをたしなめた歌。一方、至は、「ともし消ち」「泣く」「聞く」の語句を共有しつつ、同じ法華経の方便品によって切り返す。釈迦・皇女が本当に亡くなったわけではないのと同様に、私の「思ひ」の「火」は消えないのだ、と厚かましく開き直るのである。「天の下の色好みの歌にては、なほぞありける」との語り手の評言は、やや手厳しい。なお、塗籠本にはこの段はない。

四十段

昔、若き男、けしうはあらぬ女を思ひけり。さかしらする親ありて、思ひもぞつくとて、この女をほかへ追ひやらむとす。さこそいへ、まだ追ひやらず。人の子なれば、まだ心いきほひなかりければ、とどむるいきほひなし。女もいやしければ、すまふ力なし。さる間に、思ひはいやまさりにまさる。にはかに、親、この女を追ひうつ。男、血の涙を流せども、とどむるよしなし。率《ゐ》て出でていぬ。男、泣く泣く詠める、

77 出でていなば誰か別れのかたからむありし
にまさる今日はかなしも

と詠みて、絶え入りにけり。親、あわてにけり。なほ、思ひてこそ言ひしか、いとかくしもあらじと思ふに、真実《しんじち》に絶え入りにければ、まどひて願《ぐわん》立てけり。今日の入相《いりあひ》ばかりに絶え入りて、またの日の戌《いぬ》の時ばかりになむ、からうして生き出でたりける。昔の若人《わかうど》は、さるすける物思ひをなむしける。今の翁、まさにしなむや。

◆現代語訳◆

昔、若い男が、まんざら悪くもない女のことを思っていた。邪魔立てする親がいて、好きになっては大変だと思って、この女をよそへ追いやろうとする。そうはいうものの、まだすぐに追い出してはいない。親に養われている子の立場でもあり、まだ意思の強さもなかったので、女をとどめるだけの力もない。女も身分が卑しいので、さからう力もない。そうしている間にも、恋しい想いはいっそうまさりにまさってゆく。いきなり、親は、この女を追い出した。男は、血の涙を流すけれども、女をとどめるすべはない。（人が）女を連れて出て行ってしまった。男が、泣く泣く詠んだ（歌）、

出でていなば…（女が自分から出て行くのならば、
誰が別れがたく思おうか。無理に仲を引き裂かれて、
以前にもまして今日は悲しいことだ）

と詠んで、気絶してしまった。親は、狼狽してしまった。やはり、子のことを思って言ったのだったが、まさかこんなことにはなるまいと思っていたのに、本当に絶命してしまったので、とまどって神仏に願立てをするのだった。今日の入相のころに絶命して、翌日の戌の時ごろになって、ようやく息を吹き返したのだった。昔の若人は、そんな酔狂な物思いをしたのだった。今の翁に、まさかそんなまねができようか。

◆語　釈◆

○けしうはあらぬ　そう悪くもない。まずまずだ。**○さかしら**　利口ぶったふるまい。おせっかい。**○思ひもぞつく**　「もぞ」は、不安や懸念を表す語法。～すると困る、～したら大変だ。**○心いきほひ**　気力。意志の強さ。**○女もいやしければ**　女は召使いで、男とは釣り合わない身分なのである。**○すまふ**　抵抗する。こばむ。**○追ひうつ**　追い払う、追放する。**○血の涙**　激しい悲しみの表現。「紅の涙」とも。「翁、嫗、血の涙を流して惑へど、かひなし」（竹取物語）。**○出でていなば～今日はかなしも（和歌77）**　初句、塗籠本「いとひては」。〈他出〉古今六帖・第四「別れ」二三五六・作者名無（初句「いとひては」、第五句「けさはかなしも」）。在中将集・七四（初句「いとひては」）。業平集・三二（初句「いとわびて」、第五句「けふはかなしな」）。続後撰集・恋三・八四〇・業平（初句「いとひても」）。**○絶え入りにけり**　「絶え入る」は、息絶える、人事不省になる。**○願立てけり**　神仏に祈願した。**○入相**　夕暮れ時。日没。**○戌の時**　午後七時から午後九時ころの時間帯。**○生き出でたりける**　「生き出づ」は、蘇生する。「絶え入る」の対。**○昔の若人は**　以下、語り手の批評。**○すける物思ひ**　「すく（好く）」は、恋や風流に熱心に打ち込む、の意。**○今の翁**　「昔の若人」に対していう。「昔の若人」と同一人物をさすか（知顕集・片桐『全読解』）。**○まさにしなむや**　「まさに～むや」は、どうして～しようか、の意の反語表現。「国王の仰せ言を、まさに世に住みたまはむ人のうけたまはりたまはでありなむや」（竹取物語）。「しなむや」の「し」は、サ変動詞「す（為）」の連用形。「死なむや」とする説もあるが、採らない。「為なんやにて、さるすける物思ひをば為なんやの意なり、死なんやにては、からうして息出でたりといふにかなはず」（玉勝間・五）。

◆鑑　賞◆

良家の若君と、その邸に仕える召使いの女の身分違いの悲恋を語る段である。男の親は、女を邸から追放してしまった。その悲嘆のあまり、男は「出でていなば…」の歌を詠んだまま絶命してしまう。親の懸命の祈願によって、ようやく蘇生したのだという。一種の滑稽譚の雰囲気があるが、「昔の若人」の一途に恋に打ち込む純真さを称揚してもいる。末尾の語り手の評言は、初段の「昔人は、かくいちはやきみやびをなむしける」に通ずるものがある。なお、塗籠本では男の歌の前に「いづこまで送りはしつと人問はば飽かぬ別れの涙河まで」という女の歌を載せる。

四十一段

昔、女はらから二人ありけり。一人は、いやしき男の貧しき、一人はあてなる男持たりけり。いやしき男持たる、十二月《しはす》のつごもりに、袍《うへのきぬ》を洗ひて、手づから張りけり。心ざしはいたしけれど、さるいやしきわざもならはざりければ、袍の肩を、張り破《や》りてけり。せむ方もなくて、ただ泣きに泣きけり。これを、かのあてなる男聞きて、いと心苦しかりければ、いと清らなる緑衫《ろうさう》の袍を、見出でて、やるとて、

78紫の色こき時はめもはるに野なる草木ぞわ
かれざりける

武蔵野の心なるべし。

◆現代語訳◆

昔、二人の姉妹がいたのだった。一人は、身分の低い男で貧しい者、もう一人は高貴な男を夫としていた。身分の低い男を夫にしていた女は、十二月の末に、袍を洗って、自分の手で糊張りをした。心を込めて懸命にしたけれども、そんないやしい仕事は慣れていなかったので、袍の肩を、張っているうちに破いてしまった。どうしようもなくて、ただ泣きに泣くばかりであった。これを、あの高貴な男が聞いて、とても気の毒に思ったので、たいそう美しい緑衫の袍を、見つくろって、贈るということで（その袍に添えられた歌は）、

紫の…（紫草の色が濃く美しい時は、芽も張って、遙かに見渡す限りの野にある草木がすべて一様に美しく見えて区別がつかないことです—私のいとおしい妻の縁につながる方々は、すべて慕わしく思われるのです）

これは有名な「武蔵野の一本ゆゑに…」の歌の趣意を踏まえているのだろう。

◆語　釈◆

○**女はらから**　姉妹（→初段）。○**いやしき男の貧しき**　「いやしき男」は、藤原敏行（→百七段）を暗示するという。「の」は同格を示す格助詞。○**あてなる男**　業平を暗示。○**袍**　男性貴族が衣冠束帯の正装の際に着た上衣。位階によって色が異なる。「袍を洗」うのは、新年の参内の準備。○**手づから張りけり**　自分の手で洗い張りした。「張る」は、のりづけした衣類を板に張って乾かす。○**さるいやしきわざ**　本来、衣類の洗濯は、召使いの仕事である。○**緑衫の袍**　「ろうさ

う」は「ろくさん」の転。緑色の袍で、六位が着用する。○**紫の～わかれざりける（和歌78）**「紫」は、紫草のこと（↓初段）。「めもはるに」は、「芽も張る」「目も遙に」の掛詞とみるのが通説だが、さらに「妻も張る」も懸けていよう。〈他出〉古今集・雑上・八六八・業平。古今六帖・第五「紫」三五〇一・業平（第四五句「野なる草木もあはれなりけり」）。在中将集・五四。業平集・五七。**○武蔵野の心なるべし**「紫の一本ゆゑに武蔵野の草はみながらあはれとぞ見る」（古今集・雑上・八六七・詠み人知らず）の趣意を踏まえたものであろう、という語り手の評言。

◆鑑　賞◆

『古今集』雑上（八六八）の詞書は「妻《め》のおとうとを持てはべりける人に、袍を贈るとて詠みてやりける　業平朝臣」とある。初段と関連の深い、最重要章段のひとつである。両段は「女はらから」「紫」の鍵語を共有しており、男の歌の後に古今集歌による説明を補足する構成も似通う。男の歌は、「武蔵野の一本ゆゑに…」の古歌によりながら、自分の愛する妻の縁に連なる人々は皆いとおしい、という真心を詠んでいる。困窮する義妹夫婦に、物心両面から温かな手を差し延べる、男の「みやび」を語る段であり、義父有常を援助した十六段にもよく似た話となっている。

四十二段

昔、男、色好みと知る知る、女をあひ言へりけり。されど、憎くはたあらざりけり。しばしばいきけれど、なほ、いとうしろめたく、さりとて、いかではたえあるまじかりけり。なほはた、えあらざりける仲なりければ、二日三日《ふつかみか》ばかり、さは

◆現代語訳◆

昔、男が、色好みとはよく知っていながらも、ある女と言い交わすようになった。多情ではあるけれども、憎く思うわけではなかった。しばしば通って行ったが、やはり、とても不安で、そうはいっても、女のもとに行かずにはいられそうもなかった。やはりまた、通わずにはいられない仲だったので、二日三日ほど、差し障りが

ることありて、えいかで、かくなむ、

79出でて来し跡だにいまだ変はらじを誰が通ひ路と今はなるらむ

ものうたがはしさに詠めるなりけり。

あって、行けなかったので、このように（歌を詠んだ）、

出でて来し…（私が出て行ったばかりの足跡さえもまだ変わらずに残っているのに、今は誰の通い路となっているのでしょうか）

疑わしく思って詠んだのだった。

◆語　釈◆

○色好み　好色な女性は、二十五段、二十八段、三十七段にも登場した。**○あひ言へりけり**　互いに情を交わしていた。**○されど**　以下、「なほ」「さりとて」「なほはた」など、男の逡巡の心情が繰り返される点に注意。**○さはること**　支障。具体的には物忌みなどであろう。**○出でて来し～今はなるらむ（和歌79）**「跡」は、男の足跡。消えやすい足跡でさえもまだ残っているのに、早くも別の男を通わせているかもしれない、として女の浮気を不安に思う歌。〈他出〉在中将集・七五（第三句「いまだ変はらぬに」）。業平集・五八「出でて来るやどだにいまだ変はらぬに誰が通ひ路とけふはなるらむ」。新古今集・恋五・一四〇九・業平（初句「出でていにし」、第三句「変はらぬに」）。

◆鑑　賞◆

「色好み」の女に翻弄される男の話である。短い章段ながら、「されど」「なほ」「さりとて」「なほはた」と、屈曲した文章の繰り返しによって、浮気な女に不安を抱きつつも、かえってそれゆえに執着を深めてゆく男の心情が、見事に描かれている。

四十三段

昔、賀陽《かや》の親王《みこ》と申す親王おはしましけり。その親王、女を思し召して、いとかしこうめぐみ使うたまひけるを、人なまめきてありけるを、我のみと思ひけるを、また人聞きつけて、文やる。ほととぎすのかたを描《か》きて、

80ほととぎす汝《な》が鳴く里のあまたあればなほ
　うとまれぬ思ふものから

と言へり。この女、けしきをとりて、

81名のみ立つしでのたをさは今朝ぞなく庵《いほり》あ
　またとうとまれぬれば

時は五月《さつき》になむありける。男、返し、

82庵多きしでのたをさはなほ頼むわが住む里
　に声し絶えずは

◆現代語訳◆

昔、賀陽の親王と申し上げる親王がいらっしゃった。その親王が、ある女をご寵愛なさって、たいそう目をかけてお使いになっていたが、ある男が好意を示していたが、自分一人と思っていたのに、他にも恋人がいると聞きつけて、（非難の）手紙を送る。ほととぎすの絵が描いてあって、

ほととぎす…（ほととぎすよ、お前が鳴く里がたくさんあるので—あなたには多くの恋人があるので—やはりうとましく思われます。あなたを恋しくは思っておりますものの）

と詠んでやった。この女は、男の機嫌をとって、

名のみ立つ…（根も葉もない噂ばかり立てられる、しでのたおさは、今朝鳴いて（泣いて）います。多くの庵を渡り歩いていると嫌われていますので）

時は五月なのだった。男の返歌、

庵多き…（多くの庵を渡り歩くという、しでのたおさを、それでも私は頼りにしております。私の住む里に来て声が絶えなければ、結構です）

◆語　釈◆

○**賀陽の親王**　桓武天皇第七皇子。母は丹治比真宗。常陸太守、上野太守、弾正尹、治部卿などを歴任。斉衡二年（八五五）二品。貞観十三年（八七一）薨去。七八歳。『栄花物語』「御裳着」や『今昔物語集』（巻二十四・二）によれば、細工に秀で

ていたという。左京二条二坊にあった邸宅は後に藤原頼通に伝領された。**○かしこう**　はなはだ。たいそう。**○めぐみ仕うたまひけるを**　「めぐむ」は、寵愛する、情けをかける、の意。**○なまめきて**　情をかわして。**○また人**　もう一人の男。**○かた**　絵。**○ほととぎす〜思ふものから（和歌80）**　多くの里を飛びまわる「ほととぎす」を多情な女にたとえた。「うとまれぬ」の「ぬ」は完了。〈他出〉古今集・夏・一四七・詠み人知らず。猿丸集・三五。在中将集・一九。業平集・九〇。**○けしきをとりて**　様子を察して、機嫌をとって。**○名のみ立つ〜うとまれぬれば（和歌81）**　「名」が「立つ」とは、噂が立つ、世間の評判になる、の意。「しでのたをさ（死出の田長）」は、ほととぎすの異名。死出の山から飛んで来て、田植えを促す田長（農夫長）の意。「なく」に「鳴く」「泣く」を懸ける。〈他出〉在中将集・二〇（第三句「我ぞなく」）。業平集・九一（第三句「けふぞなく」）。**○五月**　陰暦五月は、ほととぎすの季節。**○庵多き〜声し絶えずは（和歌82）**　「なほ頼む」に注意。最初の女への贈歌では「なほうとまれぬ」とあった。女への執心ゆえ、その浮気心に翻弄されつつも、男の態度が軟化しているのがうかがえる。〈他出〉在中将集・二一。業平集・九二（第二句「しでのたをさを」）。

◆鑑　賞◆

前段と同様、女の浮気に心を悩ましつつも、関係を断ち切れない男の様子を描いた段である。「賀陽の親王」など、実在の人物の名を持ち出すことで、前段よりも人間関係が具体的になっている。「ほととぎす…」は、『古今集』夏の題知らず、詠み人知らずの歌であるが、これから着想、物語化された段とみられる。「ほととぎす」に多くの男性の間を渡り歩く、奔放な女を寓する。「なほうとまれぬ思ふものから」の表現には、女を深く愛しつつもやはり恨めしく思わずにはいられない、矛盾した心理がうかがえる。男の疑念を感じ取った女は、「名のみ立つ…」の歌で、それは世間の噂に過ぎない、と開き直りつつ弁明につとめる。男の歌の「ほととぎす」を「しでのたをさ」、「汝が鳴く里のあまたあれば」を「庵あまた」と言い換えた、贈歌に密着した歌である。また贈歌の「鳴く（男性と関わりを持つ）」を、「（あなたに疑われて）泣く」と切り返すところに、女のしたたかな機知が感じられる。男もまた「庵多きしでのたをさ」と女の歌の表現を踏まえて返歌するものの、「なほ頼む」以下のように、女の浮気も許容せざるを得ない。すっかり女に籠絡されてしまった、男の姿をやや戯画的に描いている。

四十四段

昔、県《あがた》へ行く人に、馬の餞《はなむけ》せむとて、呼びて、うとき人にしあらざりければ、家刀自《いへとうじ》、盃《さかづき》ささせて、女の装束かづけむとす。あるじの、歌詠みて、裳《も》の腰に結ひつけさす。

83　出でて行く君がためにと脱ぎつれば我さへ
　　もなくなりぬべきかな

この歌は、あるが中におもしろければ、心とどめて詠ます。腹に味はひて。

◆現代語訳◆

昔、地方へ下る人のために、餞別の宴をしようということで、呼んで、疎遠な人ではなかったので、主婦が（侍女に）お酌をさせて、引き出物に女の装束を与えようとする。主人が、歌を詠んで、裳の腰にそれを結びつけさせる。

出でて行く…（旅立って行くあなたのために裳を脱いだので、私までも「裳」ならぬ「喪」がなくなってしまいそうですよ）

この歌は、宴席で詠まれた中でも面白かったので、心にとどめて詠ませる。腹で味わってみるのがよい。

◆語　釈◆

○**県へ行く人**　「県」は地方。国司として赴任する人。○**馬の餞**　送別の宴。旅先に馬の鼻を向けて、安全を祈った風習による。参考「船路なれど馬の餞す」（土佐日記）。○**家刀自**　家の主婦。「家刀自して」「家刀自に」とする本もあるが、これによれば次の「盃ささせて」の主語は「あるじ」となる。○**盃ささせて**　主語は家刀自。侍女に酌をさせるのである。○**かづけむとす**　「かづく」は、贈り物の衣服を相手の左肩にかけること。○**裳の腰**　「裳」は、女性の正装で、袴の上につけた。「腰」は腰紐のこと。○**出でて行く～なりぬべきかな（和歌83）**　「君がため」は、贈り物をする時の常套句（→二十段・和歌34、九十八段・和歌173）。「もなく」は、「裳無く」「喪無く」の掛詞によって旅の安全を予祝する。参考「旅にても喪なく早来と吾妹子が結びし紐はなれにけるかも」（万葉集・巻一五・三七一七・作者未詳）。〈他出〉古今六帖・第四「別れ」二三五五・業平（第二～四句「君をいはふとねぎつれば我さへなくも」）。在中将集・二九、業平集・九五（第二句「君をいはふと」）。○**心とどめて詠ます**　一応現代語訳のように解したが、難解。あるいは「心とどめで詠まず」か。○**腹に味はひて**　腹の中でよく味わって、玩味して、の意か。

◆鑑　賞◆

友人か親族か、親しい人が地方へ下るのを送り出す、餞別の宴のさまを語る段である。引き出物の裳に歌を結いつけた。「裳」「喪」の掛詞により、「喪」がなくなって安全に旅立ちできるとする、明るい機知が発揮された歌である。段末の語り手の批評は、やや難解だが、この機知を高く評価したものであることは動かない。

四十五段

昔、男ありけり。人の娘のかしづく、いかで、この男にもの言はむと思ひけり。うち出でむことかたくやありけむ、物病みになりて、死ぬべき時に、「かくこそ思ひしか」と言ひけるを、親聞きつけて、泣く泣く告げたりければ、まどひ来たりけれど、死にければ、つれづれとこもりをりけり。

時は六月《みなづき》のつごもり、いと暑きころほひに、宵は遊びをりて、夜更けて、やや涼しき風吹きけり。蛍高く飛び上がる。この男、見臥せりて、

84行く蛍雲の上までいぬべくは秋風吹くと雁に告げこせ

85暮れがたき夏のひぐらしながむればそのこととなくものぞかなしき

◆現代語訳◆

昔、ある男がいたのだった。ある人の娘で、親が大切に育てている女が、どうにかして、この男に想いを伝えたいと思っていたのだった。打ち明けることが難しかったのだろうか、病気になって、今にも死にそうな時に、「あの方のことを、こんなにも想っていたのです」と言ったのを、親が聞きつけて、泣く泣く告げて来たので、(男は)慌ててやって来たが、(娘は)死んでしまったので、(男は)なすこともなく家に籠もっていたのだった。

時は六月の末、とても暑い時節に、宵は管絃を奏でていて、夜更けになると、やや涼しい風が吹いて来た。蛍が高く飛び上がる。この男は、臥せりながら見て、

行く蛍…(飛んで行く蛍よ、雲の上まで行けるのならば、地上では秋風が吹いていると雁に告げておくれ)

暮れがたき…(なかなか暮れて行かない、そんな夏の一日中もの想いに沈んでいると、それといった理由

もないのにもの悲しい気分になることだ）

◆語　釈◆

○人の娘のかしづく　「娘の」の「の」は同格を表す。「かしづく」は、大事に育てる、養育する、の意。**○もの言はむ**　「もの言ふ」は、男女が親密に話す、情を交わす、の意。**○うち出でむことかたくやありけむ**　娘の心中を忖度する、語り手の評言。**○つれづれと**　手持ちぶさた。所在なく退屈なさま。**○こもりをりけり**　娘の死の穢れに触れたため、そのまま娘の家にこもった。**○六月のつごもり**　陰暦六月末。夏の終わり。上半期に蓄積された罪や穢れを祓う、六月祓え（夏越《なごし》の祓え）の行われる日でもある。**○遊びをりて**　「遊ぶ」は、ここでは楽器を演奏すること。「つれづれ」を紛らわすためだが、結果として亡魂を慰撫することにもなる。**○行く蛍～雁に告げこせ（和歌84）**　「蛍」に、男の身からあくがれ出た魂、「雁」に、娘の亡魂を暗示。「告げこせ」の「こせ」は上代の願望の助動詞「こす」の命令形。参考「蒹葭《けんか》水暗うして蛍夜を知る　楊柳風高うして雁秋を送る」（和漢朗詠集・上・夏・許渾）。〈他出〉後撰集・秋上・二五二・業平。古今六帖・第六「蛍」四〇一一・作者名無。在中将集・一〇。業平集・五九。**○暮れがたき～ものぞかなしき（和歌85）**　「ひぐらし」は、一日中。「蜩」を詠み込む。〈他出〉続古今集・夏・二七〇・業平。

◆補　注◆

『臆断』は、『万葉集』巻十六「夫《せ》の君に恋ひたる歌」（三八一一～三八一三）との類似を解く。その左註は「時に娘子《をとめ》ありけり。姓は車持氏になむありける。その夫、久しく年序を逕《へ》て往来を作《な》さざりけり。時に娘子、係恋に心を傷め、痾痾《やまひ》に沈み臥し、痩羸《そうるい》日に異《け》にして、忽に泉路に臨む。ここに使ひを遣りて、その夫の君を喚び来れり。すなはち歔欷《なげ》き渧《なみた》を流して、この歌を口号《くちずさ》み、すなはち逝歿《みまか》りけり」とある。

◆鑑　賞◆

男への想いを告白できぬまま病気になった娘が、死にそうになった。それを知った男は急いで駆けつけるが、娘は亡くなってしまった。死の穢れにふれた男は、家に籠もっては管絃で「つれづれ」を紛らわしている。まだ残暑も厳しい六月の晦だが、夜更けに秋の到来を告げる涼風が吹いてきた。折しも高く飛び上がった蛍を眺め、男は歌を詠んだ。「行く蛍…」の歌には「蛍」と「雁」が詠み込まれている。有名な「物思へば沢の蛍もわが身よりあくがれ出づる魂かとぞ見る」（後拾遺集・雑六・一一六二・和泉式部）のように、妖しく明滅する蛍火は、人の魂でもある。また、常世の国とこの世を往来する雁は亡魂を運ぶ鳥、あるいは魂そのものであった。この歌については、諸説あるものの、鈴木『評解』の解くように、「蛍」を男の身からあくがれ出た魂、「雁」を娘の亡魂と見るのが妥当である。亡き娘の切実な想いに引き寄せられるかのように、男の魂が蛍となって大空へ高く昇ってゆく。そこへ雁の姿となった娘の魂が飛来してくる。地上では結ばれなかった二人の魂が、天上で巡り逢い、交感しているのである。また、本段の二首の歌は「秋風吹く」→「夏の日ぐらし」と季節が逆行する配列となっているが、行きつ戻りつしながら夏から秋へと推移して行くさまを、細やかに捉えている。なお、塗籠本では、二つの章段に分割されている。

四十六段

昔、男、いとうるはしき友ありけり。片時さらず、あひ思ひけるを、人の国へいきけるを、いとあはれと思ひて、別れにけり。月日経て、おこせたる文に、

あさましくえ対面せで、月日の経にけること。忘れやしたまひにけむと、いたく思ひわびてなむはべる。世の中の人の心は、目離《か》る

◆現代語訳◆

昔、男に、たいそう親しい友がいたのだった。片時もそばを離れず、互いに思っていたのだが、地方に下ることになったのを、とても切なく思って、別れたのだった。月日を経て、友がよこしてきた手紙に、

あきれるほどご無沙汰しているうちに、ずいぶんと月日が経ってしまったことです。私のことをすっかりお忘れになったのではと、ひどく思い悩んでおります。世の中の人の心とは、しばらく会わずにいると、忘れ

れば、忘れぬべきものにこそあめれ。
と言へりければ、詠みてやる、
86目離るとも思ほえなくに忘らるる時しなければ面影に立つ

てしまうもののようですね。
と書いてあるので、詠んで贈った（歌）、
目離るとも…（私には、あなたの姿が見えなくなったなど、思われませんのに。あなたを忘れられる時がないので、あなたの面影がいつも目の前に立っています）

◆語　釈◆

○うるはしき　仲むつまじい。親密な。律儀な。礼儀をわきまえた仲をいう。　**○さらず**　避らず。離れられず、の意。**○人の国**（都に対して）地方。友人は、地方官として赴任したのである。**○あさましく**「あさまし」は、驚きあきれる、呆然、愕然とする気持ちを表す。　**○世の中の**　以下、『古意』が和歌とみるのに従うべきか。**○目離るれば**「目離る」は、視界から遠ざかって見えなくなる。会えなくなる。参考「一日も見ざれば三秋の如し」（詩経・王風・采葛）、「去る者は日に以て疎く、来る者には日に以て親しむ」（文選・巻二九・古詩十九首）。**○目離るとも～面影に立つ（和歌86）**「思ほえなくに」の「思ほえ」は、「思はゆ」の転「思ほゆ」の未然形、「なくに」は打消の助動詞「ず」未然形の古形「な」に接尾語「く」がついて名詞化したもの、「に」は感動を表す助詞。〈他出〉古今六帖・第四「面影」二〇六一・業平。在中将集・三〇（初句「わかるとも」、第五句「面影に見ゆ」）。業平集・六〇（初二句「わかるとも思ほえぬかな」、第五句「面影に見つ」）。

◆鑑　賞◆

地方に赴任した友人とのやりとりを語る段である。二人の親密な関係が、あたかも男女の仲のように語られているのが注目される。友人からの手紙には、男の心変わりを詰る趣があるが、文中の「世の中の～ものにこそあめれ」は、本来、和歌だったのだろう。男の歌は、「目離るとも」「忘らるる」と友人の言葉に密着しながら切り返しており、実質的には返歌といえる。「面影」も、「かくばかり面影にのみ思ほえばいかにかもせむ人目繁くて」（万葉集・巻四・七五二・大伴家持）のように、万葉以来、恋歌に頻用される語である。男女の恋に見立てることで、二人の友情の強さが確認される話となっている。なお、塗籠本にはこの段はない。

四十七段

昔、男、ねむごろに、いかでと思ふ女ありけり。されど、この男を、あだなりと聞きて、つれなさのみまさりつつ言へる、

87大幣《おほぬさ》の引く手あまたになりぬれば思へどえ
こそ頼まざりけれ

返し、男、

88大幣と名にこそ立てれ流れてもつひに寄る
瀬はありといふものを

◆現代語訳◆

昔、男が、深く思いを寄せていて、どうにかして（逢いたい）と思う女があった。しかし、女は、この男を不実だと耳にしていて、つれない態度をますます強めて詠むのだった、

大幣の…（大幣を引く手があまたであるように、あなたは多くの女性と関わっているのですから、いとおしくは思うものの頼りには出来ません）

返し、男（の詠んだ歌）、

大幣と…（大幣のように多くの女性を渡り歩いているとの噂が立ってはおりますが、流れてもついにはとどまる瀬があるというものです—私もついにはあなたのもとへと落ち着くのです）

◆語　釈◆

○**ねむごろに**　熱心に、真心こめて。　○**いかで**　下に「逢はばや」「逢はむ」などの省略がある。　○**あだなり**　浮気だ、移り気だ。　○**大幣の～頼まざりけれ（和歌87）**　「大幣」は、祓の際に用いられた幣。大串に麻・木綿・紙などをつけたもの。祓が終わると人々が引き寄せて身体を撫で、穢れを移して川に流した。引き寄せることから「引く手あまた」を導く。〈他出〉古今集・恋四・七〇六・詠み人知らず。在中将集・三五（第四五句「思ふものからえこそ頼まね」）。業平集・一七（第三句「とまらねば」）。　○**大幣と～ありといふものを（和歌88）**　「名にこそ立てれ」は、評判になっているが、噂が立っているが、の意。「こそ～已然形」による、逆接で下に続く構文。自身を「大幣」、相手の女を「寄る瀬」にたとえた。〈他出〉古今集・恋四・七〇七・業平。在中将集・三六（第五句「ありとこそ聞け」）。業平集・一八。

◆鑑　賞◆

『古今集』恋四（七〇六・七〇七）に、「ある女の、業平朝臣を所定めず歩きすと思ひて、詠みてつかはしける　詠み人知らず」「返し　業平朝臣」として載る。物語は、詞書よりも、やや具体的な記述となっている。贈答歌は、「大幣」を鍵語とする。女は「引く手」の枕詞として用い、多くの女性を渡り歩く男の多情さを詰る。男は、川に流される「大幣」も、ついには留まるように、自分にとっては、あなたこそが最後に落ち着くべき人だ、と巧みに切り返すことで、相手の懸念を払拭し、なだめようとする。男の歌は、『源氏物語』若菜下巻「世のたとひに言ひ集めたる昔語どもにも、あだなる男、色好み、二心ある人にかかづらひたる女、かやうなることを言ひ集めたるにも、つひに寄る方ありてこそあめれ、あやしく浮きても過ぐしつるありさまかな」という紫上の心内語に、否定的に引かれている。浮気な男も最後には一人の女に愛情を注ぐようになる、という古物語の常套に対し、厳しい現実を生きる紫上は、おのずと懐疑的にならざるを得ないのだった。

四十八段

昔、男ありけり。馬の餞《はなむけ》せむとて、人を待ちけるに、来ざりければ、

89今ぞ知る苦しきものと人待たむ里をば離《か》れ
ず訪《と》ふべかりけり

◆現代語訳◆

昔、ある男がいたのだった。餞別をしようと思って、旅に出る人を待っていたのだが、その人が来なかったので、

今ぞ知る…（今になって知りました、来てくれぬ人を待つのは苦しいものだと。私を待ってくれている女人のもとを絶えず訪ねるべきなのでした）

◆語　釈◆

○馬の餞↓四十四段。**○人**　これから旅に出る人。**○今ぞ知る～訪ふべかりけり（和歌89）**　初句・第二句は倒置表現。「人待たむ里」は、女が男の訪れを待っている所、の意で、恋歌的な発想による表現。三十八段の紀有常との贈答にも通ずるものがある。〈他出〉古今集・雑下・九六九・業平。新撰和歌・恋雑・三〇三。古今六帖・第二「里」一二九〇・業平。在中将集・六五。業平集・六。

◆鑑　賞◆

『古今集』雑下（九六九）の詞書には、「紀利貞が阿波介《あはのすけ》にまかりける時に、馬の餞せむとて、今日と言ひ送れりける時に、ここかしこにまかり歩きて夜更くるまで見えざりしかば、遣はしける　業平朝臣」とある。紀利貞は貞守の子。『古今集』に四首入集。貞観十七年（八七五）少内記、元慶三年（八七九）大内記、同年従五位下、同四年弾正少弼、同五年阿波介、同年没。元慶四年に業平は没しており、『古今集』詞書は疑問を残す。誤って業平の作と伝えられたものか。本段は、紀有常に待ちぼうけを食わされた、三十八段と設定が似ている。来ぬ恋人を待ち続ける辛い気持ちが今になってわかった、とするのも三十八段の「君により思ひならひぬ」と同じ口吻である。「人待たむ里をば離れず訪ふべかりけり」と反省するのも誹諧味がある。

四十九段

昔、男、妹のいとをかしげなりけるを、見をりて、

90うら若みねよげに見ゆる若草を人の結ばむことをしぞ思ふ

と聞こえけり。返し、

91初草のなどめづらしき言の葉ぞうらなく物を思ひけるかな

◆現代語訳◆

昔、男が、妹のとても可愛らしいのを、見ていて、

うら若み…（若々しいので、寝心地が良さそうに見える若草のようなあなたを、他の男がわが物としてひき結ぶことを残念に思います）

と申し上げた。（妹の）返し、

初草の…（初草のように、どうして思いもかけぬ妙なことをおっしゃるのでしょう。無心にお兄様をお慕い申しておりましたのに）

◆語　釈◆

○妹　「いもうと」は、本来、長幼にかかわらず姉妹をいう。ここでは、異腹の妹とみるべきか。**○うら若み～ことをしぞ思ふ（和歌90）**「うら若み」の「うら」は草葉の末、の意で、「根」「結ぶ」とともに「若草」の縁語。「み」は理由を表す接尾語。「ねよげに」の「ね」に「根」「寝」を掛ける。「若草」は若々しく可憐な妹の比喩。「結ぶ」は、草を結ぶ、の意に男女が契りを結ぶ、の意を掛ける。〈他出〉古今六帖・第六「はるくさ」三五四八・業平（第三句「若草の」）。新千載集・恋一・一〇一六・業平。**○聞こえけり**　謙譲表現に注意。妹の母が高貴であることを暗示するか。**○初草の～思ひけるかな（和歌91）**「初草の」は「めづらしき」にかかる枕詞。「うらなく」は、心を隔てず。「うら」は心の意だが、草葉の末の意も含み、「言の葉」とともに「初草」の縁語となる。〈他出〉新千載集・恋一・一〇一七・詠み人知らず。

◆鑑　賞◆

いつの間にか妹に恋情を抱いた男が、堪えきれずに想いを告白してしまった。男は、初々しい妹を若草にたとえ、いずれ他の男と結ばれてしまうことへの不安と未練を訴える。妹は、信じ切っていた兄から告白された、驚きと当惑

を詠む。ことの意外さに動揺しつつも、男の「若草」を「初草」に転じて「めづらしき」を導く枕詞とし、「(言の)葉」「末」の縁語で一首をまとめる周到な詠みぶりといえよう。

同母・異母を問わず、兄と妹の恋は、尋常でないだけに、さまざまな物語の重要な話柄となっている。『うつほ物語』では、侍従源仲澄が、同母妹のあて宮に恋心を抱いて苦悩するという話が見える。「御琴を習はしたてまつりたまふついでに」想いを告白する(藤原の君)のが注意される。また、『篁《たかむら》物語』では、主人公が異母妹に漢籍を教えているうちに恋仲になる。『源氏物語』総角《あげまき》巻には、本段について興味深い言及がみられる。匂宮が、同母姉の女一宮に戯れかける場面である。

在五が物語書きて、妹に琴教へたるところの、「人の結ばむ」と言ひたるを見て、いかが思すらむ、少し参り寄りたまひて、「いにしへの人も、さるべきほどは、隔てなくこそならはしてはべりけれ。いとうとうとしくのみもてなしたまふこそ」と忍びて聞こえたまへば(中略)ことしもあれ、うたてあやしと思せば、もののたまはず、ことわりにて、「うらなくものを」と言ひたる姫君も、ざれて憎く思さる。

多くの『伊勢物語』の伝本では、琴に関する記述はない。一部の本に「妹のいとをかしききんをしらべけるをみて」(最福寺本)や「妹のいとをかしげなるきんをしらぶとてみをりて」(時頼本)などとあるのは、むしろ総角巻の叙述を承けて生じた本文であろう。同じく『源氏物語』葵巻の次の場面も、本段を踏まえていよう。

思し放ちたる年月こそ、たださる方のらうたさのみはありつれ、忍びがたくなりて、心苦しけれど、いかがありけむ、人のけぢめ見たてまつり分くべき御仲にもあらぬに、男君はとく起きたまひて、女君はさらに起きたまはぬ朝あり。(中略)かかる御心おはすらむとはかけても思し寄らざりしかば、などてかう心憂かりける御心をうらなく頼もしきものに思ひ聞こえけむ、とあさましう思さる。

源氏と紫上の新枕の場面である。源氏と紫上は実の兄妹ではないものの「いとをかしき妹背と見え」るという(末摘花巻）。兄のように慕っていた源氏の予想外の振る舞いに、紫上はただ拗ねるばかりであった。そもそも紫上はその登場から「生ひ立たむありかも知らぬ若草をおくらす露ぞ消えむそらなき」「初草の若葉の上を見つるより旅寝の袖もつゆぞかわかぬ」（若紫巻）などと「若草」「初草」にたとえられていた姫君であった。

五十段

昔、男ありけり。恨むる人を恨みて、

92鳥の子を十《とを》づつ十は重ぬとも思はぬ人を思ふものかは

と言へりければ、

93朝露は消え残りてもありぬべし誰《たれ》かこの世を頼み果つべき

また、男、

94吹く風に去年《こぞ》の桜は散らずともあな頼みがた人の心は

また、女、返し、

95行く水に数書くよりもはかなきは思はぬ人を思ふなりけり

また、男、

96行く水と過ぐる齢《よはひ》と散る花といづれ待てて

◆現代語訳◆

昔、ある男がいたのだった。恨み言を言ってきた女を恨み返して、

鳥の子を…（鳥の卵を十個づつ十重ねられたとしても、自分を思ってくれない相手をいとしく思うものでしょうか）

と言ったところ（女がこのように詠んだ）、

朝露は…（はかない朝露でも消え残るということもあり得ましょう。しかし誰がこのあてにならない男女の仲を最後まで頼りに出来ましょうか）

また、男が、

吹く風に…（吹く風に去年の桜が散らずに残るとしても、ああ頼りないものですね、人の心というものは）

また、女の返し、

行く水に…（流れて行く水に数を書くことよりもはかないのは、自分を思ってくれない人を思うことなの

ふことを聞くらむ
あだ比べ、かたみにしける男女の、忍び歩《あり》きしけることとなるべし。

でした）

また、男が、

行く水と…（流れてゆく水と、過ぎて行く年月と、散る花と、いったいどれが待てという願いを聞いてくれるでしょうか）

とりとめもない、はかないもの比べを、互いにしていた男女が、他の相手のもとに忍び歩きをしていた時の出来事なのであろう。

◆語　釈◆

○鳥の子を～思ふものかは（和歌92）「鳥の子」は、鶏、雁、鴨などの鳥の卵。「十づつ十は重ぬとも」は、累卵（史記・范《はん》雎《しょ》伝）や重卵の故事（説苑・正諫）を踏まえ、危険なこと、実現不可能なことをいう。参考「三月つごもりがたに、かりのこの見ゆるを、これ十づつ重ぬるわざをいかでせむとて…結びては結ひして引き立てたれば、いとよう重なりたり」（蜻蛉日記・上巻・康保四年三月）、「いくつづついくつ重ねて頼ましかりのこの世の人の心を」（和泉式部集・七〇六）。〈他出〉古今六帖・第四「雑の思ひ」二一九七・紀友則（初句「雁の子を」、第四五句「人の心をいかが頼まむ」）。**○朝露は～頼み果つべき（和歌93）**「朝露」は、はかなく消えやすいもの、無常の象徴。「この世」は男女の仲。「頼み果つ」の「果つ」は、動詞の連用形について、完全に～する、すっかり～する、の意を表す。〈他出〉続後拾遺集・哀傷・一二四一・詠み人知らず。**○吹く風に～人の心は（和歌94）**「あな頼みがた」は、感動詞「あな」に、形容詞「頼みがたし」の語幹がついたもの。『古意』『新釈』などは、『白氏文集』「縦ひ旧年花梢に残りて後の春を待つとも頼み難きは是れ人の心なり」の翻案とするが、この詩句は諸本に見えない。「散らずして去年の桜はありぬとも人の心をいかが頼まむ」（古今六帖・第四「雑の思ひ」二二〇六・在原ときはる）。〈他出〉続古今集・恋四・一二八五・業平。**○行く水に～思ふなりけり（和歌95）**「是の身は常無し、念々住まらず、猶《な》ほ電光と暴水と幻炎との如く、亦《ま》た水に画《ゑが》くが如し」（涅槃経・巻二）。「水の上に数書くごときわが命妹に逢はむとうけひつるかも」（万葉集・巻十一・二四三三・作者未詳）。上田秋成『よしやあしや』は、本来、和歌92の次にあったはずとする。〈他出〉古今集・恋一・五二二・詠み人知らず。**○行く水と～ことを聞くらむ（和歌96）**「行く水」「散る花」は、前の二首を受ける。「過ぐる齢」に対応する歌はなく、不審。「待ててふ」の「てふ」は「といふ」の転。「こと」は言。真名本になく、後の補入とする説（古意・よしやあしや・新釈など）もある。一連の贈答を総括した歌であり、男はこの歌で応酬を打ち切ろうとする。○**あだ比べ**　「あだ」は、あてにならない、はかない、浮気だ。ここでは、はかないもの比べ、の意。さらに、こうした二人の競争じたいが「あだ」で、取るに足りないものであるとする。○**かたみに**　互いに。

◆**鑑　賞**◆

浮気な男女が、互いに相手の心の信じがたさを、はかない物によそえて歌を詠み合った、という話である。このやりとりは、いずれも、上の句に移ろいやすい景物を、下の句に人の心の頼みがたさを詠み込むという形式を踏まえている。どのような景物を持ち出して相手を打ち負かすかに、興味の中心がある。『古今六帖』第四に「女をはなれてよめる」とする、紀友則・在原ときはる・紀貫之・凡河内躬恒の歌群（二一九四〜二二三三）がある。和歌92と94は、この歌群にも見え、関連の深さがうかがえる。いずれの歌も下の句を「人の心をいかが頼まむ」と同じくし、上の句には「雁の子を十づつ十は重ぬとも」（二一九七）、「散らずして去年の桜はありぬとも」（二二〇六）のように、さまざまな景物を詠み込んでゆくのである。人々の間で、このような遊びが好まれていたことの反映であろう。

五十一段

昔、男、人の前栽《せんざい》に、菊植ゑけるに、

97植ゑし植ゑば秋なき時や咲かざらむ花こそ
散らめ根さへ枯れめや

◆**現代語訳**◆

昔、男が、ある人の前栽に、菊を植えた時に、

植ゑし植ゑば…（しっかりと植えておいたので、秋が来ない時には咲かないでしょうが（秋が来ないはずはありませんから、きっと咲くでしょう）。花は散ったとしても根まで枯れることはありましょうか）

◆語　釈◆

○**前栽**→二十三段。○**菊植ゑけるに**　相手の長寿を祈って菊を贈ったのである。○**植ゑし植ゑば〜根さへ枯れめや（和歌97）**「植ゑし植ゑば」は、動詞の繰り返しと副助詞「し」によって強意を示す。塗籠本など「うつし植ゑば」とする本も多い。「秋なき時や」で、あり得ないことを仮定。「咲かざらむ」「散らめ」「枯れめや」の畳みかける表現に注意。〈他出〉古今集・秋下・二六八・業平。大和物語・一六三段。古今六帖・第六「菊」三七三一・みちひら。在中将集・六。業平集・六九。

◆鑑　賞◆

『古今集』秋上（二六八）の詞書には「人の前栽に、菊に結びつけて植ゑける歌　在原業平朝臣」とあり、物語と大きな違いはない。中国伝来の花である菊は『万葉集』には見えず、平安時代以降、好んで詠まれるようになる。菊の露は不老長寿の薬と考えられており、この歌も、相手の長寿を祈って贈られたものであろう。枯れることのない菊の力強い生命力を詠んだ、祝意に満ちた歌である。「植ゑし植ゑば」の大胆な同語反復における強調、「秋なき時」という奇抜な仮定表現、「咲かざらむ」「散らめ」「枯れめ」の畳みかける口調など、いかにも業平ならではの非凡な詠みぶりである。『大和物語』百六十三段では、次のようにある。

在中将に、后の宮より菊を召しければ、奉りけるついでに

植ゑし植ゑば秋なき時や咲かざらむ花こそ散らめ根さへ枯れめや

と書いつけて奉りける。

二条后に贈った歌としている。「根さへ枯れめや」の表現に、昔と変わることのない、男の密やかな恋心を読み取ったのである。

五十二段

昔、男ありけり。人のもとより、飾り粽《ちまき》をおこせたりける返り事に、

98 菖蒲《あやめ》刈り君は沼にぞまどひける我は野に出でて狩るぞわびしき

とて、雉《きじ》をなむやりける。

◆現代語訳◆

昔、ある男がいたのだった。ある人のもとから、飾り粽を贈ってよこした、その返礼に、

菖蒲刈り…（菖蒲を刈りにあなたは沼で難渋したのですね。私は野に出かけて辛い思いで「刈り」ならぬ「狩り」をしました）

と言って、雉を贈ったのだった。

◆語　釈◆

○**飾り粽**　底本「かさなりちまき」を改める。粽は「粽　知万木　以菰葉包米、以灰汁煮之、令爛熟也。五月五日啖之」（和名抄）とあるように、糯米《もちごめ》を葦・菰・笹などの葉で巻いて蒸したもの。古くは茅の葉を巻いたことから「ちまき」という。これを五色の糸などで飾ったものが飾り粽。汨羅《べきら》に入水した屈原を哀れんで粽を作って供えた中国の故事により、五月五日の端午の節句で食する。「五月五日、小さき飾り粽を山菅の籠に入れて、為正の朝臣の女に心ざすとて　心ざし深きみぎはに刈る菰は千歳の五月いつか忘れむ」（拾遺集・雑賀・一一七二・道綱母）。　○**菖蒲刈り～狩るぞわびしき（和歌98）**　「菖蒲」は、しょうぶ。その香気が賞され、また邪気を払うものとして好まれた。端午の節句では、軒に葺かれたり、薬玉の材料となった。飾り粽に添えて、あるいは粽を菖蒲で巻いて贈ってきたのだろう。「刈り」と「狩る」、「君は沼にぞまどひける」と「我は野に出でて」と対句表現を多用した歌。〈他出〉大和物語・一六四段。在中将集・九。業平集・八四。

◆補　注◆

『大和物語』百六十四段に、次のようにある。

在中将のもとに、人の飾り粽おこせたりける返しに、かく言ひやりける、

菖蒲刈り君は沼にぞまどひける我は野に出でて狩るぞわびしき

とて、雉をなむやりける。

◆鑑　賞◆

前段と同様、折にふさわしい贈り物を話題とした段である。五月五日、知人が飾り粽を贈ってくれた、その返礼として男は雉を贈った。「菖蒲刈り君は沼にぞまどひける」と、知人の厚志に感謝し、「我は野に出でて狩るぞわびしき」と、難儀して得たこの雉を、どうか嘉納してください、というのである。上句と下句と、緊密な対句表現を凝らした歌であり、「刈り」「狩る」の掛詞が一首をまとめる要となっている。なお、「君は沼にぞまどひける」には、国を逐われ、汨羅に入水した屈原の姿を彷彿させるものがあろう。知人をかの偉大な憂国の士、屈原に見立てて持ち上げたのであり、機知的なユーモアが感じられる

五十三段

昔、男、逢ひがたき女に逢ひて、物語りなどするほどに、鶏《とり》の鳴きければ、

99いかでかは鶏の鳴くらむ人知れず思ふ心は
　まだ夜深きに

◆現代語訳◆

昔、男が、めったに逢えない女に逢って、親しく語りあっているうちに、鶏が鳴いたので、

いかでかは…（どうして鶏が鳴いて夜明けを告げているのでしょう。人知れずあなたを思うわが心は深くて、まだ夜深いと思っておりましたのに）

◆語　釈◆

○逢ひがたき女に逢ひて　この段は『遊仙窟』の「詎《なん》ぞ知らむ、憎む可《べ》き病鵲《びやうじやく》、夜半に人を驚かし、薄媚の狂鶏《きやうけい》、三更に暁を唱はむとは」を踏まえているという（臆断）。**○物語り**　男女の語らい。**○いかでかは～まだ夜深きに（和歌99）**〈他出〉

続後撰集・恋三・八二〇・業平。

◆鑑　賞◆

ようやく叶った女との逢瀬は、それが感慨深いものであるだけに、束の間の出来事に思われる。早くも鶏鳴が夜明けを告げた。満ち足りない思いで女のもとを去る、男の未練を描いた段である。男の歌は、「人知れず思ふ心」と同様に、「夜」もまだ深いはずなのに、鶏が鳴くとは不可解、として立ち去りがたい思いを詠んだものである。

五十四段

昔、男、つれなかりける女に言ひやりける、

100 行きやらぬ夢路《ゆめぢ》を頼む袂《たもと》には天つ空なる露や置くらむ

◆現代語訳◆

昔、男が、つれなかった女に詠んでおくった（歌）、

行きやらぬ…（まだあなたのもとへ辿りつけない夢の通い路を頼りにしている私の袂には、大空の露が置いてこんなにも濡れているのでしょうか）

◆語　釈◆

○**行きやらぬ～露や置くらむ（和歌100）**　「行きやらぬ」の「やる」は、動詞の連用形につき、最後まで～する、すっかり～する、の意を表す。多く否定形で用いられる。「夢路を頼む」は「夢路をたどる」とする本も多い。「露」は、涙の見立て。参考「夢路にも露や置くらむ夜もすがら通へる袖のひちてかはかぬ」（古今集・恋二・五七四・紀貫之）。〈他出〉後撰集・恋一・五五九・詠み人知らず（第二句「夢路にまどふ」、第四五句「天つ空なき露ぞおきける」）。

◆鑑　賞◆

現実での逢瀬が叶わぬところから、夢の中での出逢いを希求する、という発想の恋歌は多い。『古今集』時代には、

「限りなき思ひのままに夜も来む夢路をさへに人はとがめじ」（古今集・恋三・六五七・小野小町）、「住江の岸による波夜さへや夢の通ひ路人目よくらむ」（同・恋二・五五九・藤原敏行）のように、「夢路」「夢の通ひ路」などの歌語も生まれた。しかしその「夢路」も、思うがままに恋人のもとに通うことはできない。たどり着けずに夢から覚めて、気づくと涙で袂が濡れていた、というのである。甘美な夢の世界から、現実に引き戻されるが、その余韻は覚めやらない。

五十五段

昔、男、思ひかけたる女の、え得まじうなりての世に、

101 思はずはありもすらめど言の葉の折節ごとに頼まるるかな

◆現代語訳◆

昔、男が、思いを寄せていた女が、得ることが出来そうもなくなった頃に（詠んだ歌）、

思はずは…（私のことを思ってはくれないのでしょうが、あなたのなげのお言葉に、折あるごとに期待をかけてしまうのです）

◆語　釈◆

○**思ひかけたる女の、え得まじうなりて**　「女のえ得まじかりけるを」（六段）に類似。この「女」は、二条后を暗示するか。

○**思はずは～頼まるるかな（和歌101）**　「思はずは」の「ずは」は、打消の助動詞「ず」に強調の意の係助詞「は」がついたもの。「頼まるる」の「るる」は自発の助動詞「る」の連体形。〈他出〉続後撰集・恋三・八五六・業平。

◆鑑　賞◆

「え得まじうなりて」とあるのは、入内などの事情をさすのだろうか、容易に言葉を交わすこともかなわない。け

れども「言の葉の折節ごとに」とあり、女は全く男を無視しているわけでもない。時折はなげの言葉もあったのだろう。そのために、かえって女を諦めきれずに煩悶を続けることになる。なお、塗籠本にはこの段はない。

五十六段

昔、男、臥して思ひ、起きて思ひ、思ひあまりて、

102わが袖は草の庵《いほり》にあらねども暮るれば露の
宿りなりけり

◆現代語訳◆

昔、男が、臥しても起きていても（女のことを）恋しく思っていて、ついに思いあまって（詠んだ歌）、

わが袖は…（私の袖は草の庵ではないけれども、日が暮れると露の宿りになるのでした―あなたを思う涙でぐっしょり濡れるのでした）

◆語　釈◆

○臥して思ひ、起きて思ひ　「立ちて見、ゐて見れど」（四段）に類似。　**○わが袖は～宿りなりけり（和歌102）**「草の庵」は、草葺きの粗末な小屋の意で、「露の宿り」に照応。日が暮れて、恋しい人に逢えない悲しみの涙で袖を濡らしていることを詠んだ歌。参考「蘭省の花の時の錦帳の下　廬山の雨の夜の草庵の中」（白氏文集・巻一六・香炉峰下新たに山居を卜し、草堂初めて成り、偶東壁に題す。和漢朗詠集・下・山家）〈他出〉新勅撰集・雑二・一一二三・業平。

◆鑑　賞◆

恋人に逢えぬ悲しみの涙で袖が濡れるというのは、五十四段にも共通する発想である。「草の庵」は、粗末な小屋を意味する歌語であり、身分卑しい自身を卑下してもいる。人の訪れもない、夕露に濡れる草庵の物寂しい情景と、物思いに沈み、涙にむせぶ男の心情とが見事に対応した歌である。

五十七段

昔、男、人知れぬ物思ひけり。つれなき人のもとに、

103恋ひわびぬ海人《あま》の刈る藻《も》に宿るてふわれから身をもくだきつるかな

◆現代語訳◆

昔、男が、人に知られぬ物思いに悩んでいた。冷淡な人のもとに（詠んでやった歌）、

恋ひわびぬ…（すっかり恋に疲れ果ててしまいました。海人が刈る藻に宿る「われから」ではありませんが、私自身のせいでこんなに身をくだくようなつらい思いをしているのです）

◆語　釈◆

○**つれなき人**　五十四段にも「つれなかりける女」とあった。

○**恋ひわびぬ〜くだきつるかな（和歌103）**「海人の刈る藻に宿るてふ」は、「われから」の序詞。「てふ」は「といふ」の約。「われから」は、海藻に棲む甲殻類の節足動物。乾くと体が割れることからワレカラ（割殻）の名があるという。この虫の名に「我から」を掛ける。「身をもくだきつるかな」は、激しい恋の苦しみの表現だが、虫の「われから」の体が割れることの連想もある。〈他出〉業平集・一〇四。新勅撰集・恋二・七二〇・詠み人知らず。

◆鑑　賞◆

人しれぬ恋に煩悶する男の姿を語る段である。「恋ひわびぬ…」の和歌は、六十五段にも見える「海人の刈る藻に棲む虫のわれからと音をこそ泣かめ世をばうらみじ」（古今集・恋五・八〇七・藤原直子）の影響が著しい。身を砕くような思いに苦しんでいるのも、誰のせいでもない、振り向いてもくれぬ女を恋してしまった自分自身のせいである、と自らを省みる歌である。

五十八段

昔、心つきて色好みなる男、長岡といふ所に、家造りてをりけり。そこの隣なりける宮ばらに、こともなき女どもの、田舎なりければ、田刈らむとて、この男のあるを見て、「いみじの好き者のしわざや」とて、集まりて、入り来ければ、この男、逃げて奥に隠れにければ、女、

104あれにけりあはれいく世の宿なれや住みけむ人の訪れもせぬ

と言ひて、この宮に、集まり来ゐてありければ、この男、

105葎《むぐら》おひて荒れたる宿のうれたきはかりにも鬼のすだくなりけり

とてなむ出だしたりける。この女ども、「穂拾はむ」と言ひければ、

106うちわびて落穂拾ふと聞かませば我も田づらに行かましものを

◆現代語訳◆

昔、風流心があって、色好みである男が、長岡という所に、家を造って住んでいた。その隣にいた宮様がたのもとに、まんざらでもない女房たちが、田舎なので、稲刈りをしようと思って、この男がいるのを見て、「（稲刈りとは）たいそうな数奇人《すきびと》のおふるまいですこと」と言って、集まって、男の邸に入ってきたので、この男は、逃げて奥に隠れてしまったので、女が、

あれにけり…（あれ、逃げてしまった。それにしてもすっかり荒れ果ててしまったことだ。ああ、どれだけ長い年月を経てきた宿なのだろう。住んでいたとかいう人の訪れもないことだ）

と言って、この宮に、集まって来て居座っているので、この男は、

葎おひて…（葎が生い茂って荒れ果てた宿の気味悪いのは、かりそめにも鬼が集まっているからです）

と詠んで差し出したのだった。この女どもが、「一緒に落穂拾いをしましょう」と言ったので、

うちわびて…（あなた方がうなだれて落穂を拾うと聞きましたら、私も田んぼに出て落穂拾いするのですが。乱暴なあなた方とはごめんですよ）

◆語　釈◆

○**心つきて**　諸説あるが、風流心や良い趣味、思慮分別があり、気が利いている、などの意であろう。参考「(種松ハ)かたち清げにて、心つきてあり」(うつほ物語・吹上上)。○**色好みなる男**　業平を暗示。○**長岡**　現在の京都府向日市・長岡京市・京都市西京区にまたがる地。延暦三年(七八四)十一月に平城京から遷都。造長岡京使藤原種継暗殺事件や早良《さわら》親王の死などの凶事により、同十三年には平安京に遷都。未完成の都であった(→八十四段)。○**宮ばら**　宮様がた。「ばら」は「殿ばら」のように、複数を示す接尾語。業平の母伊都《いと》内親王の姉妹にあたる皇女たちが実際に住んでいたのだろう。「宮腹」として、后・皇女の腹に生まれた子、とする説(古意など)もあるが、採らない。○**こともなき**　これといって難がない。悪くない。なかなかだ。○**田刈らむとて～見て**　塗籠本は「田刈らすとて、この男見をりけるに」とあり、男が下人に稲刈りさせ、監督しているとするが、物語の面白味が半減することは否めない。○**いみじの好き者のしわざや**　風流人にふさわしからぬ稲刈りをする男への、女たちのからかいの言葉。○**あれにけり～訪れもせぬ(和歌104)**　「荒れにけ」と「あれ逃げ」を掛けるか(片桐『全読解』)。〈他出〉古今集・雑下・九八四・詠み人知らず。新撰和歌・恋雑・二七一。古今六帖・第二「やど」一三〇五・伊勢(初句「あれにける」)。○**この宮**　男の邸をさす。母宮から伝領した邸、という含みがあろう。○**葎おひて～すだくなりけり(和歌105)**　「葎」は既出(→三段)。「うれたし」は、「うれいたし(憂甚し)」の転。不気味だ、いまいましい、などの意。「かりにも」は、「仮にも」に「葎」の縁語「刈りにも」を掛ける。廃屋に棲む「鬼」に女たちをたとえる。参考「陸奥の安達の原の黒塚に鬼こもれりと聞くはまことか」(拾遺集・雑下・五五九・平兼盛、大和物語・五十八段)。「すだく」は、騒がしく集まる、の意で、主に鳥や虫についていうが、「わが御殿の、明け暮れ人しげくて、もの騒がしく、幼き君たちなど、すだきあわてたまふにならひたまひて」(源氏物語・横笛)のような例もある。「葎おひて荒れたる宿の恋ひしきに玉とつくれる宿も忘れぬ」(古今六帖・第六「葎」三八七五・作者名無)。○**穂拾はむ**　これも、男への女たちのからかい。○**うちわびて～行かましものを(和歌106)**　「落穂拾」うのは、困窮する者が、かろうじて命をつなぐことをいう。「凡そ百姓雇はれて稲を刈る日、人を率て穂を拾ふことを得ず」(延喜式・第五十・雑式)、「彼《かしこ》に遺秉《ゐへい》有り此《ここ》に滞穂《たいすい》有り伊れ寡婦の利なり」(詩経・北山之什・大田)。「聞かませば～行かまし」は、反実仮想の構文。

◆鑑　賞◆

色好みで風流人として名高いはずの主人公が、無遠慮で厚かましい女たちに散々な目に遭わされるという、滑稽譚である。男が稲刈りをしている、という現実ばなれした設定が笑いを誘う。『万葉集』に「住吉の小田を刈らす子奴《やつこ》かもなき　奴あれど妹がみためと私《わたくし》田《だ》刈る」（万葉集・巻七・一二七五・人麻呂歌集）という旋頭歌《せどうか》がある。住吉の小田を刈っていらっしゃる若様よ、奴僕はいないのかい、奴僕はいるがあの娘のために私田を刈っているのさ、という掛け合いの歌である。こうした民謡的・集団的な笑いが本段にも通底していよう。女たちは「いみじの好き者のしわざや」と男をからかい、男は「鬼のすだく」と応酬する。一見すると、手厳しい言葉のやりとりのようだが、場の設定が重要である。長岡の古京は、業平の母伊都内親王ゆかりの地であり（→八十四段）、内親王の姉妹の皇女たちも居住していたらしい。こうした親密さを前提とした、遠慮のない掛け合いである。礼儀にとらわれない、身近な間柄であるからこそ、かかる奇矯な贈答が生まれたのである。

五十九段

昔、男、京をいかが思ひけむ、東山《ひむがしやま》に住まむと思ひ入りて、

107住みわびぬ今は限りと山里に身を隠すべき
　宿求めてむ

かくて、物いたく病みて、死に入りたりければ、面《おもて》に水そそきなどして、生き出でて、

108わが上に露ぞ置くなる天の河門《と》渡る舟の櫂《かい》
　の雫《しづく》か

となむ言ひて、生き出でたりける。

◆現代語訳◆

昔、男、京をどのように思ったのか、東山に住もうと思い込むようになって（詠んだ歌）、

住みわびぬ…（すっかり京に住むのがいやになった。今はこれまでと、山里に身を隠すための宿をさがしに行こう）

こうしているうちに、ひどく病んで、絶命してしまったので、（周りの人々が）顔に水をかけたりしたところ、息を吹き返したので、

わが上に…（私の顔の上に露が置いているようだ。これは、天の河の水門を渡る舟の櫂の雫なのだろうか）

と言って、息を吹き返したのである。

◆語　釈◆

○京をいかが思ひけむ　「京にありわびて、東にいきけるに」（七段）、「京や住み憂かりけむ、東の方に行きて住み所求めむ」（八段）「京にはあらじ。東の方に住むべき国求めに」（九段）など、東下りを想起させ、次の「東山」を導く語り口。**○東山**　加茂川の東に、南北に連なる山々。**○思ひ入りて**　深く思い込む、の意に、山に入る、の意を響かす。以下、「入る」「出づ」が言葉遊び的に交互に繰り返される点に注意。

○住みわびぬ～宿求めてむ（和歌107）〈他出〉後撰集・雑一・一〇八三・業平、古今六帖・第二「山里」九八四・業平、在中将集・七八（第四句「つま木こるべき」）、業平集・九（第二句「今は限りぞ」、第四句「つま木こるべき」）。**○死に入りたりければ**　「死に入る」は、息が絶える、人事不省になる。「絶え入る」に同じ。**○面に水そそきなどして、生き出でて**　「生き出づ」は、「死に入る」の対。蘇生する（→四十段）。参考「時に窮子悶絶して地に躄《たふ》る、父遙かに之を見て使に語りて言はく…冷水を以て面に灑《そそ》ぎて醒悟することを得せしめよ」（法華経・信解品）、「（石上中納言ノ）御眼は白眼にて臥したまへり。人々水をすくひ入れたてまつる。からうして生き出でた

まへるに」（竹取物語）。**〇わが上に～櫂の雫か（和歌108）**「門渡る」の「門」は、河門。両岸が狭まって渡るのに適した場所をいう。七夕伝承を踏まえた歌。壮大な夫の河と微かな露の対比。「わが袖に露ぞ置くなる天の河雲のしがらみ波や越すらむ」（後撰集・秋中・三〇三・詠み人知らず）。〈他出〉古今集・雑上・八六三・詠み人知らず。新撰和歌・恋雑・二〇七。

◆鑑　賞◆

軽妙な一段である。都の生活に嫌気がさした男が「あづま」ならぬ「ひむがし山」に籠もろうとする。これが『冷泉家流伊勢物語抄』の「東の方に行きけるとは、実にありわびてあづまに行くにはあらず。二条の后を盗み奉ることあらはれて、東山の関白忠仁公（良房）の許に預け置かるるを云ふなり」という東下り否定説の根拠ともなっている。さらに、物思いが嵩じて絶命してしまうものの、面に水を浴びせたら蘇生したという。天上の恋を美しく描いた七夕歌をここに転用することで、大きな格差、誹諧味が生まれた。「思ひ入り」→「死に入り」→「生き出で」という言葉遊びもみられる。ちなみに、この段は、塗籠本では、「つひに行く…」の歌（定家本百二十五段）と合わせて、最終段に置かれている。

六十段

昔、男ありけり。宮仕へ忙しく、心もまめならざりけるほどの家刀自《いへとうじ》、「まめに思はむ」と言ふ人につきて、人の国へいにけり。この男、宇佐《うさ》の使にていきけるに、ある国の祇承《しぞう》の官人の妻《め》にてなむあると聞きて、「女あるじにかはらけ取らせよ。さらずは飲まじ」と言ひければ、かはらけ取りて、出だしたりけるに、肴《さかな》なりける橘を取りて、

109 五月《さつき》待つ花橘の香をかげば昔の人の袖の香
ぞする

と言ひけるにぞ、思ひ出でて、尼になりて、山に入りてぞありける。

◆現代語訳◆

昔、ある男がいたのだった。宮仕えが忙しくて、誠実に愛したともいえないほどの仲であった妻が、「真心込めてあなたを愛します」と言う男に従って、地方へ下ったのだった。この、もとの夫は、宇佐神宮へ勅使として行ったのだが、ある国の祇承の役人の妻になっていると聞きつけて、「女主人に酌をさせよ。でなければ飲まないぞ」と言うので、女が盃を取って、差し出したところ、男は、肴の橘の実を手に取って、

五月待つ…（五月を待って咲く、花橘の香をかぐと、昔の恋人の袖の香りがすることだ）

と詠んだので、女は、昔のことを思い出して、尼になって、山に入ってしまったのだった。

◆語　釈◆

○まめ　まじめだ、誠実だ。**○家刀自**→四十四段。**○人の国**　地方（→四十六段）。**○宇佐の使**　天皇の即位や国家の大事の際に、宇佐八幡宮へ派遣された勅使。道鏡事件の時に和気清麻呂が派遣されたことは有名。八幡宮は、豊前国宇佐郡（現在の大分県宇佐市）にあり、応神天皇・比売神・神功皇后を祀る。**○祇承の官人**　勅使下向の際に、宿舎や饗応、接待に従事する臨時の役人。「葛城王の陸奥国に遣はされし時に、国司の祇承緩怠《おほろか》なること、異《け》に甚し」（万葉集・巻十六・三八〇七左註）。**○かはらけ**　盃。釉《うわぐすり》をかけない素焼きの盃をいう。**○五月待つ～袖の香ぞする（和歌109）**「五月待つ」は、五月を待って咲く、の意。「昔の人の袖の香」は、昔の恋人が袖にたきしめた薫香。〈他出〉古今集・夏・一三九・詠み人知らず。新撰和歌・夏冬・一二七。古今六帖・第六「橘」四二五五・伊勢。**○尼になりて、山に入りて**　わが身の軽率さを恥じる女のふるまい。

◆鑑　賞◆

男の愛情の薄さに見切りをつけた女が、新たな夫とともに地方に下る。やがて宇佐の勅使に出世した昔の夫と再会する、という運命の皮肉を語る段である。朝廷の威を借りて盃を強要する男の姿に、女は身分の懸隔を恥じずにはいられない。男と別れた浅慮を後悔もしていよう。橘の実を手にして、男は「五月待つ…」の和歌をふと口ずさむ。さほど愛情深い仲ではなくとも、二人の間には様々な出来事があったはずである。自分の許から去った女への恨みもあろうが、それらをも含めて、男には過去が懐かしく、いとおしく思い出されているに違いない。そうした思いが、橘を契機として、おのずと歌になった。本来、この歌は『古今集』詠み人知らずの古歌だが、その詠まれた背景について人々の想像力を刺激するものがあったのだろう。かくして一篇の物語が生まれた。

この歌が広く親しまれることで、「橘の香」＝「懐旧」という歌ことばの連想が定着した。『源氏物語』「花散里」は、過ぎ去った桐壺朝への懐古の雰囲気の強い巻である。巻名の由来となった光源氏の歌「橘の香をなつかしみほととぎす花散る里を訪ねてぞとふ」もやはり、橘の香が過去の記憶を蘇らせている。この巻で初めて紹介される花散里は、その好ましい人柄によって源氏に重んじられる女君である。

我ならざらむ人は見ざめしぬべき御ありさまを、かくて見るこそうれしく本意あれ、心軽き人の列《つら》にて、我に背きたまひなましかば、など御対面の折々には、まづわが御心の長さも、人の御心の重きをも、うれしく思ふやうなりと思しけり。こまやかに古年の御物語など聞こえたまひて（初音）

昔の物語を懐かしく語り合うところに、長年にわたる二人の深い絆がうかがえる。源氏から離れることなく信頼し続け、すべてを委ねる花散里の姿は、あたかも本段の女を反転させたかのようである。

六十一段

昔、男、筑紫《つくし》までいきたりけるに、「これは、色好むといふ好き者」と、簾《すだれ》のうちなる人の言ひけるを、聞きて、

110 染河《そめがは》を渡らむ人のいかでかは色になるてふことのなからむ

女、返し、

111 名にし負はばあだにぞあるべきたはれ島波の濡れ衣着るといふなり

◆現代語訳◆

昔、男が、筑紫まで出かけて行ったときに、「これが、色を好むという評判の伊達男です」と、簾の奥にいる女が言ったのを、耳にして、

染河を…（ものを染めるという名を持つ染河を渡る人が、どうして色好みにならないことがありましょうか）

女の返し、

名にし負はば…（「たはれ島」という名を背負っているのですから、戯れ好きの浮気者なのでしょう。でも波で濡れた衣を着せられて、あらぬ噂が立っているとも聞きます）

◆語　釈◆

○筑紫　現在の福岡県。筑前・筑後に分かれる。九州地方全体をもいう。**○染河を〜ことのなからむ（和歌110）**「染河」は、現在の福岡県太宰府市にある小川。「逢染河」とも。参考「筑紫なる思ひそめ河渡りなば水やまさらむ淀む時なく」（後撰集・恋六・一〇四六・藤原真忠）、「渡りてはあだになるてふ染河の心づくしになりもこそすれ」（同・同・一〇四七・詠み人知らず）、「あだ人の頼め渡りし染河の色の深さを見でやみなむ」（大和物語・二十二段、続後拾遺集・雑中・一一二九・良岑宗貞）。〈他出〉拾遺集・雑恋・一二三四・業平。**○名にし負はば〜着るといふなり（和歌111）**「名にし負はば」は既出（→九段）。「たはれ島」（風流島）は、現在の熊本県宇土市にある島。「たはれ」は、好色なふるまいをする、愛欲に溺れる、の意。参考「まめなれどあだ名は立ちぬたはれ島寄る白波を濡れ衣に着て」（後撰集・雑一・一一二〇・大江朝綱）。〈他出〉後撰集・羇旅・一三五一・詠み人知らず（第二句「あだにぞ思ふ」、第五句「いくよきつらむ」）。

◆鑑　賞◆

前段同様、九州を舞台とする段である。男の色好みの噂は遠く筑紫にまで及んでいるのだという。「これは、色好むといふ好き者」という簾中の言葉は、男への挑発の意味が込められていよう。それを聞き逃さず、男は「染河を…」と詠む。女の言葉「色好む」から連想される地名「染河」を詠み込む、手際のよさである。土地の名を詠むことは、挨拶の意味がある。また、河を渡るとは、男女が一線を越えることの比喩でもあり、やはり女を挑発する歌となっている。女の歌は、「たはれ島」という名を持っているのだから、「あだ」なのも当然だが、それも実は「濡れ衣」を着ているにすぎない、噂ほどの色好みでもないのでしょう、と冷やかし、と反撥する。土地の名の面白さに拘った、軽妙なやりとりである。111歌は『後撰集』羇旅（一三五一）に「たはれ島を見て　詠み人知らず」として載る。

六十二段

昔、年ごろ訪れざりける女、心かしこくやあらざりけむ、はかなき人の言《こと》につきて、人の国なりける人に使はれて、もと見し人の前に出で来て、物食はせなどしけり。夜さり、「このありつる人たまへ」と、あるじに言ひければ、おこせたりけり。男、「我をば知らずや」とて、

112いにしへのにほひはいづら桜花こけるからともなりにけるかな

と言ふを、いと恥づかしと思ひて、答《いら》へもせでゐたるを、「など、答へもせぬ」と言へば、「涙のこぼるるに、目も見えず、ものも言はれず」と言ふ。

113これやこの我にあふみを逃れつつ年月経れどまさり顔《がほ》なき

と言ひて、衣《きぬ》脱ぎて取らせけれど、捨てて逃げにけり。いづちいぬらむとも知らず。

◆現代語訳◆

昔、長らく男が訪ねなかった女が、賢明ではなかったのだろうか、あてにならないない男の言葉に従って、地方にいた人に使われるようになって、（ある時）以前一緒に暮らしていた夫の前に出て来て、給仕などをしたのだった。夜になって、「このさきほどの女をよこして下さい」と、主人に言ったので、女をよこして来た。男が、「私に見覚えはないか」と言って、

いにしへの…（昔の美しさはどこへ行ってしまったのだろう、桜花よ、すっかり花もしごき落とされてむなしい幹ばかりになってしまったな）

と言うので、女は実に恥ずかしいと思って、答えもしないでいると、「なぜ、答えないのだ」と言うので、「涙がこぼれて、目も見えず、ものも言えないのです」と言う。

これやこの…（これがあの、私と一緒に暮らすのを厭って逃れた女なのだな。長い年月を経ても見栄えのしないことだ）

と言って、衣を脱いで与えたけれど、女は捨てて逃げ去ったのだった。どこへ去って行ったともわからない。

◆語　釈◆

○**心かしこくやあらざりけむ**　語り手の推測のことば。○**はかなき**　「人の言」にかかる。○**人の国**→六十段。○**もと見し**　「見る」は、夫婦として一緒に生活する、暮らす、の意。○**物食はせなどしけり**　塗籠本では、この後に「長き髪を絹の

袋に入れて遠山摺《とほやまずり》の長き襖《あを》をぞ着たりける」とあり、身分賤しい召使いの服装が強調されている。○**夜さり**　地の文でなく、男の言葉とみる説もある。○**いにしへの〜なりにけるかな（和歌112）**「にほひ」は、つややかな美しさ。色香。「こけるから」の「こく（扱く）」は、むしり取る、しごき落とす。「から」は幹。○**これやこの〜まさり顔なき（和歌113）**「あふみ」は、「逢ふ身」で、夫婦として連れ添うこと（↓十三段）。

「近江」を掛けているとすれば、女は、近江を経て、さらに遠方に逃れたことになる。「まさり顔」は、以前よりも状態がよくなっていること。○**衣脱ぎて取らせけれど**　男は、褒美として衣を与えたのである。女に対する侮辱的なふるまい。○**捨てて逃げにけり**　女は、あまりの屈辱に耐えきれなかったのである。

◆鑑　賞◆

六十段とよく似た男女の再会譚である。とはいえ、しみじみとした懐旧の情や、抒情性は、本段とは無縁である。男は、かつての妻を執拗に愚弄し、追い詰める。ここでの二首の和歌は、暴力的な言葉の凶器に堕している。「心かしこくやあらざりけむ」という手厳しい語り手の評言も、はたして男女の仲の真相を伝えるものなのか。『今昔物語集』巻三十「中務太輔娘成近江郡司婢語第四《なかつかさのたいふのむすめあふみのぐんじのひとなること》」は、本段と関連があるらしい。中務大輔の娘は両親の死後、夫兵衛佐と別れ、近江の郡司の息子と結婚、近江へ行く。先妻の嫉妬に悩まされもする。そこへかつての夫が国司となってやって来た。国司は、女に「これぞこのつひにあふみをいとひつつ世には経れども生けるかひなし」と詠みかけた。国司がかつての夫だと知った女は、衝撃のあまり、そのまま絶命してしまった、という哀話である。本段は、この説話をもとに創作された章段か。

六十三段

昔、世心づける女、いかで、心なさけあらむ男に、あひ得てしがなと思へど、言ひ出でむも頼りなさに、まことならぬ夢語りをす。子三人《みたり》を呼びて語りけり。二人の子は、なさけなく答へてやみぬ。三郎なりける子なむ、「よき御男ぞ出で来む」と合はするに、この女、けしきいとよし。こと人は、いとなさけなし、いかで、この在五《ざいご》中将に逢はせてしがなと思ふ心あり。狩し歩《あり》きけるに、いき逢ひて、道にて、馬の口を取りて、「かうかうなむ思ふ」と言ひければ、あはれがりて、来て寝にけり。さて後、男見えざりければ、女、男の家にいきて、垣間《かいま》見けるを、男、ほのかに見て、

114ももとせにひととせ足らぬつくもがみ我を
　恋ふらし面影に見ゆ

とて、出で立つけしきを見て、むばら、からたちにかかりて、家に来てうち臥せり。男、かの女のせしやうに、忍びて立てりて見れば、女、嘆きて寝とて、

115さむしろに衣《ころも》片敷き今宵もや恋しき人に逢

◆現代語訳◆

昔、好色心のある女が、どうにかして、愛情の深い男と、一緒になりたいものだと思うものの、打ち明けるにもつてがないので、偽りの夢語りをする。三人の子を呼んで、夢の内容を語るのだった。二人の子は、そっけなく答えて、それっきりになってしまった。三郎にあたる子が、「立派なお方が現れましょう」と夢合わせをしたので、この女は、とても機嫌が良くなった。（三郎は）他の男は、とても薄情だ、どうにかして、この在五中将と逢わせてやりたいものだと、心の中に思っている。在五中将が狩りをして巡っていたところに、行き逢って、道で、馬の口を取って引き留めて、「これこれのように思っております」と言ったので、（男は）心動かされて、女のもとに来て寝たのだった。それから後、男が訪れなかったので、女が男の家に出かけて行って、垣間見ているのを、男は、ほのかに見て、

ももとせに…（百歳に一歳届かぬ九十九髪の女が、私を恋しているらしい。面影に見えることだ）

と詠んで、女のもとに出かけて行こうとする様子を見て、（女は）茨や枳にひっかかりながら、家に戻って来て臥せっている。男は、あの女がしたように、こっそり忍んで立って見ていると、女が嘆いて寝ているということで、

さむしろに…（狭い筵に衣の片方だけを敷いて、今

はでのみ寝む

と詠みけるを、男、あはれと思ひて、その夜は寝にけり。世の中の例《れい》として、思ふをば思ひ、思はぬをば思はぬものを、この人は、思ふをも、思はぬをも、けぢめ見せぬ心なむありける。

夜も恋しい人と逢えずに独り寝するのだろうか）

と詠んだのを、男は、気の毒に思って、その夜は共寝したのだった。世の中のならいとして、いとしいと思う人を大切に思い、思わない人には冷淡であるのに、この人は、思う人に対しても、思わない人に対しても、区別をみせない思いやりの心を持っているのだった。

◆語　釈◆

○世心　（「世」は男女の仲の意）異性を求める心。**○心なさけ**　以下、「なさけ」がこの段の鍵語。**○夢語り**　自分が見た夢の内容を人に語り聞かせること。それを解釈することが「あはす」。参考「北の方、出だしやらじとて、よろづに言ひとどめ、御前なる人も、夢語りなどして、聞こえとどむる気色のしるく見えければ」（うつほ物語・忠こそ）。**○三郎**　末の子が親孝行であるという話型の例。**○在五中将**　在原業平のこと。在原氏で、阿保親王の五男で、右近衛中将だったことによる。主人公を実名で呼ぶのは珍しい。**○狩し歩きけるに**　主人公と狩りの結びつきは深い→初段、六十九段など。**○かうかう**　「かくかく」の音便形。実際には、これまでのいきさつを具体的に述べたのである。**○あはれがりて**　後文にも「あはれと思ひて」とある。男が「心なさけあ」るゆえん。**○垣間見けるを**　女が男をのぞき見するのは異例。**○ももとせに〜面影に見ゆ（和歌114）**　「ももとせにひととせ足らぬ」は、必ずしも九十九歳というわけではなく、女が老齢であることを強調。さらに「百」から「一」を引くと「白」となり、老女の白髪を連想させる。「つくもがみ」は、老女の蓬髪の形容。「つくも」は、諸説あるが、「ふとい（太藺）」とするのが妥当か。「江浦草　豆久毛　一云太久万毛」（和名抄）。カヤツリグサ科の多年草。沼や池に生え、茎は筵になる。**○むばら、からたち**　「むばら」は、茨《いばら》。「うばら」とも。「からたち」は、「からたちばな（唐橘）」の略で、やぶこうじ科の小灌木。ともに棘がある。**○さむしろに〜逢はでのみ寝む（和歌115）**　「さむしろ」は、狭く粗末な筵。「衣片敷き」は、（衣の片方を敷いて寝ることから）独り寝のさま。「さむしろに衣片敷き今宵もや我を待つらむ宇治の橋姫」（古今集・恋四・六八九・詠み人知らず、古今六帖・第五「家刀自を思ふ」二九九〇・作者名無）の改作。**○世の中の例として**　以下、語り手の批評。

◆鑑　賞◆

主人公を「在五中将」と、実名で呼ぶ、珍しい段である。内容も、「なさけ」深い主人公が老女の切実な思いに応じたという、やや特異な趣をもつ段である。そもそも老女の恋とは、『万葉集』の相聞歌以来、一つの重要なモチーフとなっている。「神さぶと否にはあらずはたやはたかくして後にさぶしけむかも」(万葉集・巻四・七六二・紀郎《きのいら》女《つめ》)「百とせに老舌出でてよよむとも我は厭はじ恋は増すとも」(同・同・七六四・大伴家持)の贈答は、老醜を恥じる女と、それを大らかに受け入れる若い男の恋愛遊戯が、極端な誇張と戯画化をもって語られる。老女の恋という奇抜な発想が持ち込まれることで、社交の具としての相聞歌が発展を遂げるのである。また、『万葉集』巻二(一二六～一二七)の石川郎女《いしかわのいらつめ》と大伴田主《おおとものたぬし》の「みやびを」問答は、この段に強い影響を与えている(ちなみにこの問答は『文選』巻十九の宋玉「登徒子好色賦《とうとしこうしょくのふ》」の翻案である)。美貌の風流才子田主は、女性たちの憧れの的であった。彼に思いを寄せるものの逢うすべのない郎女は、東隣の貧しい老婆に変装し、鍋を提げて、田主の家に火を乞いに訪ねる。乞われるままに田主は火を与え、そのまま郎女を帰してしまった。思いを遂げられなかった郎女は、田主の無粋を詰る歌をよこしてきた。

遊士《みやびを》と我は聞けるを屋戸貸さず我を帰せりおその風流士《みやびを》

ここで繰り返される「みやびを」とは恋愛の機微に通じた男、といった意である。「みやびを」とあなたのことを聞いていたのに一夜の宿も貸さずに私を帰してしまった、間抜けな「みやびを」だったのですね、あなたは、といった歌意である。田主の返歌は、

遊士に我はありけり屋戸貸さず帰しし我そ風流士にはある

というもの。私こそ「みやびを」だったのですね、あなたに宿を貸さずに帰した私こそ、真の「みやびを」だったのですね、といった意である。贈歌の語句をそのまま鸚鵡返しにして詠んでいるが、ここでも鍵語は「みやびを」であり、その意味のずれに面白さがある。色好み、恋愛の達人の意で郎女が用いているのに対し、田主は女性の誘惑を退ける道徳的な男子の意に取りなし、切り返しているのである。本段における在五中将は、田主とは対蹠的に、老女を

寛大に受け入れる、美徳の持ち主として語られる。これらの『万葉集』の例と同様に、本段の二人の振る舞いも多分に演技がかっている。男の許に女が通って垣間見するのも異例だが、男は承知の上で「百とせに…」の歌を詠む。目の前にいる老女を、あえて「面影」とし、その思いに応えるべく出かけようとする。女は急いで帰宅し、前から臥せっていたふりをする。「さむしろに…」と独詠する女を垣間見し、憐憫をおぼえた男は、一夜を共に過ごすのだった。女の詠歌は宇治の橋姫伝承を踏まえるが、男を待ち続ける老女には、女神の末裔の面影も認められよう。それはそれとして、互いの視線を意識しながら、二人が演技を重ねてゆくところに、この段の喜劇的な面白さがある。

なお、以後の物語でも好色な老女が登場し、異彩を放っている。『うつほ物語』の一条北の方（左大臣源忠経の未亡人）は、右大臣橘千蔭とその息子の忠こそに恋を仕掛け、忠こそに拒まれると一転、執拗な継子虐めによって父子を悲劇に追い詰めるという強烈な個性の持ち主である。『源氏物語』の源典侍は、音楽に秀でた、嗜みのある女官ではあるが、いつになっても好き心の収まらない老女でもある。自らの齢も顧みず、光源氏や頭中将に色めかしく振舞っては嘲笑される、特異な人物である。

六十四段

昔、男、みそかに語らふわざもせざりければ、いづくなりけむ、あやしさに詠める、

116吹く風にわが身をなさば玉簾《たますだれ》ひまもとめつつ入るべきものを

返し、

117とりとめぬ風にはありとも玉簾誰《た》が許さばかひまもとむべき

◆現代語訳◆

昔、男が、女と密かに逢うこともできなかったので、あれはどこの女だったのだろうか、不審に思って男が詠んだ（歌）、

吹く風に…（吹く風にわが身を変えることができるならば、玉簾の隙間をさがし求めて奥まで入っていけますのに）

返し、女、

とりとめぬ…（あなたが、たとえとらえようのない風ではあっても、誰が許して玉簾の隙間をさがし求めることができましょうか）

◆語　釈◆

○男　「男女」とする本も多い。　**○みそかに**　ひそかに。こっそりと（→五段）。　**○いづくなりけむ**　男の心内語。　**○吹く風に～入るべきものを（和歌116）**　「玉簾」の「玉」は美称。高貴な女性の存在を暗示。参考「願はくは西南の風と為り、長逝して君が懐に入らむことを」（曹子建・七哀詩・文選・巻二十三）、「息の緒に我は思へど人目多みこそ吹く風にあらばしばしば逢ふべきものを」（万葉集・巻十一・二三五九・人麻呂歌集）、「玉垂れの小簾の隙《すけき》に入り通ひ来ねたらちねの母が問はさば風と申さむ」（同・同・二三六四・作者未詳）、「吹く風に我が身をなして草しげみはわけをしつつあはむとぞ思ふ」（古今六帖・第一「雑の風」四三七・作者名無）。〈他出〉新千載集・恋二・一二一四・業平。　**○とりとめぬ～ひまもとむべき（和歌117）**　「風」「玉簾」「ひまもとむ」と男の贈歌の表現に密着しつつ、手厳しく、反撥した歌。

◆鑑　賞◆

「玉簾」の語が暗示するように、高貴な女との贈答であろう。人目も厳しく逢瀬も叶わぬところから、目に見えず、さまざまな障碍も物ともせぬ、自由自在な風に身をなしたいという願望が生じてくる。かかる発想は『文選』や『万葉集』にも散見されるが、やはり奇抜であり、清新でもある。男の歌の「風」「玉簾」「ひまもとむ」を共有させつつ、女の歌は厳しく拒絶する。とはいえ、本心から拒んでいるわけでは必ずしもない。かかる緊密な和歌の贈答によって、むしろ二人の間には共感が生じていると見るべきだろう。

六十五段

昔、おほやけ思して、使うたまふ女の、色許されたるありけり。大御息所《おほみやすんどころ》とていますかりけるいとこなりけり。殿上にさぶらひける在原《ありはら》なりける男の、まだいと若かりけるを、この女、あひ知りたりけり。男、女がた許されたりければ、女のある所に来て、向かひをりければ、女、「いとかたはなり。身も滅びなむ。かくなせそ」と言ひければ、

118 思ふには忍ぶることぞ負けにける逢ふにし
　　かへばさもあらばあれ

と言ひて、曹司《ざうし》に降りたまへれば、例の、この御

◆現代語訳◆

昔、帝が寵愛なさって、お召しつかいになっている女で、禁色を許されている者がいた。大御息所でいらっしゃる方のいとこなのだった。殿上に伺候していた在原氏の男で、まだたいそう若かったのを、この女は、知り合うようになったのだった。男は、妃たちの所の出入りを許されていたので、女のいる所に来て、対面していたところ、女は、「とても見苦しいことです。身を滅ぼすことになりましょう。こんなまねはなさってはなりません」と言ったので、

思ふには…（あなたを思う心には、人目を忍ぶ気持ちも負けてしまったのです。あなたと逢うことと引き替えならば、どうなってもかまいません）

曹司には、人の見るをも知らで、昇りゐければ、この女、思ひわびて、里へ行く。されば、何の、よきことと思ひて、いき通ひければ、皆人聞きて笑ひけり。つとめて、主殿司《とのもづかさ》の見るに、沓《くつ》は取りて、奥に投げ入れて昇りぬ。

かく、かたはにしつつありわたるに、身もいたづらになりぬべければ、つひに滅びぬべしとて、この男、「いかにせむ。わがかかる心やめたまへ」と、仏神にも申しけれど、いやまさりにのみおぼえつつ、なほ、わりなく恋しうのみおぼえければ、陰陽師《おんやうじ》、巫《かむなぎ》よびて、恋せじといふ祓《はら》への具してなむいきける。祓へけるままに、いとどかなしきこと数まさりて、ありしよりけに恋しくのみおぼえければ、

119恋せじと御手洗河《みたらしがは》にせし禊《みそぎ》神はうけずもなりにけるかな

と言ひてなむいにける。

この帝は、顔かたちよくおはしまして、仏の御名を、御心に入れて、御声はいと尊くて申したまふを聞きて、女は、いたう泣きけり。「かかる君に仕うまつらで、宿世《すくせ》つたなくかなしきこと。この男にほだされて」とてなむ、泣きける。かかるほ

と言って、女が曹司にお下がりになったので、いつものように、男は、この御曹司に、人が見ているのも知らずに、参上するので、この女は、思い困じて、里へ行く。すると、（男は）何の問題があろう、かえって好都合だと思って、通って行くので、人々が皆、聞いては笑うのであった。翌朝、主殿司が見たところ、沓は取って、奥に投げ入れて、殿上の間に昇っている。

こうして、見苦しいふるまいを続けているうちに、身も滅んでしまいそうになるので、ついには破滅してしまうに違いないと思って、この男は、「どうしたものか。私のこんな恋心を止めてください」と、仏神に祈り申し上げるが、いっそう恋心がまさっていくばかりに思われて、やはり、むやみに恋しくばかり思われるので、陰陽師や巫を呼び出して、恋をしないようにする祓えの道具を携えて河に出かけて行った。祓えをしているうちに、ますます悲しい思いがまさってきて、以前よりいっそう恋しくばかり思われるので、

恋せじと…（恋をすまいと御手洗河で行った禊を、神は受け入れて下さらなかったことだ）

と言って帰ったのだった。

この帝は、容貌がすぐれていらっしゃって、仏のお名前を、熱心に念じていて、たいそう尊いお声でお唱え申し上げなさっているのを聞いて、女は、ひどく泣いたのだった。「こんな素晴らしい帝にお仕えしないで、宿世がみじめで悲しいことだ。この男の情にほだされたばか

どに、帝聞こし召しつけて、この男をば、流しつかはしてければ、この女のいとこの御息所、女をばまかでさせて、蔵に籠《こ》めて、しをりたまうければ、蔵に籠もりて泣く。

120海人《あま》の刈る藻《も》に棲む虫のわれからと音《ね》をこそ泣かめ世をばうらみじ

と、泣きをれば、この男、人の国より、夜ごとに来つつ、笛をいと面白く吹きて、声はをかしうてぞあはれに歌ひける。かかれば、この女は、蔵に籠もりながら、それにぞあなるとは聞けど、あひ見るべきにもあらでなむありける。

121さりともと思ふらむこそかなしけれあるにもあらぬ身を知らずして

と思ひをり。男は、女し逢はねば、かくし歩きつつ、人の国に歩きて、かく歌ふ、

122いたづらに行きては来ぬるものゆゑに見まくほしさにいざなはれつつ

水の尾の御時なるべし。大御息所も染殿《そめどの》の后なり。五条の后とも。

りに」と言って、泣くのだった。こうしているうちに、帝が、二人の一件をお聞きになって、この男を流罪になさったので、この女のいとこの御息所は、女を里下がりさせて、蔵に閉じ込めて、折檻なさるので、蔵に籠もっては泣いている。

海人の刈る…（海人の刈る藻に棲む虫の「われから」ではないが、自らの過ちでこうなったことと声をたてて泣こうとも、あの人との仲を恨むことはすまい）

と泣いていると、この男は、よその国から、夜ごとにやって来ては、笛をたいそう情趣豊かに吹いて、美しい声で哀切に歌うのだった。こんなわけで、この女は、蔵に籠もっていても、あの男が来ているようだ、とは聞くけれども、逢うこともできずにいるのであった。

さりともと…（あの人が、そうはいっても逢えると思っているらしいのが悲しいことだ。生きているともいえないような私の身の上を知らないで）

と思っている。男は、女が逢ってくれないので、このように歩き回っては、よその国に帰って行って、このように歌う、

いたづらに…（出かけて行ってもむなしく戻って来るばかりだが、むしろそれゆえに、あの人に逢いたさに誘われることだ）

水の尾の帝の御代の出来事なのだろう。大御息所も染殿の后である。あるいは五条の后ともいう。

◆語　釈◆

○**おほやけ**（「大家」「大宅」で、大きな宮殿。朝廷）ここでは、帝のこと。○**女**　二条后（藤原高子）を暗示。○**色許されたる**　禁色（特定の色の衣服の着用を禁ずること）を特別に許された者。帝の寵愛の深さを示す。女子については、青・赤の織物の唐衣、地摺（白地の織物に藍で模様を摺る）の裳を禁色としたらしい（雅亮装束抄）。○**大御息所**　藤原明子（↓六段）。良房の娘で文徳女御となり清和天皇を生んだ。「御息所」は、皇子・皇女を生んだ妃の称。帝の母なので「大」の尊称を添えた。○**いますかりける**　「いますかり」は、「あり」の尊敬語。○**いとこ**　高子の父長良と明子の父良房は兄弟。○**殿上**　清涼殿南廂の殿上の間。○**在原なりける男の、まだいと若かりける**　業平を暗示。上流貴族の子弟が、宮中での作法見習いとして、昇殿を許され、伺候することを童殿上といった。

○**女がた許されたりければ**　男はまだ元服前という設定だからである。○**かたはなり**　体裁が悪い。見苦しい。○**思ふには～さもあらばあれ（和歌118）**　「さもあらばあれ」は、自暴自棄的な物言い。「命やは何ぞは露のあだものを逢ふにしかへば惜しからなくに」（古今集・恋二・六一五・紀友則。古今六帖・第四「雑の思ひ」二一五四・作者名無、および友則集・四九では、初二句「命かは何ぞも露の」）。「誓ひてもなほ思ふには負けにけり誰がため惜しき命ならねば」（後撰集・恋四・八八六・蔵内侍）。〈他出〉古今集・恋一・五〇三・詠み人知らず、および古今六帖・第五「人に知らるる」二六八二・作者名無、では第四五句「色には出でじと思ひしものを」）。新古今集・恋三・一一五一・業平。○**曹司**　宮中に設けられた女房の居室。

○**何の、よきこと**　何の悪いことがあろうか、むしろ良いことだ、の意。○**主殿司**　宮内省に属し、宮中の清掃や燈火、輿などをつかさどる。また、その役人。○**沓は取りて**　沓を奥のほうに入れておくことで、昨晩は宿直していたように装うのである。○**身もいたづらに**　次の「つひに滅びぬべし」とともに、女の言葉の「身も滅びなむ」に照応。○**陰陽師**　陰陽寮の職員。天文や占い、払えなどを行った。○**巫**　「神和（かむなぎ）」。神を祭り、神意をうかがう者。○**祓への具**　心身の穢れ・罪・災厄などを移して、河川に流すもの。○**ありしよりけに**↓二十一段。○**恋せじと～なりにけるかな（和歌119）**　「御手洗河」は、神社の傍を流れる河。ここで手を洗い清めてから参詣する。特に賀茂神社のものが有名。「禊」は、「身滌ぎ」の略。穢れや災厄を取り除き身を清めるため、川の水をそそぐこと。〈他出〉古今集・恋一・五〇一・詠み人知らず（第五句「なりにけらしも」）。新撰和歌・恋雑・三五六。○**この帝**　清和天皇を暗示。三代実録に「天皇風儀甚だ美にして端儼神の如く、性寛明仁恕にして温和慈順」（元慶四年十二月四日）と語られる性格を彷彿させる。○**ほだされて**　「ほだす」は、馬の足を縄でつないで逃げられないようにする、のが原義。束縛する。○**流しつかはしてければ**　流罪にしてしまわれたので。「つかはす」は「遣る」の尊敬語。○**しをりたまうければ**　「しを（責）る」は、責める、懲らしめる、折檻する、の意。○**海人の刈る～世をばうらみじ（和歌120）**　第二句まで「われから」の序詞。「われから」は「我から（自分のせいで）」と虫の「われから」の掛詞（↓五十七段）。〈他出〉古今集・恋五・八〇七・藤原直子。新撰和歌・恋雑・三五一。古今六帖・第三「われから」一八七五・内侍のすけきよい子。○**人の国**　地方。男が流された国。○**さりともと～身を知らずして（和歌121）**　「さりともと思ふらむ」は、女が男の気持ちを忖度する叙述。「あるにもあらぬ身」は、生きているともいえない身のつたなさをいう。〈他出〉新勅撰集・恋四・八六六・詠み人知らず。○**いたづらに〜いざなはれつつ（和歌122）**「いたづらに」は、無駄に、の意で、出かけて行っても女に逢えないことをいう。「見まくほし」の「ま」は推量の助動詞「む」の未然形、「く」は名詞化する接尾語、「ほし（欲し）」は形容詞。〈他出〉古今集・恋三・六二〇・詠み人知らず。古今六帖・第五「くれどあはず」三〇三五・人丸。○**水の尾の御時**　清和天皇。譲位、出家の後、水尾山（京都市右京区）に住み、崩御した。陵も水尾山にあることからの称。○**染殿の后**　明子。「染殿正親町ノ北、京極二町、忠仁公家、或本染殿、清和院同所」（拾芥抄）。○**五条の后**　藤原順子。仁明天皇皇后で文徳天皇の生母。高子の叔母にあたる。東五条に住んだ（→四段）。

◆鑑　賞◆

物語中、最長の章段であり、二条后章段の総括の趣をもつ段である。『古今集』詠み人知らずの古歌が多く取り込まれ、効果的に物語を構成している。主人公が「殿上にさぶらひける在原なりける男の、まだいと若かりける」と紹介される点にまず注意される。実際には高子より業平のほうが十七歳の年長であるが、ここでは、男の年齢をかなり低く設定している。周囲の思惑も顧みず、高子への恋に一途につき進んでしまう、若々しい情熱が強調されている。「思ふには…」は、『古今集』詠み人知らずの歌の転用だが、愛する人と逢えるならばどうなっても構わない、とする男の激しい思いを見事に伝えている。自分でも抑え切れない情念に、さすがに身の破滅を覚えるようになる。その情念を祓えで捨て去ろうとするものの、皮肉にも恋しさは募るばかりであった。ここでも古歌「恋せじと…」の転用が、奏功している。男の后への執心は、帝の知るところになり、男は流罪に、女は蔵に監禁されることになった。熱心に念仏を唱える帝の美しい姿を目にするにつけても、女は男と出逢ってしまった運命の拙さを痛感する。「海人の刈る…」と、自らの不遇を、誰のせいでもない、わが宿世として厳しく見詰めるのである。帝と男の間で苦しむ女の姿は、『源氏物語』の朧月夜を彷彿させるものがある。

例の上につとさぶらはせたまひて、よろづに恨みかつはあはれに契らせたまふ。御さま容貌もいとなまめかしう清らなれど、（源氏ノコトヲ）思ひ出づることのみ多かる心の中ぞかたじけなき。（中略）いとなつかしき御さまにて、ものをまことにあはれと思し入りてのたまはするにつけて、ほろほろとこぼれ出づれば、「さりや、いづれに落つるにか」とのたまはす。（須磨）

光源氏と醜聞のあった朧月夜を許し、寵愛するのは破格の厚遇である。それをよく理解していても、心は須磨にいる源氏へと傾いている。理と情とに引き裂かれる女の苦悩が語られている。二条后にせよ朧月夜にせよ、なまじ運命の男性と出逢ってしまったため、深い苦しみを抱え込むこととなる。

六十六段

昔、男、津の国に、しる所ありけるに、兄、弟《おとと》、友だちひきゐて、難波《なには》の方にいきけり。渚を見れば、舟どものあるを見て、

123 難波津《なにはづ》を今朝こそみつの浦ごとにこれやこ
の世をうみ渡る舟

これをあはれがりて、人々帰りにけり。

◆現代語訳◆

昔、男が、摂津の国に、領地があったので、兄弟や友人と連れだって、難波の方へと出かけて行った。渚を見ると、何艘かの舟があるのを見て、

難波津を…（難波津を今朝見たが、その御津の浦ごとに海を渡って行く舟が見える。これこそこのつらい世の中を厭い続けて渡って行く舟なのだなあ）

この歌に感銘して、人々は帰っていった。

◆語　釈◆

○津の国　摂津国（→三十三段）。**○しる所**　「しる」は領有する、の意（→初段、八十七段）。**○難波**　現在の大阪市付近。

○難波津を～うみ渡る舟（和歌123）　「難波津」の「津」は港。「みつ」は「見つ」と「御津」の掛詞。「これやこの」は既出（→十六段、六十二段）。「うみ渡る」に「憂み渡る（厭い続ける）」「海渡る」を掛ける。参考「あまのすむ浦漕ぐ舟のかぢをなみ世をうみ渡る我ぞかなしき」（後撰集・雑一・一〇九〇・小野小町、古今六帖・第三「浦」一八八四・小野小町、小町

集・三三）。〈他出〉後撰集・雑三・一二四四・業平（第二句「今日こそみつの」）。古今六帖・第三「舟」一八〇八・業平（初句「難波津に」）。在中将集・七九。業平集・三一（初句「難波めを」）。

◆鑑　賞◆

この段から六十八段まで、都から少し離れて、地方に下り、兄弟や友人たちと逍遥を楽しむ話が語られる。彼らは閉塞した都の日常から逃れ、自然に身を解放しようとする。「津の国に、しる所ありける」とは、初段「奈良の京、春日の里に、しるよしして」を彷彿させる。実際、この周辺に在原氏の所領があったのだろう。「難波津を…」の歌は、『後撰集』雑三（一二四四）に「身のうれへはべりける時、津の国にまかりて住み始めはべりけるに　業平朝臣」の詞書で載る（第二句「今日こそみつの」）。「兄弟友だち」とある一行には、当然、兄行平も加わっていたはずである。兄行平には「田村の御時に、事にあたりて津の国の須磨といふ所にこもりはべりけるに、宮の内にはべりける人につかはしける」という詞書をもつ「わくらばに問ふ人あらば須磨の浦に藻塩たれつつわぶと答へよ」（古今集・雑下・九六二）の有名な歌があるように、一時、何かの政治的な事情で、須磨に退いていた時期があった。行平・業平にとって、難波津とは特別な意味をもった地である。本段では、この世の憂悶を払うべく海岸に出たところ、はかなげに海を漂う舟を目にして、ますます憂愁が深められてしまった、という。人々も男と同じ不遇感を託っているだけに共感も深い。これらの段に共通するのが「憂し」という意識であり、次の六十七段にも引き継がれる。

六十七段

昔、男、逍遥《せうえう》しに、思ふどちかい連ねて、和泉の国へ、二月《きさらぎ》ばかりにいきけり。河内《かふち》の国、生駒《いこま》の山を見れば、曇りみ、晴れみ、立ち居る雲やまず。朝《あした》より曇りて、昼晴れたり。雪いと白う木の末に降りたり。それを見て、かの行く人の中に、ただ一人詠みける、

124 昨日今日雲の立ち舞ひかくろふは花の林を
憂しとなりけり

◆現代語訳◆

昔、男が、逍遥しに、気心のあった者同士連れだって、和泉の国に、二月のころに出かけて行った。河内の国、生駒の山を見ると、曇ったり、晴れたり、雲が立ち上ってやまない。朝から曇り空で、昼になって晴れた。雪がたいそう白く梢に降った。それを見て、あの一行の中で、ただ一人、この男だけが詠んだ（歌）、

昨日今日…（昨日も今日も、雲が立ち舞って、山が隠れているのは、花の林を人に見られたくないと思ってのことなのだった）

◆語　釈◆

○**逍遥**　心のままに遊び歩くこと。散策すること。「この男はた宮仕へをば苦しきことにして、ただ逍遙をのみして」（平中物語・初段）。○**思ふどち**　「どち」は、同士、仲間の意の接尾語。○**かい連ね**　「かきつらね（掻き連ね）」の音便形。○**和泉の国**　現在の大阪府南西部。○**河内の国**　大阪府東南部。○**生駒の山**　河内と大和の両国にまたがるが、ここでは河内のほうから山を見ている（→二十三段）。○**曇りみ、晴れみ**　「…み…み」の「み」は、動詞の連用形について、「…たり…たり」の意を表す接尾語。○**昨日今日～憂しとなりけり**　**(和歌124)**「花の林」は、梢に降り積もった雪を花に見立てた表現。〈他出〉在中将集・三四。業平集・四〇。

◆鑑　賞◆

友人たちとの、せっかくの逍遥だったが、彼らの鬱屈した気持ちを象徴するかのような、あいにくの曇り模様であった。梢に降りかかった雪は、あたかも白い花のようである。ようやくの晴れ間に、美しい梢の雪を発見した、

「昨日今日…」は、その感動が込められた歌といえよう。男の歌は、「雪降れば冬こもりせる草も木も春に知られぬ花ぞ咲きける」（古今集・冬・三二三・紀貫之）、「雪降れば木ごとに花ぞ咲きにけるいづれを梅とわきて折らまし」（同・同・三三七・紀友則）などの常套的な見立てによりつつも、擬人法を駆使することで機知的な面白みを生んでいる。「憂し」という、彼らの共有する心情を人ならぬ雲も有している、と詠むことで、座の雰囲気を明るく和らげてもいるのである。なお、塗籠本には、この段はない。

六十八段

昔、男、和泉の国へいきけり。住吉《すみよし》の郡《こほり》、住吉の里、住吉の浜を行くに、いと面白ければ、降りゐつつ行く。ある人、「住吉の浜と詠め」と言ふ。

125 雁鳴きて菊の花咲く秋はあれど春の海辺に
　　すみよしの浜

と詠めりければ、みな人々詠まずなりにけり。

◆現代語訳◆

昔、男が、和泉の国に出かけて行った。住吉の郡、住吉の里、住吉の浜を行くと、とても風情があったので、馬から降りて腰をおろしながら行く。ある人が、「住吉の浜を題に詠め」と言う。

雁鳴きて…（雁が鳴いて菊の花咲く秋は趣があって素晴らしいけれど、やはり春の海辺の住吉の浜に住むのがよいことだ）

と詠んだので、他の人々は誰も詠まなくなってしまった。

◆語　釈◆

○和泉の国　前段を承ける。　**○住吉の郡、住吉の里、住吉の浜**　現在の大阪市住吉区住吉神社の周辺。「すみよし」を三回繰り返すことで明るく快い響きが生じている点に注意。　**○降りゐつつ行く**　時折、馬から降りて、美しい風景をゆっくりと満喫するのである。　**○雁鳴きて～すみよしの浜（和歌125）**　地名の「住吉」に「住み良し」を掛ける。〈他出〉在中将集・六七。業平集・四一（第四句「春は海辺に」）。　**○みな人々詠まずなりにけり**　男の歌があまりに見事だったので。

◆鑑　賞◆

歌の「うみ」には「海」と「憂み」とが掛けられているものの、前の二章段とは異なり、明るい雰囲気に包まれている。地の文の「住吉の郡」→「住吉の里」→「住吉の浜」という表現は、海岸を逍遥する人々の動きを辿りつつ、弾むような心地よさを感じさせる。ここには、「すみよし」という縁起のよい言葉を繰り返すことで、禍を転じ、幸福を招き寄せようとする、言葉の呪力、あるいは土地ぼめの意識が底流しているのではないか。「よき人のよしとよく見てよしと言ひし吉野よく見よよき人よく見」（万葉集・巻一・二七・天武天皇）にも通ずる表現である。歌は、古来の春秋優劣争いの形式によりながら、前段までの憂愁の想いを払いのけて、逍遥を満喫する楽しさへと転じた機知に、この歌の見事さがある。浜のうららかな春景色を称賛する、この歌は、住吉の神への讃歌ともなっていよう。

六十九段

昔、男ありけり。その男、伊勢の国に、狩の使にいきけるに、かの伊勢の斎宮《いつきのみや》なりける人の親、「つねの使よりは、この人よくいたはれ」と言ひやれりければ、親の言《こと》なりければ、いとねむごろにいたはりけり。朝《あした》には狩に出だし立ててやり、夕さりは帰りつつ、そこに来させけり。かくて、ねむごろにいたづきけり。

◆現代語訳◆

昔、ある男がいたのだった。その男は、伊勢の国に、狩の勅使となって出かけて行ったが、あの伊勢の斎宮である人の母親が、「普段の使よりは、この人を大切にねぎらいなさい」と言ってよこしたので、親の言葉なので、たいそう誠意をもって世話したのだった。朝には狩に送り出してやり、夕方になって男が帰ってきては、その近くに来させたのであった。こうして、心をこめて、世話するのだった。

二日目の夜、男が、「ぜひともお逢いしたい」と言う。

二日といふ夜、男、「われて逢はむ」と言ふ。女もはた、いと逢はじとも思へらず。されど、人目しげければ、え逢はず。使ざねとある人なれば、遠くも宿さず。女の閨《ねや》も近くありければ、女、人をしづめて、子《ね》一つばかりに、男のもとに来たりけり。男、はた寝られざりければ、外《と》の方を見出だして臥せるに、月のおぼろげなるに、小さき童《わらは》をさきに立てて、人立てり。男、いとうれしくて、わが寝る所にゐて入りて、子一つより、丑《うし》三つまであるに、まだ何ごとも語らはぬに帰りにけり。男、いとかなしくて、寝ずなりにけり。つとめて、いぶかしけれど、わが人をやるべきにしあらねば、いと心もとなくて待ちをれば、明けはなれてしばしあるに、女のもとより、詞はなくて、

126君や来し我や行きけむ思ほえず夢かうつつか寝てかさめてか

男、いといたう泣きて詠める、

127かきくらす心の闇にまどひにき夢うつつとは今宵さだめよ

と詠みてやりて、狩に出でぬ。

野に歩けど、心はそらにて、今宵だに、人しづ

女もまた、逢いたくないと思っているわけでもない。けれども、人の目が多いので、逢えない。使の長である人なので、遠くには宿泊させていない。男は、一向に寝つけなかったので、外の方を見出だして臥せっていたが、月のおぼろな頃に、小さい童女を前に立てて、人が立っている。男はとても嬉しくなって、自分の寝ている所に連れて入り、子一つから、丑三つまで過ごしていたのだが、まだ何ごとも語り合わないうちに帰ってしまった。男は、とても悲しくなって、寝られなくなってしまった。翌朝、とても不審に思うけれども、自分の使者を送るわけにもいかないので、たいそうもどかしく待っていると、すっかり夜が明けきってしばらく経ってから、女のもとから、届いた手紙には言葉はなくて（歌だけが書いてある、その歌は）、

君や来し…（あなたが来たのでしょうか。それとも私があなたの所へ出かけて行ったのでしょうか、わかりません。昨夜のことは、夢だったのか、現だったのか、眠っていたのでしょうか、目覚めていたのでしょうか、はっきりしません）

男は、たいそうひどく泣いて詠んだ（歌）、

かきくらす…（悲しみで真っ暗になった心の闇にとまどってしまいました。昨夜のことが夢だったのか、それとも現だったのかは、今夜はっきりさせましょう）

と詠んでおくって、狩に出かけた。

めて、いととく逢はむと思ふに、国の守《かみ》、斎宮の頭《かみ》かけたる、狩の使ありと聞きて、夜一夜、酒飲みしければ、もはらあひごともえせで、明けば、尾張《をはり》の国へ発《た》ちなむとすれば、男も、人知れず、血の涙を流せど、え逢はず。夜やうやう明けなむとするほどに、女がたより出だす盃《さかづき》の皿に、歌を書きて出だしたり。取りて見れば、

128 かち人の渡れど濡れぬえにしあれば

と書きて、末はなし。その盃の皿に、続松《ついまつ》の炭して、歌の末を書きつぐ、

また逢坂《あふさか》の関は越えなむ

とて、明くれば、尾張の国へ越えにけり。

斎宮は水の尾の御時、文徳天皇の御女《むすめ》、惟喬《これたか》の親王《みこ》の妹。

野を歩き回るが、心はうわのそらで、せめて今夜だけでも、人を寝静まらせて、早く逢おうと思うが、伊勢の国司で、斎宮寮の長官を兼任している人が、狩の使が来たと聞いて、一晩中、酒宴となったので、もはや逢うこともかなわず、夜が明けたら、尾張の国に出発しようとするので、男も、人知れず、血の涙を流すけれども、逢えない。夜がしだいに明けていこうとする頃に、女方から差し出す盃に、歌を書いて差し出した。それを取って見ると、

かち人の…（徒歩で渡る人が濡れないほどの浅い江のような、あなたと私の浅いご縁でありました）

と書いてあって、末はない。その盃に、松明の炭で、歌の末を続けて書く、

また逢坂の…（また逢坂の関を越えてやって参りましょう、その時にこそ、あなたとお逢いしたいものです）

と詠んで、夜が明けると、尾張の国へと越えていった。

この斎宮とは、水の尾の御時の斎宮で、文徳天皇の皇女、惟喬親王の妹である。

◆語　釈◆

○伊勢の国　現在の三重県。**○狩の使**　宮中の食用に供するため、諸国に派遣されて鳥獣を狩猟した勅使。地方の情勢を視察する任も帯びていたらしい。延喜五年（九〇五）廃止。

○伊勢の斎宮　伊勢神宮に奉仕する未婚の皇女。天皇の御代がわりとともに卜定され、伊勢に赴任する。崇神《すじん》天皇の豊鍬入姫命《とよすきいりひめのみこと》に始まるとされ、醍醐天皇の皇女祥子内親王まで七十五代続いた。ここでは、清和天皇の時の、文徳天皇皇女恬《やす》子《こ》内親王を暗示する。貞観元年（八五九）卜定、同三年伊勢に下向、同十八年に天皇の譲位より退下。延喜十三年（九一三）六月十八日薨去。**○親**　斎宮の母親、紀静子（三条町）。業平

の妻（紀有常女）のおばに当たる。**○いたづきけり**　「いたづく」は、「いたはる」に同じ。**○われて逢はむ**　「われて」を、熱心に、しきりに、の意とみて地の文とする説もある。**○使ざね**　正使。「ざね（実）」は、中心、主立ったもの、の意の接尾語。**○人をしづめて**　人々が寝静まるのを待って。亥の刻（午後九時から十一時まで）の異称「人定」をひびかすか。「定」にはシヅムの訓もある（名義抄）。**○子一つ**　「子」は、午後十一時から午前一時ごろまで。「一つ」は、この時間帯を四等分した最初のものをいう。午後十一時から十一時半ごろ。**○丑三つ**　「丑」は午前一時から三時ごろまでの時間帯。丑三つは午前二時から二時半ごろ。**○いぶかしけれど**　「いぶかし」は事情がわからず不審に思う気持ち。**○心もとなくて**　待ち遠しくて、じれったくて。女からの手紙を待っている趣。**○詞はなくて**　手紙の文章はなくて、歌だけが書きつけてある。**○君や来し〜寝てかさめてか（和歌126）**　「思ほえず」は初句と第二句を承けると同時に、倒置によって第四・第五句をも承ける。対句を徹底的に駆使し、それを「思ほえず」と打ち消すことで、夢か現実かわからぬ、茫洋とした非日常の時空が展開してゆく。「君や来む我や行かむのいさかひに槇の板戸もささず寝にけり」（古今集・恋四・六九〇・詠み人知らず、古今六帖・第二「戸」一三七〇、作者名無では第三〜五句「やすらひに槇の板戸をささで寝にけり」）、「世の中は夢かうつつかうつつとも夢とも知らずありてなければ」（古今集・雑下・九四二・詠み人知らず、小町集・一〇八）。〈他出〉古今集・恋三・六四五・詠み人知らず。古今六帖・第四「夢」二〇三六・斎宮。在中将集・四八。業平集・三（第三句「おぼつかな」）。**○かきくらす〜今宵さだめよ（和歌127）**　「かきくらす心の闇にまどひつつうしと見る世にふるぞわびしき」（曾禰好忠集・四二五）。〈他出〉古今集・恋三・六四六・業平、古今六帖・第四「夢」二〇三七・業平、業平集・四はいずれも第五句「世人さだめよ」。在中将集・四九。**○国の守、斎宮の頭かけたる**　伊勢の守で、斎宮寮の長官を兼任している人。斎宮寮は、斎宮に関する事務一般を執り行った役所。**○夜一夜、酒飲みしければ**　伊勢守は、勅使である男を、酒宴を設けて丁重にもてなすのである。**○もはら**　下に打消の語を伴って、全然、全く（〜ない）の意を表す。**○尾張の国**　現在の愛知県西部（→七段）。**○血の涙→四十段。** **○盃の皿**　盃そのものをいうか。盃を乗せる台皿とみる説もある。**○かち人の〜えにしあれば（和歌128上）**　「かち」は徒歩。「えにし」は「江にし」と「縁」の掛詞。「縁」は「え（撥音無表記）」「えに」「えにし」の三通りに理解されるが、ここでは「え」とみておく（→九十六段・和歌171）。〈他出〉古今六帖・第五「ちぎる」二九二九・作者名無（上下を一首にまとめる）。在中将集・一七上。業平集・五上（第三句「えにしあらば」）。**○末**　和歌の下句のこと。対して上の句を「本」という。**○続松**　（「つぎまつ」の音便形）たいまつ。**○また逢坂の関は越えなむ（和歌128下）**　「逢坂の関」は、逢坂山に置かれた関所。三関の一つ。和歌では「逢坂（の関）を越え」るとは、男女が「逢ふ」、一線を越えて深い仲になることを意味する。〈他出〉在中将集・一七下。業平集・五下（第五句「関もこえなむ」）。**○水の尾の御時**　清和天皇の御代（→六十五段）。この御代に狩の使が派遣された史実はない。「清和天皇は鷹犬の遊びをば御みづからもし給はざりしかば、まして狩の使遣はさるる事なし」（臆断）。**○文徳天皇**　第五十五代天皇。仁明天皇第一皇子。諱は道康。嘉祥三年（八五〇）三月践祚。天安二年（八五八）八月崩御。**○惟喬の親王→八十二、八十三、八十五段。**

◆鑑　賞◆

伊勢物語の書名は、伊勢の斎宮との恋物語に由来すると考えられている。また、平安時代には、この段が冒頭に置かれた、狩使本（小式部内侍本）と称される本も存在したらしい。伊勢神宮に奉仕する斎宮には、未婚の皇女が任じられる。当然、恋愛は大きな禁忌である。この段では、斎宮と男が通じてしまうという、重苦しい罪の物語が語られる。最重要章段とされるゆえんである。業平と斎宮の間には男子があり、高階家の養子（師尚）となったという噂もあった。『権記』寛弘八年（一〇一一）五月二十七日条には、母方が高階氏である故皇后宮定子の遺児、敦康親王の立太子は望ましくない、という意見があったという。また、『江家次第《ごうけしだい》』巻十四には、高階家の人々は神罰を恐れて伊勢に参詣しないとある。

斎宮との一件が事実であれば、神をも恐れぬ大きな罪を犯したことになる。中世の注釈書『和歌知顕集』が、実は業平は馬頭観音の化身であり、斎宮と通じても罪にならぬとしたのは、荒唐無稽だが、業平擁護から生じた解釈であろう。しかし、この段は、元稹作の唐代伝奇『鶯鶯伝《おうおうでん》』（会真記）』を翻案した、虚構であることが明らかになっている（田辺爵「伊勢竹取に見る伝奇小説の影響」『國學院雜誌』昭和九年十二月）。『鶯鶯伝』の梗概は、次の通りである。唐の貞元年間（七八五〜八〇五）、張生という才子がいた。まだ女性を知らないが、我こそ真の色好みであるとうそぶいている。張生はある寺に遊びに行き、親類にあたる崔氏の未亡人と出会う。土地の軍人が崔氏の財産を奪おうとするが、張生の活躍で難を逃れる。崔氏は深く感謝し、宴の席で息子と娘（鶯鶯）を紹介する。その美しさに魅了された張生は、情を通じたく思うが、その手立てもない。悶々としていたある夜、何と張生のもとに鶯鶯が下女を従えてやって来るではないか。以下、原文には次のようにある。

数夕にして、張生、軒に臨みて独り寝ぬるに、忽《たちま》ち人有りて之を覚ます。驚駭して起《た》てば、即ち紅娘《こうぢやう》の衾《きん》を斂《をさ》め、枕を携へて至り、張を撫して曰く、「至れり、至れり。睡りて何をか為さむや」と。枕を並べ、衾を重ねて去れり。張生目を拭ひて危坐すること久しく、猶《な》ほ夢寐《むび》かと疑ふ。然れども修謹して以て俟《ま》てり。俄《にはか》にして紅娘崔氏を捧じて至る。至れば則ち嬌羞融冶《けうしうゆうや》にして、力支体を運ぶ能《あた》はず。曩《さき》の時の端荘と復《ま》た同じからず。是の夕べ、旬有八日なり。斜月晶瑩《しやうけい》にして幽《かす》かに半牀を輝《て》らす。張生飄飄然として、且《しばら》く神仙の徒かと疑ひ、人間《じんかん》より至れると謂《おも》はず。頃《しばら》く有りて、寺鐘鳴り、天将《まさ》に暁《あ》けむとす。紅娘去るを促す。崔氏嬌啼宛転《けうていゑんてん》たり。紅娘又之を捧じて去る。終夕一言無し。張生色を弁じて興《お》き、自ら疑ひて曰く、「豈《あ》に其れ夢ならむか」と。明くるに及びて覩《み》れば、粧は臂に在り、香は衣に在り、涙光熒熒然《けいけいぜん》として、猶ほ茵席《いんせき》に瑩《かがや》くのみ。

張生は、鶯鶯との結婚も考えるが、受験のため、長安に行かねばならない。後ろ髪を引かれる思いで張生は西へと旅立った。この『鶯鶯伝』を本段が典拠にしていることは、いくつもの類似点から、確実である。そもそも契沖『臆断』が指摘するように、清和朝には狩の使が派遣された事例はない。話の前提からして虚構なのである。

『古今集』恋三では、詠歌事情が次のように説明されている。

業平朝臣の伊勢の国にまかりたりける時、斎宮なりける人にいとみそかに逢ひて、またの朝に、人やるすべなくて、思ひをりける間に、女のもとよりおこせたりける　詠み人知らず

君や来し我や行きけむ思ほえず夢かうつつか寝てかさめてか

返し　業平の朝臣

かきくらす心の闇にまよひにき夢うつつとは世人さだめよ

「君や来し…」の歌は、さすがに憚られたのか「詠み人知らず」となっている。くどいまでに対句を多用し、それが第三句で打ち消されるという構文である。この構文が奏功して、夢とも現実ともつかぬ逢瀬の非現実的な感覚が、見事に表現されている。斎宮の作とはなっているものの、この詠みぶりからしてむしろ業平の実作を思わせる歌である。

「かきくらす…」は、夢うつつの心の闇の中から抜け出せずに呻吟するさまを歌う。第五句「世人さだめよ」は、わ

が恋について世の人々に問い質すという、大胆で挑発的な口吻である。この形が本来で、本段では「野に歩けど」以下に続くべく「今宵さだめよ」に改められたのかも知れない。

ところで、この衝撃的な話は、『源氏物語』若紫巻にも影響している。

内裏にても里にても、昼はつれづれとながめ暮らして、暮るれば王命婦を責め歩きたまひて、いかがたばかりけむ、いとわりなくて見たてまつるほどさへ、うつつとはおぼえぬぞわびしきや。（中略）何ごとをか聞こえつくしたまはむ、くらぶの山に宿もとらまほしげなれど、あやにくなる短夜にて、あさましうなかなかなり。

見てもまたあふ夜まれなる夢のうちにやがてまぎるるわが身ともがな

とむせかへりたまふさまも、さすがにいみじければ、

世語りに人や伝へむたぐひなくうき身をさめぬ夢になしても

父帝の最愛の妃である藤壺への恋慕の思いは止みがたく、ついに通じてしまう、という場面である。源氏は、斎宮との密通にも比肩する、大罪を犯してしまったのである。この場面では二人の逢瀬をいう「夢」「うつつ」の語が頻出するが、それも本段に由来する。また、藤壺の歌「世語りに…」の歌には、男の歌「かきくらす…」の『古今集』での第五句「世人さだめよ」が響いている。

『伊勢物語』の男にせよ、『源氏物語』の光源氏にせよ、大きな罪を背負い、深い闇を抱え込むことで、神をも恐れぬ巨大な存在、物語の真の主人公へと変貌してゆく。そして、彼らの犯した罪が、本人の意識を越えたところで、東国や須磨への、貴種流離の原因となっていることも見逃せない。

七十段

昔、男、狩の使より帰り来けるに、大淀《おほよど》のわたりに宿りて、斎宮《いつきのみや》の童《わらは》べに、言ひかけける、

129 みるめかるかたやいづこぞ棹《さを》さして我に教へよあまの釣舟

◆現代語訳◆

昔、男が、狩の使から京へ帰って来たときに、大淀の渡し場に宿泊して、斎宮に仕える童女に詠みかけた（歌）、

みるめかる…（海松布を刈っている潟はどちらだろう—すっかり視界から遠ざかって見えなくなってしまったあの人はどちらにいるのだろう—棹をさして私に教えてくれ、海人の釣舟よ）

◆語　釈◆

○大淀　現在の三重県多気郡明和町大淀の海岸。伊勢神宮の北にあたる。**○斎宮の童べ**　六十九段の「小さき童」をさすか。**○みるめかる～あまの釣舟（和歌129）**「みるめかるかた」に「海松布刈る潟」と「見る目離る方」を掛ける。「あまの釣舟」に、童女をたとえる。参考「船岡に花摘む人の摘みはててさして行くらむかたやいづくぞ」（古今六帖・第六「花」四〇四三・躬恒）、「沖つ舟よるべなみ路にただよはば棹さしよらむとまり教へよ」（源氏物語・真木柱）。〈他出〉新古今集・恋一・一〇八〇・業平（第二句「かたやいづくぞ」）。

◆鑑　賞◆

前段の後日譚的な章段である。斎宮との逢瀬がかなわず、満たされぬ気分のまま、後ろ髪を引かれる思いで男は帰途につく。前段にも登場した童女は、斎宮の命によって、大淀まで見送りに来たのだろう。男は、この童女を「あまの釣舟」にたとえ、斎宮のいる方角を教えてくれと願う。「海松布刈る」「潟」「棹」「あまの釣舟」と、縁語を駆使することで伊勢の海の風景を鮮明に描いた歌となっている。

七十一段

昔、男、伊勢の斎宮《いつきのみや》に、内裏《うち》の御使にて、参れりければ、かの宮に、好きごと言ひける女、私ごとにて、

130ちはやぶる神の斎垣《いがき》も越えぬべし大宮人《おほみやびと》の
見まくほしさに

男、

131恋しくは来ても見よかしちはやぶる神のい
さむる道ならなくに

◆現代語訳◆

昔、男が、伊勢の斎宮に、勅使として参上したときに、あの宮に、好色めいた言葉を言いかけてくる女が、私的な消息として、

ちはやぶる…（（ちはやぶる）神聖な斎垣も越えてしまいそうです。大宮人であるあなたとお逢いしたいという思いのあまりに）

男は（このように詠んだ）、

恋しくは…（私を恋しく思うのならば、斎垣を越えて逢いに来てください。恋の道は、（ちはやぶる）神の咎め立てするような道ではありません）

◆語　釈◆

○内裏の御使　朝廷の使者。勅使。**○好きごと**　好色めいた言葉。色めかしい言葉。女の名として「椙子《すぎこ》」と解する説（真名本など）は、採らない。**○私ごと**　「おほやけごと（斎宮に仕える女房としての公的な立場）」でなく、個人的な恋愛ごととして。参考「内侍督の御もとに、中納言の君の私ごとのやうにて」（源氏物語・須磨）。**○ちはやぶる～見まくほしさに（和歌130）**　「ちはやぶる」は、「神」の枕詞（→百六段）。「斎垣」は、神社の周りの瑞垣。越えてはならない神聖なものとされた。「大宮人」は、宮廷人。朝廷に仕える人。「内裏の御使」である男をいう。「見まくほしさに」は、六十五段に既出。「ちはやぶる神の斎垣も越ゆる身は草の戸ざしにさはるものかは」（古今六帖・第二「戸」一三七七・作者名無）。「ちはやぶる神の斎垣も越えぬべし今はわが名の惜しけくもなし」（万葉集・巻十一・二六六三・作者未詳）。「ちはやぶる神の斎垣も越えぬべし今はわが身の惜しからなくに」（古今六帖・第二「やしろ」一〇六五・作者名無）「ちはやぶる神の斎垣も越えぬべし今はわが身の惜しけくもなし（人麻呂集・一九五、拾遺集・恋四・九二四・人麻呂）。〈他出〉続千載集・恋三・一三九六・詠み人知らず。**○恋しくは～道ならなくに（和歌131）**　参考「この山を　うしはく神の　昔より　いさめぬわざぞ　今日のみは

めぐしもな見そ　ことも咎むな」（万葉集・巻九・一七五九・高橋虫麻呂）、「わが庵《いほ》は三輪の山もと恋しくはとぶらひ来ませ杉立てる門《かど》」（古今集・雑下・九八二・詠み人知らず、古今六帖・第六「すぎ」四二七六・作者名無）。〈他出〉続千載集・恋三・一三九七・業平。

◆鑑　賞◆

この段も、六十九段の派生的な段である。斎宮に仕える好色な女が、積極的に、自ら歌を詠みかけてきた。神域の禁忌をも犯してしまいそうだ、という女の歌は、大宮人たる男への、最大級の賛辞ともなっている。こうした挑発めいた歌に、男も挑発をもって応じている。男の歌は、高橋虫麻呂の筑波山の嬥歌《かがい》（万葉集・巻九）や、『古今集』の三輪山の歌（雑下）などと表現が類似しており、神事を背景とした民謡の趣がある。祭祀的な場が設定されることで、大胆な歌の掛け合いがなされているのである。

七十二段

昔、男、伊勢の国なりける女、またえ逢はで、隣の国へいくとて、いみじう恨みければ、女、

132　大淀《おほよど》のまつはつらくもあらなくにうらみて
　のみもかへる波かな

◆現代語訳◆

昔、男が、伊勢の国にいた女と、また逢うことができなくて、隣の国へ行くと言って、（女を）ひどく恨むので、女が（詠んだ歌）、

大淀の…（大淀の松のように、あなたを待っている私は冷淡ではないのに、浦を見ては返って行く波のように、あなたは恨みごとばかりを言っては帰って行くのですね）

◆語　釈◆

○伊勢の国なりける女　斎宮に仕える女をいうか。○隣の国　具体的には尾張の国をさすか。○大淀の〜かへる波かな（和歌132）「大淀」は、七十段に既出。「大淀の松」に男を「待つ」自身をたとえる。「うらみて」は「浦見て」と「恨みて」の掛詞。「かへる波」に、立ち去ってゆく男をたとえる。参考「逢ふことのなぎさにし寄る波なれやうらみてのみぞ立ち帰りける」（古今集・恋三・六二六・在原元方）。〈他出〉伊勢集・三八二。新古今集・恋五・一四三三・詠み人知らず。

◆鑑　賞◆

本段も、六十九段の派生章段の一つである。逢瀬もかなわぬまま、男は恨み言を残して隣国へと去って行った。とはいえ女は男を拒んでいたわけではない。「大淀の…」の歌は、「松」に男を「待つ」女自身を、海岸に打ち寄せる波に女のもとへ帰って来る男をたとえた、海岸風景を描いている。岸辺に立つ松が、女の孤独な姿の表象として、鮮烈な映像となって立ち上がってくる歌といえよう。

七十三段

昔、そこにはありと聞けど、消息《せうそこ》をだに言ふべくもあらぬ女のあたりを思ひける、

133 目には見て手には取られぬ月のうちの桂《かつら》のごとき君にぞありける

◆現代語訳◆

昔、そこにいるとは聞いて知っているけれども、手紙さえも差し出せない女のあたりを思って（男が詠んだ歌）、

目には見て…（目には見えても手に取ることは出来ない、遙か高い空にある、月の桂のようなあなたなのでした）

◆語　釈◆

○**そこにはありと聞けど、消息をだに言ふべくもあらぬ女**　男の手に届かない、高貴な女性。「あり所は聞けど、人の行き通ふべき所にもあらざりければ」（四段）に似る。○**目には見て～君にぞありける（和歌133）**「月のうちの桂」は、中国の古伝承で、月中に生じるとされる桂の木。「目には見て」「手には取られぬ」が、それぞれ地の文の「そこにはありと聞けど」「消息をだに言ふべくもあらぬ」に対応。〈他出〉万葉集・巻四・六三二・湯原王（第二句「手には取らえぬ」第五句「妹をいかにせむ」）。古今六帖・第六「桂」四二八八・作者名無（第五句「妹にもあるかな」）。新勅撰集・恋五・九五三・湯原王（第五句「妹をいかにせむ」）。

◆鑑　賞◆

この歌は、本来、『万葉集』巻四の湯原王と娘子の十二首の贈答からなる連作の一首であった。具体的に誰とは語られないものの、二条后のような、手に届かない高貴な女性への憧れと恋の嘆きを、美しい月の桂によそえて詠んだ歌である。

七十四段

昔、男、女をいたう恨みて、

134 岩根《いはね》踏み重なる山にあらねども逢はぬ日多
　く恋ひわたるかな

◆現代語訳◆

昔、男が、女をひどく恨んで（このように詠んだ）、
　岩根踏み…（岩を踏んで行かねばならぬような山が幾重にも私たちの仲を隔てているわけではないのに、逢えぬ日が多くてあなたを恋い続けることです）

◆語　釈◆

○**岩根踏み～恋ひわたるかな（和歌134）**「岩根」は、大きな岩。どっしりした岩石。「重なる山」は、幾重にも続く山々。二人の間を遮る障碍をたとえる。〈他出〉「岩根踏むへなれる山はあらねどもあはぬ日まねみ恋ひわたるかも」（万葉集・巻十一・

二四二二・人麻呂歌集)、業平集・一〇〇(第二三句「重なる山はへだてねど」)。人麿集・二〇七(第二~五句「重なる山はなけれども逢はぬ日数を恋ひわたるかな」)。拾遺集・恋五・九六九・大伴坂上郎女(第二~五句「重なる山はなけれども逢はぬ日数を恋ひやわたらむ」)。

◆鑑　賞◆

前段同様、万葉歌をもとに作られた段。この前後、女と逢えない男の想いを語る段が連続する。

七十五段

昔、男、「伊勢の国に率《ゐ》ていきてあらむ」と言ひければ、女、

135 大淀《おほよど》の浜におふてふみるからに心はなぎぬ
　語らはねども

と言ひて、ましてつれなかりければ、男、

136 袖濡れて海人《あま》の刈り干すわたつみのみるを
　逢ふにて止まむとやする

女、

137 岩間よりおふるみるめしつれなくは潮干《しほひ》潮
　満ちかひもありなむ

また、男、

◆現代語訳◆

昔、男が、「伊勢の国にあなたを連れて行って、共に暮らしましょう」と言ったので、女は、

大淀の…(大淀の浜に生えるという海松、その「みる」ではありませんが、あなたを見るだけで心は穏やかになります。あなたと親しく語り合わなくとも)

と言って、いっそうつれなくなるので、男は(このように詠んだ)、

袖濡れて…(袖を濡らして海人が刈っては干す大海の海松、そのように私は涙で袖を濡らしているというのに、あなたは「見る」ことを「逢う」ことと見なして、それきりになさるおつもりですか)

女が(詠んだ歌は)、

岩間より…(岩間から生えている海松が変わらず生

138涙にぞ濡れつつ絞る世の人のつらき心は袖のしづくか
世に逢ふことかたき女になむ。

えているように、変わらずお互いに見ることができましたら、潮が満ち干を繰り返して貝が現れるように、いずれそのうちに逢うという甲斐もあるでしょう）
また、男が（詠んだ歌は）、
涙にぞ…（涙に濡れては袖を絞っています。世の人の冷たい心は袖のしずくなのでしょうか）
実に逢うことの難しい女なのだった。

◆語　釈◆

○大淀の〜語らはねども（和歌135）　第二句までが「海松」「見る」の掛詞による序詞。「てふ」は「といふ」の約。「なぎぬ」の「なぐ」は、なごやかになるの意で、海が穏やかになる、の意を掛ける。**○袖濡れて〜止まむとやする（和歌136）**　第三句まで「海松」「見る」の掛詞による序詞。袖を濡らす海人に、涙に濡れる自身をたとえる。「わたつみ」の「わた」は海、「つ」は「の」の意の格助詞、「み」は神で、元来は海神の意であったが、海の意としても用いられる。〈他出〉新勅撰集・恋一・六四九・業平。**○岩間より〜かひもありなむ（和歌137）**「みるめ」は「海松布」と「見る目」、「かひ」は「貝」と「甲斐」の掛詞。「つれなし」は、変化が見られない状態をいう。〈他出〉新勅撰集・恋一・六五〇・詠み人知らず。**○涙にぞ〜袖のしづくか（和歌138）**「世の人」は世間の人の意だが、ここでは相手の女をさす。〈他出〉貫之集・第五・五七〇。続後撰集・恋一・七〇六・業平。**○世に逢ふことかたき女になむ**　語り手の評言。

◆鑑　賞◆

必ずしも斎宮との関連は明らかでないが、伊勢を舞台とする段である。男は意中の女を伊勢に連れて行って、一緒に暮らしたいと言うものの、女は承諾しない。「ましてつれなかりければ」「世に逢ふことかたき女」とあるように、容易になびかぬ女である。和歌135〜137ではいずれも伊勢の海から「海松」→「見る」が連想され、この語が贈答の鍵語となっている。

七十六段

昔、二条の后の、まだ春宮の御息所《みやすんどころ》と申しける時、氏神に詣でたまひけるに、近衛府《このゑづかさ》にさぶらひける翁、人々の禄《ろく》たまはるついでに、御車よりたまはりて、詠みてたてまつりける、

139 大原や小塩《をしほ》の山も今日こそは神代《かみよ》のことも
　思ひ出づらめ

とて、心にもかなしとや思ひけむ、いかが思ひけむ、知らずかし。

◆現代語訳◆

昔、二条の后が、まだ春宮の母御息所と申し上げていた時、氏神に参詣なさったのだが、近衛府に仕えていた翁が、人々が禄を頂くついでに、后の御車から頂戴して、詠んで奉った（歌）、

大原や…（大原野にある小塩の山も、めでたい今日こそは、遠い神代の出来事も思い出すでしょう）

と詠んで、（男は）心から悲しいと思ったのだろうか、どのように思ったのだろうか、わからない。

◆語　釈◆

○二条の后　藤原高子（→三～六、六十五段）。**○春宮の御息所**　春宮（皇太子）の母御息所の意。「御息所」は、皇子や皇女を生んだ女御・更衣のこと。貞明親王（陽成天皇）は、貞観十一年（八六九）立太子、同十八年践祚。**○氏神**　藤原氏の氏神、天児屋根命《あめのこやねのみこと》。奈良の春日神社に祀られていたが、平安遷都後、大原野神社に勧請した。藤氏出身の后の参詣は、貞観三年二月二十五日の五条后（藤原順子）にはじまり、以後、慣例化する。**○近衛府にさぶらひける翁**　業平を暗示。「近衛府」は、皇居の警備や行幸の供奉にあたる役所。業平は貞観十七年正月、左近衛権中将に任じられた。「翁」の呼称に注意。**○大原や～思ひ出づらめ（和歌139）**「大原や」の「や」は間投助詞。「更級や姨捨山」（古今集・雑上・八七八・詠み人知らず）と同様に、「や」の上には広い地名を挙げ、下では限定していう。大原野神社は、京都市右京区大原野南春日町、小塩山の麓にある。「神代のこと」は、天孫降臨の際に、天児屋根命が瓊々杵尊《ににぎのみこと》を守護した故事。同時に、業平と高子の間の昔の出来事、をほのめかす。「大原や小塩の山の小松原はやこ高かれ千代の影見む」（後撰集・慶賀・一三七三・紀貫之、貫之集・七一七、古今六帖・第二「山」八四〇・作者名無）。「神代のこと」に昔の出来事、の意を重ねる例に「住吉のまつこそものは悲しけれ神代のことをかけて思へば」（源氏物語・澪標）、「しめのうちは昔にあらぬ心地して神代のことも今ぞ恋しき」（同・絵合）などがある。〈他出〉古今集・雑上・八七一・業平。大和物語・一六一段。古今六帖・第二「山」九一七・業平（第

三句「けふしこそ」)。在中将集・一。業平集・三五。　**○心にもかなしとや**　以下、男の心中を忖度する語り手のことば。

◆補　注◆

『古今集』雑上（八七一）に詞書「二条の后のまだ春宮の御息所と申しける時に、大原野にまうでたまひける日詠める　業平朝臣」として載る。また、『大和物語』百六十一段は、『伊勢物語』三段と、この七十六段を組み合わせて成立したとみられる。この段の後半は、次のようになる。

さて、后の宮、春宮の女御と聞こえて大原野にまうでたまひけり。御供に上達部・殿上人、いと多く仕うまつれり。在中将も仕うまつれり。御車のあたりに、なま暗き折に立てりけり。御社にて、おほかたの人々禄たまはりて後なりけり。御車のしりより、奉れる御単衣の御衣をかづけさせたまへりけり。在中将、たまはるままに、

大原や小塩の山も今日こそは神代のことも思ひ出づらめ

と、しのびやかに言ひけり。昔を思し出でて、をかしと思しける。

◆鑑　賞◆

二条后関連章段の一つ。三〜六、六十五段などの諸段が、もっぱら若々しい青年時代の恋を語るのに対し、本段は「翁」となった男が過去の青春の日々を懐古するという話になっている。「翁」は、ここでも晴れの場に登場して寿ぎの歌を献ずる役割を担う。男の歌の眼目は「神代のこと」にある。神話の時代から、藤原氏は皇室と強く結ばれて繁栄してきた。その原点たる天孫降臨に立ち戻って、一族のますますの栄花を祈願する、祝意に満ちた歌である。しかし、男の意図は別のところにある。すなわち、「神代のこと」とは、高子との、甘くも切なかった過去の日々をも意味している。翁と后の間だけに通ずる恋の符丁である。参詣に供奉した多くの人々は、表の意味だけを理解しているに過ぎない。盛儀の喧噪の中、密かに二人だけが心を通わせている。深い余情をたたえた段である。

七十七段

昔、田村の帝と申す帝おはしましけり。その時の女御、多賀幾子《たかきこ》と申す、みまそかりけり。それ失せたまひて、安祥寺《あんしやうじ》にて、みわざしけり。人々、捧げ物たてまつりけり。たてまつり集めたる物、千《ち》捧げばかりあり。そこばくの捧げ物を、木の枝につけて、堂《だう》の前に立てたれば、山もさらに堂の前に動き出でたるやうになむ見えける。それを、右大将にいまそかりける藤原の常行《つねゆき》と申すいまそかりて、講の終はるほどに、歌詠む人々を召し集めて、今日のみわざを題にて、春の心ばへある歌、たてまつらせたまふ。右の馬の頭《かみ》なりける翁、目は違《たが》ひながら、詠みける、

140 山のみな移りて今日にあふことは春の別れ
　　をとふとなるべし

と詠みたりけるを、いま見ればよくもあらざりけり。そのかみは、これやまさりけむ、あはれがりけり。

◆現代語訳◆

昔、田村の帝と申し上げる帝がいらっしゃった。その時の女御で、多賀幾子と申し上げる方が、いらっしゃった。その方がお亡くなりになったので、安祥寺で、ご法要が催された。人々は捧げ物を献上した。集まった献上品は、千捧げほどもある。たくさんの捧げ物を、木の枝につけて、堂の前に立てたところ、山がまた堂の前に動き出したかのように見えたのだった。それを、右大将でいらっしゃった藤原の常行と申し上げる方がいらっしゃって、法会の終わるころに、歌を詠む人々を招集して、今日の法事を題にして、春の興趣がある歌を、奉らせなさった。右の馬の頭であった翁が、目はぼんやりしてよく見えないまま、詠んだ（歌）、

山のみな…（山がごっそり移って今日のこの法要に立ち会うことは、過ぎ去っていく春の別れを見送るつもりなのだろう）

と詠んだのを、今になって見ると、たいした出来ばえでもなかった。当時としては、これが優れていたのだろうか、人々は感動したのだった。

◆語　釈◆

○田村の帝　第五十五代文徳天皇（→六十九段）。在位嘉祥三年（八五〇）～天安二年（八五八）。陵が葛野郡田村郷（京都市右京区太秦三尾町）にあったことからの称。**○多賀幾子**　藤原多賀幾子。良相の娘。常行の妹。嘉祥三年、文徳女御

となり、天安二年十一月十四日死去。西三条女御とも称された。『三代実録』卒伝に「多可幾子は、右大臣従二位良相の第一女なり。少くして雅操有り。文徳天皇の仁寿の初め、選ばれて掖庭に入り、俄して女御と為り、二年、正五位下を授かり、四年、爵を進められて従四位下と為りき」とある。○**みまそかりけり**　「みまそかり（みまそがり）」は「あり」の尊敬語。「いまそかり」に同じ。○**安祥寺**　宇治郡山科（京都市山科区）にある寺。五条后（順子）の発願により建立。○**みわざ**　法事。四十九日の法要とすれば、貞観元年（八五九）一月二日のことになる。○**捧げ物**　供物。○**右大将**　「右大将」は、右近衛府の長官。○**藤原の常行**　良相の長男。多賀幾子の兄。西三条右大将と称された。斉衡元年（八五四）授爵。右衛門佐、周防権守などを経て、天安二年（八五八）蔵人、貞観六年参議、正三位大納言。同十七年二月十七日薨去。朝廷は在原業平を派遣し従二位を追贈した。『今昔物語集』（巻一四・四二）などには、百鬼夜行に遭遇するも、尊勝陀羅尼の霊験で難を逃れたという説話がみえる。なお、右大将就任は、貞観八年十二月で、多賀幾子薨去の時点ではまだ右近衛権少将である。○**右の馬の頭なりける翁**　業平を暗示。「右の馬の頭」は、右馬寮（皇室の馬や牧場の管理をする役所）の長官。業平が右馬頭になったのは貞観七年。○**目は違ひながら**　多くの供物を老眼ゆえに本物の山と見間違えたとする、諧謔。○**山のみな～とふとなるべし（和歌140）**　「山のみな移りて」は、釈迦入滅の際に、「大地諸山大海、皆震動」したという『大般涅槃経《だいはつねはんぎょう》』を踏まえる。「春の別れ」は女御との別れの法事が春に行われたことをいう。さらに二月十五日の釈迦入滅を重ね合わせる。「とふ」は、見送る、弔う。「待てといふにとまらぬものと知りながらしひて恋しき春の別れか」（新撰万葉集・下・二六九、寛平后宮歌合・三二では「しひてぞ惜しき春の別れを」）。〈他出〉古今六帖・第四「悲しび」二四八三・業平（第五句「とふとなりけり」）。在中将集・四四。続後撰集・雑下・一二六一・業平。○**いま見ればよくもあらざりけり**　以下、語り手の批評。

◆鑑　賞◆

文徳天皇の女御、多賀幾子の法要で、右の馬頭であった翁が機知に富む歌を詠んで、その死と、過ぎ行く春を惜しんだ、という話である。女御の兄、常行と業平の関係は不詳だが、上司と部下の間柄だったのだろうか。常行の死後、従二位追贈の勅使に任じられたのが業平であった。多くの捧げ物に溢れた盛大な法要のさまを題に、翁は歌を献じた。仏典を踏まえ、過ぎ行く春に釈迦の入滅を重ね合わせた、この場にふさわしい詠みぶりである。「いま見れば…」以下の語り手の評言は、余りにも大げさで誇張した歌で、かえって興趣が少ない、という批判であろう。なお、塗籠本には、この段はない。

七十八段

昔、多賀幾子《たかきこ》と申す女御おはしましけり。失せたまひて、七七日《なななぬか》のみわざ、安祥寺《あんしやうじ》にてしけり。右大将藤原の常行《つねゆき》といふ人いまそかりけり。そのみわざに詣でたまひて、かへさに、山科《やましな》の禅師《ぜんじ》の親王《みこ》おはします、その山科の宮に、滝落とし、水走らせなどして、おもしろく造られたるに、詣でたまうて、「年ごろ、よそには仕うまつれど、近くはいまだ仕うまつらず。今宵は、ここにさぶらはむ」と申したまふ。親王、喜びたまうて、夜のおましのまうけせさせたまふ。さるに、この大将、出でて、たばかりたまふやう、「宮仕への始めに、ただなほやはあるべき。三条のおほみゆきせし時、紀の国の千里《ちさと》の浜にありける、いとおもしろき石たてまつれりき。おほみゆきの後、たてまつれりしかば、ある人の御曹司《みざうし》の前の溝に据ゑたりしを、島好みたまふ君なり、この石をたてまつらむ」とのたまひて、御随身《みずいじん》、舎人《とねり》して、取りにつかはす。いくばくもなくて、持て来ぬ。この石、聞きしよりは、見るはまされり。「これを、ただにたてまつ

◆現代語訳◆

昔、多賀幾子と申し上げる女御がいらっしゃった。お亡くなりになって、四十九日の法要を、安祥寺で行った。右大将藤原の常行という人がいらっしゃった。その法事に参列して、帰りに、山科の禅師の親王がいらっしゃる、その山科の宮に、滝を落とし、遣水を流せたりして、数奇をこらして造営してあるところに、参上なさり、「長い間、遠くからお慕い申しておりましたが、まだお傍近くにはお仕えしておりませんでした。今宵は、ここに控えておりましょう」と申し上げなさる。親王は、お喜びになり、寝室の用意をお命じになる。その時、この大将が、親王の前に出て、提案なさるには、「宮仕えの始めに、何もなくてよいでしょうか。三条の大行幸があった時、紀の国の千里の浜にあった、たいそう風情ある石を献上しました。大行幸の後、献上しましたので、ある人の御曹司の前の溝に据えておりましたのを、造園をお好みになる君ですので、この石を差し上げましょう」とおっしゃって、御随身、舎人を、取りにお遣わしになる。まもなく、石を持って来た。この石は、聞いていたよりも、素晴らしく見える。「これを、そのまま献上したら、風情がないだろう」と思って、人々に歌をお詠ませになる。右の馬の頭であった人の歌を、石の青い苔を刻んで、蒔絵模様といった風情にして、この歌をつけて、献上し

らば、すずろなるべし」とて、人々に歌詠ませたまふ。右の馬の頭《かみ》なりける人のをなむ、青き苔をきざみて、蒔絵《まきゑ》のかたに、この歌をつけて、たてまつりける、

141 飽かねども岩にぞかふる色見えぬ心を見せ
　　むよしのなければ

となむ詠めりける。

たのだった（その歌とは）、

飽かねども…（充分というわけではありませんが、
私のあなたへの思いをこの岩に託して献上いたします。
色には見えない真心を見せるすべがないので）

と詠んだのだった。

◆語　釈◆

○**多賀幾子と申す女御**→七十七段。○**七七日のみわざ**　四十九日の法要。七十七段の「みわざ」と同じか。○**安祥寺**→七十七段。○**右大将藤原の常行**→七十七段。○**かへさ**　「かへるさ」の転。帰りがけ。帰り道。○**山科の禅師の親王**　山科（京都市山科区）に住む法親王。諸注多く、人康親王（法名は法性）をさすとする。親王は仁明天皇第四皇子、母は藤原沢継女の沢子。承和十二年（八四五）元服、同十五年四品、嘉祥二年（八四九）上総太守、仁寿二年（八五二）弾正尹、斉衡四年（八五七）常陸太守。貞観十四年（八七二）薨去。その出家は貞観元年五月七日のことで、多賀幾子の死後になり、本章段の記述は史実と矛盾。弘仁十一年（八二〇）頃出家した、平城天皇第三皇子高岳親王（真如）とする説もあるが、山科に住んだことは記録に見えない。○**夜のおまし**　「おまし」は、「おましどころ（御座所）」）寝室。客人の常行の寝所を準備させたのである。○**たばかりたまふやう**　「たばかる」は、計画する、相談する。○**ただなほやはあるべき**　「なほ」は、何が起こっても変化せず、そのままの状態や動作が続くさまをいう。何もしない、平凡でありきたりだ、などの意。「やは」は反語。○**三条のおほみゆき**　貞観八年三月二十三日、清和天皇が藤原良相の西三条邸（百花亭）に行幸したこと。やはり多賀幾子の死後のことで、史実と齟齬する。○**紀の国の千里の浜**　現在の和歌山県日高郡の海岸。「熊野道に千里の浜といふ所にて、（花山院ハ）御心地そこなはせたまへれば、浜づらに石のあるを御枕にて」（大鏡・伊尹伝）。○**島**　「山斎」とも。池や築山のある庭園。○**御随身**　近衛府の官人で、貴人の警護をつとめる。○**舎人**　天皇や皇族などの貴顕に近仕して、雑務に従う者。○**すずろなるべし**　興趣がそがれるだろう。○**右の馬の頭なりける人**　業平を暗示→七十七段。○**蒔絵のかた**　「蒔絵」は、漆で絵模様を描き、金銀粉を蒔きつけて磨きだしたもの。「かた」は、図様、絵柄。○**飽かねども～よしのなければ（和歌141）**　馬の頭が、常行の立場で詠んだ歌。「飽かねども」は、満足しない、不充分ではあるが、の意で、卑下の気持ちを示す。盤石な岩にたとえることで、親王への変わらぬ忠誠心を誓った歌。〈他出〉在中将集・四〇。業平集・九八。

◆鑑　賞◆

前段同様、多賀幾子の法要にちなむ段である。法要をきっかけに、常行と山科の禅師の親王が、親交を結ぶ。風流を凝らした山科の宮に、常行は趣ある石を献上しようとするが、それには優れた歌が欠かせない。そこで男が歌を奉った。「おもしろき石」に「青き苔をきざみて、蒔絵のかたに」という趣向は、「わが君は千代に八千代にさざれ石のいはほとなりて苔のむすまで」（古今集・賀・三四三・詠み人知らず）の歌に通ずる発想である。盤石な石に、親王の永遠の繁栄をたとえ、寿ぐのである。禅師の宮邸の風流は、源融の河原院（→八十一段）のそれにも似ている。主人公の男は、こうした「みやび」の場に登場し、その歌の力によって、「みやび」をますますもり立ててゆくのである。

七十九段

昔、氏の中に、親王《みこ》生まれたまへりけり。御産《うぶ》屋《や》に、人々歌詠みけり。御祖父《おほぢ》がたなりける翁の詠める、

142 わが門《かど》に千尋《ちひろ》あるかげを植ゑつれば夏冬誰《たれ》
か隠れざるべき

これは貞数《さだかず》の親王、時の人、中将の子となむ言ひける。兄の中納言行平《ゆきひら》の娘の腹なり。

◆現代語訳◆

昔、（在原）一族の中から、皇子がお生まれになった。御産屋で、人々が祝いの歌を詠んだのだった。御祖父の縁者である翁が詠んだ（歌）、

わが門に…（わが家の門に、千尋もある竹を植えたので、夏も冬も、誰がその蔭に隠れないことがあろうか―この皇子のおかげで一族は末永く繁栄していくだろう）

これは貞数の親王のことで、時の人は、中将の子と噂していた。兄の中納言行平の娘から生まれたのである。

◆語　釈◆

○氏　在原氏。**○親王**　後に「貞数の親王」とある。清和天皇第八皇子。貞観十七年（八七五）誕生。母は在原行平の娘、更衣文子。「皇太后四十の算を慶賀し給ひしなり。（略）宴に先ずる廿許日、五位以上の子の容貌有る者を択び取り、左兵衛府に於いて舞を習はしめたり。貞数親王陵王を舞ひ、上下の観者感じて涙を垂れき。舞ひ畢りて、外祖父参議従三位行治部卿在原朝臣行平、舞台の下に候して親王を抱持し、歓躍して出でき。親王時に八歳、太上天皇の第八の子なり」（三代実録・元慶六年二月）。**○御産屋**　産養。出産後、三・五・七・九日の晩に行う祝宴。**○御祖父がたなりける翁**　「御祖父」は、後文にあるように在原行平のこと。「翁」は、その弟である業平を暗示。晴れの場で寿ぎの歌を詠む役割を演じる。**○わが門に〜隠れざるべき（和歌142）**　「尋」は、両手を広げた長さ。「かげ」は、樹木が茂ってできる蔭のことで、恩恵、庇護の意。具体的には、竹の蔭。梁の孝帝が多くの竹を好んで植えた故事（史記・梁孝王世家）により、皇族を竹園と称する。崑崙《こんろん》山には千尋の竹が生えているという伝承もあった（山海経など）。なお、「かげ」を「たけ」とする本も多い。〈他出〉在中将集・一三。業平集・八七（初句第二句「わが宿に千尋のたけを」）。**○中将**　業平をさす。**○中納言行平**　在原行平。阿保親王の子。業平の異母兄。弘仁九年（八一八）誕生、左馬頭、信濃守、参議兼左兵衛督、蔵人頭兼左衛門督、太宰権帥、治部卿などを経て元慶六年（八八二）中納言、同八年、正三位兼民部卿に至る。寛平五年（八九三）薨去（日本紀略。一代要記、本朝皇胤紹運録などは寛平七年とする）。元慶五年には大学別曹奨学院を創設。歌人としても優れ、「雅情は在納言の如し」（古今集・真名序）といわれた。『古今集』以下の勅撰集に一一首入集。最初期の歌合である在民部卿家歌合を主催した（↓八十七段、百一段）。

◆鑑　賞◆

一門に待望の皇子が生まれた。絶大な権勢を誇る藤原氏の下風に甘んじてきた名門在原氏にとって、この上ない慶事である。行平には、政界に背を向けた弟とは異なり、気骨ある剛毅な政治家という風貌があった。皇族の子弟のために奨学院を創設したことも知られる。文徳朝期に須磨に蟄居していたのも、政治的な理由によろう。娘文子を清和に入内させたのも期するところがあったのだろう。産養の席で、皇子の祖父の弟である翁が、寿ぎの歌を詠んだ。翁の歌は、繁茂して大きな蔭をなす竹に皇子の成長をなぞらえ、一門がその恩恵に浴することを祈るものである。率直に「たけ」とはせず「かげ」と詠んだ機知が、この歌の眼目であろう。業平実作ではないものの「心余りて、詞足らず」（古今集・仮名序）とされる特徴を備えている。「ありしにまさる藤のかげ」を詠んだ百一段と対をなす段といえよう。

八十段

昔、おとろへたる家に、藤の花植ゑたる人ありけり。三月《やよひ》のつごもりに、その日、雨そほ降るに、人のもとへ、折りてたてまつらすとて、詠める、

143 濡れつつぞしひて折りつる年の内に春はいくかもあらじと思へば

◆現代語訳◆

昔、おとろえた家に、藤の花を植えていた人があった。三月の末に、その日、雨がしとしとと降っていたが、ある人のもとに、折って献上するということで、詠んだ（歌）、

濡れつつぞ…（雨と涙に濡れながらやっとの思いで折って参りました藤の花です。今年のうちに春は何日も残っていないと思いましたので）

◆語　釈◆

○おとろへたる家　家運の傾いた家。在原氏を暗示。皇子誕生ににぎわう前段とは対照的。**○藤の花植ゑたる人**　主人公の男をさす。**○三月のつごもり**　三月末。春の終わり。**○雨そほ降るに**→二段。**○人**　藤原氏の女性か。次の「折りてたてまつらす」の敬語から高貴な人と知られる。**○濡れつつぞ～あらじと思へば（和歌143）**　過ぎゆく春を惜しむ、漢詩における「三月尽」の情趣を詠んだ歌（→九十一段）。参考「惆悵《ちうちやう》す春帰りて留むることを得ざることを　紫藤の花の下に漸く黄昏たり」（白氏文集・巻十三・三月三十日慈恩寺に題す、和漢朗詠集・上・春）、「少年の春は惜しめどもとどまらぬものなりければ、三月の二十日あまりにもなりぬ」（狭衣物語・巻一）。〈他出〉古今集・春下・一三三・業平。在中将集・五（第三句「さくらばな」）。業平集・六五。

◆鑑　賞◆

『古今集』春下（一三三）に詞書「三月のつごもりの日、雨の降りけるに、藤の花を折りて人につかはしける　業平朝臣」として載る。雨の静かに降る晩春の憂愁を語る、抒情美にあふれた段である。恋しく思う女性を偲ぶものとして、男は藤を家に植えていたのだろう。その女性とは、藤原氏の高貴な人に他なるまい。三月の晦に、雨と涙に濡

れながら折り取った藤を、女に贈った。「春はいくかもあらじと思へば」とは、漢詩文における、いわゆる三月尽、惜春の発想による。そほ降る雨は、女を想い、過ぎ行く春に感傷的になっている男の涙でもある。藤原氏の男性に贈った、官位昇進を願った阿諛追従の歌とする解釈が多いが、この段の優艶で静謐な雰囲気にそぐわない。

八十一段

昔、左のおほいまうちぎみいまそかりけり。賀《か》茂《も》河《がは》のほとりに、六条わたりに、家をいとおもしろく造りて、住みたまひけり。十月《かんなづき》のつごもりがた、菊の花うつろひ盛りなるに、紅葉のちぐさに見ゆる折、親王たちおはしまさせて、夜一夜、酒飲みし遊びて、夜明けもてゆくほどに、この殿のおもしろきをほむる歌詠む。そこにありけるかたゐ翁、板敷《いたじき》の下に這《は》ひ歩《あり》きて、人に皆詠ませ果てて、詠める、

144 塩竈《しほがま》にいつか来にけむ朝凪《あさなぎ》に釣りする舟は
　　ここに寄らなむ

となむ詠みけるは、陸奥《みち》の国にいきたりけるに、あやしくおもしろき所々多かりけり。わがみかど六十余国の中に、塩竈といふ所に似たる所なかり

◆現代語訳◆

昔、左大臣がいらっしゃった。賀茂河のほとり、六条のあたりに、邸をたいそう風流をこらして造って、お住まいだった。十月の末ごろ、菊の花が見事に色変わりして、紅葉が色とりどりに見える折に、親王たちをお招きして、夜通し、酒を飲んだり管絃に興じたりして、夜が明けていくころに、この御殿の興趣をほめる歌を詠む。そこにいた乞食の翁が板敷の床のあたりを這い回っていたが、他の人々に歌を詠ませ終わってから、詠んだ（歌）、

塩竈に…（塩竈にいつやって来たのだろうか。朝凪に釣りする舟は、この風光明媚な海岸に立ち寄ってほしい）

と詠んだのは、かつて陸奥に行った時に、奇妙なまでに風情のある場所が多かった。わが国六十余国の中でも、塩竈という所に及ぶ所はなかったのである。そのようなわけで、あの翁は、ことさらにここを賞美して、「塩竈

けり。さればなむ、かの翁、さらにここをめでて、
「塩竈にいつか来にけむ」と詠めりける。

にいつか来にけむ」と詠んだのだった。

◆語　釈◆

○左のおほいまうちぎみ　「おほいまうちぎみ」は「大き前つ君」の転で、大臣。ここでは左大臣源融《とおる》をさす。融は嵯峨天皇第十二皇子。母は大原全子。弘仁十三年（八二二）誕生。伊勢守、備中守、右中将、侍従、左衛門督などを経て、貞観十四年（八七二）左大臣、仁和元年（八八七）従一位に至る。寛平七年（八九五）八月二十五日薨去。陽成帝退位の後、帝位への志を示したが、基経に一喝されたという（古事談・巻一・五）。『古今集』以下四首入集。**○賀茂河のほとり〜住みたまひけり**　融は、六条坊門の南、万里小路の東、賀茂河の西に広大な邸（河原院）を構えていた→補注。**○菊の花うつろひ盛りなる**　当時は、色あせて紫紅色になった菊を賞美した（→十八段）。**○かたゐ翁**　「かたゐ」は、乞食。業平をおとしめていう。「翁」は、晴れの場で寿ぎの歌を詠むのが役割（→七十九段）。**○板敷**　諸本により底本「たいしき」を改める。底本のまま「だいしき」とし「舞台などのやうなる物を云歟」（惟清抄）とする説もあるが、確実な用例はない。**○塩竈に〜ここに寄らなむ（和歌144）**　「塩竈」は、現在の宮城県松島湾にある名所。「寄らなむ」の「なむ」は、あつらえの終助詞。参考「陸奥はいづくはあれど塩竈の浦漕ぐ舟の綱手かなしも」（古今集・巻二十・一〇八八・東歌）。〈他出〉在中将集・四一。業平集・六六（第三句「あさなけに」）。続後拾遺集・雑上・九七五・業平。**○となむ詠みけるは**　ここで文章を切る説もある。**○わがみかど六十余国**　「わがみかど」は、ここでは、帝の治める国土、日本国。当時は六十六国二島があった（延喜式）。

◆補　注◆

融の河原院の栄枯盛衰のさまは、多くの説話集に語られている（江談抄・三・三二、今昔物語集・巻二四・第四六、同・二七・第二、宇治拾遺物語・一五一、古本説話集・上・二七、古事談・一・七など）。『今昔物語集』巻二十七「川原院《かはらのゐんの》融《とほるの》左大臣《さだいじんの》霊《りやうを》、宇陀院《うだのゐん》見給語《みたまふこと》第二」に、次のようにある。

今昔、川原ノ院ハ融ノ左大臣ノ造テ住給ケル家ナリ。陸奥ノ国ノ塩竈ノ形ヲ造テ、潮ノ水ヲ汲入テ池ニ湛ヘタリケリ。様々ニ微妙《めでた》ク可咲《をかし》キ事ノ限ヲ造テ住給ケルヲ、其ノ大臣失テ後ハ、其ノ子孫ニテ有ケル人ノ、宇陀ノ院

ニ奉タリケル也。然レバ、宇陀ノ院、其ノ川原ノ院ニ住セ給ケル時ニ、醍醐ノ天皇ハ御子ニ御《おはしま》セバ、度々行幸有テ微妙カリケリ。

然テ、院ノ住セ給ケル時ニ、夜半許ニ、西ノ台ノ塗籠ヲ開テ、人ノソヨメキテ参ル気色ノ有ケレバ、院見遣セ給ケルニ、日ノ装束直《うるは》シクシタル人ノ、大刀帯《はき》テ笏取畏リテ、二間許去《の》キテ居タリケルヲ、院、「彼ハ何ニ人ゾ」ト問セ給ケレバ、「此ノ家ノ主ニ候フ翁也」ト申ケレバ、院、「融ノ大臣カ」ト問セ給ケレバ、「然《さ》ニ候フ」ト申スニ、院、「其レハ何ゾ」ト問ハセ給マヘバ、「家ニ候ヘバ住候ニ、此《か》ク御マセバ忝《かたじけな》ク所セク思給フル也。何《いか》ガ可仕《つかまつるべ》キ」ト申セバ、院、「其レハ糸異様ノ事也。我レハ人ノ家ヲヤハ押取テ居タル。大臣ノ子孫ノ得セタレバコソ住メ、者ノ霊也ト云ヘドモ、事ノ理ヲモ不知《しら》ズ、何デ此ハ云ゾ」ト高ヤカニ仰セ給ケレバ、霊掻キ消ツ様ニ失ニケリ。其ノ後、亦《また》現ルル事無カリケリ。

其ノ時ノ人此ノ事ヲ聞テ、院ヲゾ忝ク申ケル。「猶《なほ》只人ニハ似サセ不給ザリケリ。此ノ大臣ノ霊ニ合テ、此様ニ痓《すく》ヤカニ異人ハ否不答《えこたへ》ジカシ」トゾ云ケルトナム語リ伝ヘタルトヤ。

風流を誇った河原院は、融の死後、皇室の所有となるが、右のような怪異が人々を怖がらせたらしい。延長四年（九二六）には、融の鎮魂も営まれた（紀在昌「宇多院の河原左大臣の為に没後諷誦を修する文」本朝文粋・巻一四所収）。やがて後には融の子孫である安法が寺にして住み、恵慶や能因らの歌人たちが集う場ともなった。

融の主催する河原院の文芸サロンに出入りする人々の中には、業平の兄行平もいた。『後撰集』雑一（一〇八一〜一〇八二）の贈答は、二人の親交を物語る。

家に、行平朝臣まうで来たりけるに、月のおもしろかりけるに、酒らなどたうべて、まかり立たむとしけるほどに　河原左大臣

照る月をまさ木の綱によりかけて飽かず別るる人をつながむ

返し　行平朝臣

限りなき思ひの綱のなくはこそまさ木のかづらよりも悩まめ

業平も、兄行平とともに河原院に出入りしていた可能性は高い。

◆鑑　賞◆

名高い源融の河原院に集う人々の風流を描いた段である。日本で最も風光明媚とうたわれた陸奥の塩竈を模した豪邸に、親王たちを集めて詩歌管絃に興ずる。そこには寿ぎの歌を献ずる翁の姿もあった。豪勢をきわめた河原院の風流の背景には、帝位に即けなかった融の挫折感や不遇感が大きい。嵯峨天皇の皇子である融は、陽成廃立後、帝位をうかがっていたものの、時康親王（光孝天皇）を擁立する基経に退けられる。皇位継承から排除されたことで、膨大な財力を投じた豪邸の造営、そこでの詩歌管弦や宴に明け暮れる、脱俗的な風流へと向かってゆく。門を閉ざして世俗と交わりを断ち、精神の自由を楽しむことを「閑《みやび》」という。まさに融のふるまいは、「閑」の実践であった。ここに集う人々も、世間から顧みられず不遇を託っている者たちであろう。その一員である翁が、実際に塩竈に足を踏み入れ、海を望み見るかのように歌う。「塩竈にいつか来にけむ」という、とぼけた詠みぶりも、いかにも翁らしい。「朝なぎ」のうららかな海岸の叙景には、偉大な王者の徳が広く及んだ理想の空間とする、政教的な思想もうかがえる。実際には即位がかなわなかった、河原院の主人融を、この世を統治する帝王のごとく讃えてもいるのである。

本段は、東下り章段の成立事情を語る段ではあるまいか。やや大胆な想像になるが、河原院を陸奥の地に見立て、旅する心持ちになっての歌語りが行われた、それが物語に取り込まれたのではないか。初段に「陸奥のしのぶもぢずり誰ゆゑに乱れそめにし我ならなくに」（古今集・恋四・七二四では第四句「乱れむと思ふ」）の融の名歌が引かれていたのも、『伊勢物語』との関わりの深さを感じさせる。

河原院の故事は『源氏物語』に多大な影響を与えている。少女巻、光源氏は「六条京極のわたり」に「四町を占めて」「静かなる御住まひ」を造営する。四方四季の広大な邸宅、六条院である。以後、「生ける仏の御国」（初音）とも称される、この六条院を舞台に光源氏の「みやび」の生活が営まれてゆくことになるが、それは融生前の河原院の風流をいっそう豪華絢爛にしたものであった。政治世界での争いに敗れた一世源氏が、文化的・趣味的な優位を誇示する姿が、融と光源氏に共通するのである。一方、融死後の院の怪異もまた物語の素材を提供している。夕顔巻、若き日の源氏は、好奇心も手伝って、夕顔の女を「なにがしの院」へと誘う。甘美な逢瀬を二人は楽しむが、院に棲みつくもののけによって、はかなく女は絶命してしまった。この「なにがしの院」こそ、荒廃し果てた河原院に他ならない。

帝位に即けなかった不遇の皇子が、心許した者たちと脱俗的な風流の世界に遊ぶ話題は、この物語の好むところであった。次段からの一連の惟喬親王章段にも、同趣の物語が展開される。

八十二段

昔、惟喬《これたか》の親王《みこ》と申す親王おはしましけり。山崎のあなたに、水無瀬《みなせ》といふ所に宮ありけり。年ごとの桜の花盛りには、その宮へなむおはしましける。その時、右の馬の頭《かみ》なりける人を、つねに率《ゐ》ておはしましけり。時世《ときよ》経て、久しくなりにければ、その人の名忘れにけり。狩はねむごろにも

◆現代語訳◆

昔、惟喬の親王と申し上げる皇子がいらっしゃった。山崎の向こうに、水無瀬という所に離宮があった。毎年の桜の花盛りのころには、その宮へお出かけになるのだった。その時には、右の馬の頭であった人を、つねに引き連れてお出かけになるのだった。時代が下って、久しくなったので、その人の名は忘れてしまった。狩は熱心にもしないで、酒ばかり飲んでは、和歌をもっぱらに

せで、酒をのみ飲みつつ、やまと歌にかかれりけり。いま狩する交野《かたの》の渚の家、その院の桜、ことにおもしろし。その木のもとに降りゐて、枝を折りてかざしにさして、上中下《かみなかしも》、皆、歌詠みけり。馬の頭なりける人の詠める、

145世の中にたえて桜のなかりせば春の心はのどけからまし

となむ詠みたりける。また人の歌、

146散ればこそいとど桜はめでたけれ憂き世になにか久しかるべき

とて、その木のもとは立ちて帰るに、日暮れになりぬ。

御供なる人、酒を持たせて、野より出で来たり。この酒を飲みてむとて、よき所をもとめ行くに、天の河といふ所に至りぬ。親王に、馬の頭、大御酒《おほみき》まゐる。親王ののたまひける、「『交野を狩りて、天の河のほとりに至る』を題にて、歌詠みて、盃《さかづき》はさせ」とのたまうければ、かの馬の頭、詠みてたてまつりける、

147狩り暮らしたなばたつめに宿借らむ天の河原に我は来にけり

するのだった。いま狩をしている交野の渚の家、その院の桜は、格別に風情がある。その木のもとに馬から降りて坐り、枝を折ってかざしに挿して、身分が上の者から中ほど、下の者に至るまで、皆が歌を詠んだ。馬の頭であった人が詠んだ（歌）、

世の中に…（世の中にまったく桜がなかったとしたならば、散る心配もなく、春の心はのどやかであるのに）

と詠んだのだった。他の人の歌、

散ればこそ…（散るからこそ、いっそう桜は素晴らしいのだ。この憂き世に何か永久で変わらぬものがあろうか）

と詠んで、その木のもとを立ち去って帰ったところ、日暮れになった。

御供の人が、酒を持たせて、野から出て来た。この酒を飲んでみようと思って、良い場所をさがして行くと、天の河という所に辿り着いた。親王に、馬の頭が、大御酒を差し上げる。親王のおっしゃることには、「『交野を狩して、天の河のほとりに至った』という題で、歌を詠んでから、酌をせよ」とお命じになったので、例の馬の頭が、詠んで差し上げた（歌）、

狩り暮らし…（一日中狩りをして日を暮らしたので、織女に宿をお借りしよう。天の河原に私はやって来たのだから）

親王は、この歌を繰り返し口ずさみなさって、返歌がお

親王、歌を返す返す誦《ず》じたまうて、返しえしたまはず。紀の有常《ありつね》、御供に仕うまつれり、それが返し、

148ひととせにひとたび来ます君待てば宿貸す人もあらじとぞ思ふ

帰りて宮に入らせたまひぬ。夜更くるまで、酒飲み、物語りして、あるじの親王、酔《ゑ》ひて入りたまひなむとす。十一日の月も隠れなむとすれば、かの馬の頭の詠める、

149飽かなくにまだきも月の隠るるか山の端《は》逃げて入れずもあらなむ

親王にかはりたてまつりて、紀の有常、

150おしなべて峯もたひらになりななむ山の端なくは月も入らじを

出来にならない。紀の有常が、御供にお仕えしていた、その返歌、

ひととせに…（織女は、一年に一度だけお越しになる方を待っているので、宿を貸すような人もいないと思いますよ）

帰って宮にお入りになった。夜が更けるまで、酒飲み、物語をして、主人の親王は、酔って寝室にお入りになろうとする。十一日の月も隠れそうなので、あの馬の頭の詠んだ（歌）、

飽かなくに…（まだ満足していないのに早くも月が隠れてしまうのか—宮様は、もう寝床に入っておしまいなのですか—山の端よ、逃げて月を入れないでおくれ）

親王にお代わり申し上げて、紀の有常（が詠んだ歌）、

おしなべて…（すべて一様に、峯も平らになってほしいものだ。そもそも山の端がなければ月も隠れようがないのだから）

◆語　釈◆

○**惟喬の親王**　文徳天皇第一皇子。母は紀静子（名虎の娘、有常の妹）。承和十一年（八四四）誕生。天安元年（八五七）十二月一日元服。貞観六年（八六四）常陸太守。同十四年、出家して小野に隠棲。法名算延。寛平九年（八九七）二月二十日薨去、五十四歳。『古今集』に二首入集（春下・七四、雑下・九四五）。子に兼覧王がある。○**山崎**　現在の京都府乙訓郡大山崎町。淀川西岸の地。○**水無瀬**　現在の大阪府三島郡島本町広瀬。○**右の馬の頭なりける人**　業平を暗示。次の「その人の名忘れにけり」とあるのは語り手の韜晦。○**狩**　鷹狩り。「ねむごろにもせで」とあるように、むしろ主眼は野遊びの風流にあった。○**酒をのみ飲みつつ**　以下、惟喬親王関連章段では、飲酒の場面が多い点に注意。○**やまと歌**　和歌。「からうた（漢詩）」を意識した言い方。「やまと歌は、人の心を種として、よろづの言の葉とぞなれりける」（古今集・仮名序）。

○**かかれりけり**　「かかる」は、熱中する、専念する。○**交野**　現在の大阪府交野市・枚方市の周辺。狩の名所。○**渚の家**　現在の枚方市渚の観音寺がその跡とされる。○**院**　貴族の邸宅。直前の「渚の家」を言い換えた。○**かざし**　草木や造花を髪や冠に挿したもの。本来は、植物の生命力を身に帯びる呪術的な意味合いがあった。「ももしきの大宮人は暇あれや梅をかざしてここに集へる」（万葉集・巻十・一八八三・作者未詳、新古今・春下・一〇四・赤人では第四五句「桜かざして今日も暮らしつ」）。○**上中下、皆、歌詠みけり**　和歌によって、主君と臣下が強く結ばれる、君臣唱和の風景。○**世の中に～のどけからまし（和歌145）**　「せば～まし」は、反実仮想の構文。いっそ花がこの世からなくなってしまえば、散るもどかしさもなくて心穏やかであるとする。「吹く風をならしの山の桜花のどけくぞ見る散らじと思へば」（後撰集・春中・五三・詠み人知らず）。〈他出〉古今集・春上・五三・業平、古今六帖・第六「桜」四二一三・業平、業平集・四六、以上第二句「咲かざらば」。新撰和歌・春秋・六九、在中将集・四。○**また人**　他の人。別の人。後出の紀有常か。○**散ればこそ～久しかるべき（和歌146）**　馬の頭の歌を否定的に切り返し、散る花に虚無的な美を認める歌。参考「残りなく散るぞめでたき桜花ありて世の中はての憂ければ」（古今集・春下・七一・詠み人知らず）、「僧正遍昭に詠みておくりける　桜花散らば散らなむ散らずとてふるさと人の来ても見なくに」（同・同・七四・惟喬親王）。○**御供なる人、酒を持たせて**　陶淵明の友人、王弘が使者に持たせて酒を贈った故事（芸文類聚・九月九日）を踏まえるか。○**天の河**　枚方市禁野を流れる河。○**大御酒**　最上級の酒。「大御」は、神や天皇など尊貴な対象に関して用いられる接頭語。○**狩り暮らし～我は来にけり（和歌147）**　「狩り暮らし」は、一日中狩りをして過ごして、の意。「天の河」から美しい「たなばたつめ（織女）」を連想した機知的で、雄大な読みぶりの歌。〈他出〉古今集・羇旅・四一八・業平。新撰和歌・別旅・一九〇（第四句「天の河せに」）。古今六帖・第二「大鷹狩」一一九七・業平。在中将集・四五。業平集・四七。今昔物語集・二四・三六（第五句「我は来にける」）。○**返しえしたまはず**　馬頭の歌に感心して。○**紀の有常**　親王の伯父、業平の岳父（→十六、三十八段）。○**ひととせに～あらじとぞ思ふ（和歌148）**　「来ます」の「ます」は尊敬の補助動詞。「君」は牽牛（彦星）をさす。馬の頭の歌に同じく七夕伝承を踏まえて応じた。古今集・羇旅・四一九・紀有常。古今六帖・第二「大鷹狩」一一九八・作者名無。在中将集・四六。業平集・四八。○**宮**　水無瀬の離宮。

○**十一日の月**　早い時刻に西に沈む。○**飽かなくに～入れずもあらなむ（和歌149）**　西の山に隠れてゆく月を、寝所に入ろうとする親王にたとえる。「飽かなくに」は、充分に満足していない、の意。「まだきも」は、まだその時期ではないのに、の意。「あらなむ」の「なむ」は、～してほしい、の意を表す、あつらえの終助詞。「いる月を山の端逃げて入れずとも人の心をいかが頼まむ」（古今六帖・第四「雑の思」二二〇三・紀友則）。〈他出〉古今集・雑上・八八四・業平。新撰和歌・恋雑・二六七。古今六帖・第一「雑の月」三二七・業平。在中将集・五六。業平集・四九。今昔物語集・二四・三六（第五句「入れずもあらむ」）。○**おしなべて～月も入らじを（和歌150）**　「おしなべて」は、すべて、一様に。あまねく。「ななむ」は、完了の助動詞「ぬ」の未然形に、あつらえの助動詞「なむ」が接続したもの。〈他出〉後撰集・雑三・一二四九・上野峰雄（第五句「月も隠れじ」）。古今六帖・第一「雑の月」三四四・上野峰雄「おほかたは峰も平らになりななむ山のあればぞ月も隠るる」。

◆補　注◆

145歌は、『古今集』春上（五三）に、詞書「渚院にて桜を詠める　在原業平朝臣」として載る。147・148歌は、同・羈旅（四一八）に「惟喬親王の供に、狩りにまかりける時に、天の河といふ所の河のほとりに降りゐて、酒など飲みけるついでに、親王の言ひけらく、狩りして天の河原に至るといふ心を詠みて、盃はさせと言ひければ詠める　在原業平朝臣」「親王、この歌をかへすがへす詠みつつ返しえせずなりにければ、供にはべりて詠める　紀有常」として載る。149歌は、雑下（八八四）に「惟喬親王の狩りしける供にまかりて、宿りに帰りて、夜一夜酒飲み物語をしけるに、十一日の月も隠れなむとしける折に、親王酔ひて内へ入りなむとしければ詠みはべりける　業平朝臣」として載る。

◆鑑　賞◆

この段から、次の八十三、八十五段の三章段を通して、惟喬親王と男のうるわしい主従の絆が語られる。親王は文徳天皇第一皇子、父帝の鍾愛は深かったが、生母が紀氏だったため、立坊はかなわず、藤原氏を外戚とする第四皇子惟仁親王（後の清和天皇。母は良房の娘、明子）が生後八ヶ月で立太子する。この事件を諷刺する「大枝（大兄、すなわち惟喬をたとえる）を越えて走り超えて騰《あ》がり躍り超えてわが護る田にや捜りあさり食む鴫《しぎ》や雄々い鴫や」という童謡《わざうた》が流行したという（三代実録・清和即位前紀）。世の人々は不遇の惟喬に同情を寄せ、藤原氏の横暴に憤懣を抱いていたのである。惟喬と惟仁の立坊争いは、やがて競馬や相撲で決着をつけるという荒唐無稽な説話まで生まれることになった（平家物語・巻八・名虎、曽我物語・巻一）。

本段では、親王と男や紀有常らの風流に親しむ姿が語られる。「山崎のあなた」「水無瀬といふ所」という場の設定が重要である。九世紀初頭、嵯峨天皇はこの地に好んで行幸し、盛大な詩宴が開かれた。勅撰三漢詩集には、その折の作を多く伝える。惟喬親王の遊宴は、嵯峨朝期の君臣唱和の理想的な世界を髣髴させるものであった（片桐洋一『古今和歌集の研究』）。漢詩ならざる「やまと歌」によって、居合わせた「上中下」の人々と親王の絆は強靱なものとなる。そして多くの臣下を惹きつける親王の王者としての風格と魅力とが強く示されることにもなる。満開に咲き誇る桜花―それは彼らの美しくもはかない青春の象徴である―を題に歌が唱和される。男の「世の中に…」は、いっそのこと花がなくなってしまえば物思いもなく心穏やかだという。反実仮想の構文による、奇抜な発想の歌であり、いかにも業平らしい詠みぶりである。一方、散る花に滅びの美を凝視する「また人（有常か）」の歌「散ればこそ…」には不気味なまでに虚無感が強く漂う。この歌には親王の「桜花散らば散らなむ散らずとてふるさと人の来ても見なくに」（古今集・春下・七四）と響き合うものが感じられる。親王の将来を暗示するかのような歌であり、滅びの予感を秘めているだけに、青春の一瞬の輝きをより鮮やかにするのである。

さらに場所を「天の河」に移して宴は酣となる。「天の河原に我は来にけり」と歌うことで、この地は天上の天の河となる。地上的・日常的な世界から人々は離陸し、壮大な天上の世界に自らを解放する。連想はさらに西に沈みかけた月に及ぶ。「飽かなくに…」は、酔って寝所に入ろうとする親王を月にたとえ、引き留める歌である。月の比喩は単なる機知にとどまらない。月は王者、帝徳の象徴である。皇統から疎外され、春宮にもなれなかった親王を、物語は、自分たちの仕えるべき正統の皇嗣、王者として語ろうとするのである。

ところで、『土佐日記』承平五年（九三五）二月九日条に次のような記事が見える。

かくて、船曳き上るに、渚の院といふところを見つつ行く。その院、昔を思ひやりて見れば、おもしろかりけるところなり。しりへなる岡には松の木どもあり、中の庭には梅の花咲けり。ここに、人々のいはく、「これ、昔、名高く聞こえたるところなり。」「故惟喬の親王の御供に、故在原業平の中将の、

世の中にたえて桜の咲かざらば春の心はのどけからまし

といふ歌詠めるところなりけり。」今、今日ある人、ところに似たる歌詠めり。

千代へたる松にはあれどいにしへの声の寒さは変はらざりけり

また、ある人の詠める、

　君恋ひて世をふる宿の梅の花昔の香にぞなほ匂ひける

といひつつぞ、都の近づくを喜びつつ上る。

都への帰途、渚の院を過ぎる時に、かつての業平と親王の故事を思い起こし、歌を唱和したというのである。歌の道の先達である業平への貫之の畏敬の念がうかがえる場面である。

なお、長大な本段は、塗籠本では、二段に分割されている。

八十三段

昔、水無瀬《みなせ》に通ひたまひし惟喬《これたか》の親王《みこ》、例の狩しにおはします供に、馬の頭《かみ》なる翁仕うまつれり。日ごろ経て、宮に帰りたまうけり。御送りして、とくいなむと思ふに、大御酒《おほみき》たまひ、禄《ろく》たまはむとて、つかはさざりけり。この馬の頭、心もとながりて、

151 枕とて草ひき結ぶこともせじ秋の夜とだに
　頼まれなくに

と詠みける。時は、三月《やよひ》のつごもりなりけり。親王、おほとのごもらで、明かしたまうてけり。

◆現代語訳◆

昔、水無瀬に通っていらした惟喬の親王が、いつものように狩にお出かけになる供に、馬の頭である翁がお仕えしていた。何日か経ってから、宮にお帰りになった。親王をお送りして、早く家へ帰ろうと思っているのに、大御酒を下さり、禄をお与えになろうとして、お帰しにならぬのだった。この馬の頭は、じれったく思って、

　枕とて…（枕として草をひき結んでの旅寝はいたしません。長い秋の夜のようにさえも頼りにできない、この短夜ですから）

と詠んだのだった。時は、三月の末であった。親王は、お休みにならずに、夜を明かしなさるのだった。

　このようにしては、宮のもとにうかがってお仕えして

かくしつつ、まうで仕うまつりけるを、思ひのほかに、御ぐし下ろしたまうてけり。正月《むつき》に、拝みたてまつらむとて、小野にまうでたるに、比叡《ひえ》の山の麓なれば、雪いと高し。しひて御室《みむろ》にまうでて、拝みたてまつるに、つれづれと、いと物がなしくておはしましければ、やや久しくさぶらひて、いにしへのことなど、思ひ出で聞こえけり。さてもさぶらひてしがなと思へど、おほやけごとどもありければ、えさぶらはで、夕暮れに、帰るとて、

152忘れては夢かとぞ思ふ思ひきや雪踏み分け
て君を見むとは

とてなむ、泣く泣く来にける。

いたのだが、思いがけずも、出家なさってしまわれたのだった。正月には、年始に拝み申し上げようと思って、小野にうかがったのだが、比叡山の麓なので、たいそう雪深い。やっとのことで御室に参上して、拝み申し上げたが、所在なさそうに、とてももの悲しそうでいらっしゃるので、やや久しくおそばにいて、昔のことなどを、思い出してはお話し申し上げた。このままおそばにお仕えしていたいと思うものの、公務があるので、お仕えもしていられなくて、夕暮れに、帰るということで、

忘れては…（目の前の現実を忘れて夢かと思っております。思ってもみたことでしょうか、雪を踏み分けてあなた様とお会いしようとは）

と詠んで、泣く泣く帰って来たのだった。

◆語　釈◆

○**水無瀬に通ひたまひし惟喬の親王**　前段参照。○**馬の頭なる翁**　業平を暗示。○**宮**　都にある親王の邸。○**大御酒**　前段参照。○**心もとながりて**　男は、妻の待つ自宅に早く戻りたいのである。○**枕とて～頼まれなくに（和歌151）**　「枕とて草ひき結ぶ」は、野宿する、旅寝する、の意。ここでは、宮の邸で夜を明かすことをいう。「春宵一刻値千金なれば寝ずして明かさむと云り」（惟清抄）のように、春の短夜を寝ないで楽しみましょうとする解釈も多いが、前に「心もとながりて」とあり不適。〈他出〉古今六帖・第四「旅」二四二四・作者名無（第二三句「草結びてしことも惜し」）。古今六帖・第五「枕」三二四二・作者名無。在中将集・三一。業平集・五六（第四句「秋のよとただ」）。新勅撰集・羇旅・五三八・業平。○**三月のつごもり**　旧暦三月末。春の終わりで夜は短い。○**おほとのごもらで**　「おほとのごもる（大殿籠もる）」は、お休みになる、の意の尊敬語。○**御ぐし下ろしたまうてけり**　剃髪なさった、出家なさった。史実によれば貞観十四年（八七二）七月十一日の出来事。○**正月に**　親王出家の翌年の正月。○**拝みたてまつらむ**　出家した親王を仏のごとく崇拝する男のさま。直後にも繰り返される点に注意。○**小野**　京都市左京区大原町のあたり。○**比叡の山**→九段。○**御室**　僧坊。庵室。○**つれづ**

れと　することもなく淋しいさま。**○やや久しくさぶらひて**　しばらくぶりの再会に、時の経つのも忘れる趣。**○いにしへのことなど**　在俗の時の、楽しかった思い出。具体的には、前段の水無瀬での遊宴など。**○さてもさぶらひてしがな**　「てしがな」は願望の終助詞。**○おほやけごとども**　公務。特に正月は宮中の行事が多く忙しい。**○夕暮れ**　前の「やや久しくさぶらひて」から、さらに時間が経過した。**○忘れては〜君を見むとは（和歌152）**「忘れては」は、目の前の現実を忘れては、の意。「思ひきや〜とは」は、予想外の出来事への大きな驚きを表す構文。〈他出〉古今集・雑下・九七〇・業平。古今六帖・第一「雪」七一五・作者名無。在中将集・六〇。業平集・五〇（初句「忘れつつ」）。今昔物語集・二四・三六。

◆補　注◆

和歌152は、『古今集』雑下（九七〇）に、詞書「惟喬親王のもとにまかり通ひけるを、頭おろして小野といふ所にはべりけるに、正月にとぶらはむとてまかりたりけるに、比叡の山の麓なりければ、雪いと深かりけり。しひてかの室にまかりいたりて拝みけるに、つれづれとして、いともの悲しくて、帰りまうで来て、詠みて贈りける　業平朝臣」として載る。なお、『新古今集』雑下（一七二〇）には「世を背きて小野といふ所に住みはべりける頃、業平朝臣の、雪のいと高う降り積みたるをかき分けてまうで来て、夢かとぞ思ふ思ひきやと詠みはべりけるに　惟喬親王　夢かとも何か思はむ憂き世をば背かざりけむほどぞくやしき」という親王の返歌を載せるが、後人の補作であろう。

◆鑑　賞◆

本段は、前半部と後半部とに大別される。前半は、八十二段を承けて、男と親王の風流の交わりを語る。帰宅を急ぐ男をしきりに引き留めるのは、親王がすでに出家を決意しているからに他ならない。「時は、三月のつごもり」という設定が重要である。八十二段と同様に、春という季節は、親王たちの楽しく、輝かしい青春の日々そのものである。それが今や過ぎ去ろうとしている。後半では、出家後の親王と男の交流が語られる。男は、昔からの志を忘れることなく、年始の挨拶に小野を訪れる。最も公務の多忙な「正月」に、大雪を踏み越えて主君を訪ねるところに、男の並々ならぬ思いがうかがえる。男はいつまでも親王の傍にいたいと思うが、「おほやけごと」のために、後ろ髪を引かれる思いで、泣く泣く小野を後にするのだった。

男と親王のうるわしい関係は、『源氏物語』の薫と宇治の八宮に受け継がれている。立坊争いに敗れ、宇治に隠遁した八宮の不遇は、惟喬親王のそれを思わせる。八宮を「俗聖《ぞくひじり》」として慕う薫は、「法《のり》の友」の契りを結ぶべく、宇治の山里まで頻繁に通うようになる。

八十四段

昔、男ありけり。身はいやしながら、母なむ宮なりける。その母、長岡といふ所に住みたまひけり。子は京に宮仕へしければ、まうづとしけれど、しばしばえまうでず。一つ子にさへありければ、いとかなしうしたまひけり。さるに、十二月《しはす》ばかりに、とみのこととて、御文あり。おどろきて見れば、歌あり。

153老いぬればさらぬ別れのありといへばいよ
いよ見まくほしき君かな

かの子、いたううち泣きて詠める、

154世の中にさらぬ別れのなくもがな千代もと
祈る人の子のため

◆現代語訳◆

昔、ある男がいたのだった。身分は低いものの、母は皇女であった。その母は、長岡という所にお住まいだった。子は京で宮仕えしているので、参上しようと思っても、しばしば参上できるわけではない。ましてや一人子であったので、たいそうかわいがっておいでであった。そうしているうちに、十二月ごろに、急を要するということで、お手紙が届く。驚いて見ると、歌がある。

老いぬれば…（年老いると誰しも避けられない別れ—死別—があるというので、ますます会いたくなるあなたのことです）

その子が、激しく泣いて詠んだ（歌）、

世の中に…（世の中に避けられない別れがなくなってしまえばよいのに。「千代までも」と親の長寿を祈る子のためにも）

◆語　釈◆

○母なむ宮なりける　業平の母は、桓武天皇第八皇女伊都（伊登・伊豆とも）内親王。内親王の母は中納言従三位藤原乙叡の女、従五位下平子。貞観三年（八六一）九月十九日薨去。**○長岡**→五十八段。**○一つ子**　史実として、阿保親王の子で伊都内親王を母とするのは業平のみらしい。**○十二月ばかり**　歳末であり、人生の終焉を感じさせる時節である。**○とみのこと**　「とみ」は「頓」の字音語。急なこと、にわかなこと。母が急病になったことをいうか。**○老いぬれば～ほしき君かな（和歌153）**　「さらぬ別れ」は、避けられない別れ、死別のこと。「見まくほしき」の「ま」は意思の助動詞「む」未然形、「く」は体言化する助詞、「ほしき」は形容詞「ほし」の連体形（→六十五段）。〈他出〉古今集・雑上・九〇〇・業平母、在中将集・五七、業平集・五二、いずれも第二句「さらぬ別れも」。**○世の中に～人の子のため（和歌154）**　「なくもがな」の「もがな」は、願望の意の終助詞。「人の子」で一語。具体的には自分自身をいう。〈他出〉古今集・雑上・九〇一・業平（第四句「千代もとなげく」）。在中将集・五八。業平集・五三（第二句「さらぬ別れは」、第四句「千代もとなげく」）。

◆鑑　賞◆

この贈答は、『古今集』雑上（九〇〇・九〇一）に、詞書「業平朝臣の母の皇女、長岡に住みはべりける時に、業平宮仕へすとて時々もえまかりとぶらはずはべりければ、十二月ばかりに、母の皇女のもとより、とみのこととて文を持てまうで来たり。開けて見れば、詞はなくてありける歌」「返し　業平朝臣」として載る。男と老母の愛情を描いた哀話である。互いに深い愛情で結ばれてはいても、平安京と長岡京に別れ住む母子は、会うことも稀である。年の暮れ、母から手紙が届いた。母の歌は、死を予感し、一目なりとも我が子に会いたいとする、切実な愛情のこもったものだった。子の歌は、贈歌の「さらぬ別れ」を「なくもがな」と否定し、「老いぬれば」を「千代もと」と転じて、老いの不安を払拭し、長寿を祈願しようとする。

本段は、一連の惟喬親王章段に割り込むように置かれている。ともに男と母宮・親王を引き裂く「宮仕へ」が否定的に語られる。また、母はやがて死に、親王は出家するように、男の手の届かぬ所へと遠ざかってゆく。かかる配列によって、愛する人々につぎつぎと去られ、取り残される男の孤独な姿が浮き彫りにされることとなる。なお『枕草子』に「また、業平の中将のもとに、母の皇女の、いよいよ見まくとのたまへる、いみじうあはれに、をかし。引き開けて見たりけむこそ、思ひやらるれ」とある。

八十五段

昔、男ありけり。童《わらは》より仕うまつりける君、御ぐし下ろしたまうてけり。正月《むつき》には、必ずまうでけり。おほやけの宮仕へしければ、常にはえまうでず。されど、もとの心失なはでまうでけるになむありける。昔仕うまつりし人、俗なる、禅師《ぜんじ》なる、あまた参り集まりて、正月なれば、ことだつとて、大御酒《おほみき》たまひけり。雪こぼすがごと降りて、ひねもすにやまず。皆人酔《ゑ》ひて、「雪に降りこめられたり」といふを題にて、歌ありけり。

155思へども身をし分けねば目離《か》れせぬ雪の積
もるぞわが心なる

と詠めりければ、親王《みこ》、いといたうあはれがりたまうて、御衣《ぞ》脱ぎてたまへりけり。

◆現代語訳◆

昔、ある男がいたのだった。童のころからお仕えしていた主の君が、出家してしまわれた。正月には、必ず年始に参上していたのだった。朝廷にお仕えしているので、常にうかがえるというわけではない。しかし、昔からの真心を失わずに参上したのであった。昔、宮にお仕えしていた人は、在俗の人も、出家した人も、たくさん参り集まり、めでたい正月なので、特別にしようということで、大御酒をお振る舞いなさった。雪がこぼれるほどに降って、一日中やまない。人々は皆、酔っぱらって、「降る雪に閉じ込められた」というのを題にして、歌が詠まれた。

思へども…（宮様のことを深くお慕い申し上げておりますが、身を分けることが出来ないので…。今年も忘れずに訪れてくれた雪が積もって帰れなくなったのは、わが思いが天に通じたのです）

と詠んだので、親王は、たいそう感じ入りなさって、お召し物を脱ぎ、褒美としてお与えになった。

◆語　釈◆

○童より仕うまつりける君　「君」は惟喬親王（↓八十二、八十三段）をさす。実際は、業平のほうが十九歳年長で史実に反する。長い歳月にわたる二人の親昵を強調し、かつ親王に年長者の威厳を加える虚構。**○御ぐし下ろしたまうてけり**↓八十三段。**○おほやけの宮仕へ**　八十三段にも「おほやけごとども」とあった。**○俗なる、禅師なる**　在俗の人、出家した人。主人公はもちろん「俗なる」人である。**○ことだつ**　「常に異なるを云詞也」（新釈）。**○雪こぼすがごと降りて**　春の初めの大雪は、豊年の瑞兆。「尺に盈《み》つれば則ち瑞を豊年に呈す」（謝恵連・雪賦・文選・巻一三）。「新しき年の初めの初春の今日降る雪のいやしけ吉事《よごと》」（万葉集・巻二十・四五一六・大伴家持）。**○大御酒**↓八十二、八十三段。**○ひねもす**　一日中。朝から晩まで。**○思へども～わが心なる（和歌155）**　「目離れせぬ」の「目離る」は、自分の視界から相手が遠ざかって見えなくなること、すなわち訪れなくなることをいう。「わが心なる」は、宮のもとから立ち去りたくない思いが、天に通じて大雪を降らせたのです、の意。大雪になって帰れなくなったのは、私の本望です、と解する説もある。「思へども身をし分けねば目に見えぬ心を君にたぐへてぞやる」（古今集・離別・三七三・伊香子淳行）。〈他出〉古今六帖・第一「雪」七二三・作者名無、および業平集・一〇五は第四句「雪のとむるぞ」。在中将集・六八（第三句「目離れする」）。**○御衣脱ぎてたまへりけり**　貴人が自らの衣服を脱いで与えるのは、この上ない褒美を意味する。

◆鑑　賞◆

八十三段後半部と同じく、出家した親王への年頭の挨拶に男が小野を訪ねる、という話である。八十三段とはやや異なり、明るい雰囲気の感じられる段となっている。男に限らず、出家後も親王を慕う人は少なくない。「昔仕うまつりし人、俗なる、禅師なる、あまた参り集ま」って、賑やかな宴となった。この段で重要な役割を果たしているのが「雪」である。大雪に人々は閉じ込められ、帰れなくなった。親王の傍にいられるのなら、それも本望であろう。ここでの雪は、心の通じ合った人々を温かく包み込むものとして描かれている。小野へと行く道を厳しく阻んだ、八十三段の寒々とした雪とは対照的である。そもそも春の大雪は、その年の豊かな稔りを約束する瑞祥である。この場は幸福な予感に包まれているといえよう。とはいえ、それも束の間の至福に過ぎない。彼らは、孤独な親王を残して、日々の味気ない生活に戻ってゆかざるを得ないのである。

ところで、一連の惟喬親王章段は、「雪」（八十三段・八十五段）、「月」「花」（八十二段）の美意識に支えられている。ここで想起されるのは、『白氏文集』巻五十五の「殷協律に寄す」という有名な詩である。友人の殷堯藩に「五歳優游して同じく日を過ぐす　一朝消散浮雲に似たり　琴詩酒の伴は皆我を抛《なげう》てり　雪月花の時最も君を憶《おも》ふ　幾度か雞を聴き白日を歌へる　亦た曾て馬に騎る紅裙を詠じき　呉娘暮雨に蕭蕭たる曲　江南に別れてより更に聞かず」という詩を贈った。心を許した者同士の、風流三昧の楽しい日々が、ある日突如として失われてしまう。そうした過去の思い出を追懐する、この詩は、内容と主題において惟喬親王章段と大いに重なり合う。物語の進行に伴い、「雪月花の時最も君を憶ふ」の句が浮き上がってくるという仕組みになっている。

八十六段

昔、いと若き男、若き女をあひ言へりけり。おのおの、親ありければ、つつみて、言ひさしてやみにけり。年ごろ経て、女のもとに、なほ、心ざし果たさむとや思ひけむ、男、歌を詠みてやれりけり。

156 今までに忘れぬ人は世にもあらじおのがさ
　まざま年の経ぬれば

とてやみにけり。男も女も、あひ離《はな》れぬ宮仕へになむ、出でにける。

◆現代語訳◆

昔、たいそう若い男が、若い女に言い寄ったのだった。それぞれ、親がいたので、気兼ねして、交際はそれきりになった。しばらくしてから、女のもとに、やはり、思いを遂げようと思ったのだろうか、男は、歌を詠んで贈ったのだった。

今までに…（今まで昔のことを忘れないでいる人などいないでしょう。お互いにそれぞれの生活をしているうちに何年も経ってしまったので）

と詠んで、それきりになった。男も女も、すっかり離れ離れになるわけではない、宮仕えに出たのだった（それで久しぶりに再会したのである）。

◆語　釈◆

○いと若き男　「若き男」（四十段）と似た設定。　**○あひ言へりけり**　「あひ（相ひ）言ふ」は、男女が親しく語り合う、の意。　**○親ありければ**　「さかしらする親ありて」（四十段）。**○言ひさして**　動詞の連用形につく「〜さす」は、動作が中断したことを表す。〜しかける。〜し残す。　**○今までに〜年の経ぬれば（和歌156）**　「別れなばおのがさまざまなりぬともおどろかさねばあらじとぞ思ふ」（篁集・三二）。〈他出〉古今六帖・第五「昔ある人」二九一七・作者名無。在中将集・七六。業平集・五四。新古今集・恋五・一三六六・詠み人知らず。**○あひ離れぬ宮仕へ**　男女が、同じ貴人の邸に仕えるようになったことをいう。十九段の「同じ所なれば」と関連があるか。

◆鑑　賞◆

若い男女の恋が親に妨げられるという話は、四十段にも通ずる設定である。数年を経て、ついに変わらぬ「心ざし」を歌によって伝えることが出来たという。若き日の「心ざし」を保ち続ける男の心長さが称揚された段といえよう。しかし、「やみにけり」とあるように、和歌の力が二人の関係を好転させ、進展させるわけでは必ずしもない。とはいえ「あひ離れぬ宮仕へ」に出た二人は、関係を結び直すこともあるだろう。二人の今後に期待を持たせながら物語は閉じられる。

八十七段

昔、男、津の国、菟原《むばら》の郡《こほり》、芦屋《あしや》の里に、しるよしして、いきて住みけり。昔の歌に、

157芦の屋の灘《なだ》の塩焼いとまなみ黄楊《つげ》の小櫛《をぐし》も
ささず来にけり

と詠みけるぞ、この里を詠みける。ここをなむ、芦屋の灘とはいひける。この男、なま宮仕へしければ、それをたよりにて、衛府《ゑふ》の佐《すけ》ども集まり来にけり。この男のこのかみも、衛府の督《かみ》なりけり。その家の前の海のほとりに遊び歩《あり》きて、「いざ、この山の上にありといふ、布引《ぬのびき》の滝見に登らむ」と言ひて、登りて見るに、その滝、物よりことなり。長さ二十丈《ちやう》、広さ五丈ばかりなる石の面《おもて》、白絹に岩を包めらむやうになむありける。さる滝の上に、円座《わらうだ》の大きさして、さし出でたる石あり。その石の上に走りかかる水は、小柑子《せうかうじ》、栗の大きさにてこぼれ落つ。そこなる人に、皆、滝の歌詠ます。かの衛府の督、まづ詠む、

158わが世をば今日か明日かと待つかひのなみ
だの滝といづれ高けむ

◆現代語訳◆

昔、男が、津の国、菟原の郡、芦屋の里に、領地があった関係で、出かけて行って住んだのだった。古歌に、

芦の屋の…（芦屋の灘の塩焼きは忙しく暇がないので、黄楊の小櫛もささずにやって来たことだ）

と詠んだのは、この里を詠んだのだった。ここを、芦屋の灘というのだった。この男は気の進まない宮仕えをしていたので、この男をつてに、衛府の次官たちが集まって来たのだった。この男の兄も衛府の長官なのだった。その家の前の海のほとりを逍遥して、「さあ、この山の上にあるという、布引の滝を見に登ろう」と言って、登って見ると、その滝は、他のものとは比べものにならない。長さ二十丈、広さ五丈ほどもある石の面は、白絹に岩を包んでいるごとくであった。その滝の上に、円座の大きさで、突き出ている石がある。その石の上に走りかかる水は、小柑子、栗ほどの大きさでこぼれ落ちる。そこにいる人すべてに、滝の歌を詠ませる。あの衛府の督が、まず詠む（歌）、

わが世をば…（わが世を謳歌できるのは今日か明日かと待つ甲斐もなくて、流す涙が滝になったのと、この布引の滝とは、どちらが高いのだろう）

主人が次に詠む（歌）、

抜き乱る…（緒を抜いてばらばらにしてしまった人

あるじ、次に詠む、

159抜き乱る人こそあるらし白玉のまなくも散るか袖の狭《せば》きに

と詠めりければ、かたへの人、笑ふことにやありけむ、この歌にめでて、やみにけり。

帰り来る道遠くて、失せにし宮内卿《くないきやう》もちよしが家の前来るに、日暮れぬ。宿りの方を見やれば、海人の漁《いさ》りする火、多く見ゆるに、かのあるじの男詠む、

160晴るる夜の星か河辺の蛍かもわが住むかたの海人《あま》のたく火か

と詠みて、家に帰り来ぬ。

その夜、南の風吹きて、波いと高し。つとめて、その家の女《め》の子ども出でて、浮き海松《みる》の、波に寄せられたる拾ひて、家の内に持て来ぬ。女がたよりに、その海松を、高杯《たかつき》に盛りて、柏をおほひて出だしたる、柏に書けり、

161わたつみのかざしにさすといはふ藻《も》も君がためには惜しまざりけり

田舎人の歌にては、余れりや、足らずや。

がいるようだ。白玉が絶え間なく散っていくことだ。それを受けるわが袖はこんなにも狭くて羽振りが悪いのに）

と詠んだので、周りの人は、（兄の歌を）笑うことがあったのだろうか、この歌に感心して、笑うのをやめたのだった。

帰ってくる道は遠くて、亡くなった宮内卿もちよしの家の前に来た時に、日が暮れた。宿の方角を眺めると、海人が漁をする火が、多く見えたので、あの主人の男が詠む（歌）、

晴るる夜の…（晴れた夜の星か、それとも河辺の蛍か、それとも私の住む家の方角で海人が焚いている火だろうか）

と詠んで、家に帰って来た。

その夜、南風が吹いて、波がたいそう高い。翌朝、その家の女の子どもが海岸に出て、浮き海松の、波に打ち寄せられたのを拾って、家の中へ持って来た。女の所から、その海松を、高杯に盛り、柏の葉で覆って差し出した、その葉に書きつけた（歌）、

わたつみの…（海神がかざしに挿すものとして大切に献上する、この海藻も、あなたのためには惜しまずに差し上げるのです）

田舎人の歌としては、上出来だろうか、それとも不足だろうか。

◆語 釈◆

○**津の国、菟原の郡**→三十三段。 ○**しるよしして** 領地があった縁で（→初段）。 ○**芦の屋の～ささず来にけり（和歌157）** 「灘」は、波の荒い所の意で、地名に転じた。「いとまなみ」の「なみ」は形容詞「無し」の語幹に原因・理由を表す接尾語「み」のついたもの。「志賀の海人は藻《め》刈り塩焼き暇なみ髪梳《くしら》の小櫛取りも見なくに」（万葉集・巻三・二七八・石川少郎）。「煙だに少したなびけあさなけに灘の塩焼きいとまなくとも」（長能集・一一八）。〈他出〉古今六帖・第五「櫛」三一八〇・作者名無。業平集・二七（第五句「ささで来にけり」）。新古今集・雑中・一五九〇・業平。 ○**なま宮仕へ** 宮仕えとも呼べない、気乗りのしない、宮仕え。「なま」は未熟な、不充分な、の意を表す接頭語。 ○**衛府の佐** 底本「ゑうのすけ」。武田本など「ゑふのすけ」とあるのが正しい。「衛府」は六衛府（近衛府・兵衛府・衛門府がそれぞれ左右にある）。宮中を警護し、行幸に供奉する。「佐」は、次官のことで、近衛中・少将、兵衛佐、衛門佐をさす。 ○**この男のこのかみ** 「このかみ」は兄。業平の兄行平（→七十九段）をさす。 ○**衛府の督** 行平は、貞観六年（八六四）に左兵衛督になっている。この時、業平は前年の左兵衛権佐から近衛権少将に転じた。 ○**いざ、この山** 「いさご（砂）の山」とする解釈から生じた地名が現在も残る。 ○**布引の滝** 現在の神戸市中央区葺合町にある滝で、雄滝と雌滝からなる。摩耶山に発し、生田川にかかる。 ○**長さ二十丈** 一丈は十尺。約三・三メートル。 ○**円座** 「わらふた（藁蓋）」の転。藁で編んだ円形の敷物。今日の座布団に近い。 ○**小柑子** 小さく酸味の強い蜜柑で、今日の蜜柑の原種ともいう。「大柑子（夏蜜柑の類）」に対する。 ○**わが世をば～いづれ高けむ（和歌158）** 「かひ」に「甲斐」「峡」、「涙」の「なみ」に「無み」を掛ける。「うけたむる袖をしをにてぬきとめば涙の滝の数は見てまし」（古今六帖・第六「しをに」三七七七・伊勢）、「恋しさのひかず経ぬれば袖に出づる涙の滝のみかさまされる」（恵慶集・二四八）。〈他出〉業平集・二八（第三～五句「待つたびの涙の玉といづれまされり」）。新古今集・雑中・一六五一・行平。 ○**抜き乱る～袖の狭きに（和歌159）** 「袖の狭」いとは、羽振りの悪いさまをいう。〈他出〉古今集・雑上・九二三・業平。新撰和歌・恋雑・二一一（初句「ぬき乱す」、第三四句「下紐のまたくもあるか」）。古今六帖・第三「滝」一七一一・作者名無（第四句「まなくも降るか」）。在中将集・五九。業平集・二九。 ○**宮内卿もちよし** 「宮内卿」は、宮内省の長官。「もちよし」は伝不詳だが、「もとよし」とする本もあり、藤原元善（後撰集歌人）の可能性もある。 ○**晴るる夜の～海人のたく火か（和歌160）** 漁火を星や蛍火に見立てた。参考「燈にあらず燭にあらずさらに蛍にもあらず驚きて見る荒れたる村の一つの小さき星」（菅家文草・巻四・野村火）。〈他出〉在中将集・七二。業平集・三〇。新古今集・雑中・一五九一・業平（第四句「わが住むかたに」）。 ○**浮き海松** 根が切れて、海面に浮いている海松。 ○**高杯** 食物を盛る、高い一本脚のついた器。 ○**柏** ブナ科の落葉喬木。葉が大きいことから、食物を覆うのに用いた。 ○**わたつみの～惜しまざりけり（和歌161）** 「わたつみ（わたつうみ）」は、海神。「かざし」は八十二段参照。「いはふ」は、神聖なものとして大切にする、の意。「わたつみのかざしにさせる白妙の波もてゆへる淡路島山」（古今集・雑上・九一一・詠み人知らず）、「花咲きて実ならぬものはわたつうみのかざしにさせる沖つ白波」（後撰集・羇旅・一三六〇・小野小町、小町集・一一六）。〈他出〉古今六帖・第四「かざし」二三二三・作者名無（第二句「かざしにさして」）。**〇田舎人の歌にては、余れりや、足らずや**　語り手の評言。「田舎人のことにては、よしや、あしや」（三十三段）に類似。

◆**鑑　賞**◆

都での生活に不遇感や閉塞感を持つ男たちが集まり、津の国の芦屋の里の逍遥を楽しむ、という段である。やはり津の国を舞台とする六十六段にも同様の話が見られた。「芦屋の里に、しるよしして」とあるように、この近辺は在原氏ゆかりの地であった。『古今集』雑下（九六二）に「田村の御時に、事にあたりて津の国の須磨といふ所に籠もりはべりけるに、宮のうちにはべりける人に遣はしける」として「わくらばに問ふ人あらば須磨の浦に藻塩たれつつわぶと答へよ」という行平の歌がある。おそらく政治上の理由で、須磨に蟄居していた時代があったのである。この段も、そうした沈淪の時期を背景としていよう。人々は布引の滝を見物に出かけ、その雄大な景観に感動する。『古今集』雑上には九首からなる、滝を詠んだ歌群（九二二～九三〇）がある。「田村の御時に、女房の侍ひにて御屏風の絵御覧じけるに、滝の落ちたりける所おもしろし、これを題にて詠めと、侍ふ人に仰せられければ　三条町　思ひせく心のうちの滝なれや落つとは聞けど音の聞こえぬ」（九三〇）は惟喬親王の母、紀静子が屏風の滝の絵を詠んだもの。この歌群の始めに行平・業平兄弟の歌が連続して収められている（九二二～九二三）。

布引の滝にて詠める　在原行平朝臣

こき散らす滝の白玉拾ひおきて世の憂き時の涙にぞ借る

布引の滝のもとにて、人々集まりて歌詠みける時に詠める　業平朝臣

抜き乱る人こそあるらし白玉のまなくも散るか袖の狭きに

同時期の作か不明だが、ともに布引の滝を詠んでいる。業平の「抜き乱る…」の歌は本段にも見られるものの、行平

の歌はまったく趣を異にしている。滝の飛沫を美しい白玉に、さらに涙に見立てた、技巧的な右の歌に対し、本段の「わが世をば…」は「涙の滝」などという奇抜な表現の目立つ、誹諧的な歌である。人々が笑うのを止めたとあるように、男の「抜き乱る…」の歌との対照性を際立たせ、引き立てるためにあえて置かれたと見るべきか。

本段では「石の面、白絹に岩を包めらむやうに～栗の大きさにてこぼれ落つ」と滝を描き、「晴るる日の…」の歌では漁火を星や蛍火に喩えるように、見立ての多用が特徴的である。見立ての技法を駆使することで、日常とは一線を画した美的・理想的な風景・空間が現出する。彼らが脱俗的な風流を楽しむのにいかにもふさわしい場といえよう。

八十八段

昔、いと若きにはあらぬ、これかれ友だちども集まりて、月を見て、それが中に、一人、

162 おほかたは月をもめでじこれぞこの積もれば人の老いとなるもの

◆現代語訳◆

昔、さほど若いとはいえない者たちが、あれやこれやと友達が集まって、月を見て、その中に、一人（このような歌を詠んだ）、

おほかたは…（めったなことでは月をめでたりはすまい。これこそ積もれば年となって、人の老いになるのだから）

◆語　釈◆

○**おほかたは～老いとなるもの（和歌162）**　空に美しく輝く月を、歳月の意にかけ、老いへの嘆きを詠んだ機知的な歌。月を忌む発想が根底にある。参考「月明に対して往事を思ふこと莫れ　君が顔色を損じ君が年を減ぜむ」（白氏文集・巻十四・内に贈る）、「月の顔見るは忌むこと」（竹取物語）、「月をあはれといふは忌むなりといふ人のありければ　独り寝のわびしきままに起きゐつつ月をあはれと忌みぞかねつる」（後撰集・恋二・六八四・詠み人知らず）。「春雨にふりかはりゆく年月の年

のつもりや老いになるらむ」（平中物語・五段）。〈他出〉古今集・雑上・八七九・業平。古今六帖・第一「雑の月」三三九・作者名無。在中将集・五五。業平集・三六。

◆鑑　賞◆

前段と同様、男たちの親交を語る段である。『竹取物語』や『白氏文集』などに見られるように、大空に皎皎と輝く月は、その美しさゆえか、かえって禁忌と畏怖の対象ともなった。そうした発想を踏まえつつ、空の月を、歳月の意にとりなして老いの不安や嘆きを詠んだところに、この歌の誹諧的な機知が認められる。すでに人生の半ばを過ぎた男たちの集まりには、どことなく悲哀がつきまとう。明るく巧みな機知によって、悲嘆に沈みがちな場の雰囲気を和らげることに成功しているのである。

八十九段

昔、いやしからぬ男、我よりはまさりたる人を思ひかけて、年経ける。

163 人知れず我恋ひ死なばあぢきなくいづれの神になき名負ほせむ

◆現代語訳◆

昔、身分の低くはない男が、自分よりは高貴な女に想いを寄せているうちに、長い年月が過ぎてしまった。

人知れず…（人に知られずに私が恋死にしてしまったならば、それは不本意なことだが、世間の人は、どの神様に無実の罪をおしつけるのだろう）

◆語　釈◆

○**我よりはまさりたる人**　自分よりは身分が高い女。二条后のような后妃をさすのだろう。　○**人知れず～なき名負ほせむ**　**（和歌163）**「あぢきなし」は、つまらない、道理にあわない、の意。「神」は、人の生死が神の意志、祟りによるとする発想による。「なき名」は、無実の噂、評判。参考「我妹子《わぎもこ》にわが恋ひ死なばそわへかも神に負ほせむ心知らずて」（万葉集・巻十四・三五六六・東歌）、「思ひ病む　わが身一つそ　ちはやぶる　神にもな負ほせ」（同・巻一六・三八一一・作者未詳）。

〈他出〉新続古今集・恋二・一一五七・業平。

◆鑑　賞◆

恋の悩みゆえに死へと男は向かってゆく。しかし、世間の人はもちろん、女もその真相を知らずに、神仏の祟りと取り沙汰するであろう、それが不本意で無念だというのである。この世に生きてきたことの証しとして、せめて当の女だけでも、恋ゆえの死だと知ってほしい、なげの情けだけでもかけてほしいという心持ちである。

九十段

昔、つれなき人を、いかでと思ひわたりければ、あはれとや思ひけむ、「さらば、明日、物越《ものご》しにても」と言へりけるを、かぎりなくうれしく、また、うたがはしかりければ、おもしろかりける桜につけて、

164 桜花今日こそかくもにほふともあな頼みが
　た明日の夜のこと

といふ心ばへもあるべし。

◆現代語訳◆

昔、冷淡な人を、どうにかして（なびかせたい）と思い続けていたので、（女は）気の毒に思ったのだろうか、「では、明日、物越で（お話ししましょう）」と言ったので、この上なく嬉しく、また一方では、疑わしくも思われたので、風情ある桜につけて、

桜花…（桜花は今日はこんなにも美しく咲き誇っていますが、ああ、頼りにならないことです、明日の夜まで散らずにいるか―今日はあなたから嬉しいお言葉をいただきましたが、明日になって心変わりしないかと、心配でならないのです）

という（信じ切れぬ）気持ちにもなるのだろう。

◆語　釈◆

○**思ひわたりければ**　「わたる」は～し続ける、の意。　○**物越し**　几帳や簾で隔てて逢うこと。　○**桜花～明日の夜のこと（和歌164）**　「あな頼みがたし」の「あな」は感動詞、「頼みがた」は「頼みがたし」の語幹。散りやすい「桜花」に女の心変わりをたとえる。五十段の「吹く風に去年の桜は散らずともあな頼みがた人の心は」に似る。　○**心ばへもあるべし**　前の「といふ」との続き具合が、やや不自然。難解だが、「心ばへ」は、女の心変わりへの、男の不安の思いと解しておく。あるいは「といふ。心ばへもあるべし」として、詠歌に対する語り手の評価とみるべきか。鎌田『詳解』は、初段の「陸奥の…」の歌と同様に、「といふ」の前に解説の和歌があり、それが脱落したのだとする。

◆鑑　賞◆

男の情熱に、ようやく女は「あはれ」と心動かされるようになった。「明日、物腰しにても」とは、男にとって何にもまさる言葉である。男は歓喜すると同時に、また女の心が急変しないかと不安になる。そうした気持ちを桜の花に託し、歌を詠んで贈った。「今日こそかくもにほふとも」とは、今日、桜の咲き誇る美しさに、女が心を許してくれたことをたとえる。「明日の夜のこと」は明日には散るかもしれない桜に、女の心変わりを寓している。

九十一段

昔、月日の行くをさへ嘆く男、三月《やよひ》つごもりがたに、

165 惜しめども春のかぎりの今日の日の夕暮れにさへなりにけるかな

◆現代語訳◆

昔、月日の過ぎて行くことまでをも嘆く男が、三月の末に、

惜しめども…（どれほど惜しんでみても、春の終わりの今日の日の、ましてや夕暮にまでなってしまったことだ）

◆語　釈◆

○月日の行くをさへ嘆く男　「さへ」に注意。普段から、男がささいなことにも嘆きがちな、多感で感傷的な人物であることがわかる。八十八段の「おほかたは月をもめでじ…」の歌と関連あるか。**○三月つごもりがた**　過ぎゆく春を惜しむ、「三月尽」の発想による（↓八十段）。**○惜しめども〜なりにけるかな（和歌165）**　助詞「の」の多用によって、春の終わりの夕暮れへと時間帯が絞られていく点に注意。「行く先になりもやすると頼みしを春のかぎりは今日にぞありける」（後撰集・春下・一四三・紀貫之）。〈他出〉後撰集・春下・一四一・詠み人知らず（第三句「けふのまた」）。

◆鑑　賞◆

八十段同様、三月尽の発想を踏まえた段である。「春のかぎりの今日の日の夕暮れ」と、くどいまでに助詞「の」を多用しつつ、時間を絞り込んでゆくところに、この歌の特徴がある。思いを寄せている女が打ち解けてもくれぬまま、空しくこの春も過ぎ去ってゆこうとしていくことへの、強い焦燥感が感じられる。前段とよく似た趣である。

九十二段

昔、恋しさに来つつ帰れど、女に消息《せうそこ》をだにえせで、詠める、

166 芦辺漕ぐ棚無し小舟《をぶね》いくそたび行き帰るらむ知る人もなみ

◆現代語訳◆

昔、恋しさに出かけて行っては（空しく）帰るが、女に手紙を贈ることさえ出来ずに、詠んだ（歌）、

芦辺漕ぐ…（芦辺を漕いで渡る棚無し小舟、そのように頼りない私は、何回も空しく行っては帰ってくるのだろう、芦に舟が隠れるように、わが思いを知ってくれる人もいないので）

◆語　釈◆

○芦辺漕ぐ～知る人もなみ（和歌166）　「棚無し小舟」は、「舟棚（舟の縁から打ち付けた横板）」のない小舟。不安定ではかなげな、自身をたとえる。「いくそたび（幾十度）」は、何度も、繰り返し、の意。「知る人もなみ」の「なみ」は形容詞「無し」の語幹に原因・理由を表す接尾語「み」がついたもの。

「堀江漕ぐ棚無し小舟漕ぎかへり同じ人にや恋ひわたりなむ」（古今集・恋四・七三二・詠み人知らず）、「入江漕ぐ棚無し小舟漕ぎかへり同じ人のみ思ほゆるかな」（古今六帖・第三「江」一六五四・作者名無）。〈他出〉玉葉集・恋一・一二七一・業平（第五句「知る人をなみ」）。

◆鑑　賞◆

「芦辺漕ぐ…」の歌は、『古今集』恋四の詠み人知らず歌の改作である。女のもとに足繁く通っても、思いを遂げられずに空しく帰るさまが、行きつ戻りつする、はかなげな「棚無し小舟」の比喩によって見事に映像化されている。

九十三段

昔、男、身はいやしくて、いとになき人を思ひかけたりけり。少し頼みぬべきさまにやありけむ、臥して思ひ、起きて思ひ、思ひわびて詠める、

167 あふなあふな思ひはすべしなぞへなく高き
いやしき苦しかりけり

昔も、かかることは、世のことわりにやありけむ。

◆現代語訳◆

昔、男が、身分は低かったのに、この上なく高貴な人に懸想をしたのだった。（全く相手にしないというわけでもなく）少しは期待が持てそうな感じだったのだろうか、臥しても恋しく思い、起きても恋しく思って、思い困じて詠んだ（歌）、

あふなあふな…（身のほどをわきまえて恋はするべきだ。高貴な者と卑しい者と、比較にならない身分違いの恋とは苦しいものなのだった）

昔も、このように身分違いの恋に悩むということは、世間一般の道理だったのだろうか。

◆語　釈◆

○になき　「になし」は二つとない、たぐいない、の意。**○少し〜ありけむ**　語り手の推量。**○臥して思ひ、起きて思ひ**　五十六段に同様の表現があった。**○あふなあふな〜苦しかりけり（和歌167）**　「あふなあふな」は、身分相応に、の意とする説（愚見抄・古意・新釈など）に従う。慎重に、慎んで、の意とする説（肖聞抄・直解・闕疑抄・臆断など）もある。「おふなおふな（真剣に、本気で）」とは別語。「なぞへなく」は、なぞらえようもないほど、比較できないほど、の意。〈他出〉古今六帖・第五「になき思ひ」三一一四・作者名無（第三句「なのめなく」）。在中将集・一六。業平集・六三（初句「あさなあさな」、第三句「よそへなく」）。**○昔も**　以下、語り手の評言。

◆鑑　賞◆

二条后を彷彿させる女への、身分違いの恋に苦しむ男の姿を描いた段である。なまじ「少し頼みぬべきさま」であったせいで、恋の悩みを抱え込むことになってしまった。苦く辛い経験を経て、身分相応の恋をすべきとの反省にいたるが、それでもなお身分違いの恋は繰り返されるのだろう。語り手の言うように、それこそが「世のことわり」なのだから。

九十四段

昔、男ありけり。いかがありけむ、その男住まずなりにけり。後に男ありけれど、子ある仲なりければ、こまかにこそあらねど、時々もの言ひおこせけり。女がたに、絵描《か》く人なりければ、描きにやれりけるを、今の男のものすとて、一日二日《ひとひふつか》おこせざりけり。かの男、「いとつらく。おのが聞こゆることをば、今までたまはねば。ことわりと思へど、なほ、人をば恨みつべき物になむありける」とて、弄《ろう》じて、詠みてやれりける。時は秋になむありける。

168秋の夜は春日《はるひ》忘るるものなれや霞に霧や
千重《ちへ》まさるらむ

となむ詠めりける。女、返し、

169千々《ちぢ》の秋一つの春にむかはめや紅葉も花も
ともにこそ散れ

◆現代語訳◆

昔、ある男がいたのだった。どんな事情があったのだろうか、その男が女の所に住まなくなってしまった。女は後に別の夫をもうけたが、（もとの男とは）子をなした仲なので、愛情細やかというわけではないが、時々はものを言ってよこすのだった。女のもとに、絵を上手に描く人なので、描いてもらうように依頼するが、今の夫が来ているということで、一両日中には送って来ないのだった。あの男は、「あまりにも情けないことです。私がお願いしたものを、今になっても送って下さらないので。それも当然とは思いますが、やはり、あなたを恨んでしまいそうです」と書いて、皮肉って、詠んでおくったのだった。時は秋なのであった。

秋の夜は…（秋の夜には「飽き」が来て、うららかな春の日を忘れてしまうものなのでしょうか。春霞―この私―よりも秋霧―新たな夫―のほうが千倍もまさっているのでしょうか）

と詠んだのだった。女の返歌、

千々の秋…（秋がいくつあっても一つの春に対抗できましょうか―あなたにまさる方はいません―とはいえ、秋の紅葉も春の花もともに散ってしまう、頼りにならないものです）

◆語　釈◆

○女がたに　「女方に」。あるいは「女、かた（形）に」と解するべきか。**○描きにやれりけるを**　真名本では「扇爾図遣利計流乎（あふぎにかきにやれりけるを）」とあり、具体的。**○ものす**　ここでは、「あり」「来」などの意。**○いとつらく**　地の文とみる説もある。**○弄じて**　嘲弄して、からかって、皮肉って。**○秋の夜は～千重まさるらむ（和歌168）**「秋」に「飽き」を掛ける。「春日」「霞」にもとの男を、「秋の夜」「霧」に今の夫をたとえる。春秋比べの発想による歌。「千重」は、幾重にも重なっていることで、「霞」「霧」の縁語。〈他出〉古今六帖・第五「忘れず」二八七五・作者名無（初句「秋のよの」）。在中将集・三三。業平集・三七（第二句「くる日忘るる」）。**○千々の秋～ともにこそ散れ（和歌169）**「秋」「紅葉」に今の夫を、「春」「花」にもとの男をたとえる。「千々」と「一つ」の対比。

◆鑑　賞◆

子までなした仲でありながら、どうしたわけか、女は他の男と結婚してしまった。子のこともあり、関係がすっかり途切れたわけでもない。女は、絵を上手に描く、嗜みある人でもあった。長文の地の文によって、二人の関係が具体的に説明されるのは、この物語では珍しい。男の歌は、自身を「春」「霞」、新しい夫を「秋」「霧」にたとえ、女の心変わりを詰っている。いわゆる春秋優劣論の発想によるが、あたかも『古事記』中巻の秋山之下氷壮夫《あきやまのしたひおとこ》と春山之霞壮夫《はるやまのかすみおとこ》の兄弟の妻争い（応神記）を再現するかの趣である。女の返歌は、「千々の秋一つの春にむかはめや」とかつての夫を良しとするものの、「紅葉も花もともにこそ散れ」、結局はどちらも頼りにならぬという。春秋の優劣は定めがたいとする判者の立場で詠んだ歌であるが、最後まで添い遂げられる男性は得がたいという、女の孤独な心情と諦念を吐露したものとなっている。なお、塗籠本には、この段はない。

九十五段

昔、二条の后に仕うまつる男ありけり。女の仕うまつるを、つねに見かはして、よばひわたりけり。「いかで、物越《ものご》しに対面して、おぼつかなく思ひつめたること、少しはるかさむ」と言ひければ、女、いと忍びて、物越しに逢ひにけり。物語などして、男、

170 彦星《ひこぼし》に恋はまさりぬ天の河へだつる関をい
　　まはやめてよ

この歌にめでて、逢ひにけり。

◆現代語訳◆

昔、二条の后にお仕えしている男がいたのだった。ある女房で、やはり后に仕えているのを、いつも顔を見合わせていて、言い寄り続けていた。「どうにかして、者越しにでも対面して、鬱々と思いつめていることを、少しでもすっきりさせたい」と言ったので、女は、たいそう人目を忍んで、物越しで男と対面したのであった。親しく語り合って、男は、

彦星に…（あなたへの、わが恋心は彦星にも勝っているのです。天の河のように、私たちの仲を隔てる関を今はもう、取り払って下さい）

この歌に心動かされて、女は、男と逢ったのである。

◆語　釈◆

○二条の后　藤原高子（→三～六、六十五、七十六段）。**○よばひわたりけり**→六段。**○物越し**→九十段。**○はるかさむ**「はるかす」は、思いを晴らす、気分を晴れ晴れさせる、の意。**○彦星に～いまはやめてよ（和歌170）**　七夕伝承を踏まえた歌。「へだつる関」は、「物越し」に照応。参考「逢ふことの今宵過ぎなばたなばたに劣りやしなむ恋はまさりて」（後撰集・秋上・二三七・藤原敦忠、敦忠集・一三六では第三句「たなばたの」）。

◆鑑　賞◆

二条后章段の一つに数えるべき段だが、恋の対象が后に仕える女房となっている。二条后との身分の懸隔が強く意識されるところから、女房との恋に舵を切ったということか。二人の間を隔てる「物越し」が鍵語となっているが、

和歌では、七夕伝承を踏まえ「天の河」「へだつる関」とした。また自身を「彦星」とすることで、女を織女にたとえた。二人の関係を、天上の美しい恋物語に見立てるのである。こうした機知と情熱に女は心を許し、男を迎え入れた。

九十六段

昔、男ありけり。女をとかく言ふこと月日経にけり。岩木にしあらねば、心苦しとや思ひけむ、やうやうあはれと思ひけり。そのころ、六月《みなづき》の望《もち》ばかりなりければ、女、身にかさ一つ二つ出で来にけり。女、言ひおこせたる、「今は、何の心もなし。身にかさも、一つ二つ、出でたり。時もいと暑し。少し秋風吹き立ちなむ時、必ず逢はむ」と言へりけり。秋待つころほひに、ここかしこより、「その人のもとへいなむずなり」とて、口舌《くぜち》出で来にけり。さりければ、女の兄人《せうと》、にはかに迎へに来たり。されば、この女、楓《かへで》の初紅葉《はつもみぢ》を拾はせて、歌を詠みて、書きつけておこせたり。

171 秋かけて言ひしながらもあらなくに木の葉
降りしくえにこそありけれ

◆現代語訳◆

昔、ある男がいたのだった。女にあれこれ言い寄るうちに、月日が経っていったのだった。女も岩木のように無情ではないので、気の毒と思ったのだろうか、しだいに男を慕わしく思うようになった。そのころは、六月の望月のころだったので、女の体に瘡が一つ二つ出来てしまった。女が男に言ってよこすには、「今は、あなたに何の隔て心もありません。わが身に瘡が、一つ二つ出来てしまいました。とても暑い時節です。もう少し秋風が吹き始めるころになったら、必ずお逢いしましょう」と言ったのだった。秋を待っているうちに、ここかしこから、「女は、その男のもとに行こうとしているそうだ」といって、もめごとが持ち上がってきた。そんなわけで、女の兄が、急に迎えに来たのである。そこで、この女は、楓の紅葉し始めたのを拾わせて、歌を詠んで、書きつけてよこしてきた。

秋かけて…（秋になったら逢おうと約束したのに、その通りに逢うこともできなくて、木の葉が降り敷い

と書き置きて、「かしこより人おこせば、これをやれ」とて、いぬ。

さて、やがて後、つひに今日まで知らず。よくてやあらむ、あしくてやあらむ。いにし所も知らず。かの男は、天《あま》の逆手《さかて》を打ちてなむ、呪ひをるなる。むくつけきこと。人の呪ひごとは、負ふものにやあらむ、負はぬものにやあらむ。「いまこそは見め」とぞ言ふなる。

た江のように、浅いご縁でした）

と書き置いて、「あちらから使いの人をよこしたら、これを与えよ」と言って、去った。

それから後、ついに今日まで女の消息はわからない。元気で過ごしているのだろうか、そうではないのだろうか。去って行った所もわからない。あの男は、天の逆手を打って、女を呪っているということだ。気味悪いことだ。人の呪いというものは、本当に相手に及ぶものなのだろうか、それとも及ばないものなのだろうか。「今に見ておれ」と男は言っているそうだ。

◆語　釈◆

○岩木　感情を持たないもの。「うけ沓を　脱き棄るごとく　踏み脱きて　行くちふ人は　岩木より　生り出し人か」（万葉集・巻五・八〇〇・山上憶良）、「心は木石に非ず、豈《あに》深思を忘れむや」（遊仙窟）、「人木石に非ず、皆情有り」（白氏文集・巻四・李夫人）。**○六月の望ばかり**　陰暦六月の十五日ごろ。猛暑の時節。**○かさ**　できもの。**○秋待つ**　武田本など「秋立つ」とする本もある。**○口舌**　口論。苦情。文句。**○秋かけて～えにこそありけれ（和歌171）**「秋かけて」の「かけて」は、「梅が枝に来ゐる鶯春かけて鳴けどもいまだ雪は降りつつ」（古今集・春上・五・詠み人知らず）のように、その時になったら、の意。「ながら」はそのまま、その通りに、の意。「え」に「江」「縁」を掛ける。「縁」は「え（撥音無表記）」「えに」の二通りの理解が可能だが、ここでは「え」とみておく（→六十九段・和歌128）。また「枝」も掛けるか。〈他出〉業平集・七一。新勅撰集・恋二・七三四・詠み人知らず。**○天の逆手**　人を呪詛する作法。「天の逆手を青柴垣に打ち成して、隠りましき」（古事記・上巻）。諸説あり実態は不明だが、「手をうしろへやりてたたく」（愚見抄）ような動作か。**○いまこそは見め**　今に見ていろ、の意。「今こそは（あの女に）逢うだろう」と解する説（竹岡『全評釈』）もある。

◆鑑　賞◆

熱心に言い寄る男に、女も「やうやうあはれ」を感じるようになった。身に出来た瘡が癒える頃、「少し秋風吹き立ちなむ時」の逢瀬を約束する。前段に引き続いて七夕伝承を意識した話となっていよう。約束の秋になったが、女は兄たちに連れ去られてしまう。六段を想起させる話である。女の歌の、木の葉が降り積もった秋の荒涼とした景は、まさに愛の不毛のかたちといえよう。「えにこそありけれ」には、男とは結局結ばれぬ運命だったと気づかされ、諦める趣である。その後の女の行方は知れないが、「天の逆手を打」っている男の狂気じみた姿は不気味であり、物語の中でも特異な段となっている。

九十七段

昔、堀河のおほいまうちぎみと申す、いまそかりけり。四十の賀、九条の家にてせられける日、中将なりける翁、

172 桜花散り交《か》ひ曇れ老いらくの来むといふなる道まがふがに

◆現代語訳◆

昔、堀河の大臣と申し上げる方が、いらっしゃった。四十の賀宴を、九条の家でなさった日、中将であった翁が（詠んだ歌）、

桜花…（桜花よ、散り乱れてあたりを曇らせよ。老いがやって来るという道を間違えるように）

◆語　釈◆

○**堀河のおほいまうちぎみ**　藤原基経。二条后高子の兄（→六段）。○**四十の賀**　長寿を祝う賀宴で、四十歳を初老とし、以降十年ごとに行われた。基経の四十賀は、貞観十七年（八七五）に行われた。○**九条の家**　九条に基経の別邸があったのだろう。○**中将なりける翁**　業平を暗示。三代実録によると、この年の正月に右近衛中将となっている（卒伝では二年後の元慶元年とする）。晴れの場にふさわしく「翁」と呼ばれることに注意。○**桜花〜道まがふがに（和歌172）**「散り交ひ曇れ」は、死を暗示する表現で、慶祝の場にはそぐわない。「老いらく」は「老ゆ」に体言化する接尾語「らく」がついた「老ゆらく」の転で、老い、老いること。「がに」は、〜するように、〜するほどに、の意を表す上代の接続助詞。参考「春の野に若菜つまむと来しものを散り交ふ花に道はまどひぬ」（古今集・春下・一一六・紀貫之）、「老いらくの来むと知りせば門さして

なしと答へてあはざらましを」（同・雑上・八九五・詠み人知らず、古今六帖・第二「翁」一三九四・作者名無）。〈他出〉古今集・賀・三四九・業平（定家本以外は、行平）。業平集・一一。

◆鑑　賞◆

『古今集』賀（三四九）に「堀河の大臣の四十の賀、九条の家にてしける時に詠める　在原業平朝臣」とあり、本段とほぼ同内容である。主人公が「翁」とされ、寿ぎの歌を献ずる役を担っている。翁の詠歌について、周囲の反応は語られないが、驚きをもって迎えられたに違いあるまい。「桜花散り交ひ曇れ」とは、死を暗示する、何と不吉な、禍々しい響きであろうか。しかし「老いらくの来むといふなる道まがふがに」と、老いを遠ざけることで、基経の長寿を祈念する、祝意を込めた歌に転じて歌い収める。しかし釈然としないものが残るのも事実である。歌の力によって、権門を挑発してゆく、「みやび」が示された段といえよう。この歌は、定家本以外の『古今集』では、いずれも業平の兄行平の作としており、おそらくそれが正しい。同様の例は百十四段にもみられる。共通するのは体制に強く反撥、挑発する姿勢であり、いかにも剛毅な行平にこそふさわしい。

九十八段

昔、おほきおほいまうちぎみと聞こゆる、おはしけり。仕うまつる男、九月《ながつき》ばかりに、梅の造り枝に雉《きじ》をつけてたてまつるとて、

173　わが頼む君がためにと折る花は時しもわかぬものにぞありける

と詠みて、たてまつりたりければ、いとかしこくをかしがりたまひて、使に禄《ろく》たまへりけり。

◆現代語訳◆

昔、太政大臣と申し上げる方がいらっしゃった。仕えている男が、九月ころに、梅の造り枝に雉を添えて献上するということで、

わが頼む…（私が主として頼りにしております、あなた様のために折るこの梅の花は、時節の区別なくいつも美しく咲き続けております）

と詠んで、差し上げたところ、大臣は、たいそう感興をおぼえなさって、使に褒美をお与えになった。

◆語　釈◆

○おほきおほいまうちぎみ　藤原良房をさす。良房は、冬嗣の二男。母は藤原美都子。天長十年（八三三）蔵人頭。翌十一年参議。承和九年（八四二）大納言。嘉祥元年（八四八）右大臣。天安二年（八五八）、清和天皇の即位に際し、外祖父として人臣初の摂政となる。正一位追贈。忠仁公と諡される。天安元年から薨去した貞観一四年（八七二）まで太政大臣であった。**○仕うまつる男**　業平を暗示。**○わが頼む～ものにぞありける（和歌173）**　「君がため」は、贈り物をする時の常套句（↓二十段・和歌34、四十四段・和歌83）。「時しも」に「きじ（雉）」を詠み込んだ物名の歌。時節にかかわらず咲き続ける梅の花に託して、大臣の長寿繁栄を祈る。〈他出〉古今集・雑上・八六六・詠み人知らず（初句「限りなき」）。古今六帖・第五「形見」三一三八・作者名無（初二句「限りなき君がかたみと」）。**○かしこく**　はなはだしく、非常に。

◆鑑　賞◆

「わが頼む…」は、太政大臣藤原良房に、梅の造花に雉をつけて献上した際に、詠まれた歌である。「ときしも」に贈り物の「雉」が詠み込まれた物名歌。「九月ばかり」なのに梅が咲いていることを「時しもわかぬ」として、良房

一門の末永い繁栄を寿ぎ、かつ愛顧を乞う歌である。この歌は、『古今集』雑上（八六六）に「題知らず　詠み人知らず」として、初句「限りなき」の形で載る。左注に「ある人の言はく、この歌は前大臣のなり」とあるのが注意される。良房の「年経れば齢は老いぬしかはあれど花をし見ればもの思ひもなし」（古今集・春上・五二）を連想させるところから、かかる注記が生じたのだろう。それはそれとして、この左注の通り、良房の歌とすると、この歌の理解はどうなるか。男は、初句のみを「我が頼む」と改めることで、もとの良房の歌を持ち上げ、讃えたのではないか（今西祐一郎「わがたのむ君がためにと」『論集伊勢物語2』）。「わが頼む」としたことで、「君」との一体感もいっそう強められたことになる。権勢家の虚栄心を擽るような、こうした機知が、良房を「いとかしこくをかしが」らせたのだろう。ちなみに『後撰集』雑二の巻頭（一一二五）にも「思ふ所ありて、前太政大臣によせてはべりける　在原業平朝臣　頼まれぬうき世の中を嘆きつつ日陰に生ふる身をいかにせむ」とあり、本段と似た、二人の関係がうかがえる（前太政大臣を基経とする説もある）。

九十九段

昔、右近の馬場《むまば》のひをりの日、向かひに立てたりける車に、女の顔の、下簾《したすだれ》より、ほのかに見えければ、中将なりける男の詠みてやりける、

174見ずもあらず見もせぬ人の恋しくはあやなく今日やながめ暮らさむ

返し、

175知る知らぬ何かあやなくわきて言はむ思ひのみこそしるべなりけれ

後は、誰《たれ》と知りにけり。

◆現代語訳◆

昔、右近の馬場のひをりの日に、向かい側に立ててあった車の中の、女の顔が、下簾の間から、ほのかに見えたので、中将だった男が詠んでおくった（歌）、

見ずもあらず…（まったく見なかったともいえず、かといって見たともいえぬ、あなたのことが恋しくて、むやみに今日ももの思いに沈んで過ごすのでしょうか）

返歌、

知る知らぬ…（知っているとか知らぬとか、どうして区別して言うことができましょう。「思ひ」という灯だけが道しるべなのでした）

後には、誰であるか、わかったのだった。

◆語釈◆

○右近の馬場　右近衛府に属する馬場。一条大宮にあったという（河海抄）。**○ひをりの日**　騎射の日。五月三日・四日にそれぞれ左近・右近の荒手番《あらてつがい》（試射）が、五日・六日に、左近・右近の真手番《まてつがい》（正式の試合）が行われた。ここでは四日もしくは六日のことになる。**○下簾**　簾の内側に垂れる幕で、下の端を外へ出す。女車に用いた。**○中将なりける男**　業平を暗示。**○見ずもあらず〜ながめ暮らさむ（和歌174）**「あやなく」は、わけもなく、むやみに、の意。〈他出〉古今集・恋一・四七六・業平。古今六帖・第五「言ひはじむ」二五四一・作者名無。大和物語・一六六段（第三句「恋ひしきは」）。在中将集・二二。業平集・七二。今昔物語集・二四・三六。**○知る知らぬ〜しるべなりけれ（和歌175）**「思ひ」の「ひ」に「灯（火）」を掛ける。〈他出〉古今集・恋一・四七七・詠み人知らず。在中将集・二四。業平集・七三、今昔物語集・二四・三六（初句「知る知らず」）。大和物語・一六六段は「見も見ずも誰と知りてか恋ひらるるおぼつかなみの今日のながめや」と大きく異なる。

◆補　注◆

『古今集』恋一（四七六・四七七）の詞書に「右近の馬場のひをりの日、向かひに立てたりける車の下簾より女の顔のほのかに見えければ、詠んでつかはしける　在原業平朝臣」「返し　詠み人知らず」として載る。また、『大和物語』の在中将章段の最後にあたる百六十六段には、次のようにある。

在中将、物見に出でて、女のよしある車のもとに立ちぬ。下簾のはさまより、この女の顔いとよく見てけり。ものなど言ひ交はしけり。これもかれも帰りて、朝《あした》に詠みてやりける、

見ずもあらず見もせぬ人の恋しきはあやなく今日やながめ暮らさむ

とあれば、女、返し、

見も見ずも誰と知りてか恋ひらるるおぼつかなみの今日のながめや

とぞ言へりける。これらは物語にて世にあることどもなり。

◆鑑　賞◆

下簾の間からほのかに見た顔に心奪われた男は、車の女に歌を詠んで贈った。男の歌の「見ずもあらず見もせぬ」の打消対句の構文は業平の得意とするところで、地の文の「ほのかに見えければ」に対応している。女の歌は「知る知らぬ」と同じ構文を用い、かつ「あやなく」を共有している。「思ひのみこそしるべなりけれ」とは、きわめて挑発的な物言いである。なお、男の歌は、『源氏物語』若菜上巻で、柏木の小侍従への手紙に引かれる。「その夕べより乱れ心地かきくらし、あやなく今日はながめ暮らしはべる」と、蹴鞠の時に女三宮を垣間見てからの、心の鬱屈を訴えている。

百段

昔、男、後涼殿《こうらうでん》のはさまを渡りければ、あるやむごとなき人の御局《つぼね》より、忘れ草を、「しのぶ草とやいふ」とて、出ださせたまへりければ、たまはりて、

176忘れ草おふる野辺とは見るらめどこはしのぶなり後も頼まむ

◆現代語訳◆

昔、男が後涼殿の、清涼殿との間を通ったときに、ある高貴な人の御局から、忘れ草を、「これを、しのぶ草と言うのでしょうか（あなたは私のことをすっかり忘れておしまいですが、人目を忍んで…などと言い訳なさるおつもりですか）」と言って、（侍女に）差し出させなさったので、頂戴して、

忘れ草…（忘れ草が生い茂る野辺とお思いでしょうが、これは、人目を忍び、あなたを偲ぶ、しのぶ草なのですね、ですからこれから後も、あなたを頼りに思いましょう）

◆語　釈◆

○**後涼殿のはさま**　「後涼殿」は、内裏の殿舎の一つで、清涼殿の西にある。「はさま」は、清涼殿との間、の意。○**やむごとなき人の御局**　女御や更衣が後涼殿に賜る部屋を「上の御局」という。○**忘れ草を**　ここから女の言葉とみる説もある。「忘れ草」は萱草のこと（→二十一段）。○**しのぶ草**　ノキシノブ。ウラボシ科のシノブ類。和歌では「忍ぶ」「偲ぶ」に掛けて詠まれる。○**忘れ草～後も頼まむ（和歌176）**〈他出〉大和物語・一六二段。在中将集・二七（第三句「見ゆらめど」）。業平集・九三および続古今集（恋四・一二六二・業平）では第三句「なるらめど」。

◆補　注◆

『大和物語』百六十二段に、次のようにある。

また、在中将、内裏にさぶらふに、御息所の御方より、忘れ草をなむ、「これは何とか言ふ」とてたまへりけ

れば、

忘れ草おふる野辺とは見るらめどこはしのぶなり後も頼まむ

となむありける。同じ草をしのぶ草、忘れ草といへば、それによりなむ、詠みたりける。

とあり、「しのぶ草」と「忘れ草」を同一の草と誤解している。

◆鑑　賞◆

やはり「忘れ草」を詠んだ三十一段と関連ある段か。女が忘れ草を差し出し「しのぶ草とや言ふ」と難詰するのに対し、男は「こはしのぶなり」と強引に開き直り、今後も頼りにいたしましょう、と言ってのけた。

百一段

昔、左兵衛督《さひやうゑのかみ》なりける在原《ありはら》の行平《ゆきひら》といふありけり。その人の家に、よき酒ありと聞きて、上にありける左中弁《さちゆうべん》藤原の良近《まさちか》といふをなむ、まらうどざねにて、その日はあるじまうけしたりける。なさけある人にて、瓶《かめ》に花をさせり。その花の中に、あやしき藤の花ありけり。花のしなひ三尺六寸ばかりなむありける。それを題にて詠む。詠み果てがたに、あるじのはらからなる、あるじしたまふと聞きて来たりければ、とらへて詠ませける。もとより歌のことは知らざりければ、すまひけれど、しひて詠ませければ、かくなむ、

177 咲く花の下に隠るる人を多みありしにまさる藤のかげかも

「など、かくしも詠む」と言ひければ、「おほきおとどの栄華の盛りにみまそかりて、藤氏《とうし》のことに栄ゆるを思ひて詠める」となむ言ひける。皆人、そしらずなりにけり。

◆現代語訳◆

昔、左兵衛督であった在原の行平という人がいたのだった。その人の家に、うまい酒があると聞きつけて、殿上に伺候している左中弁藤原の良近という人を、主賓にして、その日は宴会を催したのだった。主人は情趣を解する人で、瓶に花をさしてある。その花の中に、奇妙な藤の花があった。花の垂れ下がり具合は三尺六寸ほどであった。それを題にして歌を詠む。詠み終わる頃に、主人のきょうだいが、宴をなさっていると聞きつけて来たので、つかまえて歌を詠ませた。元来、歌のことは不案内なので、断ったけれども、強引に詠ませたので、このように（詠んだ）、

咲く花の…（咲く花の下に隠れる人が多いので、以前にもまさって立派になった藤の蔭であることだ）

「どうして、こんなふうに詠むのだ」と周りの人々が言ったので、「太政大臣が栄華の盛りでいらっしゃるので、藤原氏のいっそうのご繁栄を祈念して詠んだのです」と言うのだった。誰も皆、詰らなくなったのである。

◆語　釈◆

○左兵衛督なりける在原の行平　行平は業平の兄（→七十九段、八十七段）。行平は貞観六年（八六四）、左兵衛督となる（三代実録）。**○上**　清涼殿の南廂にある殿上の間。**○左中弁藤原の良近**　弁官は太政官に属し、文書の作成や、諸省の管轄にあたった。左右の別があり、大中少の位があった。良近は、式家の出身で吉野の子。貞観十二年右中弁、十六年左大弁。十七年神祇伯に遷任、九月九日、五十三歳で卒す。『三代実録』卒伝には「容儀観るべく、風望清美に、学術無しと雖も、政理を以て推さる」と評され、また酔った勢いで、牛車の歩みを止めたという、強力が伝えられる。**○まらうどざね**　主賓。「まらうど」は、マレヒトの転、客人。「ざね」は、「使ざね」（六十九段）のように、中心、主となるものを表す。**○あるじまうけ**　主人として客をもてなすこと。饗応。**○花のしなひ**　「しなひ」は、「しなふ（撓ふ）」の名詞形で、しなやかに垂れること。「藤の花は、しなひ長く、色濃く咲きたる、いとめでたし」（枕草子・木の花は）。**○三尺六寸**　一メートル五〇センチほど。**○あるじしたまふ**　「あるじ」は「あるじまうけ」の意。饗宴。宴会。**○もとより歌のことは知らざりければ**　人々を訝しがらせる歌を詠むことへの伏線であり、一種の韜晦。**○咲く花の～藤のかげかも（和歌177）**　「人を多み」は底本「人をほみ」を改める。「～を～み」は、理由を示す構文。「ありし」は、昔、以前の意で「在原氏」を響かすか。「藤」に藤原氏をたとえる。〈他出〉在中将集・三二。業平集・六四（初句「桜花」、第五句「藤の花かも」）。玉葉集・賀・一〇六五・業平（第三句「人多み」、第五句「藤の色かも」）。**○おほきおとど**　藤原良房（→九十八段）をさす。**○みまそかりて**→七十七段。

◆鑑　賞◆

男の兄、行平邸で宴が開かれ、見事な藤の花が歌に詠まれた。ようやく宴も終わりに近づいたころ、男が現れた。歌は不案内として拒む男を、無理強いして詠ませたのだった。その「咲く花の…」の歌に人々は不審をおぼえた。権門の藤原氏に媚びへつらう人々を皮肉ったものと理解されたのである。しかし男は、咲き誇る藤のように、藤原氏のますますの繁栄を願って詠んだ、と強かにも言ってのけた。権門を挑発する歌の威力が示された段であり、九十七段とよく似ている。なお、塗籠本には、この段はない。

本段は、『源氏物語』花宴の、右大臣家の藤の宴の場面に投影している。右大臣は「わが宿の花しなべての色ならば何かはさらに君を待たまし」と、日頃は対立している光源氏を招待する。咲き誇る藤は栄花を極めつつある右大臣家の象徴であり、得意のさまがうかがえる。

御装ひなどひきつくろひたまひて、いたう暮るるほどに、待たれてぞ渡りたまふ。桜の唐の綺《き》の御直衣《なほし》、葡萄染《えびぞめ》の下襲《したがさね》、裾《しり》いと長く引きて、皆人は袍《うへのきぬ》なるに、あざれたるおほきみ姿のなまめきたるにて、いつかれ入りたまへる御さま、げにいとことなり。花のにほひもけおされて、なかなかことざましになむ。

人々を散々待たせたあげく、着崩した服装で源氏は姿を現した。その乱雑さは、かえって源氏の皇族ならではの美しさを強く発散させるのだった。右大臣家の宴は、源氏の美貌と魅力によって、すっかり色あせたものとなった。本段や『源氏』花宴には、絶大な権勢を誇る藤原氏に、歌の力や美貌で一矢を報いる、王統ならではの矜持——「みやび」——がうかがえよう。

百二段

昔、男ありけり。歌は詠まざりけれど、世の中を思ひ知りたりけり。あてなる女の尼になりて、世の中を思ひうんじて、京にもあらず、はるかなる山里に住みけり。もと親族《しぞく》なりければ、詠みてやりける、

178 そむくとて雲には乗らぬものなれど世の憂きことぞよそになるてふ

となむ言ひやりける。斎宮《いつきのみや》の宮なり。

◆現代語訳◆

昔、ある男がいたのだった。歌は詠まなかったが、世の中の情理をよく理解していたのだった。高貴な女が尼になって、この世の中をうとましく思って、京にもとどまらずに、遠く離れた山里に移り住んだのだった。もとより親族だったので、詠んでおくった（男の歌）、

そむくとて…（世を背くといっても雲に乗るわけではないけれども、俗世間のつらいことからは自由になるといいます）

と詠んでおくった。この尼とは、斎宮のことである。

◆語　釈◆

○**歌は詠まざりけれど**　前段の「もとより歌のことは知らざりければ」に通ずる韜晦。○**あてなる女**　高貴な女性。○**思ひうんじて**　「うんず」は「倦みす」の撥音便形。○**そむくとて〜よそになるてふ（和歌178）**　「雲気に乗りて飛龍を御し、四海の外に遊ぶ」（荘子・逍遥遊・第一）のような、神仙思想を踏まえた歌。「てふ」は「といふ」の約。〈他出〉古今六帖・第二「あま」一四四九・作者名無。在中将集・七一。業平集・一四（第四句「憂き世の中ぞ」）。新後拾遺集・雑上・一三〇二・業平。○**斎宮の宮**　恬子内親王を暗示（→六十九段）。

◆鑑　賞◆

斎宮章段の後日譚の一つである。尼となり山里に隠棲した女を、男が懇ろに歌を贈って見舞う。もちろん、「親族」にとどまらない、かつて情を交わしたこともある、深い間柄だからである。「世の中を思ひ知りた」る男だけに、女の出家への感慨は並々ならぬものがあろう。斎宮だった女が出家するという筋立は、「伊勢」→「海女」→「尼」の連想による。憂き世を逃れて山里に籠もるとする和歌も多く、一つの類型となっている。「世の中をいとひてあまの住むかたもうきめのみこそ見えわたりけれ」（後撰集・雑四・一二九〇・小町が姉、小町集・八九）や「山里はもののわびしきことこそあれ世の憂きよりは住みよかりけり」（古今集・雑下・九四四・詠み人知らず、小町集・一一〇）などに通ずる趣がある。

百三段

昔、男ありけり。いとまめに実用《じちよう》にて、あだなる心なかりけり。深草《ふかくさ》の帝になむ、仕うまつりける。心あやまりやしたりけむ、親王《みこ》たちの使ひたまひける人を、あひ言へりけり。さて、

179寝ぬる夜の夢をはかなみまどろめばいやはかなにもなりまさるかな

となむ詠みてやりける。さる歌のきたなげさよ。

◆現代語訳◆

昔、ある男がいたのだった。たいそう誠実で実直で、浮ついた心などないのだった。深草の帝に、お仕えしていた。心迷いが生じたのだろうか、親王たちが寵愛してお使いになっている女と、深い仲になったのである。そんなわけで、

寝ぬる夜の…（あなたと共寝する夜の夢がはかないので、ちょっとまどろむと、ますますはかなくなってしまうことだ）

と詠んで贈ったのだった。その歌のきたならしいこと。

◆語　釈◆

○まめに実用にて　「まめ」は、まじめ、誠実なさま（↓二段）。「実用」もほぼ同じ意。**○深草の帝**　第五十四代仁明天皇。嵯峨天皇第二皇子。母は橘清友女の嘉智子（檀林皇后）。天長十年（八三三）即位。嘉祥三年（八五〇）崩御。現在の京都市伏見区深草山に御陵があったことによる称。**○心あやまりやしたりけむ**　語り手の評言。「心あやまり」は、心得違い。心が乱れて正常でなくなること。**○親王たち**　深草の帝の皇子には、道康（文徳天皇。母は藤原順子）、時康（光孝天皇。母は藤原沢子）、宗康（母は沢子）、本康親王（母は滋野縄子）、常康親王（母は紀種子）などがいるが、具体的に誰をさすか不明。**○あひ言へりけり**　「あひ（相ひ）言ふ」は、親しく語らう、契り交わす（↓四十二、八十六段）。**○寝ぬる夜の〜なりまさるかな（和歌179）**　「夢をはかなみ」の「夢」は逢瀬を婉曲的にいう。「…を…み」は、理由を表す。「いやはかな」の「いや」は、ますます、の意。「はかな」は形容詞「はかなし」の語幹。〈他出〉古今集・恋三・六四四・業平。古今六帖・第四「夢」二〇三〇・業平。在中将集・五〇。業平集・一六。**○さる歌のきたなげさよ**　語り手の評言。

◆鑑　賞◆

まめ人が、恋に惑乱するさまを語る段である。『古今集』恋三（六四四）の「人に逢ひて、朝《あした》に詠みてつかはしけ

る　業平朝臣」という簡略な詞書に大幅に手を加えて物語化している。末尾の語り手の評言「さる歌のきたなげさよ」は、歌そのものよりも、男のふるまいに対するものであろう。世間一般の道徳規矩から、語り手が男を指弾することで、かえって世俗的な打算や駆け引きとは無縁の、純粋で一途な男の性格が鮮明になるという、語りの方法がうかがえる。

百四段

昔、ことなることなくて、尼になれる人ありけり。かたちをやつしたれど、物やゆかしかりけむ、賀茂の祭見に出でたりけるを、男、歌詠みてやる、

180 世をうみのあまとし人をみるからにめくはせよとも頼まるるかな

これは、斎宮《いつきのみや》の物見たまひける車に、かく聞こえたりければ、見さして、帰りたまひにけりとなむ。

◆現代語訳◆

昔、これといった理由もないのに、尼になった人がいたのだった。尼姿になったけれども、心ひかれたのだろうか、賀茂祭の見物に出かけていった時に、男が、歌を詠んでおくった、

世をうみの…（この世をつらいと思って尼となったとあなたのことをお見受けしますので、海人が海藻を食わせるように、私に向かって目配せしてくださらないかと、頼みに思われることです）

これは、斎宮が祭を見物なさった車に、このように申し上げたので、途中で見物を切り上げて、お帰りになったのだということだ。

◆語　釈◆

○**ゆかしかりけむ**　「ゆかし」は、動詞「行く」から派生した形容詞。対象に向かって心がひきつけられていくさまを表す。見たい、聞きたい、知りたい、などの意　○**賀茂の祭**　陰暦四月の中の酉の日に行われる、賀茂神社の祭。勅使や斎院の行列

があり、多くの見物客でにぎわった。牛車の簾や供奉する者の冠を葵で飾りたてることから、葵祭ともいう。**〇世をうみの～頼まるるかな（和歌180）**「うみ」に「海」「憂み」、「あま」に「海人」「尼」、「みる」に「海松」「見る」「めくはせよ」に「海藻食はせよ」「目配せよ」を、それぞれ掛け、「海」の縁語でまとめた歌。参考「かづきする海女のすみかをそことだにゆめ言ふなとてめをくはせけむ」（枕草子・里にまかでたるに。後拾遺集・雑五・一一五五・清少納言では第三句「そこなりと」）。**〇斎宮**　六十九、百二段の斎宮と同一人物であろう。

◆鑑　賞◆

百二段同様、斎宮章段の後日譚であるが、やや趣を異にする。憂き世を思い詰めて山里へ隠遁した百二段とは違い、この段の女は、さしたる理由もなく、中途半端に尼になったのだという。世の中への未練を棄てきれぬ女にとって、やはり華やかな賀茂祭の魅力は抗しがたい。女の気持ちを見透かすかのように、男は「世をうみの…」と詠み掛けた。「海藻食はせよ」「目配せよ」の挑発的な詠みぶりは、祭礼の場ならではの高揚感による。詠み掛けられた女は、生半可な出家の態度を咎められたように感じたのか、見物の途中で帰ってしまったという。

百五段

昔、男、「かくては、死ぬべし」と言ひやりたりければ、女、

181白露は消《け》なば消《け》ななむ消《き》えずとて玉にぬくべき人もあらじを

と言へりければ、いとなめしと思ひけれど、心ざしは、いやまさりけり。

◆現代語訳◆

昔、男が、「このままでは、（恋しさのあまり）死んでしまいそうだ」と言ってやったので、女は、

白露は…（白露は消えるならば消えてしまいなさい。消えなくても玉として緒に貫くような人―あなたのことを大切に思う女性―もいないでしょうから）

と言ったので、（男は）実に無礼だと思ったけれども、愛情は、いっそうまさったのだった。

◆語　釈◆

○白露は～人もあらじを（和歌181）　「白露」は、はかない命。「消なば消ななむ」は、男が「死ぬべし」と言ったのに対応。「消《け》」は、下二段動詞「消《く》」の未然形。「なむ」は、あつらえの終助詞。「玉にぬく人」は、玉を緒に貫いて、大切にする人、の意。「桜花散らば散らなむ散らずとてふるさと人の来ても見なくに」（古今集・春下・七四・惟喬親王）、「ひたぶるに消なば消ななむ露の身の玉とはならずおきまどふらむ」（古今六帖・第五「暁におく」二七四二・伊勢）。〈他出〉家持集・二二二。新千載集・秋上・三一七・家持。　**○なめし**　無礼だ。失礼だ。

◆鑑　賞◆

男の「かくては、死ぬべし」という言葉には、和歌でこそないものの、恋歌的な響きがある。恋の歌では、しばしば誇張的に奇抜な「恋死」の発想が詠み込まれるが、ここも同様である。そうした男の切実な訴えに対して、女の返答はあまりに手厳しい。男をはかない「白露」「玉」に見立て、「消なば」「消ななむ」「消えずとて」と死を意味する「消」「消ゆ」を繰り返し、あなたなどどうなっても構わない、と強く拒絶する。とはいえ、美しい「白露」「玉」にたとえられて、男も悪い気持はしない。見事なまでの才気あふれる詠みぶりに、男は「なめし」と思うものの、かえって女に執着を深めてゆくことになった。

百六段

昔、男、親王《みこ》たちの逍遥《せうえう》したまふ所にまうでて、龍田河《たつたがは》のほとりにて、

182 ちはやぶる神代《かみよ》も聞かず龍田河から紅《くれなゐ》に
水くくるとは

◆現代語訳◆

昔、男が、親王たちが逍遥なさる所に供奉して、龍田河のほとりで（詠んだ歌）、

ちはやぶる…（はるか遠い神代にも聞いたことがありません。龍田河で、こんなに紅の色鮮やかに括り染めをするとは）

◆語　釈◆

○**逍遥**　気の向くままに遊びまわること。散策を楽しむこと（→六十七段）。　○**龍田河**　奈良県生駒郡を流れる生駒河の下流をいい、大和河に合流する。紅葉の名所。　○**ちはやぶる～水くくるとは**（**和歌182**）「ちはやぶる」は、「神」の枕詞。「神代」は七十六段に既出。「から紅」は、大陸から渡来した紅の意で、鮮紅色。「くくる（括る）」は、括り染め（布を糸で括り、糸の跡を白く染め残す。絞り染め）をすること。古来、紅葉の下を水が流れる「くぐる（潜る）」と解されてきたが、賀茂真淵（古今和歌集打聴・伊勢物語古意）により改められた。〈他出〉古今集・秋下・二九四・業平。在中将集・一八。業平集・一。

◆鑑　賞◆

『古今集』秋下「二条の后の春宮の御息所と申しける時に、御屏風に龍田河に紅葉流れたるかたをかけりけるを題にて詠める　紅葉葉の流れてとまるみなとには紅深き波や立つらむ　素性《そせい》」（二九三）と同時に詠まれた歌である。本来は、二条后のサロンで詠まれた屏風歌であった。画中人物の立場になって、屏風絵の世界に入り込み、詠まれた歌を屏風歌といい、貴顕の邸での晴儀で多く詠まれた。さまざまな想像力を喚起する屏風歌は、物語の虚構を育んできた。本段は、親王たちが紅葉の美しい龍田河を逍遥したという話に過ぎないが、屏風歌が一篇の物語を生み出して

ゆく経緯を物語るものとして興味深い。この歌は百人一首にも採られ、とりわけ有名である。「ちはやぶる神代も聞かず」という大げさな誇張表現と倒置によって、眼前の景色の美しさを驚きをもって鮮明に印象づける。「龍田河」の「錦（紅葉）」の連想から、水面を色鮮やかなくくり染めに見立てた、いかにも業平にふさわしい詠みぶりとなっている。

百七段

昔、あてなる男ありけり。その男のもとなりける人を、内記《ないき》にありける藤原の敏行《としゆき》といふ人、よばひけり。されど、まだ若ければ、文もをさをさしからず、言葉も言ひ知らず、いはむや、歌は詠まざりければ、かのあるじなる人、案を書きて、書かせてやりけり。めでまどひにけり。さて、男の詠める、

183つれづれのながめにまさる涙河袖のみひちて逢ふよしもなし

返し、例の、男、女に代はりて、

184浅みこそ袖はひつらめ涙河身さへながると聞かば頼まむ

と言へりければ、男、いといたうめでて、今まで巻きて、文箱《ふばこ》に入れてありとなむいふなる。

◆現代語訳◆

昔、高貴な男がいたのだった。その男のもとに仕えていた人を、内記であった藤原の敏行という人が、求婚したのだった。けれども、女は、まだ若いので、手紙も満足に書けるわけでもなく、言葉遣いも知らず、ましてや、歌は詠めなかったので、あの主人である男が、案を書いて、書かせて贈ったのだった。（敏行は）すばらしく思って、心をまどわしたのだった。そこで、男が詠んだ（歌）、

つれづれの…（長雨をぼんやりとながめてもの思いに沈んでいるので、涙の河があふれています。袖が濡れてばかりであなたと逢うすべがありません）

返歌は、例によって、男が、女に代わって、

浅みこそ…（浅いからこそ袖が濡れる程度なのでしょう。泣く涙の河で身までが流れてしまうと聞きましたら、あなたを頼りにいたしますが）

と言ったので、男は、たいそうすばらしく思って、今ま

男、文おこせたり。得て後のことなりけり。「雨の降りぬべきになむ見わづらひはべる。身幸ひあらば、この雨は降らじ」と言へりければ、例の、男、女に代はりて詠みてやらす、

185 数々《かずかず》に思ひ思はず問ひがたみ身を知る雨は
　　降りぞまされる

と詠みてやれりければ、蓑《みの》も笠も取りあへで、しとどに濡れて、まどひ来にけり。

で手紙を巻いて、大事に文箱にしまっているそうだ。男（敏行）が、手紙をよこして来た。女を得てから後のことなのだった。「雨が降り出しそうなので、出かけるか決心がつきかねています。わが身に幸いがあれば、この雨は降らないのでしょうが」と言っているので、いつものように、男が、女に代わって詠んでおくる、

数々に…（私のことを思ってくれているのか、いないのか、あれこれと尋ねがたいのですが、わが身がどれくらい思われているのかを知らせる、この雨はいっそう降りまさることです）

と詠んでおくったので、（敏行は）蓑も笠も満足に身につけずに、びっしょり濡れて、慌ててやって来た。

◆語　釈◆

○あてなる男　業平を暗示（→四十一段）。**○その男のもとなりける人**　その男の家に仕えていた女。多くの古注では四十九段に登場する業平の妹とみるが、採らない。**○内記**　中務省の官人。詔勅・宣命を作成し、位記を書く。大中少の区別があり、学識あり能書の者が任じられた。**○藤原の敏行**　南家藤原氏。富士麻呂の子で、母は紀名虎の娘。また、紀有常の娘を妻にしていたともいい（尊卑分脈）、業平とは、きわめて近い関係にあった。貞観八年（八六六）少内記、同十二年大内記、図書頭、権中将、蔵人頭などを経て、寛平九年（八九七）従四位上右兵衛督、延喜七年（九〇七）没。歌人として、また能書として名高い。**○をさをさし**　長々し。しっかりしている。大人らしい。**○いはむや**　まして。いうまでもなく。漢文訓読語。**○案**　下書き。草案。「内記」である敏行にふさわしく、大げさに漢語を用いた。**○めでまどひにけり**　以下、敏行の反応が「いといたうめでて」「まどひ来にけり」とあるのに注意。**○つれづれの～逢ふよしもなし（和歌183）**「ながめ」は、「長雨」と「眺め」の掛詞。〈他出〉古今集・恋三・六一七・敏行。古今六帖・第一「雨」四五八・敏行（第五句「逢ふよしもなみ」）。古今六帖・第四「涙河」二〇七八・敏行。在中将集・二五。業平集・四三（第二句「ながめにぬるる」）。**○浅みこそ～聞かば頼まむ（和歌184）**「浅み」の「み」は、形容詞の語幹について原因や理由を表す。～ので、～から、の意。「ながる」は「流る」「泣かる」の掛詞。〈他出〉古今集・恋三・六一八・業平。古今六帖・第四「涙河」二〇七九・業平。在中将

集・二六。業平集・四四。**〇いといたうめでて**　先にも「めでまどひにけり」とあった。**〇文箱**　手紙などを入れる箱。**〇数々に～降りぞまされる（和歌185）**「数々に」は、あれこれと、さまざまに、の意。「敷々丹（しくしくに）思はず人はあるらめどしましくも我は忘らえぬかも」（万葉・巻一三・三二五六・作者未詳）の「敷々」を「数々」と誤解したことから生じたとする説もある。「問ひがたみ」の「み」は、原因・理由を表す接尾語。「身を知る雨」は、わが身の運を知ることのできる雨、すなわち相手の愛情の深浅を知る雨。〈他出〉古今集・恋四・七〇五・業平。古今六帖・第一「雨」四七四・業平。在中将集・六一。業平集・四五。**〇取りあへで**　「あふ（敢ふ）」は、動詞の下について、その動作が完全に行われることを表す。

◆補　注◆

和歌183と184の贈答は、『古今集』恋三（六一七・六一八）に詞書「業平朝臣の家にはべりける女のもとに詠みてつかはしける　敏行朝臣」「かの女に代はりて返しに詠める　業平朝臣」として載る。和歌185は、『古今集』恋四（七〇五）に、「藤原敏行朝臣の、業平朝臣の家なりける女をあひ知りて、文つかはせりける詞に、今まうで来、雨の降りけるをなむ見わづらひはべる、と言へりけるを聞きて、かの女に代はりて詠めりける」として載る。

敏行は、『古今集』の代表歌人の一人。和歌史において、業平と貫之の間をつなぐ、重要な存在である。『寛平御時后宮歌合』『是貞親王家歌合』などで活躍、『古今集』に採られた十九首のうち、二首は秋上（一六九）と物名（四二二）の巻頭に置かれ、巻二十巻軸歌（一一〇〇）も敏行の作である。「住の江の岸に寄る波よるさへや夢の通ひ路人目よくらむ」（恋二・五五九）は、百人一首にも採られ特に有名。『後撰集』では、四首の入集にとどまるが、春上（一）と恋四（七九五）の巻頭歌に撰ばれており、高い評価がうかがえる。『後撰集』開巻の歌は、「正月一日、二条の后の宮にて、白きおほうちきを賜りて」の詞書を持つ「ふる雪のみのしろ衣うちきつつ春きにけりとおどろかれぬる」という歌である。二条后の主催する文芸サロンに、文屋康秀《ふんやのやすひで》・素性《そせい》・業平らが出入りしていたことは、『古今集』の詞書（春上・八、秋下・二九三～二九四、物名・四四五）によって知られるが、敏行もやはり二条后の恩顧を蒙っていたのである。

敏行は能筆としても有名であった。『江談抄《ごうだんしょう》』によれば、大極殿の額は彼の手によるものといい（一・二七）、小野道風は村上天皇の下問に応えて、「我が朝の上手」として空海とともに敏行の名を挙げたという（二・二二）。また、『今昔物語集』巻一四「橘（藤原の誤）敏行、発願従冥土返語《ぐわんをおこしてめいどよりかへれること》第二十九」にも、彼の能書ぶりと人柄を伝える説話が見える（宇治拾遺物語・百二、十訓抄・六・三十にも）。頓死した敏行は怖ろしい亡者たちに襲われる。この亡者どもは、生前、法華経の供養を敏行に依頼したのだが、敏行は精進もせず、好色心を抱いたまま写経したので功徳を得られずに苦しんでいるのだった。また、眼前を流れるどす黒い大河は、汚れた気持ちで書写した法華経の墨が流れ出たものだという。閻魔王庁に引き出された敏行は、四巻経の書写を誓約することで許され、蘇生する。結局、写経を怠ったまま敏行は世を去った。紀友則の夢に敏行が現れ、写経供養を依頼する。再び友則の夢に現れた敏行は少し苦を免れたようであった、という。「尚本ノ心色メカシクテ、仏経ノ方ニ心不入ズシテ、此ノ女ヲ仮借《けさう》シ、吉キ歌ヲ読マムト思フ」と、その色好みぶりが語られている。

◆鑑　賞◆

藤原敏行は、『古今集』の代表的歌人の一人であり、能筆としても知られる。『尊卑分脈』によれば、業平とは義兄弟の間柄になり、紀氏との関係も深い。四十一段の「いやしき男の貧しき」は、敏行を暗示している。主人公の男の家の女に敏行が求愛する。まだ若く歌の詠めない女に代わって、男が代作することになった。ことさらに「案」と漢語を用いたのは内記たる敏行を意識してのこと。恋文を「巻きて、文箱に入れて」大切にしているというのも、公文書に関わる内記らしい仕草である。和歌の名手であり能書の敏行が、代作であることを見抜けず、「めでまどひにけり」→「いといたうめでて」→「まどひ来にけり」とすっかり魅了され、籠絡されてしまうところに、この話の面白さがある。

敏行は「つれづれの…」の歌で、長雨に妨げられて女と逢えぬ嘆きを訴える。男の代作「浅みこそ…」は、贈歌の「袖のみひちて」を愛情の浅さゆえとして詰り、「涙河」が「身さへながる」まで溢れかえったら頼りにしましょう、という。贈歌の言葉に密着しながら、反撥し切り返す、いわゆる女歌の典型である。（なお、これは『源氏物語』葵巻の「袖濡るるこひぢとかつは知りながら下り立つ田子のみづからぞうき」「浅みにや人は下り立つわが方は身もそぼつまで深きこひぢを」という六条御息所と光源氏の贈答に強く影響していよう）。さて、二人が結ばれてからしばらく後、また大雨の降りそうな空模様となった。言い訳がましい敏行の手紙に対し、男は「数々に…」の歌を代作した。手紙の言葉「雨の降りぬべき〜この雨は降らじ」を踏まえた、やはり女歌的な切り返しである。かくして大雨にずぶ濡れになりながら、敏行は女のもとにやって来た。

この段は、業平と敏行という好一対の歌人が、歌の応酬、力比べをする興味深い話となっている。さすがに年長の業平のほうが一枚上手である。敏行は何も知らぬまま業平の術中にはまり、すっかり翻弄される。そうした敏行の心の惑乱を見て、ほくそ笑む業平の得意な姿がある。

「数々に…」の歌によって、相手の愛情の深浅を知る、「身を知る雨」という歌語が定着した。「しのぶらむものとも知らでおのがただ身を知る雨と思ひけるかな」（和泉式部日記）、「つれづれと身を知る雨のをやまねば袖さへいとどみかさまさりて」（源氏物語・浮舟）など、多くの例がある。

百八段

昔、女、人の心を恨みて、
186風吹けばとはに波越す岩なれやわが衣手《ころもで》の
乾く時なき
と、つねの言《こと》ぐさに言ひけるを、聞き負ひける男、
187宵ごとに蛙《かはづ》のあまた鳴く田には水こそまさ
れ雨は降らねど

◆現代語訳◆

昔、女が、男の軽薄な心を恨んで、
風吹けば…（風が吹くといつも波が打ち越す岩なのでしょうか。私の袖は涙で乾く時がありません）
と、いつもの口癖のように言ったのを、聞いて、自分のことだと思った男（がこう詠んだ）、
宵ごとに…（宵ごとに蛙がたくさん鳴く――私がひどく泣いている田では、雨は降らないのに、涙で水量がまさっていることです）

◆語　釈◆

○風吹けば～乾く時なき（和歌186）「とは」は、永久、恒久、の意。「衣手」は袖のこと。〈他出〉貫之集・第五・五六一（第二三句「たえず波越す磯なれや」）。新古今集・恋一・一〇四〇・紀貫之（第三句「磯なれや」）。**○言ぐさ**　口癖。いつもの決まり文句。**○聞き負ひける男**「聞き負ふ」は、自分に関することだと思って聞く、の意。**○宵ごとに～雨は降らねど（和歌187）**「蛙のあまた鳴く」は、女に言い寄る多くの男たちをさすとする説（知顕集・愚見抄）もあるが、主人公の男がひどく泣いているさま、とする解釈に従う。

◆鑑　賞◆

前段の「涙河」や「身を知る雨」の連想から、ここに置かれた章段であろう。女の歌は貫之の歌の流用である。ともに涙で袖をひどく濡らしているさまを詠んでいるが、海岸風景を詠んだ女に対し、男は水田の情景を詠んで切り返した。同じく「蛙」を詠んだ二十七段と関連があるか。

百九段

昔、男、友だちの人を失へるがもとにやりける、

188花よりも人こそあだになりにけれいづれを先に恋ひむとか見し

◆現代語訳◆

昔、男が、友人の、妻を亡くした人のもとに贈った（歌）、

花よりも…（花よりも人のほうがはかなくなってしまいました。あなたは、どちらを先に愛惜することになるとお思いでしたか）

◆語　釈◆

○人を失へる　ここでの「人」とは、妻、あるいは恋人をいう。

○花よりも〜恋ひむとか見し（和歌188）「あだ」は、花が散ることと、人がむなしく死んでしまうことをいう。〈他出〉古今集・哀傷・八五〇・紀茂行。新撰和歌・賀哀・一七二。古今六帖・第四「悲しび」二四八八・作者名無。

◆鑑　賞◆

妻を失った友人を見舞う、男の思いやりのこもった歌である。『古今集』哀傷（八五〇）の詞書に「桜を植ゑてありけるに、やうやく花咲きぬべき時に、かの植ゑける人みまかりにければ、その花を見て詠める　紀茂行《もちゆき》」とある。

作者紀茂行（望行とも）は、貫之の父。有朋の弟。元慶四年（八八〇）以前の没か。

百十段

昔、男、みそかに通ふ女ありけり。それがもとより、「今宵、夢になむ見えたまひつる」と言へりければ、男、

189思ひあまり出でにし魂《たま》のあるならむ夜深く
　見えば魂結びせよ

◆現代語訳◆

昔、男が、ひそかに通う女がいたのだった。その女のもとから、「今宵、あなたが夢の中にお見えになりました」と言ってきたので、男（が詠んだ歌）、

思ひあまり…（あなたを恋しく思うあまり、身から出ていった魂があるのでしょう。深夜に私の姿が見えたら魂結びをしなさい）

◆語　釈◆

○**みそかに**　こっそり。人目を忍んで（↓五段、六十四段）。

○**思ひあまり～魂結びせよ（和歌189）**「魂結び」は、魂が肉体から抜け出るのをとどめるまじない。『袋草紙』上巻「誦文の歌」に「人魂を見る歌　魂は見つぬしは誰とも知らねども結びとどめよ下交《したが》ひのつま　三反これを誦して、男は左、女は右のつまを結びて、三日を経てこれを解くと云々」とある（「下交ひ」は、着物の前を合せた時の内側）。参考「嘆きわび空に乱るるわが魂を結びとどめよ下交ひのつま」（源氏物語・葵）。「まどひそめにし魂の、身にも還らずなりにしかば、かの院の内にあくがれ歩かば、結びとどめたまへよ」（同・柏木）。

◆鑑　賞◆

愛情が薄れたのか、事情があるのか、男は女の許をしばらく訪れずにいるのだろう。女の「今宵、夢になむ見えたまひつる」とは、男の来訪を切望し、促す言葉である。男は遊離魂の発想により、女を思う心の切実なことを訴える。身体こそ訪ねてはゆけないが、あなたを思う心はすでに身を離れてそちらに届いている、というのである。

百十一段

昔、男、やむごとなき女のもとに、亡くなりにけるを弔《とぶら》ふやうにて、言ひやりける、

190いにしへはありもやしけむ今ぞ知るまだ見ぬ人を恋ふるものとは

返し、

191下紐《したひも》のしるしとするも解けなくに語るがごとは恋ひずぞあるべき

また、返し、

192恋しとはさらにも言はじ下紐の解けむを人はそれと知らなむ

◆現代語訳◆

昔、男が、身分の高い女のもとに、亡くなった人を弔うふうを装って、詠んで贈った（歌）、

いにしへは…（昔には同じようなことがあったのでしょうか。今になって知りました、まだ見たこともない人を恋するということを）

返歌、

下紐の…（人から思われるしるしという、下紐は解けていないのですから、おっしゃるほどには私を思ってはいらっしゃらないのでしょう）

さらに、（男の）返歌、

恋しとは…（恋しいとは決して言わぬつもりです。下紐が解けたら、あなたは、それを私の思いゆえとわかって下さい）

◆語　釈◆

○**亡くなりにける**　女の親類縁者、あるいは侍女か。○**いにしへは～恋ふるものとは（和歌190）**〈他出〉新勅撰集・恋一・六二九・詠み人知らず。○**下紐の～恋ひずぞあるべき（和歌191）**「下紐」は、下袴・下裳の紐（→三十七段）。人に恋しく思われると、下紐が自然に解けるという俗信があった。「我妹子し我を偲ふらし草枕旅の丸寝に下紐解けぬ」（万葉集・巻十二・三一四五・作者未詳）。〈他出〉後撰集・恋三・七〇二・詠み人知らず（第五句「あらずもあるかな」）。古今六帖・第五「紐」三三四九・作者名無。○**恋しとは～それと知らなむ（和歌192）**　塗籠本・阿波国文庫本など、この歌を欠く本も少なくない。〈他出〉後撰集・恋三・七〇一・在原元方。古今六帖・第五「紐」三三四八・作者名無。

◆鑑　賞◆

前段の「魂結び」から「下紐」の俗信を詠んだ話が連想されたのだろう。故人を悼む態度を装って、女に求愛するのは不謹慎ではあるが、それだけ「やむごとなき女」との身分差が大きいということだろう。女の返歌は、厳しく反撥するように見えて、男の贈歌にない「下紐」「解く」という、官能的な響きをもつ語を用いた。意表をつく、思わせぶりで挑発的な詠みぶりである。男は、手応えある女との応酬を愉しみつつ、「恋し」「下紐」「解く」と女の歌に密着して返歌する。和歌191と192は、『後撰集』恋三の在原元方と女の贈答の順序を逆転したものである。女の歌がやや唐突に見えるのは、そのためである。この入れ替えが奏功して、いかにも物語らしい、軽妙な章段となった。

百十二段

昔、男、ねむごろに言ひちぎれる女の、ことざまになりにければ、

193 須磨《すま》の海人《あま》の塩焼く煙《けぶり》風をいたみ思はぬ方にたなびきにけり

◆現代語訳◆

昔、男が、真心こめて将来を誓いあった女が、別の男と一緒になったので（詠んだ歌）、

須磨の海人の…（須磨の海人が塩を焼いている煙が、風が激しいので思ってもみない方角にたなびいたのでした—あなたは、意外にも、他の男になびいてしまったのでした）

◆語　釈◆

○**ことざま**　女が他の男に心を寄せたことをいう。○**須磨の海人の〜たなびきにけり（和歌193）**「風をいたみ」の「〜を〜み」は、原因・理由を表す。「煙」が「思はぬ方にたなび」くとは、女が「ことざま」になったことをいう。「須磨の浦の塩焼く煙風をいたみたちはのぼらで山にたなびく」（古今六帖・第一「けぶり」七九七・作者名無）。〈他出〉古今集・恋四・七

○八・詠み人知らず（初句「須磨の浦の」）。古今六帖・第一「けぶり」七八九・作者名無、および第三「しほ」一七八三・作者名無（初句「伊勢の海人の」）。

◆鑑　賞◆

『古今集』恋四の詠み人知らず歌の転用である。仮名序の注には「たとへ歌」の例に挙げられている。須磨の海岸になびく煙によせて、女の心変わりを詰った歌である。この女とは、須磨で出逢い、親しくなったのだろう。津の国を舞台とする、三十三段や八十七段とも関連する段か。

百十三段

昔、男、やもめにてゐて、

194 長からぬ命のほどに忘るるはいかに短き心なるらむ

◆現代語訳◆

昔、男が、独り身でいて（詠んだ歌）、

長からぬ…（たいして長くもない人生の間に、私のことを忘れてしまうとは、どれほど短いお心なのでしょう）

◆語　釈◆

○やもめ　独身。男女、生別・死別の区分なく用いられる。ここでは、男が女に去られたことをいうのだろう。「かぐや姫のやもめなるを嘆かしければ」（竹取物語）、「翁、やもめにて、つきなくおぼゆれば」（うつほ物語・藤原の君）。**○長からぬ〜心なるらむ（和歌194）**「長からぬ命」と「短き心」の対比。自分のことを忘れた女の「短き心」を非難する。〈他出〉新勅撰集・恋五・九五一・詠み人知らず。

◆鑑　賞◆

「やもめ」とは、男が女と別れ、独身であることをいう。男は、自分を棄てた心短い、相手の女を詰る歌を詠んだ。とはいえ独詠のこの歌が、去った女に届くはずもない。「長からぬ命」との詠みぶりからして、この男は人生の半ばを過ぎているのだろう。晩年に至って人の心の頼りがたさを痛感するようになった、孤独な男の姿が印象的な段である。なお、「やもめ」を、妻との死別によるとする解釈（阿部俊子『講談社学術文庫』など）もある。この場合、亡妻を忘れてしまった自身の心の短さ、冷淡さを批判的に見つめた歌となる。

百十四段

昔、仁和《にんな》の帝、芹河《せりかは》に行幸《ぎやうがう》したまひける時、今はさること似げなく思ひけれど、もとつきにけることなれば、大鷹《おほたか》の鷹飼《たかがひ》にてさぶらはせたまひける。摺《す》り狩衣《かりぎぬ》の袂《たもと》に、書きつけける、

195 翁さび人なとがめそ狩衣今日ばかりとぞたづも鳴くなる

おほやけの御けしき悪しかりけり。おのが齢《よはひ》を思ひけれど、若からぬ人は聞き負ひけりとや。

◆現代語訳◆

昔、仁和の帝が、芹河に行幸なさった時、（男は）年老いた今となってはそのようなことはふさわしくないと思ったけれど、以前からしていたことなので、大鷹の鷹飼として（帝は）お側にお召しになったのである。（男が）摺り狩衣の袂に、書きつけた（歌）、

翁さび…（じじむさいこの翁が狩衣を着ていても、皆々様、咎め立てしないで下さい。狩りをするのも今日限りだと鶴も鳴いております）

帝はご不興あそばされたのであった。男は自らの老齢を思って詠んだのだが、若からぬ人は、我がこととして聞きなしたのだそうだ。

◆語　釈◆

○仁和の帝　第五十八代光孝天皇。「仁和」は在位中の年号。仁明天皇第三皇子。母は藤原沢子。諱は時康。承和十二年（八四五）元服、常陸太守、中務卿、大宰帥、式部卿を歴任、元慶六年（八八二）一品。同八年二月、陽成の退位により、藤原基経に擁立されて即位。仁和三年（八八七）八月、五十八歳で崩御。塗籠本は「深草の帝（仁明）」とする。**○芹河**　現在の京都市伏見区中島鳥羽離宮町の近くを流れていた川で、今は絶えている。光孝天皇の行幸は、「十四日戊午、芹川野に行幸し給ひき。（略）是の日、勅して参議已上に摺布《すりぎぬ》の衫《かざみ》と行縢《むかばき》とを著けしめ給ふ。（略）辰の一尅、野口に至り、鷹鷂を放ちて野禽を拂ひ撃ちき」（三代実録・仁和二年十二月十四日）とあり、史実を踏まえるが、この時、すでに業平は没している。塗籠本が「深草の帝」の行幸と改めたゆえん。**○さること**　鷹狩のお供をすること。**○似げなく**　似つかわしくない、ふさわしくない。**○もとつきにけること**　かつて鷹飼の役をつとめていたこと。**○大鷹**　冬に大鷹（雌）を用いて、鶴や雉、兎などの大物を狩る。秋に行う小鷹狩に対していう。**○鷹飼**　鷹匠。鷹を飼育・訓練し、狩に従事する者。**○摺り狩衣**　模様を摺り出した狩衣。初段の「摺り衣」に同じ。**○翁さび〜たづも鳴くなる（和歌195）**　「翁さび」の「さび」は「神さび」「乙女さび」のように、それらしい様子、雰囲気であることを表す接尾語。「人なとがめそ」の「な〜そ」は禁止の構文。「今日ばかり」は「今日は狩り」を掛ける。「たづ」は「つる」の歌語。参考「小塩山みゆきつもれる松原に今日ばかりなる跡やなからむ」（源氏物語・行幸）。〈他出〉後撰集・雑一・一〇七六・在原行平。古今六帖・第二「翁」一三九六・業平（第五句「たづも鳴くなり」）。古今六帖・第五「狩ころも」三三〇七・作者名無（初句「おいさみを」）。業平集・一〇九（第五句「かりも鳴くなる」）。**○おほやけの御けしき悪しかりけり**　「おほやけ」は仁和の帝。史実によれば、すでに五十七歳の高齢である。**○聞き負ひけりとや**　「聞き負ふ」は、自分のこととして聞きなす、の意（→百八段）。

◆鑑　賞◆

『後撰集』雑一巻頭（一〇七五・一〇七六）に、在原行平の二首の歌が連続して載せられている。

仁和の帝、嵯峨の御時の例にて芹河に行幸したまひける日　在原行平朝臣

嵯峨の山みゆき絶えにし芹河の千代の古道あとはありけり

同じ日、鷹飼ひにて、狩衣の袂に鶴のかたを縫ひて、書きつけたりける

翁さび人なとがめそ狩り衣今日ばかりとぞたづも鳴くなる

行幸のまたの日なむ、致仕の表たてまつりける

本段は、この「翁さび…」の歌をもとに物語化したものである。兄行平の歌を、主人公の作として転用する例は、九十七段にも見られた。『後撰集』では、自らの老いの自覚と致仕の決意を詠んだとするが、物語では、むしろ老齢の帝を揶揄した歌と解釈されている。やはり九十七段などと同様に、権威や体制を挑発し、揺さぶりをかける歌の威力が語られている。とはいえ、男が自身の老いを強く意識しているのもまた事実である。「摺り狩衣の袂に、書きつける」とは、まさに初段の「狩衣の裾を切りて、歌を書きてやる」という記憶を蘇らせる。春日の里で女はらからに歌を贈った、あの元服したばかりの青年は、いまや人生の黄昏時にたたずんでいるのだった。

百十五段

昔、陸奥《みち》の国にて、男、女、住みけり。男、「都へいなむ」と言ふ。この女、いとかなしうて、馬の餞《はなむけ》をだにせむとて、おきのゐて、みやこ島といふ所にて、酒飲ませて詠める、

196 おきのゐて身を焼くよりもかなしきはみやこ島辺の別れなりけり

◆現代語訳◆

昔、陸奥で、男と女が一緒に暮らしていた。男は、「都に帰ります」と言う。この女はたいそう悲しくなって、せめて餞別だけでもしようと思って、おきのゐて、みやこ島という所で、酒を飲ませて詠んだ（歌）、

おきのゐて…（おきのゐてで、熾火がかかって身を焼くよりも悲しいのは、あなたは都へ帰り、私は島に残る、そのような、みやこ島辺での別れなのでした）

◆語　釈◆

○馬の餞　餞別（→四十四段）。**○おきのゐて、みやこ島**　陸奥の地名だが、ともに所在未詳。**○おきのゐて～別れなりけり（和歌196）**　地名の「おきのゐて」の「熾（炭火）の居て」を掛ける。「みやこ島辺の別れ」は、みやこ島辺での別れ、の意に、都と島辺の別れの意を掛ける。〈他出〉古今集・墨滅歌・一一〇四・小町。小町集・三〇。小大君集・一四三。

◆鑑　賞◆

長かった漂泊の旅を終えて帰京する男を、陸奥の女は真心こめて送り出そうとする。一連の東下り章段の終焉部に位置する段である。和歌は、陸奥の地名を詠み込んだ、小町の古今集歌の流用であるが、ここに置かれるにいかにもふさわしい。「都」「しまべ」に引き裂かれた女の心は、まさに熾火に焼かれるがごとくである。巧みな技巧が発揮された歌であり、陸奥には得がたい嗜みと魅力を備えた女と思わせる。既存の和歌の転用が奏功した好例である。なお、塗籠本では、定家本十五段に該当する段の次に置かれており、和歌の後に「と詠めりけるにめでてとまりにけり」とある。

百十六段

昔、男、すずろに陸奥《みち》の国まで、まどひいにけり。京に思ふ人に言ひやる、

197 波間より見ゆる小島の浜庇《はまびさし》久しくなりぬ君にあひ見で

「何ごとも、みなよくなりにけり」となむ言ひやりける。

◆現代語訳◆

昔、男が、これといった理由もなく、陸奥まで、さまよって行った。京にいる恋人に詠んで贈る（歌）、

波間より…（波間からわずかに見える小島の浜庇、その「ひさし」ではないが、久しくなってしまったことだ、あなたとお会いしないうちに）

「何事も、すべて良くなりました」と言って贈ったのだった。

◆語　釈◆

○すずろに陸奥の国にまで　「陸奥の国にすずろに行き至りにけり」（十四段）。**○京に思ふ人**　「京に思ふ人なきにしもあらず」（九段）。**○波間より〜君にあひ見で（和歌197）**　上三句は「久し」の序詞。「浜庇」は、海岸にある小屋の庇。万葉歌の

「波の間ゆ見ゆる小島の浜久木久しくなりぬ君に逢はずして」（巻十一・二七五三・作者未詳）の誤伝によると考えられ、「はまひさぎ」が本来の形。ひさぎは、ノウゼンカズラ科の落葉喬木。アカメガシワ。キササゲ。〈他出〉古今六帖・第六「ひさぎ」四三一三・作者名無（第三句「はまひさぎ」、第五句「妹にあはずて」）。拾遺集・恋四・八五六・詠み人知らず（第三句「はまひさぎ」、第五句「君にあはずて」）。○**よくなりにけり**　神宮文庫本・阿波国文庫旧蔵本・泉州本など「よくなをりにけり」。

◆鑑　賞◆

東下り章段の最終段である。諸注、男の言葉「何ごとも、みなよくなりにけり」を言葉通りに理解するものが多い。安住の地を得て、心も落ち着き、満足した、と解するのである。しかし、これは男の本心などではあるまい。都人である男にとって、陸奥は安住すべき地ではない。愛する人々を都に残したまま、虚しく異国に埋もれてゆかざるを得ない、深い悲しみと諦念を男は噛みしめているはずである。都の人々を心配させまいとする思いやりもあろう。男の「波間より…」の歌には、遙か彼方の都を見つめ続ける、悲痛なまでに澄み切った、男のまなざしも感じられよう。

なお、塗籠本には、この段はない。

百十七段

昔、帝、住吉《すみよし》に行幸《ぎやうがう》したまひけり、

198 我見ても久しくなりぬ住吉の岸の姫松いく
よ経ぬらむ

おほん神、現形《げぎやう》したまひて、

◆現代語訳◆

昔、帝が、住吉に行幸なさったのだった（その時に男が詠んだ歌）、

我見ても…（この私が見ただけでも長い年月が過ぎた。住吉の岸の姫松は幾星霜を経てきたのだろう）

199むつましと君はしらなみ瑞垣《みづがき》の久しき世より祝ひ初《そ》めてき

御神が、姿をお示しになって、
むつましと…（睦まじい間柄であるとあなたは知るまいが、我は（瑞垣の）久しい昔から朝廷を祝福し続けているのだ）

◆語　釈◆

○帝　どの天皇か特定しがたい。「或説に、文徳天皇天安元年正月に住吉行幸し給ふといへれど、国史などに所見なければさらに信用にたらず」（愚見抄）。○住吉　大阪市住吉区の住吉神社。○我見ても～いくよ経ぬらむ（和歌198）　男が帝の立場で詠んだ歌。「姫松」は、小さな松。「姫小松」とも。「いにしへのことは知らぬを我見ても久しくなりぬ天の香具山」（万葉集・巻七・一〇九六・作者未詳、古今六帖・第二「山」八五八・作者名無）。〈他出〉古今集・雑上・九〇五・詠み人知らず。新撰和歌・恋雑・二三三。古今六帖・第二「やしろ」一〇六七・作者名無。○現形　神仏が姿を現すこと。○むつましと～祝ひ初めてき（和歌199）　「君」は帝をさす。「しらなみ」に「白波」「知ら（ず）」を掛ける。「瑞垣（神社の周囲にめぐらされた垣根）の」は「久し」の枕詞。「をとめらが袖ふる山の瑞垣の久しき時ゆ思ひき我は」（万葉集・巻四・五〇一・柿本人麻呂、巻一一・二四一五では初句「をとめらを」第五句「思ひけり我は」、古今六帖・第五「としへていふ」二五四九・人麿では「をとめごが」「久しき世より思ひそめてき」）。〈他出〉新古今集・神祇・一八五七。

◆補　注◆

神宮文庫本・阿波国文庫旧蔵本などは、この後に、「このことを聞きて、在原の業平、住吉にまうでたりけるついでに詠みたりける　住吉の岸の姫松人ならばいくよか経しととはましものを　と詠めるに、翁のなりあしき出でゐて、めでて返し　衣だに二つありせばあかはだの山に一つはかさましものを」という本文を有している。「住吉の…」は、『古今集』雑上に、「我見ても…」の次（九〇六）に載る。

◆鑑　賞◆

「我見ても…」は、ある帝の住吉参詣に供奉した男が、帝の立場になって神社に奉納した歌とみられる。幾星霜を経た住吉の松を寿ぎ、皇室への変わらぬ加護を祈るものである。この歌に感動して、神が返歌をした。住吉の海岸風景を描きながら、太古の昔より皇室を守り続けてきたことを歌っている。「力をも入れずして天地を動かし、目に見えぬ鬼神をもあはれと思はせ」（古今集・仮名序）るという、男の和歌の威力を語る段といえよう。塗籠本には、この段はない。

百十八段

昔、男、久しく音もせで、「忘るる心もなし。参り来む」と言へりければ、

200 玉かづらはふ木あまたになりぬれば
　　心のうれしげもなし

◆現代語訳◆

昔、男が、しばらく音沙汰もなくて、「あなたを忘れる心などありません。いま、そちらへ参りましょう」と言ったので（女が詠んだ歌）、

玉かづら…（玉葛が多くの木に這いまつわるように、あなたの通う女性がたくさんいらっしゃるようですから、絶えず私を思っているとかおっしゃる、そのお心もうれしくはありません）

◆語　釈◆

○玉かづら〜うれしげもなし（和歌200）　「玉かづら」は三十六段に既出。「玉」は美称。「かづら（葛）」は、蔓草。「はふ」「絶えぬ」は「かづら」の縁語。「絶えぬ心」は、男の「忘るる心もなし」を受けていった。〈他出〉古今集・恋四・七〇九・詠み人知らず。古今六帖・第五「ことひとを思ふ」二六三八・作者名無（第二三句「はふ木のあまたありといへば」）。

◆鑑　賞◆

男の「忘るる心もなし」という言葉を承けて、女は「絶えぬ心のうれしげもなし」と切り返した。本段は、片桐『全読解』の解くように、三十六段と連続する段と考えられる。三十六段では「忘れぬるなめり」と言ってよこして来た女に、男は「谷狭み峰まではへる玉かづら絶えむと人にわが思はなくに」と詠んだ。「玉かづら」「はふ」「絶ゆ」を踏まえながら、本段で女は、「はふ木あまた」と、男の多情に反撥するのである。

百十九段

昔、女の、あだなる男の形見とて、置きたる物どもを見て、

201形見こそ今はあたなれこれなくは忘るる時
　もあらましものを

◆現代語訳◆

昔、女が、不実な男の形見といって、置いていった物などを見て（詠んだ歌）、

形見こそ…（「あだ」だったあの人の形見が今は仇《あた》になるのだ。これがなければあの人を忘れる時もあるだろうに）

◆語　釈◆

○形見　故人や別れた人を思い出させるもの。　**○形見こそ〜あらましものを（和歌201）**「あた」は敵・仇。「あだなる（浮気な）男」の形見であるから「あた（仇）」になる、というのである。〈他出〉古今集・恋四・七四六・詠み人知らず。小町集・一一三。

◆鑑　賞◆

男の不誠実さが原因で、二人の仲は断絶してしまった。とはいえ男をすっかり忘却できるほど、女の心も強くない。

やはり男との復縁を心待ちにもしていよう。男の残した形見が、楽しかったこと、あるいは辛かったこと、さまざまな男との過去を蘇らせる。そうした形見の品を「あた」として疎んじつつも、手許に留めておかずにはいられない、微妙な女の心理がうかがえる歌である。

百二十段

昔、男、女のまだ世経ずとおぼえたるが、人の御もとに忍びてもの聞こえて後、ほど経て、

202 近江《あふみ》なるつくまの祭とくせなむつれなき人の鍋《なべ》の数見む

◆現代語訳◆

昔、男、女のまだ男を知らないと思われたのが、ある高貴な御方のもとでひそかにものを申し上げた後、しばらくして（男が詠んだ歌）、

近江なる…（近江にある筑摩の祭をはやく行ってほしい。冷淡なあなたがいくつ鍋を頭にかぶるか―何人の男性とかかわってきたのか―その数を見てみたい）

◆語　釈◆

○**まだ世経ず**　「世」は、男女の仲。○**人の御もと**　「御」とあるので高貴な男性とわかる。○**もの聞こえて**　情を交わし申し上げて。「聞こえ」は謙譲語。○**ほど経て**　しばらくたって、女が他の高貴な男と通じていたことを知ってから。○**近江なる～鍋の数見む（和歌202）**　「近江なるつくまの祭」は、現在の滋賀県米原市にある筑摩神社で行われた祭礼。陰暦四月八日、土地の女は、契りを結んだ男の数だけ鍋をかぶって参詣し、奉納するならわしがあったという。「とくせなむ」の「せ」はサ変動詞「す」の未然形、「なむ」はあつらえの終助詞。「つれなき人」は、冷淡な人、の意で相手の女をいう。「おぼつかな筑摩の神のためならばいくつか鍋の数はいるべき」（後拾遺集・雑四・一〇九八・藤原顕綱）。〈他出〉拾遺集・雑恋・一二一九・詠み人知らず（初句「いつしかも」、第三句「はやせなむ」）。

◆鑑　賞◆

男を知らないと思っていた女は、密かに他の高貴な男性と通じていた。裏切られた男が、筑摩神社の奇祭にかこつけて、皮肉たっぷりに詠んで贈った歌である。この女は、近江と関わりがあるのだろうか。

百二十一段

昔、男、梅壺《うめつぼ》より雨に濡れて、人のまかり出づるを見て、

203うぐひすの花を縫ふてふ笠もがな濡るめる人に着せてかへさむ

返し、

204うぐひすの花を縫ふてふ笠はいな思ひをつけよほしてかへさむ

◆現代語訳◆

昔、男が、梅壺から雨に濡れて、人が退出するのを見て、

うぐひすの…（鶯が梅の花を縫って作るという笠がほしいなあ。濡れているらしい人に着せて帰してあげよう）

返しの歌、

うぐひすの…（うぐいすが縫うという梅の花笠はいりません。あなたの「思ひ」の「火」をつけてください。濡れ衣を乾かしてお返ししましょう）

◆語　釈◆

○**梅壺**　後宮五舎の一つ。凝華舎の異称。清涼殿の西北にあり、中庭（壺）に梅が植えてあった。○**人**　梅壺に仕える女房とする解釈が多いが、女性の許から退出する男性とみるべきであろう。「誰にても業平の友なるべし」（肖聞抄）。○**うぐひすの～着せてかへさむ（和歌203）**「青柳を　片糸によりて　や　おけや　鶯の　縫ふといふ笠は　おけや　梅の花笠」（催馬楽・青柳）、「鶯の笠に縫ふといふ梅の花折りてかざさむ老いかくるやと」（古今集・春上・三六・源常）、「青柳を片糸によりて鶯の縫ふてふ笠は梅の花笠」（同・神遊歌・一〇八一・かへしもの歌）による。「笠もがな」の「もがな」は願望の終助詞。「梅壺」という場所からの連想。○**うぐひすの～ほしてかへさむ（和歌204）**「いな（否）」は、いやだ、の意。「思ひ」の「ひ」に「火」を掛ける。

◆鑑　賞◆

梅壺から雨に濡れて退出する人を見て、「うぐひす」「梅の花笠」を連想して男が歌を詠み掛けた。この「人」を梅壺に仕える女房とするのが通行の解釈だが、むしろ梅壺の恋人のもとから雨に濡れてあたふたと退出する男をからかったのではないか。さらに想像を逞しくすれば、梅壺の女房は主人公の男と恋仲であるにも関わらず、この別の男をも通わせていて、その浮気の場面を見咎められたのではないか。そしてこの歌は、退出する男にではなく、女に詠み掛けた、あてこすりの歌なのだろう。そして女の返歌は、ほとんど鸚鵡返しの口調で、男の不貞の疑念を「濡れ衣」として一蹴、開き直った歌とみられる。前後の百二十段、百二十二段がやはり、男が不実な女に裏切られる話であり、かかる解釈が成り立つ余地はあると思う。

百二十二段

昔、男、ちぎれることあやまれる人に、

205 山城《やましろ》の井手《ゐで》の玉水手に結びたのみしかひも
　なき世なりけり

と言ひやれど、いらへもせず。

◆現代語訳◆

昔、男が、約束を違えた人に、

山城の…（山城の井手の清浄な水を手に掬って飲み、行く末を誓った、その甲斐もない二人の仲であったよ）

と言ってやったが、（女は）答えもしない。

◆語　釈◆

○ちぎれること　夫婦になる約束。　**○山城の〜なき世なりけり（和歌205）**　「山城の井手」は、現在の京都府綴喜郡井手町の地名。「玉水」の「玉」は美称。上三句は「たのみ（手飲み・頼みの掛詞）」の序詞。〈他出〉古今六帖・第五「いまはかひなし」三一二五・作者名無（第三四句「手にくみてたのめしかひ　にくみて」）。
も」）。新古今集・恋五・一三六八・詠み人知らず（第三句「手

◆鑑　賞◆

神話や伝承では、「井」が男女の出逢いの場、愛を誓う神聖な空間として語られることが多い（→二十三段）。本段はそうした「井」の特殊性をよく伝えている。

古来、『大和物語』百六十九段との関連が解かれてきた段である。ある内舎人《うどねり》の男が、大三輪神社の勅使として大和へ下った。井手のあたりで、六、七歳の美しい幼女を見初めた男は、成人したら結婚すると約束し、形見の帯を与えた。女はその帯を大事にしていたが、男はすでに忘れていた。七、八年の後、再び勅使になった男が井手に行くと、そこには水を汲む女たちがいた。ここで話は中断されており、少女のその後もわからない。肝心の和歌も見えないが、『袖中抄』や『臆断』は、本来「山城の…」の歌があったのだろうと推測している。

百二十三段

昔、男ありけり。深草《ふかくさ》に住みける女を、やうやう飽きがたにや思ひけむ、かかる歌を詠みけり。

206 年を経て住みこし里を出でていなばいとど
　深草野とやなりなむ

女、返し、

207 野とならばうづらとなりて鳴きをらむかり
　にだにやは君は来ざらむ

と詠めりけるにめでて、行かむと思ふ心なくなりにけり。

◆現代語訳◆

昔、ある男がいたのだった。深草に住んでいた女のことを、しだいに飽きてきたのだろうか、こんな歌を詠んだのだった。

年を経て…（長年にわたって住んできたこの里を、私が出て行ったならば、ますますその名の通り、深草の生い茂る野となるのでしょうか）

女の返歌、

野とならば…（ここが野になったら、私は鶉になって「憂し、辛し」と鳴いておりましょう。かりそめにでも、せめて狩りにだけはあなたがお越しにならぬことはないでしょうから）

と詠んだのを（男は）すばらしく思って、出て行こうと思う心はなくなった。

◆語　釈◆

○**深草**　現在の京都市伏見区深草のあたり。桓武・仁明天皇や藤原基経など、皇室や権門の陵墓が営まれた地でもあった。○**年を経て～野とやなりなむ（和歌206）**〈他出〉古今集・雑下・九七一・業平。在中将集・六二。業平集・七七。○**野とならば～君は来ざらむ（和歌207）**「うづら」は「鶉」と「憂辛」の掛詞。鶉は、雉科の小鳥。全体は茶褐色で、斑点がある。狩の獲物になる。『淮南子』斉俗訓の蝦蟇が鶉に、水虫が蜻蛉になるという故事を踏まえるか。「かり」に「仮り」と「狩り」を掛ける。「山城の淀の若菰かりにだに来ぬ人頼む我ぞはかなき」（古今集・恋五・七五九・詠み人知らず）、「大荒木の森の草とやなりにけむかりにだに来てとふ人のなき」（後撰集・雑二・一一七八・壬生忠岑）。「夕されば野辺の秋風身にしみて鶉鳴くなり深草の里」（千載集・秋上・二五九・藤原俊成）。〈他出〉古今集・雑下・九七二・詠み人知らず（第三句「年は経む」）。在中将集・六三（第五句「君が来ざらむ」）。業平集・七八。

◆鑑　賞◆

『古今集』雑下（九七一・九七二）に、「深草の里に住みはべりて、京へまうで来とて、そこなりける人に詠みて贈りける　業平朝臣」「返し　詠み人知らず」として載る。深草の女への愛情が薄れてきた男は、「年を経て…」と自分が去った後の深草の荒涼とした風景を詠んだ。女は「深草野」から可憐な「鶉」を想起し、身を変えて鳴いていようと詠む。鶉になれば、それを「狩り」に「仮り」にでも訪れてくれるだろうから、という、けなげな詠みぶりに、男の愛情は回復した。歌徳説話の趣をもつ段である。

百二十四段

昔、男、いかなりけることを思ひける折にか、詠める、

208 思ふこと言はでぞただにやみぬべき我とひとしき人しなければ

◆現代語訳◆

昔、男、どのようなことを思った折にであろうか、詠んだ（歌）、

思ふこと…（思っていることを言わずに、それきりにしてしまおう。私と同じ心の人なんていないのだから）

◆語　釈◆

○思ふこと〜人しなければ（和歌208）「思ふこと」は、さまざまな感慨。「言ふ」とは、ここでは特に歌を詠むことをいう。

〈他出〉新勅撰集・雑二・一一二四・業平。

◆鑑　賞◆

男の死を語る百二十五段の直前に位置する段である。「いかなりけることを思ひける折にか」とは、語り手も男の本心を捉えがたい、ということであろう。男の歌の「思ふこと」とは、これまでの長い人生の経験を通じて、心に去

来する様々の感慨をいう。言いたいことは数多くあるが、一切口にすまい、自分と思いを同じくし、共感してくれる人などいないのだから、という諦念に至る。思いを口にしない、とは詠歌の断念、放棄を意味する。そもそも、この物語における「和歌」とは、何であったか。平安京という大都市の成立によって断ち切られた人と人の絆や連帯を回復するべく要請されたのが歌の威力ではなかったか。初段で「昔人は、かくいちはやきみやびをなむしける」と和歌の力を高らかに宣言することで物語は始発した。しかし、物語が進行し、多くの人々と和歌を詠み交わすうちに、男は和歌の無力さを切実に思い知らされる。人と人は共感し得ない、というのが、これまでの人生を振り返って辿り着いた深刻な結論であった。こうした絶望と孤独のうちに、次段で男は死を迎えることになる。

百二十五段

昔、男、わづらひて、心地死ぬべくおぼえければ、

209 つひに行く道とはかねて聞きしかど昨日今日とは思はざりしを

◆現代語訳◆

昔、男が病気になって、気分は、今にも死んでしまいそうに思われたので（詠んだ歌）、

つひに行く…（人間誰しもついに行く死の道とはかねてから聞いていたけれども、昨日今日と、目前に迫っているとは思ってもみなかったことだ）

◆語　釈◆

○**心地死ぬべく** 「心地まどひにけり」（初段）に照応。 ○**つひに行く〜思はざりしを（和歌209）** 「つひに行く道」は、誰もが最後には行く道、死の道のこと。「今日明日」でなく「昨日今日」とあるのに注意。もはや逃れようもないほど、目前に死が迫っているのである。〈他出〉古今集・哀傷・八六一・業平。大和物語・一六五段。在中将集・八二。業平集・六八（第二三句「道とは聞きしものなれど」）。

◆鑑　賞◆

前段で詠歌を断念していても、やはり死という人生最大の局面を迎えるにあたって、その感慨を歌に託さずにはいられない。「つひに行く〜」の歌は、業平真作であり、『古今集』哀傷（八六一）の詞書には「病して弱くなりにける時、詠める」とある。死に直面した驚きと諦念を率直に詠んでいる。いずれは到来するものと頭では理解していた死を、初めて身をもって実感することになった、というのである。これといった技巧のない歌ではあるが、この歌の眼目は「昨日今日」にある。「今日明日」ならばともかく、「昨日今日」では目前に迫った死から、どう足掻いても逃れることはできない。業平ならではの非凡な語法である。この辞世の歌は、自身の人生を顧みる姿勢の見られぬ点で、異例である。差し迫った死に、驚くばかりで、その余裕もないのである。

業平の死は、『大和物語』百六十五段でも語られる。

水尾の帝の御時、左大弁のむすめ、弁の御息所とていますかりけるを、帝御髪下ろしたまうて後に独りいますかりけるを、在中将忍びて通ひけり。中将、病いとおもくしてわづらひけるを、もとの妻《め》どももあり、これはいと忍びてあることとなれば、え行きもとぶらひたまはず、忍び忍びになむとぶらひけること日々にありけり。さるに、とはぬ日なむありけるに、病もいとおもりて、その日になりにけり。中将のもとより、

つれづれといとど心のわびしきに今日はとはずて暮らしてむとや

とておこせたり。「弱くなりにたり」とて、いといたく泣き騒ぎて、返りごとなどもせむとするほどに、「死にけり」と聞きて、いといみじかりけり。死なむとすること、今々となりて詠みたりける、

つひに行く道とはかねて聞きしかど昨日今日とは思はざりしを

と詠みてなむ絶え果てにける。

散文を切り詰め、和歌へと収斂してゆく『伊勢』に対して、話題を肥大化させる『大和』の傾向がうかがえる。弁の

御息所という、『伊勢』には見えない女性を登場させ、男との交渉を語る。「つれづれと～」という『伊勢』にはない歌を加えてもいる。男が死に向かって行く経緯を、言葉を費やして語るのであり、唐突に死が訪れる『伊勢』とは異なる。歌を贈られた御息所は、男の死に激しく悲嘆し、哀悼する。詠歌そのものよりも、むしろ人間関係に関心があるらしい。対して『伊勢』終焉の二章段はともに、独詠であり、周囲にはそれを受け止め、応えてくれる人もないのだろう。この男の死を、哀惜する者は誰もいない。そうした孤独の中にあっても、なお歌を詠まずにはいられぬところに、この男がいかに「みやび」に染まりきっているかが知られる。男はついに和歌を手放すことはできなかった。

解説

一　在原業平――王統のさすらい人――

『伊勢物語』は、主人公の「男」の元服にはじまり死をもって終わるという、一代記的性格をもつ歌物語である。その名こそ明らかにされないものの、この「男」が在原業平を暗示していることは、周知の通りである。この物語には、業平と関わりの深い実在の人物も多く登場する。

業平の生涯は、『日本三代実録』の元慶四年（八八〇）五月二十八日条の卒伝によって、その概要が知られる。

二十八日辛巳、従四位上行近衛権中将兼美濃権守在原朝臣業平卒す。業平は、故四品阿保《あぼ》親王の第五子、正三位行中納言行平の弟なり。阿保親王、桓武天皇の女伊登内親王を娶《めと》り、業平を生む。天長三年、親王表を上《たてまつ》りて曰く、无品《むほん》高岳親王の男女、先に王号を停め、朝臣の姓を賜ふ。臣の子息未だ改姓に預からず。既に昆弟の子たり、寧《いづくん》ぞ歯列の差を異にせむ、と。是に於いて、仲平行平業平らに詔して、姓在原朝臣を賜ふ。業平、体貌閑麗、放縦にして拘はらず、略《ほぼ》才学無し、善く倭歌を作る。貞観四年三月従五位上を授けられ、五年二月左兵衛佐に拝せられ、数年にして左兵衛権少将に遷《うつ》り、尋《つ》いで右馬頭に遷り、累加して従四位下に至る。元慶元年、遷りて右近衛権少将と為り、明年相模権守を兼ね、後に遷りて美濃権守を兼ぬ。卒する時、年五十六。

阿保親王は、平城天皇の皇子である。その親王と、桓武天皇の皇女伊登（都）内親王を父母として業平は誕生した。天長二年（八二五）のことである。この上ない高貴な血統に恵まれた人物といえよう。しかし、翌年には兄行平らとともに臣籍降下し、在原姓を賜ることとなる。かつては阿保親王の異母弟高岳親王は皇太子であり、この皇統には輝かしい将来が期待されていた。その運勢が大きく暗転するのが、大同五年（八一〇）の、いわゆる薬子《くすこ》の変とよばれる政変であった。病弱なこともあり、わずか在位三年で、平城は弟の嵯峨天皇に譲位、旧都平城京へ移る。寵臣藤原仲成・薬子兄妹の思惑もあって上皇は復位を決意し、二所朝廷という異例の事態となる。政変は、平安京の嵯峨の勝利に終わり、上皇は剃髪、仲成は射殺され、薬子は自死した。平城の皇子高岳は廃太子、阿保は大宰権帥として左遷という処罰が下された。この皇統は、皇位継承から大きく疎外されたこととなる。かくして没落してゆく名門の貴公子として業平は生を享けたのであった。

在位も短く、偉大な父桓武と弟嵯峨に挟まれ、存在感のやや希薄な平城は、むしろ和歌の世界において注目すべき天皇である。

　いにしへよりかく伝はるうちにも、ならの御時よりぞ広まりにける。かの御代や歌の心を知ろしめたりけむ、かの御時に、正三位柿本人麻呂なむ歌の聖なりける。これは、君も人も身を合はせたりといふなるべし。秋の夕べ、龍田河に流るる紅葉をば帝の御目に錦と見たまひ、春の朝、吉野の山の桜は人麻呂が心には雲かとのみなむおぼえける。（略）かの御時よりこのかた、年は百年あまり、代は十つぎになむなりにける。（古今集・仮名序）

　昔、平城天子、侍臣に詔して万葉集を撰ばしむ。それより以来、時、十代を歴《へ》、数、百年に過ぎたり。

（同・真名序）

仮名序によれば、「ならの御時」に、人麻呂という歌聖が現れて、和歌が大いに興隆したのだという。この記述はいくつもの誤りを含むものの、平城が和歌と関わりの深い帝として認識されていたことをよく伝えている。真名序の記事は、平城と『万葉集』の関連を物語る。『万葉集』の最終編者と目される大伴家持は、没後、造長岡京使藤原種継暗殺事件の首謀者とされ、除名、遺骨は配流された。この件により『万葉集』も官庫に眠ることになったと想像される。延暦二十五年（八〇六）三月十七日、桓武崩御とともに家持は本位に復すが、この際に『万葉集』も初めて公となったのであろう。『大和物語』にも一連の「ならの帝」関連章段（百五十〜百五十三段）が語られるが、偉大な歌の帝という印象がある。

退位後、平城京に移り住んだことと、その称からもわかるように、平城は奈良の旧都を愛好した帝であった。「ふるさととなりにし奈良の都にも色は変はらず花は咲きけり」（古今集・春下・九〇）という歌も残る。『伊勢物語』初段において、元服したばかりの主人公が、狩りに赴くのが、「奈良の京、春日の里」であることは重要である。物語は、まさに一族の栄光と悲惨を刻印された、この地から始発するのであった。

『三代実録』の有名な評言「業平、体貌閑麗、放縦にして拘はらず、略才学無し、善く倭歌を作る」は、現代にまで至る業平像の原点ともいうべきものである。すなわち、すぐれた美貌の持ち主であり、自由奔放に振る舞い、女性関係も派手である、男性官人として必須の漢詩文の知識・素養には欠けるが、和歌を詠むことに秀でている、というのである。

業平は五十六歳、従四位下で世を去った。その奔放な行動や藤原氏に圧迫されたことから、業平の人生は不遇なものと見なされがちである。しかし、業平の閲歴は、停滞期はあるものの概ね順調であり、『伊勢物語』による印象に過ぎない。目崎徳衛「在原業平の歌人的形成」（『平安文化史論』昭和四十三年、桜楓社）が業平の実像を明らかにしたように、史実と虚構は弁別されねばならない。

ここで、歌人としての業平について見ておきたい。『古今集（定家本）』には三十首の和歌が収められている。仮名序で、紀貫之は、いわゆる六歌仙について、それぞれ歌の性格を論じている。業平については、
在原業平は、その心あまりて、詞足らず。しぼめる花の色なくて匂ひ残れるがごとし。

と批評する。詞という枠、器に収まりきれぬほど溢れ出る心、情熱の持ち主だというのである。心と詞のほどよい調和を理想とする観点からは、批判されるべき詠みぶりではあるが、その豊かな情感には一定の理解・共感を示してもいるのである。かかる秩序に収まりきれぬ自由奔放な詠みぶりが、物語における業平像を育んだことを、重視すべきである。

月やあらぬ春や昔の春ならぬわが身ひとつはもとの身にして（古今集・恋五・七四七、伊勢物語・四段）

「月やあらぬ」は月の有無をいうのではない。「月や昔の月ならぬ」の意であり、「心あまりて、詞足らず」の典型である。「月やあらぬ春や昔の春ならぬ」という打消の反復・対句によって、きわめて激情的な響きの歌となっていよう。「春」や「身」という語をあえて繰り返すのも大胆である。不変の自然と、老いゆく人間を対比的に詠む一般的な発想を逆転し、すっかり変わり果てた世の中に、空しく取り残された男の孤独な姿を描くところに、この歌の斬新さがある。「わが身ひとつ」という表現も、失意のあまり一個の物体のようになった自身の姿を巧みに捉えている。

この歌に見られる打消対句の構文は、業平の好むもので、

起きもせず寝もせで夜を明かしては春のものとてながめ暮らしつ（古今集・恋三・六一六、伊勢物語・二段）

などにも効果的に用いられる。逢瀬の余韻醒めやらぬ茫洋とした想いが見事に表現された秀歌である。「詞足らず」とは、表現の稚拙や未熟を意味するものでは決してない。

から衣着つつなれにしつましあればはるばるきぬる旅をしぞ思ふ（古今集・羇旅・四一〇、伊勢物語・九段）

は、縁語・掛詞を存分に駆使した技巧的な歌である。古今的修辞の極致といってよい。「から衣」の縁語「萎れ」「褄」「張る張る」「着ぬる」が一つの文脈をなし、掛詞による「馴れ」「妻」「遙々」「来ぬる」がもう一方の文脈を形成している。さらに各句の頭には折句によって恋人の比喩である「かきつばた」が詠み込まれている。これら掛詞と折句が共振して、都に残した妻恋しさ、望郷の想いが、激しく掻き立てられてゆくのである。わずかな例を挙げたに過ぎないが、情熱的で前衛的な業平の詠みぶりは充分にうかがえると思う。なお、『古今集』の業平歌の詞書は、他に比して異例である。「五条の后宮の西の対に住みける人に、本意にはあらでもの言ひ渡りけるを、正月の十日あまりになむ、ほかへ隠れにける。あり所は聞きけれど、えものも言はで、またの年の春、梅の花盛りに、月のおもしろかりける夜、去年を恋ひてかの西の対にいきて、月の傾くまであばらなる板敷に臥せりて詠める」（恋五・七四七）のように、長大で物語的なものが多い。『伊勢物語』との関連が想定されるところである。

在原氏の人々についても簡単にふれておきたい。大宰府に左遷させられた父阿保親王は、弘仁十五年（八二四）、入京を許される。以後、上総太守・上野太守・治部卿・兵部卿などを経て弾正尹三品に至る。承和九年（八四二）には、伴健岑《とものこわみね》・橘逸勢《たちばなのはやなり》らの謀反の企てを朝廷に密告、皇太子恒貞親王が廃せられるという大事件となった。この変の直後、阿保親王は死去しており、自殺説もある。叔父高岳親王は、廃太子後出家、空海の弟子となり真如と名乗った。貞観四年（八六二）には求法のため入唐、同七年には天竺を目指して出発したが、消息を絶った（虎に害されたという説話もある）。『伊勢物語』にもたびたび登場する行平は、業平の（異母）兄。硬骨な政治家として活躍、また歌人としても優れ、在民部卿歌合は、最初期の歌合として注目される。「わくらばに問ふ人あらば須磨の浦に藻塩垂れつつわぶと答へよ」（古今集・雑下・九六二）の詞書には、「田村の御時に、事にあたりて津の国の須磨といふ所に籠もりはべ

りけるに」とあり、おそらく政治上の理由で、須磨に蟄居していた時期があったらしい。このように見てくると、在原氏の人々の多くが、都から放逐された、さすらいの貴種であることが知られるであろう。『伊勢物語』の東下りは事実でなく虚構と考えられるが、かかる在原氏のイメージが強く影響しているはずである。

業平の子孫にも優れた歌人が少なくない。長男棟梁《むねやな》は、貞観十一年三月春宮舎人、元慶九年正月従五位下、雅楽頭、左兵衛佐兼安芸守、左衛門佐を経て寛平九年（八九七）従五位上、同十年筑前守となり、同年没す。『古今集』には四首が載る。滋春《しげはる》は次男であることから、在次君とも称された。内舎人で六位に至り、延喜五年（九〇五）以前に没か。『古今集』には六首を載せ、『大和物語』（百四十三・百四十四段）にも説話がある。棟梁の子元方は、藤原国経の養子となり、正五位下、美作守となる。『古今集』に十四首を載せる歌人であり、「年のうちに春は来にけりひとせを去年とやいはむ今年とやいはむ」（春上・一）は巻頭を飾る名歌である。

二　書名・成立・作者

『伊勢物語』の書名の初見は、『源氏物語』絵合である。「次に、伊勢物語に正三位を合はせて、また定めやらず」とある。なお『枕草子』「頭中将のすずろなるそらごとを聞きて」の段にも「あやしういせの物語なるや」という一文が見えるが、本文上疑問を残す。『源氏物語』総角には「在五が物語」、『狭衣物語』巻一には「在五中将の日記」、『更級日記』には「在中将」とあり、必ずしも名称は固定的でなかったようである。

『伊勢物語』という書名の由来については、古来、多くの説明がなされてきた。その代表的なものをいくつか挙げると、

①伊勢の斎宮との恋の物語にかかわるとする説
②女流歌人伊勢が作者であることによる説
③伊勢に特別の意味をみる説
④男女の物語の意であるとする説

⑤えせ物語の意であるとする説

などがある。①は、伊勢の斎宮との恋物語が作品全体において重要な位置を占めているからとする説であり、平安時代には、定家本の六十九段にあたる段を冒頭とする本（狩使本）もあったという。②は、業平の妻である伊勢が、業平の自筆本に手を加えて物語を書いたとするが、業平と伊勢を夫婦とするのは年齢的に無理である。③は、「伊勢人はひがごとす」という当時の諺から「ひがごと物語」の意であるとする説、「伊勢人はあやしきものをや」（風俗歌）により、「あやしき物語」の意とする説、また伊勢大神宮に物語の制作を祈願したからとする説などがある。④は、「伊」が女を、「勢」が男を表すとする説、また「いもせ（妹背）物語」が転じたとする説などがある。⑤は、いいかげんな偽りの物語、といった意である。

このように荒唐無稽な語呂合わせのような説が多いが、①のように、伊勢の斎宮との恋物語を重視する説が妥当であり、多くの支持を得ている。斎宮に関連する段はさほど多くはないけれども、やはり物語における重みは格別のものがある。

『伊勢物語』は、ささやかな小品ではあるが、短期間に一個人の手で作られたものではないらしい。いくつかの段階を経て、複数の作者によって現在の形となったと考えられる。池田亀鑑氏や福井貞助氏などは、業平の歌集（現存の業平集とは異なる）から伊勢物語へ、という展開を想定した。池田『伊勢物語に就きての研究　研究篇』（昭和九年、大岡山書店）は「伊勢物語の源流はこれを歌集たる業平集に求むべく、業平集を中心として先づ原始的歌物語の第一次伊勢物語が編纂され、更に後人の手によつて敷衍され、より完備せる物語的形式に改編せられたものが第二次伊勢物語であると推測される。かく物語文の発生はこれを形式的方面より考察すれば、まさしく和歌の詞書の延長といふ点に認められる」という。福井『伊勢物語生成論』（昭和四十年、有精堂）は、「伊勢物語はもと歌集—業平集であった。そしてその歌集は、春をはじめとして、大体四季、恋、雑、賀、哀傷等の配列を以て、不完全ながら整えられんとした形の歌集であった」とする。

これらに対して、片桐洋一氏は、『古今集』や『業平集（在中将集および雅平本業平集）』が、次第に増補成長してゆく『伊勢物語』から採歌しているとし、ほぼ三つの段階を経て現在の形になったとする説を提唱した（『伊勢物語の研

究　研究篇』昭和四十三年、明治書院、ほか）。延喜五年（九〇五）成立の『古今集』に業平作として歌が収められている段が第一次章段であり、十世紀半ばの『業平集』にはじめて歌の見える段が第二次章段、『古今集』にも『業平集』にも歌の見えない段が十一世紀初頭の『拾遺集』成立頃に増補された第三次章段に分類できるという。辛島稔子「伊勢物語三元的成立の論」（『文学』昭和三十六年十月）は、形容詞のウ音便化・指示代名詞・「よむ」型と「いふ」型・係助詞などの分布から、片桐説を追認・補強する。一見すると、片桐説は合理的で明快な印象を受ける。しかし、この仮説通りに截然と各章段を区分できるのか、疑問も残る。十九段や二十五段、百三段、百六段などはいずれも『古今集』に業平作として和歌が載る段であるが、片桐氏自身も認めるように、『古今集』を踏まえ、手が加えられた段であることが明らかである。各章段ごとに複雑な成立事情を抱えているとみるべきであろう。これらの他にも成立に関しては多くの説があるが、いずれにせよ、業平自身による真作の和歌がその原点にあり、派生した章段が次第に増補されていったことは、ほぼ確実である。

物語の具体的な作者（あるいは編者）については、古来多くの説がある。代表的なものを挙げると、次のようになる。

①在原業平
②業平の作に他者が補筆した
③源融の河原院に集う人々
④二条后藤原高子の文芸サロンに集う人々
⑤紀貫之

他にも、源順、具平親王などを想定する説もある。①は、業平が自身を主人公として物語を書いたとする説だが、明らかに業平没後の成立とみられる段もあり、すべての段の作者と考えるのは無理がある。②の説が生じるゆえんである。この補筆者については、伊勢や在原氏の人物を想定する説がある。③は、融の河原院で物語が作られ、披露されたとするものである。河原院の風流は八十一段にも語られており、実際に業平が出入りしていた可能性は高い。初段に融の「陸奥のしのぶもぢずり」の歌が引かれているのも、物語と融の深い関連を暗示していよう。河原院は風光明媚な塩竈の海岸を模した豪邸であった。いくつかの東下り章段は、河原院で制作されたものではなかったか。このように集団の場での歌語りを想定するのは④にも共通する。二条后高子のサロンには、業平をはじめ、文屋康秀・素性・藤原敏行らの歌人が出入りしていたことが知られるが、そこで男と后の悲恋の物語が制作されたとするのである。⑤の紀貫之説も有力視されている。紀氏と在原氏は緊密な関わりがあり、貫之は先輩歌人として業平を敬慕していた。『古今集』編纂にあたって業平の多くの歌に馴染んでもいた。物語には『貫之集』の歌の流用による段、話柄の類似した段などもみられ、貫之の関与が想像されるのである。

これらの説はいずれも一定の説得力をもっており、首肯される点は多い。複数の作者によって多元的に物語が制作されたとみるのが、真相に近いであろう。

三　伝本

平安時代から『伊勢物語』にはさまざまな伝本が流布していたらしい。顕昭『古今集註』が「伊勢物語の中には事外に歌次第もかはり、広略はべる中に」（巻十一）と述べるように、早くから広本・略本の区別があり、各章段の順序も区々であったことが知られる。「小式部内侍が書写也。普通の本には春日野の若紫の摺衣といふ歌をこそはじめに書きて侍るに、此は証本にて、此君や来し我や行きけむの歌をはじめに書ける、伊勢物語と名づくるゆゑとぞ申し侍りし」（古今集註・巻十三）、「和泉式部本は、斎宮の事をもつて最先に書く」（藤原清輔『袋草紙』上）ともあり、初冠本（定家本初段を冒頭とする本）の他に狩使本（六十九段を冒頭とする本、小式部内侍本とも）も行われていた。鎌倉時代には、高二位成忠本（「春日野の」の歌に始まり「つひに行く」の歌で終わる本）、業平朝臣自筆本（「名のみ立つ」の歌に始まり「つひに行く」の歌で終わる本）、小式部内侍本（「君や来し」の歌に始まり「忘るなよ」の歌で終わる本）の三本の系統があったらしい。さらに室町時代には、業平自筆本・具平親王本・安倍師安本・賀茂内侍本・高二位尼本・伊勢中書本・長能狩使本の七本の別があったようである。

現存する伝本はすべて初冠本系統である。分類については研究者により異なるが、福井貞助氏（伊勢物語生成論・新編日本古典文学全集）に従うと、次のように区分される。（1）（4）（5）をまとめて普通本系統と称する片桐氏の説もある。

（1）百二十五段本
（2）広本
（3）略本
（4）真名本
（5）別本

（1）は、藤原定家の書写した定家本や、従来古本と称された時頼本や最福寺本など。定家本は、自筆本こそ残っていないが、現存伝本の圧倒的多数を占める。定家は、建仁二年（一二〇二）六月、承久三年（一二二一）六月、貞応二（一二二三）年十月、嘉禄三年（一二二七）八月、寛喜三年（一二三一）八月、天福二年（一二三四）正月に書写しており、他に年時の不明な武田本・流布本がある。現存する本の多くは天福本・武田本・流布本である。天福本は「天福二年正月廿日己未申刻、凌二桑門之盲目連日風雪之中一、遂二此書写一、為レ授二鍾愛之孫女一也。同廿二日校了」という奥書を有する本で、学習院大学蔵三条西実隆筆本・書陵部蔵冷泉為和筆本・河野記念館蔵実隆筆本などがある。学習院大学蔵本は、現在の多くの注釈書が底本としており、本書でもこれを用いた。武田本は、若狭の武田家が所持していたことからの称である。奥書に「合二多本一所二用捨一也、可レ備二証本一、近代以二狩使事一、為レ端之本出来、末代之人今案也、更不レ可レ用、此物語古人之説不レ同、或称二在中将之自書一、或称二伊勢之筆作一、就二彼此一有二書落事等一、上古之人強不レ可レ尋二其作者一、只可レ翫二詞華言葉一而已　戸部尚書」とあり、定家が戸部尚書（民部卿）であった建保六年（一二一八）七月から嘉禄三年十月の間の成立と知られる。静嘉堂文庫蔵伝後柏原院宸筆本・天理図書館蔵中院通勝筆本・鉄心斎文庫蔵東常縁筆本などが現存する。流布本は、鎌倉中期から室町初期にかけて流布したことからの称である。「抑伊勢物語根源、古人説々不レ同」に始まる奥書を有するところから根源本とも称される。比較的早期の書写とみる説がある。

（2）は、末尾に他本から増補したため、百二十五段本よりも章段が多くなっている本である。国立民族博物館蔵為氏本は、初冠から終焉までの百二十一段・二百六首に、皇太后宮越後本の十二段、さらに小式部内侍本二十四段を載せる。章段の欠落は多いが、一誠堂旧蔵為相本もこの系統である。書陵部蔵阿波国文庫旧蔵本は、初冠から終焉までの百十九段・二百一首のあとに業平自筆本とされる十四段を付載する。この系統の本に、日本大学図書館本・書陵部蔵谷森本・神宮文庫本などがある。泉州本は現存しないが、初冠から終焉までの百三十三段・二百十九首に、十段を付載する。

（3）略本は、百二十五段本よりも段数の少ない本である。奥書に「此本は高二位本。朱雀院の塗籠にをさまれりとぞ」とあることから塗籠本とも称される。本間美術館蔵伝民部卿局筆本とその系統の本で、初冠本から終焉まで百十五段・百九十八首を有し、段数・歌数とも諸本中最も少ない。定家本の十一段を欠き、さらに定家本にない一段を有する。定家本八段と九段、五十九段と百二十五段を合わせて一段にし、四十五段と八十二段はそれぞれ二段に分割している。特異な本文もまま見られ、後の改編本と考えられる。

（4）の真名本は、「昔男在計利（むかしをとこありけり）」のように、すべて漢字で記された本である。初冠から終焉まで、百二十五段・二百八首を有する。定家本百十五段・百二十段を欠き、百十一段を二段に分割、定家本にない一段を載せる。具平親王撰とされるが、鎌倉〜南北朝時代の成立と推定される。

（5）は、以上の（1）〜（4）のいずれにも属さない本。紅梅文庫旧蔵伝藤原藤房本、武者小路本、鉄心斎文庫旧蔵通具本など。藤房本は八十七段まで、武者小路本は六十段までを有する、零本である。通具本は、百二十五段・二百五首を有し、本文や章段の配列に特徴を示す。

なお、本文についての詳細は、池田亀鑑『伊勢物語に就きての研究　校本篇』（昭和八年、大岡山書店）、大津有一『伊勢物語に就きての研究　補遺篇』（昭和三十六年、有精堂）、山田清市『伊勢物語校本と研究』（昭和五十二年、桜楓社）、加藤洋介『伊勢物語校異集成』（平成二十八年、和泉書院）などの校本によられたい。

四　研究史と古注釈

近世までの研究史と重要な古注釈について概観する。『袋草紙』『古今集註』から知られるように、平安末期の歌学の家、六条藤家には各種の本が伝わっていたらしい。御子左家でも、この物語は尊重され、定家は何度も書写校訂を繰り返した。その際に勘物も書き加えられた。個々の歌の解釈や語義の研究は、歌学書で試みられていたが、鎌倉時代になると、まとまった注釈書（いわゆる古注）が現れる。源経信に仮託された『和歌知顕集』は、業平は馬頭観音の化身であり、三千七百三十三人の女性と関係を持ったなどという荒唐無稽の説を多く載せる。『（冷泉家流）伊勢物語抄』も、「八橋とは、八人をいづれも捨てがたくて思ひわびたる心也。八人とは、三条町・有常娘・伊勢・小町・定文娘・初草女・当純娘・斎宮、此の八人也」といった、奇矯な説が多い。登場人物を強引なまでに実在人物に当て嵌めて、出来事の具体的な年月日を記すのが古注の特色でもある。『伊勢物語髄脳』は、業平の子滋春に仮託した秘伝書で、男女和合によってこの世の救済を説く。胡乱な説の多い古注ではあるが、当時の思想状況の反映でもあり、謡曲などの中世文学との関わりは無視できない。

　やがて古注を妄説として否定し、解釈の刷新をめざす、いわゆる旧注の時代を迎える。その嚆矢たる一条兼良《かねら》『伊勢物語愚見抄』は、初稿本（長禄四年・一四六〇成立）と再稿本（文明六年・一四七四成立）があり、後者が広く流布、寛文十年（一六七〇）には版本も刊行された。言葉や表現、文脈に即した読解を示した本格的な学問的著作であり、定家本を重視する。この頃から、連歌師宗祇《そうぎ》周辺の注釈が主流となってくる。『伊勢物語山口記』は、延徳（一四八九～九二）頃、周防山口の大内義弘に招かれた宗祇の著作である。宗祇がたびたび行った講釈は、門人たちの聞書として伝わる。文明九年（一四七七）に初稿本が成立した牡丹花肖柏《しょうはく》『伊勢物語肖聞抄《しょうもんしょう》』、文明十一年（一四七九）成立の宗長《そうちょう》『伊勢物語宗長聞書』などがある。三条西実隆は、この宗祇から古今伝授を受けた古典学者であり、自身も『伊勢物語』を講義した。清原宣賢《のぶかた》『伊勢物語惟清抄《いせいしょう》』（大永二年・一五二二成立）は、その記録であり、実隆著とされる『伊勢物語直解《ちょっかい》』と関係が深い。実隆の孫実枝から古今伝授をうけた武将歌人細川幽斎の『伊勢物語闕疑抄《けつぎしょう》』（文禄五年・一五九六成立）、旧注の集大成ともいえる著作である。写本・版本も多く、権威ある注釈書として広く流布した。

この時期の注釈書としては、他に後陽成院『伊勢物語愚案抄』（慶長十二年・一六〇七成立）、一華堂切臨《さいりん》『伊勢物語集註《しっちゅう》』（慶安五年・一六四九刊）、浅井了意《りょうい》『伊勢物語抒海《じょかい》』（承応四年・一六五五刊）、御水尾院『伊勢物語御抄』（明暦年間・一六五五～五八頃成立）、加藤盤斎『闕疑抄初冠』（万治三年・一六六〇刊）などがあるが、北村季吟『伊勢物語拾穂抄《しゅうすいしょう》』（延宝八年・一六八〇刊）が特に注目される。『源氏物語湖月抄』『枕草子春曙抄』と同様に、先行する諸注を周到に整理選択し、本文・傍注・頭注・後注の新しい形式を採用した。

元禄五年（一六九二）頃に成立（版本は享和二年・一八〇二刊）の契沖『勢語臆断《せいごおくだん》』は、いわゆる新注の始発であり、研究史上画期をなす。和歌や漢籍、史書、仏典を幅広く引用傍証としており、契沖の博識がうかがえる。文献資料に基づいた実証的・合理的な契沖の学問をよく伝える、優れた注釈である。

荷田春満《かだのあずままろ》『伊勢物語童子問』（享保年間・一七一六～三六頃成立）は、『闕疑抄』を厳しく批判しつつ独自の解釈を展開する。業平の実録とする従来の理解を否定し、あくまで虚構の作り物語と捉える姿勢が斬新である。支配的だった定家信奉への対抗から、定家本を排し、真名本を尊重している。

賀茂真淵『伊勢物語古意』（宝暦三年・一七五三頃成立）は、師の春満の学問をさらに推し進めた。師と同様に、「男は業平朝臣ならぬ業平を云と意得べし、皆そら言なれば也」とし、真名本を重視し、底本本文とする点が顕著である。寛政五年（一七九三）、門人の上田秋成の補説『よしやあしや』を付して刊行された。

藤井高尚《たかなお》『伊勢物語新釈』は、（文化十年・一八一三成立、文政元年・一八一八刊）には、従来の注釈に縛られない柔軟で独特な解釈が少なくない。文芸として鑑賞しようとする姿勢が特徴だが、塗籠本に依拠して本文を改変するなど問題もある。

屋代弘賢《やしろひろかた》『参考伊勢物語』（文化十四年・一八一七刊）は、『拾穂抄』を本文に据えて、塗籠本や真名本・時頼本・為相本、そして現存しない為家本で校合する。『伊勢物語難語考』を付録として刊行された。

なお、近世までの研究史については、大津有一『伊勢物語古註釈の研究』（昭和二十九年、石川国文学会。増訂版、昭和六十一年、八木書店）、田中宗作『伊勢物語研究史の研究』（昭和四十年、桜楓社）が詳細をきわめる。また、鎌田正憲

『考證伊勢物語詳解』（大正八年、南北社出版部）、新井無二郎『評釈伊勢物語大成』（昭和六年、代々木書院）、竹岡正夫『伊勢物語全評釈』（昭和六十二年、右文書院）などは、古注釈を一覧でき至便である。片桐洋一『伊勢物語の研究　資料篇』（昭和四十四年、明治書院）、同『伊勢物語古注釈コレクション（全六巻）』（平成十一年〜二十三年、和泉書院）は重要な古注釈を翻刻で、同『鉄心斎文庫　伊勢物語古注釈叢刊（全十五巻）』（昭和六十三年〜平成十四年、八木書店）は、影印で集成している。

五　伊勢物語の主題――「みやび」について――

『伊勢物語』の主題は、「みやび」である、としばしば言われる。この語は、初段の「昔人は、かくいちはやきみやびをなむしける」という一例しか見られない。しかし、初段にこの語が置かれた意味を重視すべきであろう。以降の諸段を通して、物語は「みやび」の諸相を縦横に描き、追求してゆく。各章段において、「みやび」がどのように語られているのか、個々の問題はそれぞれ「鑑賞」の項で論じた。

本来、「みやび」とは、都会風で洗練されたさまや振る舞いをいう。貴族の生活倫理ともいえよう。風流・風姿・閑雅・藻・温雅・雅妙・遊などの漢字が「みやび」と訓まれることからも、そのニュアンスはうかがえる。これら多くの漢字が宛てられるように、「みやび」とは、意味の広がりをもつ、多義的な語である。例えば「風流」とは、中国において歴史的変遷のみられる語であるという。すなわち、本来は風化の意であったものが、道徳的風格の意となり、さらに道家的な自由へと変化し、ついには官能的な美、なまめかしさ、放縦なものまでも意味するようになるという（小川珠樹「風流の語義の変化」『国語国文』昭和二十六年八月）。『万葉集』巻二、石川郎女《いらつめ》と大伴田主《たぬし》の、いわゆる「みやびを」問答は、この語の多義性を巧みに踏まえたやりとりとして、興味深い。

遊士《みやびを》と我は聞けるを屋戸貸さず我を帰せりおその風流士《みやびを》

遊士に我はありけり屋戸貸さず帰しし我そ風流士にはある（巻二・一二六〜一二七）

せっかく老女に扮してまで訪ねて来た郎女を、田主はそっけなく帰してしまった。その態度を「おそのみやびを」として、郎女は詰る。ここでの「みやびを」とは、恋の道に通じた、色好み、といった意である。対する田主は、あなたの誘惑を退けた自分こそ、正真正銘の「みやびを」であったと切り返す。ここでは、道徳的な君子の意で「みやびを」と言っているのである。和歌史上、この頃から、貴族社会の社交の具としての相聞歌が発達してくるが、機知に富み、かつ演技的な、かかる歌の応酬こそ、「みやび」と評すべきものなのだろう。この問答は、宋玉「登徒子好色賦《とうとしこうしょくのふ》」による創作とみられるが、この賦の冒頭に「宋玉を短《そし》りて曰く、玉の人と為《な》り、体貌閑麗にして、口に微辞多く、又性色を好む」とある。『三代実録』の業平卒伝の典拠である。すなわち業平には、美貌の風流才子、宋玉のイメージが背負わされているのだった。

『万葉集』におけるミヤビの語の用例は、奈良朝以降に集中している（森野宗明「みやび」『国文学解釈と鑑賞』昭和五十二年一月）。平城京の成立と軌を一にして「みやび」の語が頻出してくるのである。中国風の都市、平城京の誕生により、人々の生活様式も唐風を模すこととなった。すなわち中国の最先端の文化に染まり、唐風に優雅にふるまうことこそが、「みやび」の実践なのである。中国文化の積極的な摂取として、大宰帥大伴旅人邸での梅花の宴が挙げられる。都を遠く離れた、しかし大陸に最も近接した大宰府に、和歌を愛好する官人たちが集った。彼らは王羲之らの風流を模倣し、脱俗的な境地に遊んだのである。その一連の作の中にも「みやび」の例が見える。

　梅の花夢に語らく美也備多流《みやびたる》花と我思ふ酒に浮かべこそ（巻五・八五二）

梅の花が美女に変じて夢の中で語りかけるという、優艶で官能的な歌である。

『万葉集』巻十六には、「安積山《あさかやま》影さへ見ゆる山の井のあさき心をわが思はなくに」（三八〇七）の歌の由来が語られる。葛城王（橘諸兄）が陸奥国に派遣された際、国司のなおざりな接待に憤懣の様子であった。その時、「風流《みやび》なる娘子《をとめ》」がこの歌を詠んで、王の怒りを和らげたのだという。この女は、以前、采女として宮仕えの経験があった。鄙にあってこそ、「みやび」がより鮮明に発揮される。『伊勢物語』における一連の東下りの存在も、都から離れることで、あらためて「みやび」の本質と意味を問い直すものとなっていよう。

　ところで、平城京や平安京といった、巨大な都市の成立は、人々に明るさや華やかさをもたらしただけではない。地縁的・血縁的共同体が崩壊・解体し、人と人の断絶が深刻なまでに進行してゆく、負の側面を見逃してはなるまい。

かかる絶望的な状況のなかで、人と人の連帯をいかに回復すべきか。ここで、和歌という非日常的な、特殊な言葉の力が要請されてくる。すなわち、都市の生活にあって、和歌によって、人と人の断絶に架橋し、他者との関係をとり結んでゆくことが「みやび」なのである（秋山虔「伊勢物語」『王朝の文学空間』昭和五十九年、東京大学出版会）。

初段の「いちはやきみやび」とは、人と人を結びつける、和歌の力を高らかに宣言したものに他ならない。しかし、多くの人々と歌を詠み交わすうちに、皮肉にも和歌の無力さが明らかになってしまった。百二十四段の歌「思ふこと言はでぞただにやみぬべき我とひとしき人しなければ」は、畢竟、人と人はわかりえないとする諦念と、詠歌の断念を表明したものである。かかる絶望と孤独のうちに男は死へと傾斜してゆく。続く百二十五段では、死に直面した男が辞世の和歌を詠む。一度は歌を放棄していても、やはり死という人生最大の局面に向き合うと、歌を詠まずにはいられない。ここに、この男の本質がある。物語を通じて、この男は、常に歌によって自身の存在を証し立ててきた。歌とともに生きた、この男の人生こそ「みやび」と評すべきものなのだろう。

六　伊勢物語から源氏物語へ

『伊勢物語』が『源氏物語』に与えた影響は多大である。光源氏の生涯の伴侶は、藤壺の姪―ゆかり―であることから「若紫」「紫上」と呼ばれる。この女君にちなんで、物語の作者藤式部は「紫式部」という女房名を得た。「紫」が『伊勢』初段・四十一段に由来すること、言うまでもあるまい。『伊勢』なくして『源氏』の達成はなかった。具体的な影響関係については、既に多くの研究成果が備わる。本書でも、各章段の「鑑賞」で説明を試みた。

先にふれたように、『伊勢物語』の書名の初出は、『源氏物語』「絵合」である。

次に伊勢物語に、正三位を合はせて、また定めやらず。これも右はおもしろくにぎはしく、内裏わたりよりうちはじめ、近き世のありさまを描きたるは、をかしう見所まさる。平内侍、

伊勢の海の深き心をたどらずてふりにし跡と波や消つべき

世の常のあだごとのひきつくろひ飾れるにおされて、業平が名をや朽たすべき」と、あらそひかねたり。右の典

侍、

雲の上に思ひのぼれる心には千尋の底もはるかにぞ見る

「兵衛の君の心高さは、げに棄てがたけれど、在五中将の名をば、え朽たさじ」とて、

みるめこそうらふりぬらめ年経にし伊勢をのあまの名をや沈めむ

藤壺の御前で、物語絵合が行われた。まず、左方（梅壺女御）が『竹取物語』、右方（弘徽殿女御）を出品した。それに続く場面である。源氏の養女である梅壺方が『竹取』『伊勢』を出品するところに、両物語を父母と仰ぐ『源氏物語』の物語観がうかがえる。それはともかく、当世風で華やかな『正三位』に対し、「ふりにし」「うらふり」という古風な『伊勢』は、分が悪そうである。ここで藤壺は「みるめこそ…」と『伊勢』を擁護する歌を詠む。藤壺が梅壺方に左袒するのは源氏との関係からして当然ではあるが、『伊勢』に深く共感する人物として藤壺が造型されていることが重要である。藤壺が『伊勢』に心寄せるのは、自身の数奇な人生が、斎宮のそれに重なり合うからに他ならない。若紫巻の逢瀬の場面が六十九段を踏まえているように、禁忌の恋として、藤壺の物語には斎宮章段の影響が濃厚である。

斎宮と並ぶ、物語の重要な女君、二条后の場合はどうか。男との恋を育んでいたものの、女の入内によって二人の仲は引き裂かれた。やがて春宮の母となった後も、密かに心を通わせている。入内を期待されていた権門の女君とのあやにくな恋、政治の論理に翻弄される男女、二条后の物語が朧月夜のそれへと変相されていることは明らかである。『伊勢』六段、高子との逃避行はあっけなく挫折した。続く七段から、一連の東下り章段が語られてゆく。「賢木」巻末、朧月夜との逢瀬を右大臣に見咎められたことで源氏の破滅は決定的となり、須磨へと退去することになる。光源氏の須磨流謫は東下りに対応し、ともに貴種流離譚の話型を踏まえている。一見すると、高子・朧月夜との関係が、出京の原因のようであるが、それは表層に過ぎない。物語の深層では、斎宮・藤壺との間に犯した重大な「罪」が、彼らを東国・須磨へとさすらわせるのである。大きな運命の力が、彼らの意識を超えたところで、渦巻いている。このように、須磨下向に至る一連の展開は、『伊勢』を強く意識したものとなっている。『伊勢』が『源氏』を構造的に支えているといえよう。

「源氏物語の光源氏は、此の物語の男を作りのべたるものと見えたり」（童子問）というように、光源氏は『伊勢物語』の主人公から多くを受け継いでいる。とりわけ、和歌を詠み交わすことで、多くの人々と固有の関係を築いてゆく点が注目される。歌を通して人々の魂を感動させ、掌握する、古代英雄の「いろごのみ」の性格を光源氏は備えている、とも評される（鈴木日出男『源氏物語虚構論』平成十五年、東京大学出版会）。人生の終焉を迎えた二人の姿は、和歌の重要性を示すものとして興味深い。『伊勢物語』百二十四段において、「思ふこと言はでぞただにやみぬべき我とひとしき人しなければ」と詠み、男は歌を断念した。とはいえ次の百二十五段では、自身の死という人生最期の局面において、その感慨を「つひに行く道とはかねて聞きしかど昨日今日とは思はざりしを」と詠まずにはいられなかった。両章段の和歌が、ともに独詠である点に注意される。『源氏物語』「幻」は、最晩年の光源氏を描く。前巻「御法」で紫上を失い、悲嘆に沈む源氏は、栄華と憂愁の人生を回顧し、出家の準備に勤しむ。「幻」は、源氏の独詠歌が集中する、特殊な巻である。「もの思ふと過ぐる月日も知らぬ間に年もわが世も今日や尽きぬる」の独詠をもって光源氏の人生は閉じられる。この歌は「もの思ふと過ぐる月日も知らぬ間に今年は今日に果てぬとか聞く」（後撰集・冬・五〇六・藤原敦忠）の上句をそのまま用いたものだが、業平の「つひに行く…」の歌と響き合うものが感じられる。業平も源氏も、孤独の中にあってもなお、他者に向かって和歌を詠まずにはいられない、という本性の持ち主であるらしい。

業平のみならず、兄行平、源融、惟喬親王など、『伊勢物語』は皇統から疎外された貴種たちの姿を共感をもって描いてきた。そうした不遇の皇子たちに対する人々の思いが、さまざまな物語を育み、やがて『源氏物語』へと結実したのである。

付録

伊勢物語関連年表

＊業平の履歴について根拠となる文献を（　）で示した。略号は次の通りである。
続→続日本後紀　三実→三代実録　歌仙→三十六歌仙伝
古目→古今和歌集目録　職事→職事補任
＊各事項と関係の深い段を〈　〉で示した。

年号（西暦）	業平年齢	関連事項
大同元（八〇六）		三月十七日、桓武天皇崩御。五月十八日、平城天皇即位。
四（八〇九）		四月十一日、平城天皇譲位。同十三日、嵯峨天皇即位。
弘仁元（八一〇）		九月、藤原薬子の変。平城上皇出家。高岳親王廃太子。
二（八一一）		阿保親王、大宰権帥として九州に下る（天長初年まで）。
九（八一八）		在原行平誕生。
天長二（八二五）	1	在原業平誕生。
三（八二六）	2	阿保親王の上表により行平・業平ら在原朝臣の姓を賜る（三実）。
一〇（八三三）	9	二月十八日、淳和天皇譲位。三月六日、仁明天皇即位。
承和八（八四一）	17	正月、業平右近衛将監（歌仙）。
九（八四二）	18	七月十五日、嵯峨上皇崩御。同十七日、伴健岑・橘逸勢ら謀反の疑いにより捕らわれる。恒貞親王廃太子。十月二十二日、阿保親王薨去。藤原高子誕生。
一一（八四四）	20	惟喬親王誕生。
一二（八四五）	21	業平左近衛将監（古目）。

一四（八四七）	23	正月七日、業平蔵人（歌仙・古目）。
嘉祥元（八四八）	24	五月十五日、崇子内親王薨去〈三九段〉。八月、安祥寺建立〈七八段〉。
二（八四九）	25	正月七日、業平従五位下（続・古目）。
三（八五〇）	26	三月二十一日、仁明天皇崩御。同二十五日、惟仁親王（清和）誕生。四月十七日、文徳天皇即位。七月、多賀幾子女御となる。十一月二十五日、惟仁親王立太子。
斉衡二（八五五）	31	行平従四位下因幡守。
天安元（八五七）	33	二月十九日、藤原良房太政大臣〈九八段・一〇一段〉。十二月一日、惟喬親王元服、四品に叙せられる。
二（八五八）	34	八月二十七日、文徳天皇崩御。十一月七日、清和天皇即位、良房摂政、明子皇太夫人。十一月十四日、女御多賀幾子卒〈七七段・七八段〉。
貞観元（八五九）	35	五月七日、人康親王（山科宮）出家。十月五日、恬子内親王、伊勢斎宮に卜定される。十一月二十日、高子五節舞姫となり従五位下に叙せられる。
三（八六一）	37	二月二十五日、五条后藤原順子大原野行啓〈七六段〉。九月十九日、伊都内親王薨去〈八四段〉。
四（八六二）	38	三月七日、業平従五位上（三実・歌仙・古目　＊三実が「正六位上↓従五位上」とするのは誤りであろう）。七月、真如（高岳親王）入唐。
五（八六三）	39	二月十日、業平左兵衛権佐（三実）（左兵衛佐―歌仙）。三月二十八日、紀有常らとともに次侍従。
六（八六四）	40	三月八日、業平左近衛少将（三実）（右近衛権少将―古目、右近衛少将―歌仙）。同日、行平左兵衛督〈一〇一段〉。
七（八六五）	41	三月九日、業平右馬頭（三実・歌仙・古目）〈八二段・八三段他〉。六月二十六日、相撲節会に源融・源至・行平・藤原常行らとともに相撲司に任ぜられる（三実）。真如薨去か。

八（八六六）	42	正月、藤原敏行少内記〈一〇七段〉。二月、紀静子卒。三月二十三日、藤原良相の西三条百花亭に行幸（三条の大行幸）〈七八段〉。十二月十六日、常行右近衛大将。十二月二十七日、高子清和天皇女御となる。
一〇（八六八）	44	十二月十六日、貞明親王（陽成）誕生。
一一（八六九）	45	正月七日、業平正五位下（三実・歌仙・古目）。二月一日、貞明親王立太子。
一二（八七〇）	46	二月、敏行大内記〈一〇七段〉。
一三（八七一）	47	九月二十八日、五条后順子崩御。十月八日、賀陽親王薨去。
一四（八七二）	48	五月五日、人康親王薨去。五月十七日、業平、鴻臚館にて渤海使を労問（三実）。七月十一日、惟喬親王出家〈八三段・八五段〉。八月二十五日、源融左大臣〈八一段〉、藤原基経右大臣。九月二日、良房薨去。十一月二十九日、基経摂政。
一五（八七三）	49	正月七日、業平従四位下（歌仙・古目）。
一六（八七四）	50	藤原良近左中弁〈一〇一段〉。
一七（八七五）	51	正月十三日、業平右近衛権中将（三実）。二月十七日、常行薨去、贈従二位の勅使として業平、派遣される（三実）。基経四十賀〈九七段〉。九月九日、良近卒。貞数親王誕生〈七九段〉。
一八（八七六）	52	十一月二十九日、清和天皇譲位、貞明親王（陽成）受禅。十二月二十九日、業平勅使として田邑山陵に派遣され受禅を報告（三実）。恬子内親王退下。
元慶元（八七七）	53	正月三日、陽成天皇即位。同二十三日、紀有常卒。高子中宮になる。十一月二十一日、業平従四位上（三実・歌仙・古目）。
二（八七八）	54	正月三日、業平、源融の上表に対する綸旨を勅使として伝達。同十一日、業平中将のまま相模権守（三実・歌仙・古目）。のち美濃権守（三実）。
三（八七九）	55	十月十一日、業平蔵人頭（歌仙・古目・職事）。

四（八八〇）	56	五月二十八日、業平卒（三実・歌仙・古目）〈一二五段〉。十二月四日、清和天皇崩御、同日基経太政大臣。
五（八八一）		行平、奨学院を創設。
六（八八二）		正月二日、陽成天皇元服。同七日、明子太皇太后、高子皇太后。同十日、行平中納言〈七九段〉。二月一日、基経准三宮。同三日、藤原国経参議。三月二十七日、帝、高子四十賀を主催。
八（八八四）		二月四日、陽成天皇譲位。同二十三日、光孝天皇即位。
仁和元（八八五）		行平、在民部卿歌合を主催。
二（八八六）		正月七日、源至従四位下。十二月十四日、芹河行幸〈一一四段〉。
三（八八七）		四月十三日、中納言行平致仕。八月二十六日、光孝天皇崩御。十一月十七日、宇多天皇即位。
寛平三（八九一）		正月十三日、基経薨去。
五（八九三）		七月十九日、行平薨去。
七（八九五）		八月二十五日、源融薨去。
八（八九六）		九月二十二日、高子の皇太后の称を廃し、東光寺僧善祐を伊豆に配流。
九（八九七）		二月二十日、惟喬親王薨去。七月三日、宇多天皇譲位。同十三日、醍醐天皇即位。
昌泰元（八九八）		在原棟梁没。
三（九〇〇）		五月二十三日、太皇太后藤原明子崩御。
延喜元（九〇一）		敏行卒（一説に延喜七年卒）。
二（九〇二）		正月二十六日、国経大納言。
五（九〇五）		四月十八日、『古今和歌集』奏覧。

八（九〇八）		六月二十九日、国経薨去。
一〇（九一〇）		三月二十四日、前皇太后高子崩御。
一三（九一三）		六月十八日、前斎宮恬子内親王薨去。
一六（九一六）		五月十九日、貞数親王薨去。
天慶六（九四三）		五月二十七日、高子皇太后の本号を復される。

伊勢物語系図

(1) 皇室・在原氏・紀氏

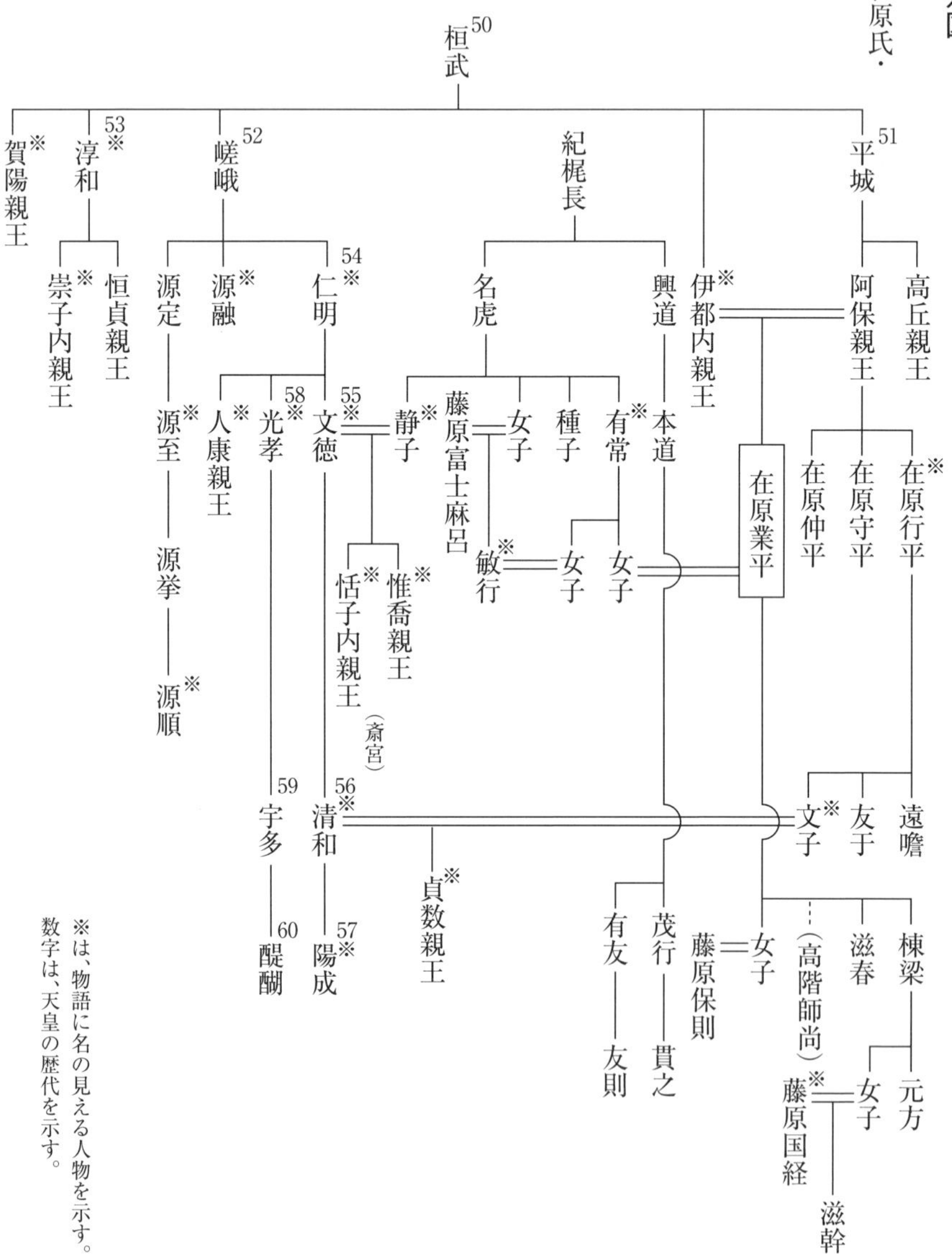

※は、物語に名の見える人物を示す。
数字は、天皇の歴代を示す。

(2) 藤原氏

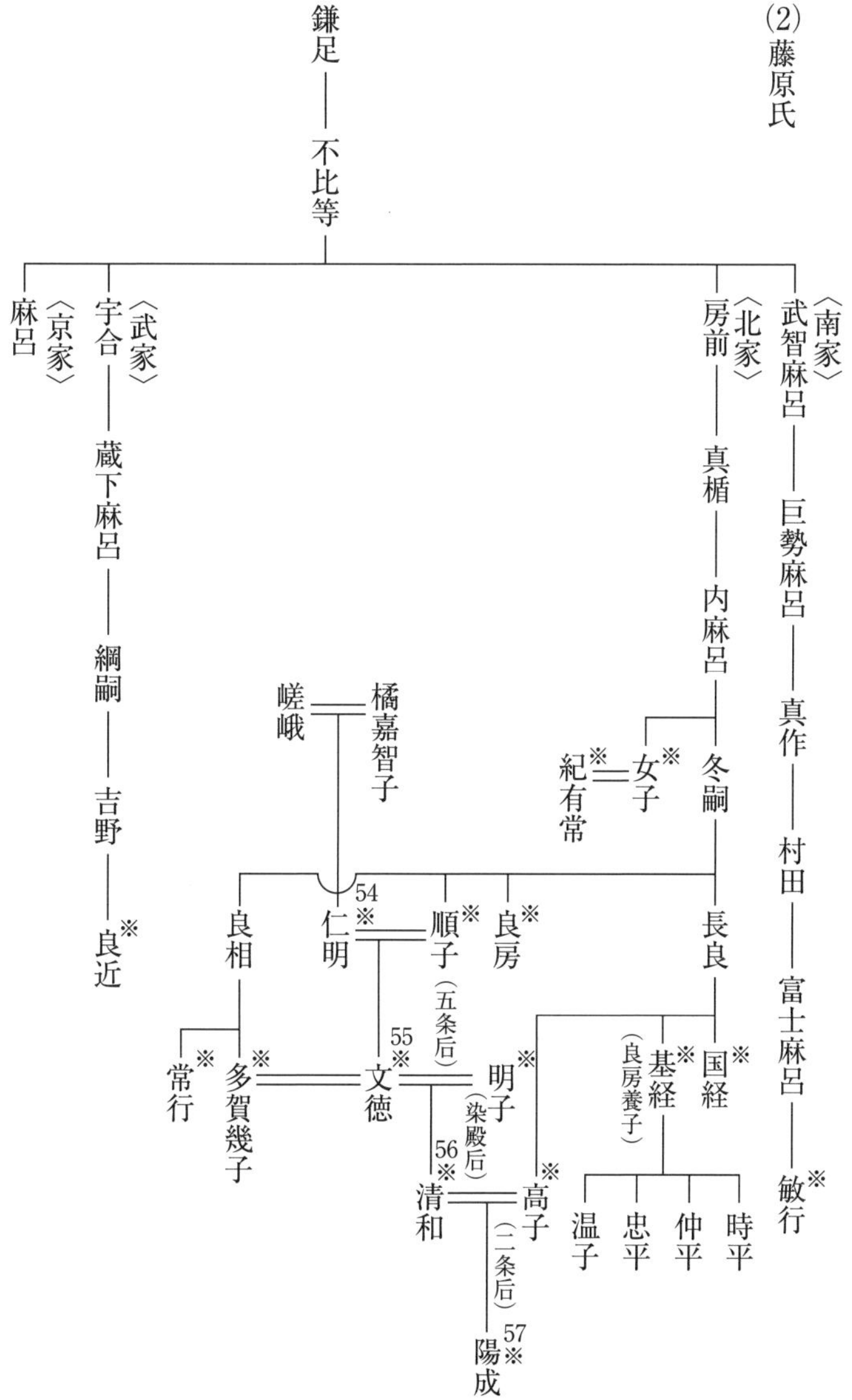
鎌足
不比等
〈南家〉武智麻呂
巨勢麻呂
真作
村田
富士麻呂
敏行※
〈北家〉房前
真楯
内麻呂
冬嗣
女子※
紀有常※
長良
国経※
基経※
（良房養子）
時平
仲平
忠平
温子
明子※
（染殿后）
高子※
（二条后）
良房※
順子※
（五条后）
54 仁明※
橘嘉智子
嵯峨
55 文徳※
56 清和※
57 陽成※
良相
多賀幾子※
常行※
〈武家〉宇合
蔵下麻呂
綱嗣
吉野
良近※
〈京家〉麻呂

自立語索引

凡例

一、この索引は、『伊勢物語』の読解に資するため、本文中のすべての自立語を検索できるようにしたものである。
二、見出し語は、歴史的仮名遣いによる仮名表記とし、五十音順に配列した。
三、活用語に関しては、終止形をもって見出し語とし、活用形ごとに区分して示した。
四、語の所在は、章段の番号で示した。また、同じ章段に複数回見出し語がある場合は、（　）でその数を示した。
五、複合語や連語については、基本的に、個々の語彙に分解せず、一語として立項した。
六、「御」「ども」など接辞のついた語は、接辞のつかない語の項目中に小見出しとして掲げた。ただし、「みぐし（御髪）」などの固定化・慣用化した語はその限りでない。

【あ】

あか・し（赤し）
―き〔連体〕九
あか・す（明かす）
―し〔連用〕二・八三
あがた（県）四四
あがる（上がる）
→とびあがる
あき（秋）一六・二〇・二二（2）・二五・五一・六八・八三・九四（3）・九六（2）
あきかぜ（秋風）四五・九六
あきがた（飽き方）一二三
あ・く（明く）
―け〔未然〕六・一四・六九
―け〔連用〕六九
―くる〔連体〕四
―くれ〔已然〕六九
→あけはなる・あけもてゆく・あけゆく
あ・く（飽）
―か〔未然〕二九・七八・八二
―く〔連体〕二三
あ・く（空く・開く）
―け〔未然〕二四
―け〔連用〕二四
→ふみあく
あ・ぐ（上ぐ）
―ぐ〔終止〕二三
→かさねあぐ
あくたがは（芥川）六
あけはな・る（明け離る）
―れ〔連用〕六九
あけもてゆ・く（明けもて行く）
―く〔連体〕八一
あけゆ・く（明け行く）
―く〔連体〕六
あさ（朝）二五
あさがほ（朝顔）三七
あさ・し（浅し）（語幹）一〇七
あさつゆ（朝露）五〇
あさなぎ（朝凪）八一
あさま（浅間）
→あさまのたけ
あさま・し
―しく〔連用〕四六
あさまのたけ（浅間の嶽）八（2）
あし（足・脚）九・二五
あ・し（悪し）
―しく〔連用〕九六
―しかり〔連用カリ活用〕一一四
―し〔終止〕三二・一三三
あしずり（足摺り）六
あした（朝）六七・六九
あしのや（芦の屋）八七
あしべ（芦辺）三二・九二
あしや（芦屋）三二・九二
→あしやのさと・あしやのなだ
あしやのさと（芦屋の里）八七
あしやのなだ（芦屋の灘）八七
あす（明日）一七・八七・九〇（2）
あそびあり・く（遊び歩く）
―き〔連用〕八七
あそびを・り（遊び居り）
―り〔連用〕四五
あそ・ぶ（遊ぶ）
―び〔連用〕九・二三・八一
→あそびありく・あそびをり
あた（仇）三二・一一九
あだくらべ（徒比べ）五〇
あだ・なり（徒なり）
―に〔連用〕二一・六一・一〇九
―なり〔終止〕一七・四七
―なる〔連体〕一〇三・一一九
あたり（辺り）二三・七三

あぢきな・し
―く〔連用〕八九
あぢは・ふ（味はふ）
―ひ〔連用〕四四
あづ・く（預く）
→めしあづく
あづさゆみ（梓弓）二四（2）
あつ・し（暑し）
―し〔終止〕九六
―き〔連体〕四五
あづま（東）七・八・九・一一
あつまりき・ゐる（集まり来居る）
―ゐ〔連用〕五八
あつまり・く（集まり来）
―き〔連用〕八七
あつま・る（集まる）
―り〔連用〕五八・八八
→あつまりきゐる・あつまりく・まゐりあつまる
あつ・む（集む）
→たてまつりあつむ・めしあつむ
あて・なり（貴なり）
―なる〔連体〕一〇（2）・四一（2）・一〇二・一〇七
あてはか・なり（貴はかなり）
―なる〔連体〕一六
あと（跡）一二・四二
あな 五〇・九〇
あなた（彼方）八二
あなや 六
あに（兄）六六・七九
あね（姉）一六
あねは（姉歯）一四
あは・す（合はす・逢はす・婚はす）
―せ〔未然〕一〇
―せ〔連用〕六三
―する〔連体〕六三
―すれ〔已然〕六三
あはひ（間）七
あばら・なり
―なる〔連体〕四・六
あはれが・る（哀れがる）
―り〔連用〕六三・六六・七七・八五
あはれ・なり（哀れなり）
〔語幹〕一四・一六（2）・三九・四六・五八・六三・九〇・九六
―に〔連用〕一二・六五
あひい・ふ（相ひ言ふ）
―へ〔已然〕四二・八六・一〇三
あひ・う（逢ひ得）
―え〔連用〕六三
あひおも・ふ（相ひ思ふ）
―は〔未然〕二四
―ひ〔連用〕四六
あひがた・し（逢ひ難し）
―き〔連体〕五三
あひかたら・ふ（相ひ語らふ）
―ひ〔連用〕一六
あひごと（逢ひ事）六九
あひし・る（相ひ知る）
―り〔連用〕一九・六五
あひだ（間）三九（2）・四〇
あひな・る（相ひ馴る）
―れ〔連用〕一六
あひの・る（相ひ乗る）
―り〔連用〕三九
あひはな・る（あひはなる）
―れ〔未然〕八六
あひ・みる（相ひ見る）
―み〔未然〕一一六
―み〔連用〕一六・一二一
―みる〔終止〕六五
―みる〔連体〕三七
あ・ふ（逢ふ・会ふ・合ふ）

—は〔未然〕 五・九・二四・二五・三五・六三・六五・六九(6)・七二・七四・九六
—ひ〔連用〕 九・一六・二〇・二三・五三・九五(2)
—ふ〔連体〕 三〇・六五・七五(2)・七七・一〇七
—へ〔已然〕 三七
→あひう・あひがたし・あふご・あふみ・いきあふ・めぐりあふ・わびあふ
あふご(朸) 二八
あふご(逢ふ期) 二八
あふさか(逢坂)
→あふさかのせき
あふさかのせき(逢坂の関) 六九
あふなあふな 九三
あふみ(逢ふ身) 一三(3)・六二
あふみ(近江) 一二〇
あま(尼) 一六・六〇・一〇二・一〇四(2)
あま(海人) 二五・五七・六五・七〇・七五・八七(2)・一〇四・一一二
あま(天)
→あまつそら・あまのかは・あまのかはら・あまのさかて・あまのはごろも
あまぐも(天雲) 一九(2)
あまた(数多) 四三(2)・四七・八五・一〇八・一一八
あまつそら(天つ空) 五四
あまのがは(天の河) 五九・八二(2)・九五
あまのかはら(天の河原) 八二
あまのさかて(天の逆手) 九六
あまのはごろも(天の羽衣) 一六
あま・る(余る)
—れ〔已然〕 八七
→おもひあまる
あめ(雨) 二・六・二三・八〇・一〇七(3)・一〇八・一二一
あめのした(天の下) 三九(2)
あや・し(怪し)
—しく〔連用〕 八一
—しう〔連用ウ音便〕 一五
—しき〔連体〕 一〇一
あやしさ(怪しさ) 六四
あやな・し
—く〔連用〕 九九(2)
あやまり(誤り)
→こころあやまり
あやま・る(誤る)
—れ〔已然〕 一二三
あやめ(菖蒲) 五二
あらたまの 二四
あら・ふ(洗ふ)
—ひ〔連用〕 四一
—ふ〔連体〕 二七
あ・り(有り・在り)
—ら〔未然〕 二・三・四(4)・五・九(2)・一五・一六・二二・二三(2)・二七・三五・四〇(2)・四二・四四・五六・六二・六三・六五(3)・六九・七二・七三・七四・七五・七七・八〇・八二(2)・八六・八八・九四・九六(6)・九九・一〇二・一〇五・一〇七・一一九
—り〔連用〕 一・二(2)・三・四(2)・五(2)・六・七・八・九(2)・一二・一四・一六(2)・一八(2)・二一(3)・二三(3)・二五・二七・三一・三二(2)・三九・四〇・四一・四二・四三(2)・四五(2)・四六・四七・四八・五〇(2)・五二・五五・五八・六〇(2)・六二・六三・六五(2)・六

六・六九（2）・七三・七五・七八・八〇・八一・八二・八三・八四（2）・八五（3）・八六・八七（2）・九三（2）・九四（4）・九五・九六（2）・九八・一〇一（5）・一〇二・一〇三・一〇四・一〇七（2）・一一〇・一一一・一一三
―り〔終止〕九（2）・一七・三七・四七・五〇・六三・六四・六九・七三・七七・八四（3）・八七（2）・一〇一・一〇七
―る〔連体〕六（2）・九・一〇・一三・一五・一六・一八・一九（2）・二〇・二四・三一・四二・四四・五八・六〇（2）・六一・六五（2）・六六・六八・六九（3）・七八（2）・七九・八七・九〇・九四・一〇〇・一〇一・一一〇・一二一
―れ〔已然〕九・四三・六八・六九
―れ〔命令〕六五
あなり　一二
あなる　六五
あめれ　四六
↓ありし・ありわたる・ありわぶ
あり・く（歩く）
―き〔連用〕三八・六三・六五（2）
―け〔已然〕六九
↓あそびありく・はひありく・まどひありく
ありさま（有様）一二
ありし　一二（2）・四〇・六五・一〇一
ありどころ（在り所）四
ありはら（在原）六五
↓ありはらのゆきひら
ありはらのゆきひら（在原行平）一〇一
ありわた・る（在り渡る）
―る〔連体〕六五
ありわ・ぶ（在り侘ぶ）
―び〔連用〕七
あ・る（荒る）
―れ〔連用〕五八（2）
あるじ（主）五（2）・一七・四四・六二・八二・八七（2）・一〇一（2）・一〇七
↓あるじまうけ・をんなあるじ
あるじまうけ　一〇一
あわ・つ（慌つ）
―て〔連用〕四〇
あわを（沫緒）三五
あを・し（青し）
―き〔連体〕七八
あん（案）一〇七
あんしやうじ（安祥寺）七七・七八

【い】

いかが（如何）二・一五・五九・七六・九四
いがき（斎垣）七一
いかで（如何で）四五・四七・六三（2）・九〇・九五
いかでか（如何でか）九・三三・五三・六一
いか・なり（如何なり）
―に〔連用〕六五・一一三
―なり〔連用〕一二四
―なる〔連体〕一二
いきあ・ふ（行き逢ふ）
―ひ〔連用〕六三
いきい・づ（生き出づ）
―で〔連用〕四〇・五九（2）
いきかよ・ふ（行き通ふ）
―ひ〔連用〕六五
―ふ〔終止〕四

—ふ〔連体〕二三
いきほひ（勢ひ）四〇
→こころいきほひ
い・く（行く）
—か〔未然〕二三（2）・二七・四二
（2）
—き〔連用〕四・五・六・七・九・
一四・二七・三三・三八・四二・四
六・六〇・六一・六三・六五・六六・
六七・六八・六九・七五・八一・八七
—く〔終止〕七二
—け〔已然〕五
→いきあふ・いきいづ・いきかよふ・
まどひいく
い・く（生く）
→いきいづ
いくか（幾日）八〇
いくそたび（幾そ度）九二
いくたび（幾度）一六
いくばく 七八
いくよ（幾世・幾代）五八・一一七
いこまのやま（生駒の山）六六
→いこまやま
いこまやま（生駒山）二三
いさ 二一
いざ 九・一四・八七
いささか・なり（些かなり）
—なる〔連体〕一六・二一
いざな・ふ（誘ふ）
—は〔未然〕六五
いさ・む（諌む）
—むる〔連体〕七一
いさりび（漁火）八七
いし（石）七八（3）・八七（3）
いせ（伊勢）七・六九・七一
→いせのくに
いせのくに（伊勢国）六九・七二・七
五
いそが・し（忙し）
—しく〔連用〕六〇
いた・し
（語幹）一一二
—く〔連用〕四六・五九
—う〔連用ウ音便〕五・六・二一・
六五・六九・七四・八四・八五・一
〇七
いたじき（板敷）四・八一
いだした・つ
—て〔連用〕六九
いだしや・る（出だし遣る）
—り〔連用〕二三
いた・す（致す）
—し〔連用〕四一
いだ・す（出だす）
—さ〔未然〕一〇〇
—し〔連用〕二四・五八・六〇・六
九・八七
—す〔連体〕六九
→いだしたつ・いだしやる・いひいだ
す・みいだす
いたづ・く
—き〔連用〕六九
いたづら・なり（徒なり）
—に〔連用〕二四・六五（2）
いたは・る（労る）
—り〔連用〕六九
—れ〔命令〕六九
いた・る（至る）
—る〔連体〕八二
—り〔連用〕九（3）・八二
→ゆきいたる
いたる（至）三九（4）
→みなもとのいたる
いちはや・し
—き〔連体〕一

いつ（何時）　九・一〇・二〇・八一（2）
い・づ（出づ）
―で〔連用〕　六・一三・二一（4）・二三・二八・三九（3）・四〇（2）・四二・四四・五二・六九・七八・八六・八七・九六・一〇四・一一〇・一二三
↓いきいづ・いでく・いでたつ・いひいづ・うごきいづ・うちいづ・おもひいづ・さしいづ・ぬすみいづ・まかりいづ・みいづ
いづかた（何方）　二二
いつきのみや（斎宮）　六九（2）・七〇・七一・一〇四
↓いつきのみやのかみ・いつきのみやのみや
いつきのみやのかみ（斎宮の守）　六九
いつきのみやのみや（斎宮の宮）　一〇二
いづく（何処）　六四
いづこ（何処）　二一・七〇
いづち　六二
いづみ（和泉）
↓いづみのくに
いづみのくに（和泉国）　六七・六八
いつも（何時も）　二九
いつもじ（五文字）　九
いづら　一八・六二
いづれ　五〇・八七・八九・一〇九
いで・く（出で来）
―き〔連用〕　二三・六二・六三・八二・九六（2）
いでた・つ（出で立つ）
―つ〔連体〕　六三
いと　一（2）・五（2）・六（4）・七・九（4）・一六（2）・二〇・二一（3）・二三・二四（2）・三九（2）・四〇・四一（2）・四二・四三・四五・四六（2）・四九・六二・六三（2）・六五（4）・六七・六八・六九（7）・七八・八一・八三（2）・八四・八五・八六・八七・八八・九三・九四・九五・九六・九八・一〇三・一〇五・一〇七・一一五
いとこ（従姉妹）　六・六五（2）
いとど　二一・六五・八二・一一三
いとど・し
―しく〔連用〕　七
いとま（暇）　八七
いな（否）　一二一
いにしへ（古）　二二（2）・三二・六二・八三・一一一
い・ぬ（往ぬ）
―な〔未然〕　二一（2）・二四・三九・四〇・八三・九六・一一五・一二三
―に〔連用〕　一・一二・二一・二二・二八・六〇・六五・九六
―ぬ〔終止〕　四〇・四五・六二・九六
―ぬる〔連体〕　二三
↓まどひいぬ
いぬ（戌）
↓いぬのとき
いぬのとき（戌の時）　四〇
いのち（命）　一一三
いの・る（祈る）
―る〔連体〕　八四
いは（岩）　二四・七八・八七・一〇八
いはき（岩木）　九六
いはく（曰く・言はく）　九
いはね（岩根）　七四
いはひそ・む（祝ひ初む）
―め〔連用〕　一一七
いは・ふ（祝ふ）

—ふ〔連体〕八七
→いはひそむ
いはま（岩間）七五
いはむや（言はむや）一〇七
いひいだ・す（言ひ出だす）
—し〔連用〕二四
いひい・づ（言ひ出づ）
—で〔未然〕六三
いひい・ふ（言ひ言ふ）
—ひ〔連用〕二三
いひおこ・す（言ひ遣こす）
—せ〔連用〕一一・二一・九四・九六
いひか・く（言ひ懸く）
—け〔連用〕七〇
いひかは・す（言ひ交はす）
—し〔連用〕二一
いひがひ（飯匙）一三
いひさ・す（言ひ鎖す）
—し〔連用〕八六
いひし・る（言ひ知る）
—ら〔未然〕一〇七
いひちぎ・る（言ひ契る）
—り〔連用〕一一二
いひや・る（言ひ遣る）
—り〔連用〕一・一六・二五・五四・一〇二・一〇五・一一一・一一六
—る〔終止〕一一六
—る〔連体〕二〇・一一六
—れ〔已然〕六九・一二一
いひを・り（言ひ居り）
—り〔連用〕一四
い・ふ（言ふ）
—は〔未然〕一四・二五・三四・六二・九九・一一一・一二四
—ひ〔連用〕六・九（3）・一〇・一六・一九・二一（3）・二二（3）・二三（3）・二四（3）・四〇・四五・五八（2）・五九・六〇（2）・六一・六二（2）・六三・六五（3）・七一・七五（2）・七九・八七（2）・九五・九六・一〇一（2）・一〇八
—ふ〔終止〕九・一三・一六・三一（2）・三八（2）・六一・六二・六八・六九・七三・九六・九七・一〇七・一一五
—ふ〔連体〕一・三・六（2）・九（5）・三一・三九・四七・五八・六〇・六一・六二・六五・六九・七八・八一・八二（2）・八四・八五・八七・九〇・九六・一〇〇・一〇一（2）・一〇七・一一五
—へ〔已然〕一四（2）・二二・二三・三二・三四（2）・四〇・四三・四六・四七・五〇・六二・八四・九〇・九六・一〇五・一〇七（2）・一一〇・一一八
→あひいふ・いはく・いはむや・いひいだす・いひいづ・いひいふ・いひおこす・いひかく・いひかはす・いひさす・いひしる・いひちぎる・いひやる・いひをり・ものいふ
いぶか・し
—しけれ〔已然〕六九
いふかひな・し（言ふ甲斐なし）
—く〔連用〕一三
いへ（家）五八・六三（2）・八〇・八二・八七（5）・九七・一〇一
→ひとのいへ・いへとうじ
いへとうじ（家刀自）四四・六〇
いほり（庵）四三（2）
→くさのいほり
いま（今）一六（2）・二一・二三・二四・三二・四〇・四二・四八・五九・七七・八二・八六・九四（2）・九

五・九六（2）・一〇七・一一一・一一四・一一九
いま・す
―する〔連体〕九
いますか・り
―り〔連用〕六五
いまそか・り
―り〔連用〕三九・七七（2）・七八・八一・九七
いまだ（未だ）四二・七八
いみ・じ
（語幹）五八
―じう〔連用ウ音便〕六（2）・七二
いも（妹）一三
いもうと（妹）四九・六九
いや　一〇三
いや・し（卑し・賤し）
―しから〔未然カリ活用〕八九
―く〔連用〕九三
―し〔終止〕八四
―しき〔連体〕四一（3）・九三
―しけれ〔已然〕四〇
いやまさ・る
―り〔連用〕四〇・六五・一〇五
いやま・す
―し〔連用〕三三
いよいよ　八四
いら・ふ（答ふ）
―へ〔連用〕六三
いらへ（答へ）六二（2）・一二三
いりあひ（入相）四〇
いり・く（入り来）
―き〔連用〕五八
い・る（入る）（四段）
―ら〔未然〕五・九・八二（2）
―り〔連用〕六〇・六九・八二
―る〔終止〕六四
↓いりく・おもひいる・かへりいる・しにいる・たえいる
い・る（入る）（下二段）
―れ〔未然〕八二
―れ〔連用〕三九・六五・一〇七
↓おしいる・なげいる
いるま（入間）
↓いるまのこほり
いるまのこほり（入間の郡）一〇
いろ（色）二〇・四一・六一（2）・六五・七八
いろごのみ（色好み）二五・二八・三七・三九（2）・四二・五八
いを（魚）九

【う】

う（得）
え〔未然〕二三・二六・三四
え〔連用〕一〇七
う〔終止〕六・五五
↓あひう
う・う（植う）
―ゑ〔未然〕五一
―ゑ〔連用〕五一（2）・七九・八〇
―う〔終止〕二一
うが・る（憂がる）
↓こころうがる
うきみる（浮海松）八七
う・く（受く）
―け〔未然〕六五
うぐひす（鶯）一二一（2）
うけ・ふ
―へ〔未然〕三一
うごきい・づ（動き出づ）
―で〔連用〕七七
うこん（右近）九九
うさ（宇佐）
↓うさのつかひ

うさのつかひ（宇佐の使ひ）　六〇
うし（丑）
→うしみつ
う・し（憂し）
―し〔終止〕　四・二一・六七
―き〔連体〕　二二・八二・一〇二
→すみうし
うしな・ふ（失ふ）
―は〔未然〕　八五
―へ〔已然〕　一〇九
うしみつ（丑三つ）　六九
うしろめた・し
―く〔連用〕　三七・四二
う・す（失す）
―せ〔連用〕　三九・七七・七八・八
七
うた（歌）　一（2）・一四・一八・二
一・二四・三九・四四（2）・六九
（2）・七七（2）・七八（2）・七九・
八一・八二（4）・八四・八五・八
六・八七（4）・九五・九六・一〇
一・一〇二・一〇三・一〇四・一〇
七・一二三
→やまとうた
うだいしやう（右大将）　七七・七八
うたがは・し（疑はし）
―しかり〔連用カリ活用〕　九〇
うたがはしさ（疑はしさ）
→ものうたがはしさ
うたがひ（疑ひ）　二一
うたが・ふ（疑ふ）
→おもひうたがふ
うた・ふ（歌ふ）
―ひ〔連用〕　六五
―ふ〔終止〕　六五
うち（内裏）　六・七一
うち（内・中）　三一・六一・七三・八
七
→としのうち
うぢ（氏）　七九
うちい・づ（うち出づ）
―で〔未然〕　四五
うぢがみ（氏神）　七六
うちと・く（うち解く）
―け〔連用〕　一三
うちなが・む（うち眺む）
―め〔連用〕　一三
うちな・く（うち泣く）
―き〔連用〕　四・三九・八四
うち・ぬ（うち寝）
―ね〔連用〕　五
うちふ・す（うち臥す・うち伏す）
―せ〔已然〕　六三
うちものがたら・ふ（うち物語らふ）
―ひ〔連用〕　二
うちや・る（うち遣る）
―り〔連用〕　二七
うちわ・ぶ（うち侘ぶ）
―び〔連用〕　五八
うつ（宇津）　九
→うつのやま
う・つ（打つ）
―ち〔連用〕　九六
→おひうつ
うつく・し（美し）
→こころうつくし
うつつ（現）　九・六九（2）
うつのやま（宇津の山）　九
うつはもの（器物）　一三
うづら（鶉）　一二三
うつ・る（移る）
―り〔連用〕　一六・七七
うつろひざかり（移ろひ盛り）　八一
うつろ・ふ（移ろふ）
―ふ〔連体〕　一〇

—へ〔已然〕一八
↓うつろひざかり
うと・し（疎し）
—く〔連用〕二一
—き〔連体〕四四
うと・む（疎む）
—ま〔未然〕四三（2）
うはがき（上書）一三
うひかうぶり（初冠）一
うぶや（産屋）
御うぶや　七九
うへ（上）六・九（2）・一八・三一・四五・五九・八七・一〇一
うへのきぬ（袍）四一（3）
うま（馬）六三
↓うまのかみ・うまのはなむけ
うまのかみ（馬の頭）八二（4）・八三（2）
↓みぎのうまのかみ
うまのはなむけ（馬の餞）四四・四八・一一五
うまば（馬場）九九
うま・る（生まる）
—れ〔連用〕七九
うみ（海）六六・八七・一〇四
↓うみづら・うみべ・わたつうみ
うみづら（海面）七
うみべ（海辺）六八
うみわた・る（憂み渡る）
—る〔連体〕六六
う・む（憂む）
—み〔連用〕一〇四
↓うみわたる
うめ（梅）四・九八
うめつぼ（梅壺）一二一
うら（浦）二五・七二
↓みつのうら
うらな・し
—く〔連用〕四九
うら・む（恨む・怨む）
—み〔未然〕六五
—み〔連用〕二二・五〇・七二（2）・七四・九四・一〇八
—む〔終止〕一三
—むる〔連体〕五〇
うらやま・し（羨まし）
—しく〔連用〕七
うらわか・し（うら若し）
〔語幹〕四九
うるさ・し
—し〔終止〕一三
うるは・し
—しき〔連体〕四六
うるはし・む
—み〔連用〕二四
うれ・し（嬉し）
—しく〔連用〕六九・九〇
うれしげ（嬉しげ）一一八
うれた・し
—き〔連体〕五八
うん・ず（倦んず）
↓おもひうんず

【え】

え（江）六九・九六
↓こもりえ
え（副詞）五（2）・六（2）・一六・二二・二四・二六・四二（3）・四七・五五・六九（3）・七二・八二・八三・八四・八五・九二
えいぐわ（栄花）一〇一
えうな・し（要なし）
—き〔連体〕九
えだ（枝）一八・二〇・七七・八二
↓つくりえだ

えに（縁）→えん
えにし（縁）→えん
えびすごころ（夷心）一五
えん（縁）六九（＊「えに」マタハ
「えにし」カ）・九六（＊「えに」カ）

【お】

おい（老い）八八
おいづ・く（老いづく）＊「おひつく」
カ
—き〔連用〕一
おいらく（老いらく）九七
おき（沖）二三
おき（熾）一一五
おきな（翁）四〇・七六・七七・七
九・八一・八三・九七
→おきなさぶ・かたゐおきな
おきなさ・ぶ（翁さぶ）
—び〔連用〕一一四
おきのゐて 一一五（2）
おく（奥）六・一五・一六・五八・六
五
お・く（起く）
—き〔連用〕二・五六・九三
お・く（置く）
—き〔連用〕六・一二・一一九
—く〔終止〕五四・五九
→かきおく・こころおく・よみおく
おくり（送り）
御おくり 八三
おく・る（送る・贈る）
—り〔連用〕一六
おこ・す（遣す）
—せ〔未然〕九四・九六
—せ〔連用〕一〇・一三・四六・五
二・六二・九六・一〇七
→いひおこす
おしい・る（押し入る）
—れ〔連用〕六
おしなべて 八二
お・す（押す）
→おしいる
おそ・し（遅し）
—く〔連用〕三八
おちぼ（落穂）五八
お・つ（落つ）
→こぼれおつ
おと（音）一三・一一八
おと・す（落とす）
—し〔連用〕九・七八
おとづ・る（訪る）
—れ〔未然〕一七・六二
おとづれ（訪れ）五八
おとと（弟）六六
おとど（大臣）
→おほきおとど・ほりかはのおとど
おとな（大人）二三
おどろ・く（驚く）
—き〔連用〕八四
おとろ・ふ（衰ふ）
—へ〔連用〕八〇
おな・じ（同じ）
—じ〔連体〕一九
おに（鬼）六（3）・五八
おの（己）二一・三一・八六・九四・
一一四
おのおの（各）八六
おはしま・す
—さ〔未然〕八一
—し〔連用〕三・四・三九・四三・
六五・七七・七八・八二（3）・八三
—す〔終止〕七八
—す〔連体〕八三
おは・す
—し〔連用〕六（2）・九八

おひう・つ〔追ひ打つ〕
—つ〔終止〕四〇
おひつ・く〔追ひ付く〕
—か〔未然〕二四
—き〔連用〕一（＊「おいづく」カ）
おひや・る〔追ひ遣る〕
—ら〔未然〕四〇（2）
おひゆ・く〔追ひ行く〕
—け〔已然〕二四
お・ふ〔負ふ〕
—は〔未然〕九・六一・九六
—ひ〔連用〕六（2）
—ふ〔連体〕九六
↓ききおふ
お・ふ〔追ふ・逐ふ〕
↓おひうつ・おひつく・おひやる・おひゆく
お・ふ〔生ふ〕
—ひ〔連用〕五八
—ふ〔終止〕三一・七五
—ふる〔連体〕七五・一〇〇
おほいまうちぎみ〔大臣〕
↓おほきおほいまうちぎみ・ひだりのおほいまうちぎみ・ほりかはのおほいまうちぎみ
おほかた〔大方〕八八
おほきおとど〔太政大臣〕一〇一
おほきおほいまうちぎみ〔太政大臣〕九八
おほきさ〔大きさ〕九・八七（2）
おほきさいのみや〔大后の宮〕四
おほき・なり〔大きなり〕
—なる〔連体〕九
おほ・し〔多し〕
〔語幹〕一〇一
—く〔連用〕六・七四・八七
—かり〔連用カリ活用〕八一
—き〔連体〕四三
おぼしめ・す〔思し召す〕
—し〔連用〕四三
おほ・す〔負ほす〕
—せ〔未然〕八九
おぼ・す〔思す〕
—し〔連用〕六五
おほたか〔大鷹〕一一四
おほぢ〔祖父〕三九
↓おほぢがた
おほぢがた〔祖父方〕
御おほぢがた　七九
おぼつかな・し
—く〔連用〕九五
おほとのごも・る〔大殿籠もる〕
—ら〔未然〕八三
おほぬさ〔おほぬさ〕四七（2）
おほはら〔大原〕七六
おほ・ふ〔覆ふ〕
—ひ〔連用〕八七
おほみき〔大御酒〕八二・八三・八五
おほみやすんどころ〔大御息所〕六五（2）
おほみやびと〔大宮人〕七一
おほみゆき〔大行幸〕七八
↓さんでうのおほみゆき
おほやけ〔朝廷・公〕六五・八五・一一四
おほやけごと〔公事〕八三
おぼ・ゆ〔思ゆ・覚ゆ〕
—え〔未然〕二一（2）
—え〔連用〕一四・六五（3）・一二〇・一二五
おほよど〔大淀〕七〇・七二・七五
おぼろ・なり〔朧なり〕
—なる〔連体〕六九
おまし〔御座〕
↓よるのおまし

おもかげ〔面影〕 二一・四六・六三
おもしろ・し〔面白し〕
―く〔連用〕 九・六五・七八・八一
―かり〔連用ウ音便〕 九〇
―し〔終止〕 八二
―き〔連体〕 一・二〇・七八・八一（2）
―けれ〔已然〕 四四・六八
おもて〔面〕 五九・八七
おもな・し〔面無し〕
―く〔連用〕 三四
おもひ〔思ひ〕 三・四〇（2）・八三・九三・九九・一二一
↓ものおもひ
おもひあま・る〔思ひ余る〕
―り〔連用〕 五六・一一〇
おもひい・づ〔思ひ出づ〕
―で〔連用〕 四・六〇・八三
―づ〔終止〕 七六
おもひい・る〔思ひ入る〕
―り〔連用〕 五九
おもひうたが・ふ〔思ひ疑ふ〕
―ひ〔連用〕 二三
おもひうん・ず〔思ひ倦んず〕
―じ〔連用〕 一〇二
おもひか・く〔思ひ懸く〕
―け〔連用〕 五五・八九・九三
おもひかは・す〔思ひ交はす〕
―し〔連用〕 二一
おもひし・る〔思ひ知る〕
―り〔連用〕 一〇二
おもひつ・む〔思ひ詰む〕
―め〔連用〕 九五
おもひな・す〔思ひ為す〕
―し〔連用〕 九
おもひなら・ふ〔思ひ馴らふ〕
―ひ〔連用〕 三八
おもひま・す〔思ひ増す〕
―す〔終止〕 三三
おもひや・る〔思ひ遣る〕
―れ〔已然〕 九
おもひわた・る〔思ひ渡る〕
―り〔連用〕 九〇
おもひわ・ぶ〔思ひ佗ぶ〕
―び〔連用〕 一六・四六・六五・九三
おもひを・り〔思ひ居り〕
―り〔終止〕 六五
おも・ふ〔思ふ〕
―は〔未然〕 三二・三六・五〇（2）・五五・六〇・六三（3）・一〇七・一一二・一二五
―ひ〔連用〕 一・二・四・六・一〇・一四（2）・一六（2）・一九・二一（3）・二三（2）・三一・三七・四〇（2）・四三・四五（2）・四六・四九・五六（2）・五九・六二・六三（2）・六五・七三・七六（2）・八三・八六・九〇・九三（2）・九六（2）・一〇一・一〇五・一〇七・一一四（2）・一二三・一二四
―ふ〔終止〕 二三・六五
―ふ〔連体〕 九（4）・一六・二一（2）・二二・三三・三五・三七・四〇・四三・四七・四九・五〇（2）・五三・六三（4）・六五・六九・八二・八三（2）・一一六・一二三・一二四
―へ〔已然〕 一四・一五・二三・二七・三三・四七・六三・六九・八〇・八三・八五・九四
↓あひおもふ・おもひあまる・おもひいづ・おもひいる・おもひうたがふ・おもひうんず・おもひかく・おもひかはす・おもひしる・おもひなす・おも

ひならふ・おもひます・おもひやる・おもひわたる・おもひわぶ・おもひをり・おもふどち・ものおもふ
おもふどち（思ふ同士）　六七
おもほ・ゆ（思ほゆ）
―え〔未然〕　一・二六・四六・六九
―え〔連用〕　三〇
おや（親）　二三（2）・四〇（3）・四五・六九（2）・八六
お・ゆ（老ゆ）
―い〔連用〕　八四
および（指）　二四
おり・ゐる（降り居る）
―ゐ〔連用〕　九・六八・八二
お・る（降る）
―り〔連用〕　六五
→おりゐる
おろ・す（下ろす）
→みぐしおろす
おんやうじ（陰陽師）　六五

【か】

か（香）　六〇（2）
が（賀）
→しじふのが・はなのが
かい（櫂）　五九
かいつら・ぬ（掻い連ぬ）
―ね〔連用〕　六七
かいま・みる（垣間見る）
―み〔連用〕　一・六三
かう（講）　七七
かう（斯う）　二一
かうかう（斯う斯う）　一六・六三
かうじ（柑子）
→せうかうじ
かか・り（斯かり）
―ら〔未然〕　二一
―る〔連体〕　九・一〇・一三・二一・二三・六五（3）・九三・一一三
―れ〔已然〕　六五
かか・る（懸かる）
―り〔連用〕　六三
―れ〔已然〕　八二
→はしりかかる
かきお・く（書き置く）
―き〔連用〕　二一・九六
かきくら・す（掻き暗す）
―す〔連体〕　六九
かきつ・く（書き付く）
―け〔連用〕　二一・二四・九六・一一四
かきつ・ぐ（書き継ぐ）
―ぐ〔終止〕　六九
かきつばた（杜若）　九（2）
かぎり（限り）　一・三九・五九・九一
→かぎりなし
かぎりな・し（限り無し）
―く〔連用〕　九・一五・一三・九〇
かく（斯く）　一・六・一六・二〇・二一・二三・二八・四〇・四二・四五・六五（4）・八三・九〇・一〇一（2）・一〇四
→かう・かうかう・とかく
か・く（書く・描く）
―か〔未然〕　一〇七
―き〔連用〕　一・九・一三（2）・一六・二四・四三・六九（2）・九四・一〇七
―く〔連体〕　五〇・九四
―け〔已然〕　八七
→かきおく・かきつく
か・く（掛く・懸く）
―け〔連用〕　一三・二三・六九・九六
→いひかく・おもひかく

か・ぐ（嗅ぐ）
—げ〔已然〕六〇
かく・す（隠す）
—し〔連用〕二三
—す〔終止〕五九
かくて（斯くて）五九・六九・一〇五
かく・る（隠る）
—るる〔連体〕八二・一〇一
—れ〔連用〕四・五八・八二
—れ〔未然〕七九
→かくれゐる
かくれ・ゐる（隠れ居る）
—ゐ〔連用〕二三
かくろ・ふ（隠ろふ）
—ふ〔終止〕六七
かげ（影・陰・蔭）九・二七・七九・一〇一
かさ（瘡）九六（2）
かさ（笠）一〇七・一二一（2）
かざし（挿頭）八二・八七
かさな・る（重なる）
—り〔連用〕五
—る〔連体〕七四
かさ・ぬ（重ぬ）
—ぬ〔終止〕五〇

→かさねあぐ
かさねあ・ぐ（重ね上ぐ）
—げ〔連用〕九
かざりちまき（飾り粽）五二
かしこ（彼処）九六
→ここかしこ
かしこ・し（賢し・畏し）
—く〔連用〕二一・九八
—う〔連用ウ音便〕四三
→こころかしこし
かしづ・く（傅く）
—く〔連体〕四五
かしは（柏）八七（2）
かず（数）五〇・六五・一二〇
か・す（貸す）
—す〔連体〕八二
かすが（春日）
→かすがの・かすがのさと
かずかずに（数々に）一〇七
かすがの（春日野）一
かすがのさと（春日の里）一
かすみ（霞）九四
かぜ（風）一九・二三・四五・五〇・六四（2）・八七・一〇八・一一一
→あきかぜ

かぞ・ふ（数ふ）
—ふれ〔已然〕一六
かた（方）七・八・九・一〇（2）・一九・二三・六六・六九・七〇・八七（2）・一一二
御かた　二九
かた（肩）二三・四一
→せむかた・をんながた
かた（形）四三・七八
かた・し（難し）
（語幹）二八
—から〔未然カリ活用〕四〇
—く〔連用〕四五
—き〔連体〕七五
→あひがたし・くれがたし・たのみがたし・たへがたし・とひがたし
かたし・く（片敷く）
—き〔連用〕六三
かたち（容貌）二・六・一〇四
→かほかたち
かたとき（片時）四六
かたの（交野）八二（2）
かたは・なり
—に〔連用〕六五
—なり〔終止〕六五

かたぶ・く（傾く）
―く〔連体〕四
かたへ（片方・傍）八七
かたみ（筐）二八
かたみ（形見）一一九（2）
かたみに（互に）五〇
かたら・ふ（語らふ）
―は〔未然〕六九・七五
―ふ〔連体〕六四
↓あひかたらふ・うちものがたらふ
かたり（語り）
↓ものがたり・ゆめがたり
かた・る（語る）
―り〔連用〕六三
―る〔連体〕一一一
↓かたらふ
かたゐおきな（乞食翁）八一
かたゐなか（片田舎）二四
かちびと（徒歩人）六九
かつ（且つ）二二
かづ・く（被く）
―け〔未然〕四四
かつら（桂）七三
かど（門）五・二一・七九
かな・し（悲し・哀し・愛し）
―しく〔連用〕二四・六九
―しう〔連用ウ音便〕八四・一一五
―し〔終止〕二三・四〇・七六
―しき〔連体〕二一・四五・六五
（2）・一一五
―しけれ〔已然〕六五
↓ものがなし
かならず（必ず）八五・九六
か・ぬ（予ぬ）
―ね〔連用〕一二五
かの（彼の）二・一四・一六・二三
（2）・三九（2）・四一・六三・六
七・六九・七一・七八・八一・八二
（2）・八四・八七（2）・九四・九
六・一〇七
かのこまだら（鹿の子斑）九
かは（河・川）六・九（3）
↓あくたがは・あまのがは・かもが
は・すみだがは・せりかは・そめが
は・たつたがは・なみだがは・みたら
しがは
かはしま（川島・河島）二二
かは・す（交はす）
―し〔連用〕二二
↓いひかはす・おもひかはす・はぢか
はす・みかはす
かはづ（蛙）二七・一〇八
かはべ（河辺）八七
かはらけ（土器）六〇（2）
かは・る（変はる・代はる）
―ら〔未然〕四二
―り〔連用〕一六・八二・一〇七
（2）
かひ（甲斐）二一・七五・八七・一二
二
↓かひなし
かひ（貝）七五
かひ（峡）八七
かひな・し（甲斐無し）
―し〔終止〕六
↓いふかひなし
か・ふ（代ふ・替ふ）
―へ〔未然〕六五
―ふる〔連体〕七八
か・ふ（交ふ）
↓ちりかふ
かふち（河内）二三（2）
↓かふちのくに
かふちのくに（河内の国）二三・六七
かへさ（帰さ）七八

かへし（返し） 一〇・一七・一九・二
一（2）・二二・二三・二五・三三・
三七・三八・三九・四三・四七・四
九・五〇・六一・六四・八二（2）・
九四・九九・一〇七・一一一（2）・
一二一・一二三
かへ・す（返す）
—さ〔未然〕 一二一（2）
→くりかへす・とりかへす
かへすがへす（返す返す） 八二
かへで（楓） 九・二〇・九六
かへりい・る（帰り入る）
—り〔連用〕 一二
かへり・く（帰り来）
—き〔連用〕 二・七〇・八七
—くる〔連体〕 二〇・八七
かへりごと（返り言） 二〇・二六・五
二
かへ・る（帰る・返る）
—り〔連用〕 四・五・二四・六六・
六九（2）・八二・八三・一〇四
—る〔終止〕 八三
—る〔連体〕 七・七二・八二
—れ〔已然〕 九二
→かへりいる・かへりく・ゆきかへる
かほ（顔） 二三・九九
→かほかたち・まさりがほ
かほかたち（顔容） 六五
かみ（神） 六（2）・六五（2）・七一
（2）・八九
御かみ 一一七
→うぢがみ
かみ（守・督・頭）
→いつきのみやのかみ・うまのかみ・
くにのかみ・ゑふのかみ
かみ（上） 九・八七（2）
→かみなかしも
かみなかしも（上中下） 八二
かみよ（神代） 七六・一〇六
かむなぎ（巫） 六五
かむなづき（神無月・十月） 八一
かめ（瓶） 一〇一
かも（賀茂）
→かもがは・かものまつり
かもがは（賀茂川） 八一
かものまつり（賀茂の祭） 一〇四
かやのみこ（賀陽の親王） 四三
かよひぢ（通ひ路） 五（2）・四二
かよ・ふ（通ふ）
—ひ〔連用〕 五・一五・二二・三
三・八三
—ふ〔連体〕 一五・一一〇
→いきかよふ
から（殻） 六二
からうして 六・二三・四〇
からくれなゐ（唐紅） 一〇六
からごろも（唐衣） 九
からたち（枳） 六三
から・む（搦む）
—め〔未然〕 一二
かり（雁） 一〇（2）・四五・六八
かり（仮） 五八・一二三
かり（狩） 一・六三・六九（2）・八二
（2）・八三・一二三
→かりのつかひ
がり 三八
かりぎぬ（狩衣） 一（2）
→すりかりぎぬ
かりくら・す（狩り暮らす）
—し〔連用〕 八二
かりごろも（狩衣） 一一四
かりのつかひ（狩の使） 六九（2）・七
〇
かりほ・す（刈り干す）
—す〔連体〕 七五

か・る（離る）
—れ〔未然〕四八
—れ〔連用〕一九・二四・二五
—る〔連体〕七〇
↓めかる
か・る（枯る）
—れ〔未然〕五一
か・る（刈る）
—ら〔未然〕五八
—り〔連用〕五二
—る〔連体〕五七・六五・七〇
↓かりほす
か・る（狩る）
—り〔連用〕八二
—る〔連体〕五二
↓かりくらす
か・る（借る）
—ら〔未然〕八二
かる・し（軽し）
↓こころかるし
かれ（彼）六
↓これかれ
かれいひ（乾飯）九（2）
かわ・く（乾く）
—く〔連体〕一〇八

【き】

き（木）九・六七・七七・八二（2）・
一一八
↓いはき・くさき
きえのこ・る（消え残る）
—り〔連用〕五〇
きえは・つ（消え果つ）
—て〔連用〕二四
ききお・ふ（聞き負ふ）
—ひ〔連用〕一〇八・一一四
ききつ・く（聞き付く）
—け〔連用〕五・六・四三・四五
きく（菊）一八・五一・六八・八一
↓しらぎく
き・く（聞く）
—か〔未然〕六・二三・五八・一〇
六・一〇七
—き〔連用〕九・一二・二三・四
一・四七・六〇・六一・六五（2）・
六九・七八・一〇一（2）・一二五
—く〔終止〕五〇
—く〔連体〕二一
—け〔已然〕四・六五・七三
—け〔命令〕三九
↓ききつく・たちきく
きこえ（聞こえ）五
きこしめ・す（聞こし召す）
↓きこしめしつく
きこしめしつ・く（聞こし召し付く）
—け〔連用〕六五
きこ・ゆ（聞こゆ）
—え〔未然〕一三
—え〔連用〕四九・八三・一〇四・
一二〇
—ゆる〔連体〕三九・九四・九八
—ゆれ〔已然〕一三
きさき（后・妃）六
↓ごでうのきさき・そめどののきさ
き・にでうのきさき
きざ・む（刻む）
—み〔連用〕七八
きさらぎ（如月・二月）六七
きし（岸）一一七
きじ（雉）五二・九八
き・す（着す）
—せ〔連用〕一二一
きたなげさ（汚げさ）一〇三
きつ（槽アルイハ狐カ）一四
きつ・く（来着く）
—き〔連用〕二〇

きぬ（衣） 六二
きのありつね（紀有常） 一六・三八・八二（2）
きのくに（紀伊国） 七八
きのふ（昨日） 六七・一二五
きま・す（来坐す）
—す〔連体〕 八二
きみ（君） 一〇・一六（2）・二〇（2）・二三（4）・二四・三三・三八・四四・五二・六五・六九・七三・七八・八二・八三・八四・八五・八七・九八・一一六・一一七・一二三
きやう（京） 二・七・八・九（4）・一三（2）・一四（2）・二〇・五九・八四・一〇二・一一六
→ならのきやう・にしのきやう
ぎやうがう（行幸） 一一四・一一七
き・ゆ（消ゆ）
—え〔未然〕 一七・一〇五
—え〔連用〕 六
—ゆる〔連体〕 三九
→きえのこる・きえはつ
きよら・なり（清らなり）
—なる〔連体〕 四一
きり（霧） 九四
きる（着る）
き〔連用〕 一（2）・九（2）
きる〔終止〕 六一
き・る（切る）
—り〔連用〕 一

【く】

く（句） 九
く（来）
こ〔未然〕 六・一七・二三（2）・二四・二七・三三・四二・四八・六九（2）・九七・一二三
き〔連用〕 六・九（2）・一七・二三・二四・三八・六三（2）・六五（3）・六九・七一・八一（2）・八二・八三・八七・九二・九六・一〇一
くる〔連体〕 一二・一六・二五・八七
→あつまりきゐる・あつまりく・いでく・いりく・かへりく・きつく・きます・くらべく・すみく・たのみく・まどひく・まゐりく・みちく・もてく・よりく
く（消）
け〔連用〕 一〇五（2）
ぐ（具） 六五
くく・る（括る）
—る〔終止〕 一〇六
くさ（草・種） 六・八三
→くさき・くさのいほり・くさは・こぐさ・しのぶくさ・はつくさ・わかくさ・わするるくさ・わすれくさ
くさき（草木） 四一
くさのいほり（草の庵） 五六
くさは（草葉） 三一
くさむら（叢） 一二
くぜち（口舌） 九六
くたかけ（腐鶏） 一四
くだ・く（砕く）
—き〔連用〕 五七
くち（口） 六三
くつ（沓） 六五
くづれ（崩れ） 五
くでう（九条） 九七
くないきやう（宮内卿） 八七
くに（国） 九・一〇・七二
→いせのくに・いづみのくに・きのくに・くにのかみ・しなののくに・しもつふさのくに・するがのくに・つのくに・ひとのくに・みかはのくに・みち

のくに・むさしのくに・をはりのくに
くにつね（国経）　六
くにのかみ（国守）　一二・六九
くはこ（桑子）　一四
くは・す（食はす）
—せ〔連用〕　六二
—せよ〔命令〕　一〇四
く・ふ（食ふ）
—ひ〔連用〕　六・九
—ふ〔終止〕　九
くも（雲）　二一・二三・四五・六七
（2）・一〇二
↓あまぐも
くもで（蜘蛛手）　九
くも・る（曇る）
—り〔連用〕　六七（2）
—れ〔命令〕　九七
くもゐ（雲居）　一一
くら（蔵・倉）　六・六五（3）
くら・し（暗し）
—う〔連用ウ音便〕　九
—き〔連体〕　六
くら・す（暮らす）
↓かりくらす・ながめくらす
くら・ぶ（比ぶ）
↓くらべく
くらべ・く（比べ来）
—こ〔未然〕　一三
くり（栗）　八七
くりかへ・す（繰り返す）
—し〔連用〕　三二
くりはら（栗原）　一四
く・る（暮る）
—れ〔連用〕　九
—るれ〔已然〕　五六
↓くれがたし・ひぐる
くる・し（苦し）
—しかり〔連用カリ活用〕　九三
—し〔終止〕　一三
—しき〔連体〕　四八
↓こころぐるし
くるま（車）　三九（3）・九九・一〇四
御くるま　七六
↓をんなぐるま
くれがた・し（暮れ難し）
—き〔連体〕　四五
くれなゐ（紅）　一八（2）
↓からくれなゐ
ぐわん（願）　四〇
くわんにん（官人）　六〇

【け】

けこ（笥子アルイハ家子カ）　一三
けさ（今朝）　四三・六六
けさう・ず（懸想ず）
—じ〔連用〕　三
けさう・ず（化粧ず）
—じ〔連用〕　一三
け・し（怪し）
—しう〔連用ウ音便〕　二一・四〇
けしき（気色）　二三・三三・四三・六
三（2）
御けしき　一一四
けぢめ　六三
け・つ（消つ）
—ち〔連用〕　三九（3）
けに　二一（2）・六五
けふ（今日）　一二・一七・二九・四〇
（2）・六七・七六・七七（2）・八
七・九〇・九一・九六・九九・一一
四・一二五
けぶり（煙）　八（2）・一一二
げらふ（下臈）　六
げんぎやう（現形）　一一七

【こ】

こ（子）六三（3）・七九・八四（2）・九四
→こども・とりのこ・ひとつご・ひとのこ
こ（此）一〇〇
ご（期）
→あふご
こうらうでん（後涼殿）一〇〇
こ・く（扱く）
—け〔已然〕六二
こ・ぐ（漕ぐ）
—ぐ〔連体〕九二
こけ（苔）七八
ここ（此処）九・七八・八一（2）・八七
→ここかしこ
ここかしこ（此処彼処）九六
ここち（心地）一・一三・一二五
こころ（心）二・九・一〇・一四・一五・一六・一八・二一（2）・二二・二四・三〇・三三（2）・三四・三五・四一・四六・五〇・五三・六〇・六三（2）・六五・六九（2）・七五（2）・七六・七八・八二・八五（2）・九六・一〇三・一〇八・一一三・一一八（2）・一二三
→こころあやまり・こころいきほひ・こころうがる・こころうつくし・こころかしこし・こころかるし・こころぐるし・こころざし・こころつく・こころとどむ・こころなさけ・こころにくし・こころばへ・こころやむ・ことごころ・なまごころ・よごころ
こころあやまり（心誤り）一〇三
こころいきほひ（心勢ひ）四〇
こころうが・る（心憂がる）
—り〔連用〕二三
こころうつく・し
—しく〔連用〕一六
こころお・く（心置く）
—く〔終止〕二二
こころかしこ・し（心賢し）
—く〔連用〕六二
こころかる・し（心軽し）
—し〔終止〕二二
こころぐる・し（心苦し）
—しかり〔連用カリ活用〕四一
—し〔終止〕九六
こころざし（心ざし・志）四・四一・八六・一〇五
こころつ・く（心付く）
—き〔連用〕五八
こころとど・む（心留む）
—め〔連用〕四四
こころなさけ（心情け）六三
こころにく・し（心にくし）
（語幹）二三
こころばへ（心延へ）一・七七・九〇
こころぼそ・し（心細し）
→ものこころぼそし
こころもとなが・る（心許無がる）
—り〔連用〕八三
こころもとな・し（心許無し）
—く〔連用〕六九
こころや・む（心病む）
—み〔連用〕五
こし（腰）四四
こ・し（濃し）
—き〔連体〕四一
こじま（小島）一一六
ごじやう（五丈）八七
こ・す（越す）
—す〔連体〕一〇八
こぞ（去年）四（3）・五〇

こぞ・る（挙る）
—り〔連用〕九
ごたち（御達）一九・三一
こた・ふ（答ふ）
—へ〔連用〕六
ごでう（五条）四
→ごでうのきさき・ごでうわたり
ごでうのきさき（五条の后）六五
ごでうわたり（五条辺り）五・二六
こと（事・言）一・三・九・一〇・一五・一六（6）・一九・二一（3）・二六・三〇・三三・四二・四五（2）・四六・四九・五〇（2）・六一・六二・六五（4）・六九・七五・七六・七七・八三（2）・八四・八七・九〇・九三・九四・九五・九六（2）・一〇一・一〇二・一〇四・一〇七・一一四（2）・一二二・一二四（2）
ことども　二二
→ことぐさ・ことだつ・ことのは・なにごと
ごと（毎）
→よごと・よのひとごと・よひごと・よひよひごと
ことぐさ（言種）一〇八
ことごころ（異心）二一・二三
ことざま（異様）一一二
ことだ・つ（事立つ）
—つ〔終止〕八五
ことと・ふ（言問ふ）
—は〔未然〕九
こと・なり〔殊なり〕
—なり〔終止〕八七
—に〔連用〕八二・一〇一
—なる〔連体〕一〇四
ことのは（言の葉）四九・五五
ことば（言葉・詞）二三・六九・一〇七
ことひと（異人）一〇・一六・六三
こども（子供）二三
→めのこども
こともな・し（異も無し）
—き〔連体〕五八
ことわり（理）九三・九四
この（此の）一・二・一〇・一二・一六・二一（2）・二三（5）・二四（2）・三九（2）・四〇（2）・四三・四四・四五（2）・四七・五〇・五八（5）・六〇・六二（2）・六三（3）・六五（10）・六六・六九・七八（3）・八一・八二・八三・八七（5）・八八・九五・九六・一〇七・一一五
→このたび
このかみ（兄）八七
このたび（此の度）三三
このは（木の葉）九六
この・む（好む）
—み〔連用〕一六・七八
—む〔終止〕六一
このゑづかさ（近衛府）七六
こひ（恋）一四・三八（2）・六五（2）・九五
こひ・し（恋し）
—しく〔連用〕六五・七一・九九
—しう〔連用ウ音便〕六五
—し〔終止〕一一
—しき〔連体〕七・二二・六三
こひしさ（恋しさ）九二
こひし・ぬ（恋ひ死ぬ）
—な〔未然〕八九
こひわた・る（恋ひ渡る）
—る〔連体〕七四
こひわ・ぶ（恋ひ侘ぶ）
—び〔連用〕五七
こ・ふ（恋ふ）

―ひ〔未然〕　一〇九・一一一
―ひ〔連用〕　四・一二三
―ふ〔終止〕　六三
―ふる〔連体〕　一一一
↓こひしぬ・こひわたる・こひわぶ
こぼ・す（零す）
―す〔連体〕　八五
こほり（郡）
↓いるまのこほり・すみよしのこほり・たかやすのこほり・むばらのこほり
こぼ・る（零る）
―るる〔連体〕　六二
↓こぼれおつ
こぼれお・つ（零れ落つ）
―つ〔終止〕　八七
こまか・なり（細かなり）
―に〔連用〕　九四
こ・む（籠む）
―め〔連用〕　六五
↓ふりこむ
こもりえ（隠り江）　一三三
こもりを・り（籠もり居り）
―り〔連用〕　四五
こも・る（籠もる）
―り〔連用〕　六五（2）
―れ〔已然〕　一二（2）
↓おほとのごもる・こもりをり
こ・ゆ（越ゆ）
―え〔連用〕　六九（2）・七一
―ゆ〔終止〕　一二三
こよひ（今宵）　二四（2）・二九・六三・六九（2）・七八・一一〇
これ（此）　六・九・一六（2）・三八・三九・四一・六一・六二・六六（2）・七七・七八・七九・八八・九六・一〇四・一一九
これかれ　八八
これたかのみこ（惟喬の親王）　六九・八二・八三
ころ（頃）　三四・九六
↓ころほひ・としごろ・ひごろ
ころほひ（頃ほひ）　四五・九六
ころも（衣）　六三
↓ころもで
ころもで（衣手）　一〇八
こゑ（声）　三九・四三・六五
御こゑ　六五
↓もろこゑ

【さ】

さ（副詞）　四〇
ざいごちゆうじやう（在五中将）　六三
さいはひ（幸ひ）　一〇七
さいゐん（西院）
↓さいゐんのみかど
さいゐんのみかど（西院の帝）　三九
ざうし（曹司）　六五
↓みざうし
さうぞく（装束）　四四
さが（性）　三一
さかしら　四〇
さかづき（杯・盃）　四四・六九（2）・八二
さかな（肴）　六〇
さがな・し（性無し）
―き〔連体〕　一五
さか・ゆ（栄ゆ）
―ゆる〔連体〕　一〇一
さかり（盛り）　一七・一〇一
さき（先）　六九・一〇九
さきだ・つ（先立つ）
―ち〔連用〕　一六
さ・く（咲く）
―か〔未然〕　五一

―き〔連用〕　九
―く〔連体〕　六八・一〇一
さくら（桜）　一七・五〇・八二（4）・
九〇
さくらばな（桜花）　一七・六二・九
〇・九七
さけ（酒）　八二（3）・一〇一・一一五
→さけのみ
さけのみ（酒飲み）　六九・八一・八二
ささ（笹）　二五
ささげ（捧げ）
→ささげもの・ちささげ
ささげもの（捧げ物）　七七（2）
さしい・づ〔さし出づ〕
―で〔連用〕　八七
さして　三三
さ・す（指す・挿す）
―さ〔未然〕　四四・八七
―し〔連用〕　三三・七〇・八二
―す〔終止〕　八七
―す〔連体〕　三三
―せ〔已然〕　一〇一
―せ〔命令〕　八二
さ・す（鎖す）
→いひさす
さすが（刺鉄）　一三
さすが・なり
―に〔連用〕　一三・一四・一九
―なり〔連用〕　二五
さだかずのみこ（貞数の親王）　七九
さだま・る（定まる）
―ら〔未然〕　二
さだ・む（定む）
―めよ〔命令〕　六九
さちゆうべん（左中弁）　一〇一
さつき（皐月・五月）　九・四三・六〇
さて（然て）　五・一〇（2）・一四・二
〇・二三（2）・六三・八三・九六・
一〇三・一〇七
さと（里）　一・二〇・四三（2）・四
八・六五・八七・一二三
→あしやのさと・かすがのさと・すみ
よしのさと・みよしののさと
さは（沢）　九（2）
さは・る（障る）
―る〔連体〕　四二
さひやうゑのかみ（左兵衛督）　一〇一
さ・ぶ
→おきなさぶ
さぶらう（三郎）　六三
さぶら・ふ（候ふ）
―は〔未然〕　七八・八三・一一四
―ひ〔連用〕　六五・七六・八三（2）
さま（様）　九三
さまざま（様々）　八六
さ・む（覚む・醒む）
―め〔連用〕　六九
さむしろ（狭筵）　六三
さも（然も）　六五
さやう・なり（然様なり）
―に〔連用〕　一五
さら（皿）　六九
さら・なり（更なり）
さらず（然らず）　六〇
さらぬわかれ（避らぬ別れ）　八四（2）
さらば（然らば）　九〇
さ・り（然り）
―り〔連用〕　二三（2）・四二・六
五・九六
―る〔連体〕　九・一五・四〇（2）・
四一・八七・一〇三・一一四
さ・る（去る）
―ら〔未然〕　四六
さ・る（避る）

→さらぬわかれ
さるに（然るに） 七八・八四
さるを（然るを） 二一
されど（然れど） 四二・四七・六九・
八五・一〇七
されば（然れば） 二二・六五・八一・
九六
さわぎ（騒ぎ） 六
さわ・ぐ（騒ぐ）
―が〔未然〕 三四
―ぐ〔終止〕 二六
さを（棹） 三三・七〇
さんしやくろくすん（三尺六寸） 一〇
一
さんでう（三条）
→さんでうのおほみゆき
さんでうのおほみゆき（三条の大行幸）
七八

【し】

しぎ（鴫） 九
し・く（敷く）
→かたしく・ふりしく
しげ・し（繁し）
―く〔連用〕 五
―けれ〔已然〕 六九
しげ・る（繁る・茂る）
―り〔連用〕 九
しじふ（四十）
→しじふのが
しじふのが（四十の賀） 九七
しぞう（祇承） 六〇
しぞく（親族） 一〇二
した（下） 二七（2）・八一・一〇一
したがふ（順） 三九
したすだれ（下簾） 九九
したひも（下紐） 三七・一一一（2）
じちよう・なり（実用なり）
―に〔連用〕 一〇三
しづ（賤）
→しづのをだまき
しづく（雫） 五九・七五
しづのをだまき（賤の苧環） 三二
しづ・む（鎮む・沈む）
―め〔連用〕 六九（2）
しでのたをさ（死出の田長） 四三（2）
しとど 一〇七
しなの（信濃） 八
→しなののくに
しなののくに（信濃の国） 八
しなひ（撓ひ） 一〇一
しにい・る（死に入る）
―り〔連用〕 五九
し・ぬ（死ぬ）
―な〔未然〕 一四
―に〔連用〕 四五
―ぬ〔終止〕 一三・四五・一〇五・
一二五
→こひしぬ・しにいる
しのびありき（忍び歩き） 五〇
しのぶ（忍ぶ） 一・一〇〇
しの・ぶ（忍ぶ・偲ぶ）
―び〔連用〕 五（2）・一五・六三・
九五・一二〇
―ぶ〔終止〕 一
―ぶる〔連体〕 六五
しのぶぐさ（忍草） 一〇〇
しのぶずり（信夫摺り） 一
しのぶもぢずり（信夫もぢ摺り） 一
しのぶやま（信夫山） 一五
しばし 六九
しばしば（屡々） 四二・八四
しはす（師走・十二月） 四一
しはすばかり 八四
し・ふ（強ふ）

―ひ〔連用〕 八〇・八三・一〇一
じふいちにち（十一日） 八二
しほ（潮・塩） 三三・七五（2）・一一二
しほがま（塩釜） 八一（3）
しほじり（塩尻） 九
しほやき（塩焼） 八七
しぼ・る（絞る）
―る〔連体〕 七五
しま（島） 七八
しまべ（島辺） 一一五
しみづ（清水） 二四
しもつふさ（下総）
↓しもつふさのくに
しもつふさのくに（下総国） 九
しやく（尺）
↓さんしやくろくすん
しらぎく（白菊） 一八
しらぎぬ（白絹） 八七
しらずよみ（知らず詠み） 一八
しらたま（白玉） 六・八七
しらつゆ（白露） 一〇五
しらなみ（白波・白浪） 二三・一一七
しらゆき（白雪） 一八
しり（後） 二四
し・る（領る）
―る〔連体〕 一・六六・八七
し・る（知る）（四段）
―ら〔未然〕 一・六・九・一六・二一・二五・三九・六二（2）・六五（2）・七六・九六（2）・九九・一〇一・一一・一一七
―り〔連用〕 二一・九九
―る〔終止〕 三三
―る〔連体〕 四八・九二・九九・一〇七・一一一
―れ〔已然〕 九
↓いひしる・おもひしる・しらずよみ・しるしる・みしる
し・る（知る）（下二段）
↓ひとしれず・ひとしれぬ
しるし （印・験） 一一一
しるしる（知る知る） 四二
しるべ 九九
しろ・し（白し）
―く〔連用〕 七
―う〔連用ウ音便〕 九・六七
―き〔連体〕 九
しわざ 五八
しを・る
―り〔連用〕 六五
しんじち（真実） 四〇

【す】

す
せ〔未然〕 二（2）・一三・一五・一六・二一・二四・二九・四四・四六・四八・五八・六二（2）・六三・六四・六五（5）六九・七八（2）・八二・八三・八五・九二・九七・九九・一一五・一一八・一二〇・一二三
し〔連用〕 一（2）・三（2）・四・六・一三・一九・二〇・二一・二三・二四（2）・三六・四〇（2）・四六・五〇（2）・五九・六二・六三・六五（2）・六七・六九・七七・七八（2）・八一・八二（2）・八三（3）・八四（3）・八五・八七・九五（2）・一〇一（2）・一〇三・一〇六・一一一・一一四・一一七（2）
す〔終止〕 一二・二一・四〇・四四・五五・六三・八二・九三
する〔連体〕 八・九（3）・一六・二〇・四〇・五三・六〇・六九・七五・八一・八二・一一一

すれ〔已然〕二四・六九・八二
せよ〔命令〕二四・一一〇
↓せむかた
ずいじん（随身）
↓みずいじん
す・う（据う）
―ゑ〔連用〕五・九・七八
すきごと（好き言）七一
すきもの（好き者）五八・六一
すぎやうじや（修行者）九
すぎゆ・く（過ぎ行く）
―く〔連体〕七
す・く（好く）
―け〔已然〕四〇
す・ぐ（過ぐ）
―ぎ〔連用〕二三（4）
―ぐる〔連体〕五〇
↓すぎゆく
すくせ（宿世）六五
すけ（佐）
↓ゑふのすけ
すこし（少し）九三・九五・九六
すず・し（涼し）
―しき〔連体〕四五
すずろ・なり（漫ろなり）
―に〔連用〕一四・一一六
―なる〔連体〕九・七八
すそ（裾）一
すだ・く（集く）
―く〔連体〕五八
すだれ（簾）六一
↓したすだれ・たますだれ
す・つ（捨つ）
―て〔連用〕六二
すま（須磨）一一二
すま・ふ（住まふ）
―ひ〔連用〕二一
すま・ふ（拒まふ）
―ひ〔連用〕一〇一
―ふ〔連体〕四〇
すみ（炭）六九
すみう・し（住み憂し）
―かり〔連用カリ活用〕八
すみ・く（住み来）
―こ〔未然〕一二三
すみだがは（墨田河）九
すみどころ（住み所）八
すみよし（住吉）一一七（2）
↓すみよしのこほり・すみよしのさ
と・すみよしのはま
すみよしのこほり（住吉の郡）六八
すみよしのさと（住吉の里）六八
すみよしのはま（住吉の浜）六八（3）
すみわ・ぶ（住み侘ぶ）
―び〔連用〕五九
す・む（住む・棲む）
―ま〔未然〕二三・五九・九四
―み〔連用〕一・二四・五八・八一・
八四・八七・一〇二・一一五・一二三
―む〔終止〕九
―む〔連体〕四・一〇・四三・六五・
八七
↓すみうし・すみく
すりかりぎぬ（摺狩衣）一一四
すりごろも（摺り衣）一
するが（駿河）九
↓するがのくに
するがのくに（駿河国）九
すゑ（末）六七・六九（2）
すん（寸）
↓さんしやくろくすん
ずん・ず（誦ず）
―じ〔連用〕八二

【せ】
せ（瀬） 四七
せうえう（逍遥） 六七・一〇六
せうかうじ（小柑子） 八七
せうそこ（消息） 七三・九二
せうと（兄） 九六
せうとたち（兄達） 五
御せうと 六
せき（関） 九五
→あふさかのせき・せきもり
せきもり（関守） 五
せち・なり（切なり）
—に〔連用〕 一四
せな（背な） 一四
せば・し（狭し）
（語幹） 三六
—き〔連体〕 八七
せむかた（為む方） 四一
せりかは（芹河） 一一四
せんざい（前栽） 二三・五一
ぜんじ（禅師） 八五
→やましなのぜんじのみこ
【そ】
そ（衣）
御ぞ 八五
ぞく（俗） 八五
そこ（其処） 九・一四・二四（2）・五八・六九・七三・八一・八七
そこばく 七七
そし・る（誹る）
—ら〔未然〕 一〇一
そそ・ぐ（注ぐ）
—ぎ〔連用〕 五九
そで（袖） 三・一八・二五・二六・五六・六〇・七五（2）・八七・一〇七（2）
その（其の） 一（2）・二（2）・五・九（6）・一〇・二二・三九（3）・四三・四五・六三・六九（2）・七七・七八（2）・八〇・八二（6）・八四・八七（6）・九四・九六（2）・一〇一（3）・一〇七
そのかみ 七七
そほふ・る（そほ降る）
—る〔連体〕 二・八〇
そ・む（初む）
→いはひそむ・みだれそむ
そ・む（染む）
→みだれそむ
そむ・く（背く）
—く〔終止〕 一〇二
そめがは（染河） 六一
そめどののきさき（染殿の后） 六五
そら（空） 一一・六九
→あまつそら・なかぞら
それ（其れ） 二・四・六・九（2）・六五・六七・七七（2）・八二・八七・八八・一〇一・一一〇・一一一
【た】
た（田） 五八・一〇八
た（誰） 四二・六四
たい（対）
→にしのたい
だい（題） 七七・八二・八五・一〇一
だいしやう（大将） 七八
だいなごん（大納言） 六
たいめん（対面） 四六・九五
だう（堂） 七七（2）
たえい・る（絶え入る）
—り〔連用〕 四〇（3）
たかいこ（崇子） 三九
たかがひ（鷹飼） 一一四
たかきこ（多賀幾子） 七七・七八

たか・し〔高し〕 八七
―け〔未然〕 八七
―く〔連用〕 四五
―し〔終止〕 八三・八七
―き〔連体〕 九三
たかつき〔高坏〕 八七
たが・ふ〔違ふ〕
―ひ〔連用〕 七七
たかやす〔高安〕 一二三
↓たかやすのこほり
たかやすのこほり〔高安の郡〕 一二三
たき〔滝〕 七八・八七（4）
↓ぬのびきのたき
た・く〔焚く〕
―く〔連体〕 八七
たけ〔嶽〕
↓あさまのたけ
たけ〔丈〕 一二三
ただ 二四・四一・六七・七八
たた・く〔叩く〕
―き〔連用〕 二四
ただ・なり〔直なり・只なり〕
―に〔連用〕 六・七八・一二四
ただびと〔只人・直人〕 三
たち〔達〕
↓ごたち・せうとたち・ともだち
たちき・く〔立ち聞く〕
―き〔連用〕 一七
たちばな〔橘〕 六〇
↓はなたちばな
たちま・ふ〔立ち舞ふ〕
―ひ〔連用〕 六七
たち・ゐる〔立ち居る〕
―ゐる〔連体〕 二一・六七
た・つ〔立つ・発つ〕〔四段〕
―ち〔連用〕 四・二四・六九・八二
―つ〔終止〕 四六
―つ〔連体〕 七・八（2）・四三
―て〔已然〕 一七・四七・六三・六九
↓いでたつ・たちきく・たちゐる・ふきたつ
た・つ〔立つ〕〔下二段〕
―て〔連用〕 四〇・六九・七七・九九
↓いだしたつ
たづ〔鶴〕 一一四
たつた〔龍田〕
↓たつたがは・たつたやま
たつたがは〔龍田河〕 一〇六（2）
たつたやま〔龍田山〕 一二三
たづら〔田面〕 五八
たてまつりあつ・む〔奉り集む〕
―め〔連用〕 七七
たてまつ・る〔奉る〕〔謙譲〕
―ら〔未然〕 三九・七七・七八（2）・八〇・八三
―り〔連用〕 七六・七七・七八・八二（2）・九八
―る〔終止〕 九八
―る〔連体〕 八三
―れ〔已然〕 七八（2）
↓たてまつりあつむ
たてまつ・る〔奉る〕〔尊敬〕
―り〔連用〕 一六
たと・ふ〔譬ふ〕
―へ〔未然〕 九
たななしをぶね〔棚無し小舟〕 九二
たなばたつめ〔棚機つ女〕 八二
たなび・く〔棚引く〕
―き〔連用〕 一一二
たに〔谷〕 三六
たね〔種〕 二一
たのみがた・し〔頼み難し〕〔語幹〕 五〇・九〇

たのみ・く（頼み来）
—き〔連用〕一六
たのみは・つ（頼み果つ）
—つ〔終止〕五〇
たのむ（田の面）一〇（2）
たの・む（頼む）
—ま〔未然〕二三・四七・五五・八
三・一〇〇・一〇四・一〇七
—み〔連用〕九三・一二二
—む〔終止〕四三
—む〔連体〕一〇（2）・一三・五四・
九八
↓たのみがたし・たのみく・たのみは
つ
たの・む（手飲む）
—み〔連用〕一二一
たばか・る（謀る）
—り〔連用〕七八
たはれじま（風流島・戯れ島）六一
たび（度）五
↓いくそたび・このたび・たびたび・
ひとたび
たび（旅）九（2）
たびたび（度々）一二三
たひら・なり（平らなり）
—に〔連用〕八二
た・ふ（堪ふ）
—へ〔未然〕一六
たふと・し（尊し）
—く〔連用〕六五
たへがた・し（耐へ難し）
—き〔連体〕一三
たま（玉）一〇五
↓しらたま
たま（魂）一一〇
↓たまむすび
たまかづら（玉鬘）二一・三六・一一
八
たますだれ（玉簾）六四（2）
たまのを（玉の緒）一四・三〇・三五
たまは・る（給はる・賜る）
—り〔連用〕七六・一〇〇
—る〔連体〕七六
たま・ふ（給ふ）
—は〔未然〕八三・九四
—ひ〔連用〕八三・八五
—へ〔已然〕八五・九八
—へ〔命令〕六二
たま・ふ（給ふ）（補助動詞）
—は〔未然〕三・八二
—ひ〔連用〕五・三九・四三・四六・
七六・七七・七八（2）・八一・八二
（2）・八三・八四（2）・九八・一〇
三・一〇四（2）・一一〇・一一四
（2）・一一七（2）
—う〔連用ウ音便〕六・六五・七八
（2）・八二・八三（3）・八五（2）
—ふ〔終止〕七七・七八（3）・一〇
一
—ふ〔連体〕六・六五（2）・七八
（2）・一〇六
—へ〔已然〕六・六五・七九・一〇
〇
—へ〔命令〕二四・六五
たまみづ（玉水）一二二
たまむすび（魂結び）一一〇
たむらのみかど（田村の帝）七七
ため（為）二〇・四四・八四・八七・
九八
たもと（袂）五四・一一四
た・ゆ（絶ゆ）
—え〔未然〕二二・三六・四三・一
一八
—え〔連用〕二二・三五（2）・八二
↓たえいる

たゆ・し
—く〔連用〕 二五
たより（頼り） 二三・八七
たよりなさ（頼り無さ） 六三
たらう（太郎） 六
たらひ（盥） 二七
た・る（足る）
—ら〔未然〕 六三・八七
たれ（誰） 一・二三・四〇・五〇・七
九・九九
たを・る（手折る）
—れ〔已然〕 二〇

【ち】

ち（血） 二四
↓ちのなみだ
ちか・し（近し）
—く〔連用〕 六九・七八
—う〔連用ウ音便〕 一八
ちから（力） 四〇
ちぎ・る（契る）
—り〔連用〕 二一・二四
—れ〔已然〕 一二二
↓いひちぎる
ちくさ（千種） 八一
ちささげ（千捧げ） 七七
ちさと（千里）
↓ちさとのはま
ちさとのはま（千里の浜） 七八
ちち（父） 一〇（2）
ちぢ（千千） 九四
ちのなみだ（血の涙） 四〇・六九
ちはやぶる 七一（2）・一〇六
ちひさ・し（小さし）
—き〔連体〕 六九
ちひろ（千尋） 七九
ちへ（千重） 九四
ちゆうじやう（中将） 七九・九七・九
九
↓ざいごちゆうじやう
ちゆうなごん（中納言） 七九
ちよ（千代） 二二（2）・八四
ちりか・ふ（散り交ふ）
—ひ〔連用〕 九七
ち・る（散る）
—ら〔未然〕 五〇・五一
—る〔連体〕 五〇・八七
—れ〔已然〕 八二・九四
↓ちりかふ

【つ】

つ（津）
↓つのくに・なにはづ・みつ
ついたち（朔日・一日） 二
ついで 一・七六
ついひぢ（築地） 五
ついまつ（続松） 六九
つかうまつ・る（仕うまつる）
—ら〔未然〕 六五・七八
—り〔連用〕 三・一六・八三・八五
（2）・一〇三
—る〔連体〕 六・九五（2）・九八
—れ〔已然〕 七八・八二・八三
つかは・す（遣はす）
—さ〔未然〕 八三
—す〔終止〕 七八
—す〔連体〕 一六
↓ながしつかはす
つかひ（使ひ） 六九・九八
御つかひ 七一
↓うさのつかひ・かりのつかひ・つか
ひざね
つかひざね（使ひ実） 六九
つか・ふ（使ふ）
—は〔未然〕 六二

—ひ〔連用〕一〇三
—う〔連用ウ音便〕六五
↓めぐみつかふ
つき（月）四（2）・一一・六九・七三
・八二（3）・八八（2）
↓つきひ・としつき
つぎ（次）八七
つきひ（月日）四六（2）・九一・九六
つきゆみ（槻弓）二四
つ・く（付く）（四段）
—き〔連用〕二〇・六〇・六二
—く〔連体〕四〇
—け〔已然〕六三
↓こころつく
つ・く（付く）（下二段）
—け〔未然〕一二
—け〔連用〕一〇・二一・七七・七
八・九〇・九八
—く〔終止〕九
—けよ〔命令〕一二一
↓かきつく・ききつく・きこしめしつ
く・ゆひつく
つ・ぐ（告ぐ）
—げ〔連用〕四五（2）
つくし（筑紫）六一
つくま（筑摩）
↓つくまのまつり
つくまのまつり（筑摩の祭）一二〇
つくもがみ（つくも髪）六三
つくりえだ（作り枝）九八
つく・る（作る・造る）
—ら〔未然〕七八
—り〔連用〕二三・五八・八一
つげ（黄楊）八七
つごもり（晦）九・四一・四五・八
〇・八三
つごもりがた　八一・九一
つた（蔦）九
つたな・し（拙し）
—く〔連用〕六五
つつ・む（包む・慎む）
—み〔連用〕八六
—め〔已然〕八七
つつゐつ（筒井つ）二三
つと（苞）一四
つとめて（早朝・翌朝）六五・六九・
八七
つね（常）一六（2）・六九・八二・八
五・九五・一〇八
つのくに（津の国）三三・六六・八七
つひに（遂に）一六・二三・四七・六
五・九六・一二五
つぼね（局）三一
御つぼね　一〇〇
つま（褄）九
つま（夫・妻）九・一二
つみ（罪）三一
つも・る（積もる）
—る〔連体〕八五
—れ〔已然〕八八
つゆ（露）六（2）・一六・五四・五
六・五九
↓あさつゆ・しらつゆ
つら・し（辛し）
—く〔連用〕七二・九四
—し〔終止〕一三
—き〔連体〕三〇・七五
つり（釣り）八一
つりぶね（釣り舟）七〇
つれづれ　四五・八三・一〇七
つれなさ　四七
つれな・し
—く〔連用〕七五
—かり〔連用カリ活用〕三四・五
四・七五

—き〔連体〕 五七・九〇・一二〇

【て】

て（手） 一六・二七・四七・七三・一二二
→てづから
てづから（手づから） 二三・四一
てふ 五〇・五七・六一・七五・一〇二・一二二（2）
てんじやう（殿上） 六五

【と】

と（戸・門） 二四・五九
と（外） 六九
と（副詞） 二一
とうぐう（春宮・東宮）
→とうぐうのにようご・とうぐうのみやすんどころ
とうぐうのにようご（春宮の女御） 二九
とうぐうのみやすんどころ（春宮の御息所） 七六
とうし（藤氏） 一〇一
とかく 三九・九六
とが・む（咎む）
—め〔未然〕 八
—め〔連用〕 一一四
とき（時） 二（2）・三・六（2）・九・一六（3）・二二・二九・四一・四三・四五（2）・四六・五一・七六・七七・七八・八二・八三・九四・九六（2）・九八・一〇八・一一四・一一九
御とき 六五・六九
→いぬのとき・ときのひと・ときよ
ときどき（時々） 九四
ときのひと（時の人） 七九
ときよ（時世） 八二
と・く（解く）（四段）
—か〔未然〕 三七
—く〔終止〕 三七
と・く（解く）（下二段）
—け〔未然〕 一一一（2）
とくち（戸口） 六
とこ（床） 一六
ところ（所） 四・五・六・九・一〇・一六・一九・二三・二四・二七・五八・六五・六六・六九・八一（2）・八二（3）・八四・九六・一〇六・一一五
ところどころ 八一
とし（年） 六・一六・一七・二四（2）・三九・八六・八九・一二三
としごと 八二
→としのうち・またのとし
と・し（疾し）
—く〔連用〕 六九・八三・一二〇
としごろ（年頃） 一六・一七・二三・三二・六二・七八・八六
としつき（年月・歳月） 二一・六二
としのうち（年の内） 八〇
どち（同士）
→おもふどち
とど・む（留む）
—め〔連用〕 六
—むる〔連体〕 四〇
とどめか・ぬ（留めかぬ）
→こころとどむ・とどめかぬ
—ね〔連用〕 二四
となり（隣） 二三・三九・五八・七二
とねり（舎人） 七八
との（殿） 八一
とのもづかさ（主殿寮） 六五
とは・なり（永久なり）
—に〔連用〕 一〇八

とびあが・る（飛び上がる）
—る〔終止〕四五
とひがた・し（問ひ難し）
〔語幹〕一〇七
とひごと（問ひ言）三六
と・ふ（問ふ・訪ふ）
—は〔未然〕一三（2）
—ひ〔連用〕六（2）・九・三八
—ふ〔終止〕四八・七七
—ふ〔連体〕一三
—へ〔已然〕一三
↓こととふ・とひがたし
と・ぶ（飛ぶ）
↓とびあがる
とぶら・ふ（訪らふ・弔ふ）
—ふ〔連体〕一一一
↓ゆきとぶらふ
とほ・し（遠し）
—く〔連用〕九・六九・八七
とみ（頓）八四
と・む（止む）
↓とりとむ
とも（友）八・九・四六
↓ともだち
とも（供）八三
御とも　八二（2）
とも・し（灯し）三九（3）
とも・す
—す〔連体〕三九
ともだち（友達）一六（2）・六六・一〇九
ともだちども（友達ども）一一・八八
ともに　一二・九四
とら・ふ（捕らふ）
—へ〔連用〕一〇一
とり（鳥・鶏）九（2）・二二・五三（2）
↓とりのこ
とりあ・ふ（取り敢ふ）
—へ〔未然〕一〇七
とりかへ・す（取り返す）
—し〔連用〕六
とりと・む（取り止む）
—め〔未然〕六四
とりのこ（鳥の子）五〇
と・る（取る）
—ら〔未然〕六〇・六二・七三
—り〔連用〕一二・二三・三九・四三・六〇（2）・六三・六五・六九・七八
↓とりとむ
とを（十）一六（2）・五〇（2）
とをか（十日）四
とをに　一八

【な】

な（名）九・一七・四三・四七・六一・八二・八九
御な　六五
な（汝）四三
な（副詞）一二・二三・六五・一一四
ないき（内記）一〇七
なか（中・仲）九・一一・二二・二三・四二・四四・六七・七九・八一・八八・九四・一〇一
↓かみなかしも・よのなか
ながさ（長さ）八七
なが・し（長し）
—から〔未然カリ活用〕一一三
—く〔連用〕三〇
ながしつかは・す（流し遣はす）
—し〔連用〕六五
なが・す（流す）
—せ〔已然〕四〇・六九

↓ながしつかはす
なかぞら（中空） 二一
ながつき（長月・九月） 九八
なかなか・なり
―に〔連用〕 一四
なが・む（眺む）
―むれ〔已然〕 四五
↓うちながむ・ながめくらす・ながめをり
ながめ（長雨） 二・一〇七
ながめ（眺め） 一〇七
ながめくら・す（眺め暮らす）
―さ〔未然〕 九九
―し〔連用〕 二
ながめを・り（眺め居り）
―り〔終止〕 二一
なが・る（流る）
―れ〔連用〕 二二・四七
―る〔終止〕 一〇七
ながをか（長岡） 五八・八四
なぎさ（渚） 六六・八二
なきを・り（泣き居り・鳴き居り）
―ら〔未然〕 一二三
―れ〔已然〕 六五
な・く（泣く）
―か〔未然〕 六五・一〇七
―き〔連用〕 九・二一・四一（2）・六五（2）・六九
―く〔終止〕 六五
―く〔連体〕 六・三九（2）・八四
―け〔已然〕 六
↓うちなく・なきをり・なくなく
な・く（鳴く）
―き〔連用〕 一四・二二・五三・六八
―く〔終止〕 一〇（2）・二七・五三・一一四
―く〔連体〕 四三（2）・一〇八
な・ぐ（投ぐ）
↓なげいる
な・ぐ（凪ぐ）
―ぎ〔連用〕 七五
なくなく（泣く泣く） 四・四〇・四五・八三
なくな・る（亡くなる）
―り〔連用〕 一一一
なげい・る（投げ入る）
―れ〔連用〕 六五
なげき（嘆き） 二九
なげ・く（嘆く）
―き〔連用〕 六三
―く〔連体〕 三四・九一
なさけ（情け） 一〇一
↓こころなさけ
なさけな・し（情け無し）
―く〔連用〕 六三
―し〔終止〕 六三
な・し（無し）
〔語幹〕 八七（2）・九二
―から〔未然カリ活用〕 六一
―く〔連用〕 九・一九・二一・二三（2）・四一・四四・四五・六九・七八・八二・八四・八七・九三・一〇四・一一九・一二三
―かり〔連用カリ活用〕 一六（2）・二一・四〇・八一・八二・一〇三
―し〔終止〕 六・九・二九・三九・四〇（3）・六九・九六・一〇七・一一八（2
―き〔連体〕 九・一五・二一・二五・三一・五一・六二・八九・一〇八・一二二
―かる〔連体カリ活用〕 二〇
―けれ〔已然〕 四六・七八・一二四
↓いふかひなし・うらなし・かぎりな

し・かひなし・こころもとなし・こと
もなし・なさけなし・にげなし・にな
し・わりなし
な・す（為す）
—さ〔未然〕　六四
—す〔連体〕　三二
—せ〔已然〕　二二
↓おもひなす
なずら・ふ（准ふ）
—へ〔連用〕　二二
なぞへ　九三
なだ（灘）　八七
↓あしやのなだ
なつ（夏）　四五・七九
なでふ　一五
など　四九・六二・一〇一
などて　二八
なななぬかのみわざ（七七日の御業）
七八
なに（何）　六（2）・二一・三一・三
二・三八・六五・八二・九六・九九
なにごと（何事）　一六・六九・一一六
なには（難波）　六六
↓なにはづ
なにはづ（難波津）　六六
なべ（鍋）　一二〇
なほ（猶）　四・九・一〇・一六・二二
（2）・三九・四〇・四二（2）・四三
（2）・六五・七八・八六・九四
なほびと（直人）　一〇
なまごころ（生心）　一八
なまみやづかへ（生宮仕へ）　八七
なまめ・く
—き〔連用〕　四三
—い〔連用イ音便〕　一
—く〔連体〕　三九
なみ（波・浪）　七（2）・六一・七二・
八七（2）・一〇八
↓なみま
なみだ（涙）　九・一六・六二・七五・
八七
↓ちのなみだ・なみだがは
なみだがは（涙河）　一〇七（2）
なみま（波間）　一一六
なめ・し
—し〔終止〕　一〇五
なら（奈良・平城）
↓ならのきやう
ならのきやう（平城の京）　一・二
なら・ふ（習ふ・馴らふ）
—は〔未然〕　三八・四一
↓おもひならふ
なり（形・態）　九
なりまさ・る（成り勝る）
—る〔終止〕　一〇三
なりゆ・く（成り行く）
—く〔連体〕　一九
な・る（鳴る）
—り〔連用〕　六
—る〔連体〕　六
な・る（萎る）
—れ〔連用〕　九
な・る（馴る）
—れ〔連用〕　九
な・る（成る）
—ら〔未然〕　三一・一二三
—り〔連用〕　一一・一三・一六（2）
・二一（3）・二三（4）・二四・二
六・二七・二八・四四・四五・四七・
五五・六〇・六二・六五（2）・六
八・六九・八二（3）・九一・九四・
一〇一・一〇二・一〇九・一一二・一
一六（2）・一一七・一一八・一二三
（3）
—る〔終止〕　一四・四二・六一・一

○二
—る〔連体〕 二三・八八
—れ〔已然〕 一〇四
→なりまさる・なりゆく

【に】

に・ぐ（逃ぐ）
—げ〔連用〕 一二・五八・六二・八二
にく・し（憎し）
—く〔連用〕 四二
→こころにくし
にげな・し（似げ無し）
—く〔連用〕 一一四
にし（西）
→にしのきやう・にしのたい
にしのきやう（西の京） 二
にしのたい（西の対） 四
にじふじやう（二十丈） 八七
にでう（二条）
→にでうのきさき
にでうのきさき（二条の后） 三・五・六・七六・九五
にな・し（二無し）
—き〔連体〕 九三
にはか・なり（俄なり）
—に〔連用〕 四〇・九六
にひまくら（新枕） 二四
にほひ（匂ひ） 六二
にほ・ふ（匂ふ）
—ふ〔終止〕 九〇
—ふ〔連体〕 一八（2）
にようご（女御） 六・七七・七八
→とうぐうのにようご
にる（似る）
に〔未然〕 一六
に〔連用〕 八一
にる〔終止〕 四
にる〔連体〕 二九
にんな（仁和）
→にんなのみかど
にんなのみかど（仁和の帝） 一一四

【ぬ】

ぬ（寝）
ね〔未然〕 二二・六三・六九（2）
ね〔連用〕 二・三・一四・六三（2）・六九・一〇三
ぬ〔終止〕 六三
ぬる〔連体〕 二五・六九
→うちぬ・ねよげなり
ぬきす（貫簀） 二七
ぬきみだ・る（抜き乱る）
—る〔連体〕 八七
ぬ・く（抜く）
—く〔終止〕 一〇五
ぬ・ぐ（脱ぐ）
—ぎ〔連用〕 四四・六二・八五
ぬすびと（盗人） 一二（2）
ぬすみい・づ（盗み出づ）
—で〔連用〕 六
ぬす・む（盗む）
—み〔連用〕 六・一二
→ぬすみいづ
ぬのびきのたき（布引の滝） 八七
ぬ・ふ（縫ふ）
—ふ〔終止〕 一二（2）
ぬま（沼） 五二
ぬ・る（濡る）
—れ〔未然〕 六九
—れ〔連用〕 七五（2）・八〇・一〇七・一一一
—る〔終止〕 一一二
ぬれぎぬ（濡れ衣） 六一

【ね】
ね〔嶺〕
↓ふじのね
ね〔根〕 五一
ね〔音〕 六五
ね〔子〕
↓ねひとつ
ねた・む〔妬む〕
—む〔連体〕 三一
ねひとつ〔子一つ〕 六九（2）
ねむごろ・なり〔懇ろなり〕
—に〔連用〕 一六・二四・四七・六
九（2）・八二・一一二
ねや〔閨〕 六九
ねよげ・なり〔根良げなり・寝良げな
り〕
—に〔連用〕 四九
ねんじわ・ぶ〔念じ侘ぶ〕
—び〔連用〕 二一
ねん・ず〔念ず〕
↓ねんじわぶ
【の】
の〔野〕 一二・二五・四一・五二・六
九・八二・一一三
↓かたの・のべ・ふかくさの・みよし
の・むさしの・をの
のが・る〔逃る〕
—れ〔連用〕 六二
のこ・る〔残る〕
—り〔連用〕 二三
↓きえのこる
のたま・ふ〔宣ふ〕
—ひ〔連用〕 七八・八二
—う〔連用ウ音便〕 八二
のち〔後〕 一三・一六・三五・六三・
七八・九四・九六・九九・一〇〇・一
〇七・一〇七・一二〇
のどけ・し
—から〔未然カリ活用〕 八二
のべ〔野辺〕 一〇〇
のぼり・ゐる〔登り居る〕
—ゐ〔連用〕 六五
のぼ・る〔上る・登る・昇る〕
—ら〔未然〕 八七
—り〔連用〕 六五・八七
↓のぼりゐる
の・む〔飲む〕
—ま〔未然〕 六〇・一一五
↓み〔連用〕 八二（2）
—さけのみ
の・る〔乗る〕
—ら〔未然〕 一〇二
—り〔連用〕 九
—れ〔已然〕 三九
—れ〔命令〕 九
↓あひのる
のろひごと〔呪ひ言〕 九六
のろひを・り〔呪ひ居り〕
—る〔連体〕 九六
のろ・ふ〔呪ふ〕
↓のろひをり
【は】
は〔葉〕
↓くさば・ことのは・このは
は〔端〕
↓やまのは
はかな・し〔儚し〕
（語幹） 一〇三（2）
—く〔連用〕 二一・二三
—き〔連体〕 五〇・六二
はかり〔量り〕 二一
はさま〔間〕 一〇〇
はし〔橋〕 九

はし（嘴） 九
はしたな・し
—く〔連用〕 一
はじめ（始め・初め） 二三・七八
はしりかか・る（走り懸かる）
—る〔連体〕 八七
はし・る（走る）
—ら〔未然〕 七八
→はしりかかる
はた 四二（3）・六九（2）
はた・す（果たす）
—さ〔未然〕 八六
はたち（二十） 九
はぢかは・す（恥ぢ交はす）
—し〔連用〕 二三
は・つ（果つ）
→きえはつ・たのみはつ・よませはつ
は・づ（恥づ）
→はぢかはす
はづか・し（恥づかし）
—し〔終止〕 一三・六二
はつか・なり
—なり〔連用〕 三〇
はつくさ（初草） 四九
はつもみぢ（初紅葉） 九六

はな（花） 一七・一八・二九・三七・五〇・五一・六七・六八・八〇・八一・九四・九八・一〇一（5）・一〇九・一二一（2）
→はなざかり・はなのが
はなざかり（花盛り） 四・八二
はなたちばな（花橘） 六〇
はなのが（花の賀） 二九
はなむけ（餞）
→うまのはなむけ
はな・る（離る）
—れ〔連用〕 二・一六
→あけはなる・あひはなる
はは（母） 一〇（2）・八四（2）
はひあり・く（這ひ歩く）
—き〔連用〕 八一
は・ふ（這ふ）
—ふ〔連体〕 一一八
—へ〔已然〕 三六
→はひありく
はぶり（葬り）
御はぶり 三九（2）
はべ・り（侍り）
—る〔連体〕 四六・一〇七
はま（浜） 七五

→すみよしのはま・ちさとのはま
はまびさし（浜庇） 一二六
は・む（食むアルイハ嵌むカ）
—め〔連用〕 一四
はや（早） 六（2）・九
はやし（林） 六七
はや・し（早し・速し）
（語幹） 一九
はら（腹） 四四・七九
はらから（兄弟・姉妹） 一〇一
→をんなはらから
はら・ふ（祓ふ）
—へ〔連用〕 六五
はらへ（祓へ） 六五
はりや・る（張り破る）
—り〔連用〕 四一
はる（春） 二・四（2）・二〇（2）・六八・七七（2）・八〇・八二・九一・九四
は・る（張る）
—り〔連用〕 四一
—る〔連体〕 四一
→はりやる・はるばる
は・る（晴る）
—れ〔連用〕 六七（2）

—るる〔連体〕八七
はるか・す（晴るかす）
—さ〔未然〕九五
はるか・なり（遙かなり）
—なる〔連体〕一〇二
はる・なり（遙なり）
—に〔連用〕四一
はるばる（遙々）九
はるばる（張る張る）九
はるひ（春日）九四

【ひ】

ひ（日）九・七四・八〇・九一・九七・九九・一〇一
↓つきひ・はるひ・ひぐらし・ひぐる・ひぐれ・ひごろ・またのひ
ひ（火）一二・三九・八七
↓いさりび
ひえ（比叡）
↓ひえのやま
ひえのやま（比叡の山）九・八三
ひきむす・ぶ（引き結ぶ）
—ぶ〔連体〕八三
ひき・ゐる（率ゐる）
—ゐ〔連用〕六六
ひ・く（引く）
—か〔未然〕二四
—く〔連体〕四七
—け〔已然〕二四
↓ひきむすぶ
ひぐらし（日ぐらし）四五
ひぐ・る（日暮る）
—れ〔連用〕八七
ひぐれ（日暮れ）八二
ひこぼし（彦星）九五
ひごろ（日頃）八三
ひさ・し（久し）
—しく〔連用〕二二・八二・八三・一一六・一一七・一一八
—しう〔連用ウ音便〕三九
—しき〔連体〕一一七
—しかる〔連体カリ活用〕八二
ひじきも（鹿尾菜藻）三（2）
ひしきもの（引敷物）三
ひた（引板）一〇
ひたぶる・なり
—に〔連用〕一〇
ひだりのおほいまうちぎみ（左の大臣）八一
ひちまさ・る
—り〔連用〕二五
ひ・つ
—ち〔連用〕一〇七
—つ〔終止〕一〇七
↓ひちまさる
ひと（人）二・四（3）・五（3）・六（2）・八・九（8）・一〇（2）・一二・一三・一四（2）・一五（2）・一六（2）・一七（2）・一八（2）・一九（3）・二〇・二一（3）・二二・二三・二四（2）・二六・二七・三一・三四・三五・三六・三八・三九（2）・四三・四四（2）・四六・四八（2）・四九・五〇（4）・五一・五二・五七・六〇（2）・六一（2）・六二（4）・六三（2）・六五・六七・六八・六九（7）・七五・七八（3）・八〇（2）・八一・八二（4）・八五・八六・八七（3）・八八・八九・九〇・九二・九三・九四（2）・九六（3）・九九・一〇〇・一〇一（3）・一〇三・一〇四（2）・一〇五・一〇七（3）・一一〇八・一〇九（2）・一一一（2）・一一四（2）・一一六・一二〇（2）・一二一（2）・一二二・一二四

↓かちびと・ことひと・ときのひと・ひとしれず・ひとしれぬ・ひとのいへ・ひとのくに・ひとのむすめ・ひとびと・またひと・みなひと・よのひと・ゐなかびと・をちこちびと
ひとがら（人柄）一六
ひとくち（一口）六
ひと・し（等し）
—しき〔連体〕一二四
ひとしれず（人知れず）五三・六九・八九
ひとしれぬ（人知れぬ）五・五七
ひとたび（一度）八二
ひとつ（一つ）四・二二・三四・九四
ひとつご（一つ子）八四
↓ねひとつ・ひとつふたつ
ひとつふたつ（一つ二つ）九六（2）
ひととせ（一年・一歳）六三・八二
ひとのいへ（人の家）二
ひとのくに（人の国）一〇・四六・六〇・六二・六五（2）
ひとのこ（人の子）四〇・八四
ひとのむすめ（人の娘）一二・四五
ひとびと（人々）六六・七六・七七（2）・七八・七九
↓みなひとびと
ひとひふつか（一日二日）九四
ひとめ（人目）六九
ひとよ（一夜）二二（2）・二七
↓よひとよ
ひとり（一人・独り）二・二三・三七・四一（2）・六七・八八
↓ひとりふたり
ひとりふたり（一人二人）八・九
ひな・ぶ（鄙ぶ）
—び〔連用〕一四
ひねもす　八五
ひま（隙）六四（2）
ひむがし（東）四・五
ひむがしやま（東山）五九
ひめまつ（姫松）一一七
ひも（紐）三七
↓したひも
ひる（昼）六七
ひる（干る）
ひ〔連用〕七五
ひろさ（広さ）八七
ひろ・ふ（拾ふ）
—は〔未然〕五八・九六
—ひ〔連用〕八七
—ふ〔終止〕五八
ひをり　九九

【ふ】

ふ（経）
へ〔未然〕一二〇
へ〔連用〕六・一六（3）・二〇・二四・三九・四六（2）・八二・八三・八六（2）・八九・九六・一一七・一二〇・一二三
ふる〔連体〕一九・二三（2）
ふれ〔已然〕六二
ふえ（笛）六五
ふかくさ（深草）一二三
↓ふかくさの・ふかくさのみかど
ふかくさの（深草野）一二三
ふかくさのみかど（深草の帝）一〇三
ふか・し（深し）
—かり〔連用カリ活用〕四
↓よふかし
ふきた・つ（吹き立つ）
—ち〔連用〕九六
ふ・く（更く）
—け〔連用〕六・四五
—くる〔連体〕八二

ふ・く（吹く）
―き〔連用〕四五・六五・八七
―く〔終止〕四五
―く〔連体〕五〇・六四
―け〔已然〕二三・一〇八
↓ふきたつ
ふじ（富士）
↓ふじのね・ふじのやま
ふじのね（富士の嶺）九
ふじのやま（富士の山）九
ふ・す（伏す・臥す）
―し〔連用〕二四・五六・九三
―せ〔已然〕四・六九
↓うちふす・みふす
ふたつ（二つ）
↓ひとつふたつ
ふたり（二人）三七・四一・六三
↓ひとりふたり
ふぢ（藤）八〇・一〇一（2）
ふぢはら（藤原）一〇
↓ふぢはらのつねゆき・ふぢはらのとしゆき・ふぢはらのまさちか
ふぢはらのつねゆき（藤原常行）七七・七八
ふぢはらのとしゆき（藤原敏行）一〇七
ふぢはらのまさちか（藤原良近）一〇一
ふつか（二日）六九
↓ひとひふつか・ふつかみか
ふつかみか（二日三日）四二
ふね（舟・船）九（2）・三三・五九・六六・八一
ふねども　六六
↓つりぶね・たななしをぶね・もろこしぶね
ふばこ（文箱）一〇七
ふみ（文）九・四三・四六・一〇七（2）
御ふみ　八四
ふみあ・く（踏み空く）
―け〔連用〕五
ふみわ・く（踏み分く）
―け〔連用〕八三
ふ・む（踏む）
―み〔連用〕七四
↓ふみあく・ふみわく
ふもと（麓）八三
ふゆ（冬）七九
ふりこ・む（降り籠む）
―め〔未然〕八五
ふりし・く（降り敷く）
―く〔連体〕九六
ふりわけがみ（振り分け髪）二三
ふ・る（降る）
―ら〔未然〕一〇七・一〇八
―り〔連用〕六・一七・六七・八五・一〇七（2）
―る〔終止〕九・二三
―る〔連体〕一六・一八
―れ〔已然〕九
↓そほふる・ふりしく
ふ・る（振る）
―る〔連体〕一〇
ふるさと（古里）一

【へ】

へだ・つ（隔つ）
―つる〔連体〕九五

【ほ】

ほ（穂）五八
ほい（本意）四・二三・三九
ほか（余所）四・四〇・八三
ほし（星）八七

➝ひこぼし
ほ・す（干す）
―し〔連用〕 一二一
➝かりほす
ほそ・し（細し）
―き〔連体〕九
➝ものこころぼそし
ほだ・す
―さ〔未然〕六五
ほたる（蛍） 三九（2）・四五（2）・
八七
ほど（程） 四・九・一一・一二・一
九・二〇・二三・五三・六〇・六五・
六九・七七・八一・一一三・一二〇
ほとけ（仏） 六五（2）
ほととぎす（時鳥） 四三（2）
ほと・ぶ
―び〔連用〕 九
ほとり（辺） 九（2）・八一・八二・八
七・一〇六
ほのか・なり
―に〔連用〕 六三・九九
ほのぼのと 四
ほ・む（褒む）
―むる〔連体〕 八一
ほりかは（堀河）
➝ほりかはのおとど・ほりかはのおほ
いまうちぎみ
ほりかはのおとど（堀河の大臣） 六
ほりかはのおほいまうちぎみ（堀河の大
臣） 九七
ほろ・ぶ（滅ぶ）
―び〔連用〕 六五（2）

【ま】

ま（間） 一〇・二三・八七
まうけ（設け） 七八
まう・す（申す）
―し〔連用〕 六五（2）・七六・七八
―す〔連体〕 三九（2）・四三・七七
（3）・七八・八二・九七
まう・づ（詣づ）
―で〔未然〕 八四・八五
―で〔連用〕 七六・七八（2）・八三
（3）・八五（2）・一〇六
―づ〔終止〕 八四
まか・づ（罷づ）
―で〔未然〕 六五
まが・ふ（紛がふ）
―ふ〔連体〕 一六・九七
まかりい・づ（罷り出づ）
―づる〔連体〕 一二一
まか・る（罷る）
―る〔連体〕 一四・一六
➝まかりいづ
まきゑ（蒔絵） 七八
ま・く（蒔く）
―か〔未然〕 二一
ま・く（負く）
―け〔連用〕 六五
ま・く（巻く）
―き〔連用〕 一〇七
まくら（枕） 八三
➝にひまくら
まこと（真） 一六・六三
まさに 四〇
まさりがほ（勝り顔） 六二
まさ・る（勝る・優る）
―り〔連用〕 二・四七・六五・七七・
八九・九五
―る〔終止〕 四〇・九四
―る〔連体〕 四〇・一〇一・一〇七
―れ〔已然〕 二・七八・一〇七・一
〇八
➝いやまさる・なりまさる・ひちまさ

る・まさりがほ
ま・す（増す）
↓おもひます
また（又）一六・一九・二七（2）・三
三・五〇（3）・六九・七二・七五・
九〇・一一一
↓またのとし・またのひ・またひと・
またまた
まだ（未だ）二・三・六（2）・四〇
（2）・五三・六五・六九・七六・一一
一・一二〇
まだ・し（未だし）
—き〔連体〕一四・八二
またのとし（又の年）四
またのひ（又の日）四〇
またひと（又人）四三・八二
またまた（又又）二一
まちわ・ぶ（待ち侘ぶ）
—び〔連用〕二四（2）
まちを・り（待ち居り）
—れ〔已然〕六九
まつ（松）一四・七二
ま・つ（待つ）
—た〔未然〕三七・四八
—ち〔連用〕一七・四八
—つ〔連体〕二三・六〇・八七・九
六
—て〔已然〕八二
—て〔命令〕五〇
↓まちわぶ・まちをり
まづ（先づ）八七
まづ・し（貧し）
—しく〔連用〕一六
—しき〔連体〕四一
—しけれ〔已然〕一六
まつり（祭）
↓かものまつり・つくまのまつり
まどひあり・く（惑ひ歩く）
—き〔連用〕一〇
まどひい・く（惑ひ行く）
—き〔連用〕九
まどひい・ぬ（惑ひ往ぬ）
—に〔連用〕一一六
まどひ・く（惑ひ来）
—き〔連用〕四五・一〇七
まど・ふ（惑ふ）
—ひ〔連用〕一・四〇・五二・六九
↓まどひありく・まどひいく・まどひ
いぬ・まどひく・めでまどふ
まどろ・む（微睡む）
—め〔已然〕一〇三
まへ（前）三一・六二・七七（2）・七
八・八七（2）
まま　二三・二四・六五
まめ・なり
—なら〔未然〕六〇
—に〔連用〕六〇・一〇三
まめをとこ（まめ男）二
まも・る（目守る）
—ら〔未然〕五（2）
まゆみ（檀）二四
まらうどざね（客人実）一〇一
まれ・なり（稀なり）
—なる〔連体〕一七
↓まれまれ
まれまれ（稀々）二三
まろ　二三
まゐりあつま・る（参り集まる）
—り〔連用〕八五
まゐり・く（参り来）
—こ〔未然〕一一八
まゐ・る（参る）
—り〔連用〕五・六
—る〔終止〕八二
—れ〔已然〕七一

↓まゐりあつまる・まゐりく

【み】

み（身）四（2）・九・二一・二四・二五・五七・五九・六四・六五（三）・八四・八五・九三・九六（2）・一〇七（3）・一一五
↓あふみ
みいだ・す（見出だす）
―し〔連用〕六九
―す〔連体〕二三
みい・づ（見出づ）
―で〔連用〕四一
みか（三日）
↓ふつかみか
みかど（帝・朝廷）三・一六・三九（2）・六五（2）・七七・八一・一一七
↓さいゐんのみかど・たむらのみかど・にんなのみかど・ふかくさのみかど
みかは（三河）
↓みかはのくに
みかは・す（見交はす）
―し〔連用〕九五
みかはのくに（三河の国）九
みぎのうまのかみ（右の馬頭）七七・七八・八二
みぐし（御髪）
↓みぐしおろす
みぐしおろ・す（御髪下ろす）
―し〔連用〕八三・八五
みけし（御衣）一六
みこ（親王・皇女）三九（3）・四三（2）・七八・七九・八二（6）・八三・八五
みこたち 八一・一〇三・一〇六
↓かやのみこ・これたかのみこ・さだかずのみこ・やましなのぜんじのみこ
みざうし（御曹司）六五・七八
みさ・す（見さす）
―し〔連用〕一〇四
みじか・し（短し）
―き〔連体〕一一三
みし・る（見知る）
―ら〔未然〕九
み・す（見す）
―せ〔未然〕六三・七八
みずいじん（御随身）七八
みぞ（溝）七八
みそか・なり（密かなり）
―に〔連用〕六四・一一〇
―なる〔連体〕五
みそぎ（禊）六五
みたらしがは（御手洗川）六五
みたり（三人）六三
みだ・る（乱る）
↓ぬきみだる・みだれそむ
みだれ（乱れ）一
みだれそ・む（乱れ初む・乱れ染む）
―め〔連用〕一
みち（道）九（3）・一一・一二・一五・二〇（2）・六三・七一・八七・九七・一二五
みち・く（満ち来）
↓くる〔連体〕三三
みちのく（陸奥）一
みちのくに（陸奥国）一四・一五・八一・一一五・一一六
みつ（三つ）
↓うしみつ
み・つ（満つ）
―ち〔連用〕七五
↓みちく
みづ（水）九（2）・二二・二七（2）・二八・五〇（2）・五九・七八・八七・一〇六・一〇八

↓しみづ・たまみづ
みづがき（瑞垣）　一一七
みづから（自ら）　二七
みつのうら（御津の浦）　六六
みとせ（三年）　二四（2）
みな（皆）　七七・八一・八二・八七・
一一六
みなくち（水口）　二七
みなせ（水無瀬）　八二・八三
みなづき（水無月・六月）　四五・九六
みなと（港）　二六
みなひと（皆人）　九（3）・六五・八
五・一〇一
みなひとびと（皆人々）　六八
みなみ（南）　八七
みなもとのいたる（源至）　三九
みね（峰）　三六・八二
みの（蓑）　一〇七
みのを（水の尾）　六五・六九
みふ・す（見臥す・見伏す）
—せ〔已然〕　四五
みまくほ・し（見まくほし）
—しき〔連体〕　八四
みまくほしさ（見まくほしさ）　六五・
七一
みまそか・り
—り〔連用〕　七七・一〇一
みむろ（御室）　八三
みや（宮）　三一・三九・五八・七一・
七八・八二（3）・八三・八四
↓いつきのみや・いつきのみやのみ
や・おほきさいのみや
みやこ（都）　一四・一一五（2）
みやこじま（都島）　一一五（2）
みやこどり（都鳥）　九（2）
みやすんどころ（御息所）　六五
↓おほみやすんどころ・とうぐうのみ
やすんどころ
みやづかへ（宮仕へ）　一九・二〇・二
四・六〇・七八・八四・八五・八六
↓なまみやづかへ
みやばら（宮ばら）　五八
みやび（風流・雅）　一
みや・る（見遣る）
—り〔連用〕　二三
—れ〔已然〕　八七
み・ゆ（見ゆ）
—え〔未然〕　九・六二・六三・七八
・一一〇
—え〔連用〕　一五・二一・二七・七
七・九九・一一〇
—ゆ〔終止〕　一八（2）・二七・三
〇・三九・六三
—ゆる〔連体〕　一九（2）・四九・八
一・八七・一一六
みよ（三代）　一六
みよしの（三芳野）　一〇（2）
↓みよしののさと
みよしののさと（三芳野の里）　一〇
みる（見る）
み〔未然〕　一七・一八・二三・三一
・三九・八三・九六・九九・一一一・
一二〇
み〔連用〕　四（2）・七・八（2）・
九（2）・一三・一五・一六・一七・
二〇・二一（3）・二三（2）・三九・
五八・六二・六三（2）・六六（2）・
六七・七二・七三・八七・八八・九
九・一〇四（2）・一〇九・一一七・
一一九・一二一
みる〔終止〕　一五・一〇〇
みる〔連体〕　九・二五・六五（2）・
七〇・七五（3）・七八・八七・一〇
四
みれ〔已然〕　四・六・九（2）・二三

(2)・六三・六六・六七・六九・七七・八四
みよ〔命令〕七一
↓あひみる・かいまみる・みいだす・みかはす・みさす・みしる・みふす・みやる・みわづらふ・みをり・ものみる
みる（海松）七五（2）・八七
↓うきみる・みるめ
みるめ（海松布）二五・七〇・七五
みわざ（御業）七七（2）・七八
↓なななぬかのみわざ
みわづら・ふ（見煩ふ）
―ひ〔連用〕一〇七
みを・り（見居り）
―り〔連用〕四九

【む】

むかし（昔）一・二・三・四（2）・五・六・七・八・九・一〇・一一・一二・一三・一四・一五・一六（2）・一八・一九・二〇・二一・二二・二三・二四（2）・二五・二六・二七・二八・二九・三〇・三一・三二(2)・三三・三四・三五・三六・三七・三八・三九・四〇（2）・四一・四二・四三・四四・四五・四六・四七・四八・四九・五〇・五一・五二・五三・五四・五五・五六・五七・五八・五九・六〇（2）・六一・六二・六三・六四・六五・六六・六七・六八・六九・七〇・七一・七二・七三・七四・七五・七六・七七・七八・七九・八〇・八一・八二・八三・八四・八五（2）・八六・八七（2）・八八・八九・九〇・九一・九二・九三(2)・九四・九五・九六・九七・九八・九九・一〇〇・一〇一・一〇二・一〇三・一〇四・一〇五・一〇六・一〇七・一〇八・一〇九・一一〇・一一一・一一二・一一三・一一四・一一五・一一六・一一七・一一八・一一九・一二〇・一二一・一二二・一二三・一二四・一二五
むかしびと（昔人）一
むかひ（向かひ）九九
むかひをり（向かひ居り）
―り〔連用〕六五
むか・ふ（向かふ）
―は〔未然〕九四
↓むかひをり
むかへ（迎へ）九六
むくつけ・し
―き〔連体〕九六
むぐら（葎）五八
↓むぐらのやど
むぐらのやど（葎の宿）三
むこがね（婿がね）一〇（2）
むさし（武蔵）一三
↓むさしあぶみ・むさしの・むさしのくに
むさしあぶみ（武蔵鐙）一三（3）
むさしの（武蔵野）一二（2）・四一
むさしのくに（武蔵国）九・一〇
むし（虫）六五
むすび（結び）
↓たまむすび
むす・ぶ（むすぶ）
―ば〔未然〕四九
―び〔連用〕二八・三七・一一二
―べ〔已然〕三五
↓ひきむすぶ
むすめ（娘）七九
御むすめ 六九
↓ひとのむすめ

むつき（正月・睦月） 四（2）・八三・八五（2）
むつま・し（睦まし）
―し〔終止〕 一一七
―しき〔連体〕 一六
むね（胸） 三四
むばら（茨） 六三
むばら（莵原）
→むばらのこほり
むばらのこほり（莵原の郡） 三三・八七
むべ（宜） 一六
むらさき（紫） 四一
→わかむらさき
む・る（群る）
→むれゐる
むれ・ゐる（群れ居る）
―ゐ〔連用〕 九

【め】

め（目・眼） 九・一九（2）・二五・四一・六二・七〇・七三・七五・七七
→ひとめ・めかる
め（妻） 一五・一六・六〇
め（芽） 四一
め（藻） 一〇四
めか・る（目離る）
―れ〔連用〕 八五
―る〔終止〕 四六
―るれ〔已然〕 四六
めくば・す（目くばす）
―せよ〔命令〕 一〇四
めぐみつか・ふ（恵み使ふ）
―う〔連用ウ音便〕 四三
めぐ・む（恵む）
→めぐみつかふ
めぐりあ・ふ（巡り逢ふ）
―ふ〔連体〕 一一
めぐ・る（巡る）
→めぐりあふ
めしあづ・く（召し預く）
―け〔未然〕 二九
めしあつ・む（召し集む）
―め〔連用〕 七七
め・す（召す）
→めしあづく・めしあつむ
め・づ（愛づ）
―で〔未然〕 八八
―で〔連用〕 八一・八七・九五・一〇七・一二三
→めでまどふ
めづらか・なり
―に〔連用〕 一四
めづら・し
―しき〔連体〕 四九
めでた・し
―く〔連用〕 六
―し〔終止〕 一五
―けれ〔已然〕 八二
めでまど・ふ（愛で惑ふ）
―ひ〔連用〕 一〇七
めのこども（女の子供） 八七

【も】

も（裳） 四四（2）
も（喪） 四四
も（藻） 五七・六五・八七
もじ（文字）
→いつもじ
もた・る（持たる）
―り〔連用〕 四一
―る〔連体〕 四一
もち（望） 九六
もちよし 八七
も・つ（持つ）

―た〔未然〕八二
もて・く（持て来）
―き〔連用〕二〇・七八・八七
もと（元・許）三・四・一三・一六・一八・二〇・二二・二三（3）・二五・二七・三〇・三四・三五・三六・五二・五七・六二・六九（2）・八〇・八二（2）・八五・八六・九六・一〇二・一〇七・一〇九・一一〇・一一一・一一四
御もと 六・九・一二〇
もと・む（求む）
―め〔連用〕九・五九・六四
―む〔終止〕八・六四
→もとめゆく
もとめゆ・く（求め行く）
―か〔未然〕二一
―く〔連体〕八二
もとより 九・一〇一
もの（物）二・三・九・一九・二一（3）・二三・二四・二八・三九・四三・四五・四六・四八・四九・五〇・五九・六二（2）・六四・六五・七七・八七・八八・九四（3）・九六（2）・九八・一〇二・一〇四（2）・一一一・一二〇
ものども 一一九
→ものいふ・ものうたがはしさ・ものおもひ・ものおもふ・ものがなし・ものこころぼそし・ものみる・ものやみ・ものわびし・よるのもの
ものい・ふ（物言ふ）
―は〔未然〕四五
―ひ〔連用〕三二
ものうたがはしさ（物疑はしさ）四二
ものおもひ（物思ひ）四〇
ものおも・ふ（物思ふ）
―ひ〔連用〕五七
―ふ〔連体〕二七
ものがたら・ふ（物語らふ）
→うちものがたらふ
ものがたり（物語）五三・八二・九五
ものがな・し（物悲し）
―しく〔連用〕八三
ものこころぼそ・し（物心細し）
―く〔連用〕九
ものごし（物越し）九〇・九五（2）
もの・す（物す）
―す〔終止〕九四
もの・みる（物見る）
―みる〔連体〕三九
ものや・み（物病み）四五
ものわび・し（物侘し）
―しく〔連用〕九
もはら（専ら）六九
もみぢ（紅葉）二〇（2）・八一・九四
→はつもみぢ
ももとせ（百歳）六三
もら・す（漏らす）
―さ〔未然〕二八
も・る（盛る）
―り〔連用〕二三・八七
もろこしぶね（唐土船）二六
もろこゑ（諸声）二七
もろとも 二三
もんとくてんわう（文徳天皇）六九

【や】

やう（様）六・九・六三・七七・七八・八七・一一一
やうやう 六・一六・六九・九六・一二三
やがて 九六
や・く（焼く）
―き〔連用〕一二
―く〔連体〕一一二・一一五

やちよ（八千夜）　二二
やつ（八つ）　九
やつ・す（窶す）
―し〔連用〕　一〇四
やつはし（八橋）　九（3）
やど（宿）　五八（2）・五九・八二（2）
↓むぐらのやど
やど・す（宿す）
―さ〔未然〕　六九
やどり（宿り）　五六・八七
やど・る（宿る）
―り〔連用〕　七〇
―る〔終止〕　五七
やなぐひ（胡籙）　六
やま（山）　九（2）・一九・六〇・七四・七七（2）・八七
↓いこまのやま・うつのやま・ひえのやま・ふじのやま・やまざと・やまのは・やまべ・をしほのやま
やまざき（山崎）　八二
やまざと（山里）　五九・一〇二
やましな（山科）　七八
↓やましなのぜんじのみこ
やましなのぜんじのみこ（山科の禅師の親王）　七八
やましろ（山城）　一二三
やまと（大和）　二〇・二三
↓やまとうた・やまとびと
やまとうた（和歌）　八二
やまとびと（大和人）　二三
やまのは（山の端）　八二（2）
やまべ（山辺）　九
やみ（闇）　六九
や・む（病む）
―み〔連用〕　五九
↓こころやむ・ものやみ
や・む（止む）（四段）
―ま〔未然〕　一〇・六七・七五・八五
―み〔連用〕　三九・六三・八六（2）・八七・一二四
や・む（止む）（下二段）
―め〔連用〕　六五・九五
やむごとな・し
―き〔連体〕　一〇〇・一一一
やもめ（鰥）　一一三
やや　四五・八三
やよひ（三月・弥生）　二・二〇・八〇・八三・九一
や・る（遣る）
―ら〔未然〕　一〇七
―り〔連用〕　二・一四・二〇・三八・五二・六九（2）・九九・一〇二・一〇三・一〇七・一〇九
―る〔終止〕　一・三・一八・四一・四三・四六・六九・一〇四
―れ〔已然〕　八六・九四（2）・一〇七
―れ〔命令〕　九六
↓いだしやる・いひやる・うちやる・おひやる・おもひやる・みやる・ゆきやる
や・る（破る）
↓はりやる

【ゆ】

ゆか・し
―しかり〔連用カリ活用〕　一〇四
ゆき（雪）　九（2）・一七・六七・八三（2）・八五（3）
ゆきいた・る（行き至る）
―り〔連用〕　一四
ゆきかへ・る（行き帰る）
―る〔終止〕　九二
ゆきとぶら・ふ（行き訪らふ）

—ひ〔連用〕 四
ゆきひら（行平） 七九
→ありはらのゆきひら
ゆきや・る（行き遣る）
—ら〔未然〕 五四
ゆきゆ・く（行き行く）
—き〔連用〕 九（2）
ゆ・く（行く）
—か〔未然〕 五八・一二三
—き〔連用〕 八（2）・九・一一・二
四・六五・六九
—く〔終止〕 六五・六八
—く〔連体〕 七・九・一一・一二・
一六（2）・四四・四五・五〇（2）・
六七・六八・九一・一二五
→あけもてゆく・あけゆく・おひゆ
く・すぎゆく・なりゆく・もとめゆ
く・ゆきいたる・ゆきかへる・ゆきと
ぶらふ・ゆきやる・ゆきゆく
ゆくさき（行く先） 六・一二二
ゆひつ・く（結ひ付く）
—け〔未然〕 四四
ゆふ（結ふ）
→ゆひつく
ゆふかげ（夕影） 三七
ゆふぐれ（夕暮） 八三・九一
ゆふさり（夕さり） 六九
ゆみ（弓） 六
→あづさゆみ・つきゆみ・まゆみ
ゆめ（夢） 九・六九（2）・八三・一〇
三・一一〇
ゆめがたり（夢語り） 六三
ゆめぢ（夢路） 五四
ゆる・す（許す）
—さ〔未然〕 六四・六五（2）
—し〔連用〕 五
ゆゑ（故） 一・六五

【よ】

よ（世） 五・一六（3）・二一（2）・
三八・五〇・五五・六五・六六・七
五・八二・八六・八七・九三・一〇
二・一〇四・一一七・一二〇・一二三
→いくよ・よのなか・よよ
よ（夜） 四・六（3）・一四・二二（3）
・二五・三九・四五・六三・六九
（2）・八一・八二・八三・八七
（2）・九〇・九四・一〇三
→ちよ・ひとよ・やちよ・よごと・よ
さり・よは・よひとよ・よふかし・よる
よごころ（世心） 六三
よごと（夜毎） 五・二三・六五
よさり（夜さり） 六二
よし（由） 一・三二・四〇・七八・八
七・一〇七
よ・し（良し）
—く〔連用〕 六五・六九・七七・九
六・一一六
—う〔連用ウ音便〕 二三
—かり〔連用カリ活用〕 一六
—し〔終止〕 三三・六三
—き〔連体〕 六三・六五・八二・一
〇一
よしや 三一
よ・す（寄す）
—せ〔未然〕 八七
よそ（余所） 一九（2）・七八・一〇二
よつ（四つ） 一六（2）
よに 七五
よのなか（世の中） 二一・三八・四
六・六三・八二・八四・一〇二（2）
よのひと（世の人）
よのひとごと 三八
よは（夜半） 二三
よはひ（齢） 五〇・一一四

よばひわた・る（婚ひ渡る）
—り〔連用〕六・九五
よば・ふ（婚ふ・呼ばふ）
—ひ〔連用〕一〇・二〇・一〇七
→よばひわたる
よひ（宵）四五
→よひごと・よひよひごと
よひごと（宵毎）一〇八
よひよひごと（宵宵毎）五
よひと（世人）二
よひとよ（夜一夜）六九・八一
よ・ぶ（呼ぶ）
—び〔連用〕四四・六三・六五
よふか・し（夜深し）
—く〔連用〕一四・一一〇
—き〔連体〕五三
よませは・つ（詠ませ果つ）
—て〔連用〕八一
よみお・く（詠み置く）
—き〔連用〕二一
よみはてがた（詠み果て方）一〇一
よ・む（詠む）
—ま〔未然〕四四・六八・七八・八七・一〇一（2）・一〇二・一〇七
—み〔連用〕四・一〇・一二・一八・二一・二三・二四・三八・四〇・四四・四六・六三・六七・六九・七六・七七（2）・七九・八一・八二（4）・八三・八六・八七（3）・九四・九六・九八・九九・一〇二・一〇三・一〇四・一〇七（2）・一一三
—む〔終止〕八一・一〇一
—む〔連体〕一八・二七・七七・八七（3）・一〇一
—め〔已然〕四・五（2）・七・九（3）・一六・一九（2）・三九・四〇・四二・六四・六八・六九・七八・七九・八〇・八一（2）・八二（2）・八四・八五・八七・九二・九三・九四・一〇一・一〇七・一一五・一二三・一二四
—め〔命令〕九・六八
→よみおく
よよ（世世）二一
より・く（寄り来）
—き〔連用〕三九
よる（夜）二
→よるのおまし・よるのもの
よる（寄る・依る）
—ら〔未然〕八一
—り〔連用〕九・二一・二四・二六・三八
—る〔終止〕一〇（2）
—る〔連体〕四七
→よりく
よ・る（縒る）
—り〔連用〕三五
よるのおまし（夜の御座）七八
よるのもの（夜の物）一六
よろこび（喜び）一六
よろこ・ぶ（喜ぶ）
—び〔連用〕二三・七八
よろこぼ・ふ（喜ぼふ）
—ひ〔連用〕一四

【れ】

れい（例）六三
例の　六五・八三・一〇七（2）

【ろ】

ろうさう（緑衫）四一
ろう・ず（弄ず）
—じ〔連用〕九四
ろく（禄）七六・八三・九八
ろくじふよこく（六十余国）八一

ろくすん
↓さんしやくろくすん
ろくでう（六条）
ろくでうわたり　八一

【わ】

わ（我）四・五・九（2）・一〇・一九・二四（2）・二五・三六・四三・五六・五九・六四・六五・六九（2）・七九・八一・八五・八七（2）・九八・一〇八
わかうど（若人）四〇
わかくさ（若草）一二・四九
わか・し（若し）
―から〔未然カリ活用〕一一四
―かり〔連用カリ活用〕六五
―う〔連用ウ音便〕六
―き〔連体〕四〇・八六（2）・八八
―けれ〔已然〕一〇七
↓うらわかし
わかむらさき（若紫）一
わか・る（別る・分る）
―れ〔未然〕四一
―れ〔連用〕四六
わかれ（別れ）二四・四〇・七七・一一五
↓さらぬわかれ
わ・く（分く）（四段）
―か〔未然〕九八
―き〔連用〕九九
わ・く（分く）（下二段）
―け〔未然〕八五
―け〔連用〕二五
↓ふみわく
わざ（業・技）一六・四一・六四
↓しわざ・みわざ
わす・る（忘る）（四段）
―ら〔未然〕四六
わす・る（忘る）（下二段）
―れ〔未然〕一〇・二二（2）・八六
―れ〔連用〕三六・四六（2）・八二・八三
―る〔終止〕一一・二一
―るる〔連体〕九四・一一三・一一八・一一九
わするるくさ（忘るる草）二一
わすれくさ（忘れ草）二一・三一・一〇〇（2）
わたくしごと（私事）七一
わたしもり（渡し守）九（2）
わた・す（渡す）
―せ〔已然〕九
わたつうみ（海・海神）七五
わたつみ（海・海神）八七
わたらひ（渡らひ）
↓ゐなかわたらひ
わたり（辺り）七〇
↓ごでうわたり・ろくでうわたり
わた・る（渡る）
―ら〔未然〕九・六一
―り〔連用〕三一・一〇〇
―る〔連体〕五九・六六
―れ〔已然〕六九
↓ありわたる・うみわたる・こひわたる・よばひわたる
わづら・ふ（煩ふ）
―ひ〔連用〕一二五
↓みわづらふ
わびあ・ふ（侘び合ふ）
―へ〔已然〕九
わび・し（侘びし）
―しき〔連体〕五二
↓ものわびし
わ・ぶ（侘ぶ）
―び〔連用〕一二・二六

→ありわぶ・うちわぶ・おもひわぶ・
こひわぶ・すみわぶ・ねんじわぶ・ま
ちわぶ・わびあふ
わらうだ（円座）　八七
わらは（童）　六九・八五
わらはべ（童部）　五・七〇
わら・ふ（笑ふ）
—ひ〔連用〕　六五
—ふ〔連体〕　八七
わりな・し
—く〔連用〕　六五
われ（我）　一・一二・二一・二七（2）
・三七・三八・三九・四三・四四・五
二・五七・五八・六二（2）・六三・
六九・七〇・八二・八九（2）・一一
七・一二四
われから（割殻）　五七・六五
われて　六九

【ゐ】

ゐ（井）　一二三
ゐづつ（井筒）　一二三
ゐで（井手）　一二二
ゐなか（田舎）　五八
→かたゐなか・ゐなかびと・ゐなかわ
たらひ
ゐなかびと（田舎人）　三三・八七
ゐなかわたらひ（田舎渡らひ）　一二三
ゐる（居る）
ゐ〔連用〕　四・六（2）・六二・八二
・一一三・一一五
ゐる〔連体〕　一九
→あつまりきゐる・おりゐる・かくれ
ゐる・のぼりゐる・むれゐる
ゐる（率る）
ゐ〔連用〕　六（2）・一二（2）・三
九・四〇・六九・七五・八二

【ゑ】

ゑ（絵）　九四
→まきゑ
ゑ・ふ（酔ふ）
—ひ〔連用〕　八二・八五
ゑふのかみ（衛府の督）　八七（2）
ゑふのすけ（衛府の佐）
ゑふのすけども　八七

【を】

を（緒）
→あわを・たまのを
をか・し
—しう〔連用ウ音便〕　六五
をかしが・る
—り〔連用〕　九八
をかしげ・なり
—なり〔連用〕　四九
をが・む（拝む）
—み〔連用〕　八三（2）
をぐし（小櫛）　八七
をさをさ・し（長々し）
—しから〔未然カリ活用〕　一〇七
をし・ふ（教ふ）
—へよ〔命令〕　七〇
をしほ（小塩）
→をしほのやま
をしほのやま（小塩の山）　七六
をし・む（惜しむ）
—ま〔未然〕　八七
—み〔連用〕　二四
—め〔已然〕　九一
をだまき（苧環）
→しづのをだまき
をちこちびと（遠近人・彼此人）　八
をとこ（男）　一（4）・二・三・五・六
（3）・七・八・九（2）・一〇・一

一・一二・一三・一四（2）・一六・一八（3）・一九（4）・二〇・二一（2）・二二・二三（6）・二四（4）・二五・二六・二七（2）・三〇・三一・三三（2）・三四・三七・三九（2）・四〇（3）・四一（4）・四二・四三・四四・四五（3）・四六・四七（3）・四八・四九・五〇（4）・五一・五二・五三・五四・五五・五六・五七・五八（4）・五九・六〇（2）・六一・六二・六三（6）・六四・六五（7）・六六・六七・六八・六九（9）・七〇・七一（2）・七二・七四・七五（3）・八四・八五・八六（3）・八七（4）・八九・九一・九三・九四（5）・九五（2）・九六（2）・九八・九九・一〇〇・一〇二・一〇三・一〇四・一〇五・一〇六・一〇七（7）・一〇八・一〇九・一一〇（2）・一一一・一一二・一一三・一一五（2）・一一六・一一八・一一九・一二〇・一二一・一二三・一二四・一二五
御をとこ　六三
→まめをとこ
をの（小野）　八三
をはり（尾張）　七
→をはりのくに
をはりのくに（尾張国）　六九（2）
をは・る（終はる）
—る〔連体〕　七七
をり（折）　九・一三・八一・一二四
を・り（居り）
—ら〔未然〕　二三
—り〔連用〕　五八
—り〔終止〕　六
→あそびをり・いひをり・おもひをり・こもりをり・ながめをり・なきをり・のろひをり・まちをり・みをり・むかひをり
をりふし（折節）
をりふしごと　五五
を・る（折る）
—り〔連用〕　一六・一八（2）・二〇・八〇（2）・八二
—る〔連体〕　九八
→たをる
をんな（女）　二（2）・三・六（3）・一〇・一二（3）・一三（2）・一四（3）・一五（2）・一八（2）・一九（3）・二〇（2）・二一（3）・二二・二三（8）・二四（2）・二五（2）・二六・二七（2）・二八・三〇・三一・三二・三三・三六・三七・三九・四〇（4）・四二・四三（2）・四四・四七・五〇（2）・五三・五四・五五・五八・六一・六二・六三（5）・六五（10）・六九（4）・七一・七二（2）・七三・七四・七五（3）・八六（3）・九二・九四・九五（2）・九六（5）・九九・一〇二・一〇五・一〇七（2）・一〇八・一一〇・一一一・一一二・一一五（2）・一一九・一二〇・一二三（2）
をんなども　五八（2）
→をんなあるじ・をんながた・をんなぐるま・をんなはらから
をんなあるじ（女主人）　六〇
をんながた（女方）　六五・六九・八七・九四
をんなぐるま（女車）　三九（2）
をんなはらから（女姉妹）　一・四一

和歌初句四句索引

凡　例

一、この索引は、『伊勢物語』のすべての和歌について、初句および第四句を検索できるようにしたものである。
二、各句は歴史的仮名遣いによる仮名表記とし、五十音順に配列した。
三、句を同じくする和歌が複数ある場合は、次句を示すことで区別した。
四、数字は、和歌番号による。

あかなくに 149
あかねども 141
あきかけて 171
あきかぜふくと 84
あきののに 56
あきのよとだに 151
あきのよの
—ちよをひとよになずらへて 45
—ちよをひとよになせりとも 46
あきのよは 168
あきやくる 27
あさつゆは 93
あさみこそ 184
あしのやの 157
あしべこぐ 166
あしべより 66
あだなりと 28
あだにちぎりて 37
あづさゆみ
—ひけどひかねど 54
—まゆみつきゆみ 53
あなたのみがた
—あすのよのこと 164
—ひとのこころは 94
あはでぬるよぞ 56
あはぬひおほく 134
あひおもはで 55
あひみては 44
あひみるまでは 72
あふことは 63
あふなあふな 167
あふにしかへば 118
あふみなる 202
あまぐもの
—よそにのみして 33
—よそにもひとの 32
あまつそらなる 100
あまのかはらに 147
あまのかる 120
あやなくけふや 174
あやめかり 98
あらたまの 52
ありしにまさる
—けふはかなしも 77
—ふぢのかげかも 177
ありしよりけに 41
あるにもあらぬ 121
あるはなみだの 27
あれにけり 104
いかでかは 99
いかにみじかき 194
いくたびきみを 25
いたづらに 122
いつのまに 35
いづれのかみに 163
いづれまでてふ 96
いづれをさきに 188
いでていなば
—かぎりなるべみ 75
—こころかるしと 36
—たれかわかれの 77
いでてこし 79
いでてゆく 83
いとあはれ 76
いとどしく 8
いとどふかくさ 206
いにしへの
—しづのをだまき 65
—にほひはいづら 112
いにしへは 190
いはねふみ 134
いはまより 137
いへばえに 68
いほりあまたと 81
いほりおほき 82

いまぞしる　89
いまはとて　39
いままでに　156
いやはかなにも　179
いよいよみまく　153
いろになるてふ　110
うきながら　43
うきよになにか　146
うぐひすの
—はなをぬふてふかさはいな　204
—はなをぬふてふかさもがな　203
うちわびて　106
うらなくものを　91
うらみてのみも　132
うらやましくも　8
うらわかみ　90
うゐしうゐば　97
えだもとををに　30
おいぬれば　153
おきなさび　195
おきのゐて　196
おきもせず　3
おしなべて　150
おのがうへにぞ　64
おのがさまざま　156
おほかたは　162
おほぬさと　88
おほぬさの　87
おほはらや　139
おほみやびとの　130
おほよどの
—はまにおふてふ　135
—まつはつらくも　132
おもかげにのみ　38
おもはずは　101
おもはぬかたに　193
おもはぬひとを
—おもふなりけり　95
—おもふものかは　92
おもひあまり　189
おもひあらば　4
おもひけりとは　40
おもひのみこそ　175
おもひをつけよ　204
おもふかひ　37
おもふこころは　99
おもふこと　208
おもふには　118
おもへどえこそ　87
おもへども　155
おもへばみづの　59
おもほえず　58
かかるをりにや　19
かきくらす　127
かくこそあきの　34
かずかずに　185
かすがのの　1
かすみにきりや　168
かぜふけば
—おきつしらなみ　49
—とはになみこす　186
かたみこそ　201
かたるがごとは　191
かちびとの　128
かつうらみつつ　43
かつらのごとき　133
かのこまだらに　12
かみのいさむる　131
かみはうけずも　119
かみよのことも　139
からくれなゐに　182
からころも　10
かりくらし　147
かりなきて　125
かりにだにやは　207

かりにもおにの 105
かれなであまの 57
きえずはありとも 29
きしのひめまつ 198
きのふけふ 124
きのふけふとは 209
きみがあたり 50
きみがかたにぞ 14
きみがさとには 35
きみがため 34
きみがためには 161
きみがみけしと 26
きみこむと 51
きみならずして 48
きみにこころを 66
きみにより 73
きみやこし 126
きゆるものとも 76
くもなかくしそ 50
くらべこし 48
くりはらの 22
くるればつゆの 102
くれがたき 85
くれなゐに
—にほふがうへの 31
—にほふはいづら 30
けふこずは 29
けふのこよひに 62
けふばかりとぞ 195
こけるからとも 112
こころはきみに 54
こころはなぎぬ 135
こころひとつに 68
こころをみせむ 141
ことばのこりて 46
このはふりしく 171
こはしのぶなり 176
こひしきひとに 115
こひしくは 131
こひしとは 192
こひせじと 119
こひとはいふと 74
こひわびぬ 103
こむといふなる 172
こもりえに 67
これやこの
—あまのはごろも 26
—われにあふみを 113
これやこのよを 123
さくはなの 177
さくらばな
—けふこそかくも 164
—ちりかひくもれ 172
さすがにめには 32
さつきまつ 109
さとをばかれず 89
さむしろに 115
さりともと 121
したひもの 191
しなのなる 9
しのぶのみだれ 1
しのぶやま 23
しほがまに 144
しほひしほみち 137
しらたまか 7
しらつゆは 181
しるしらぬ 175
すぎにけらしな 47
すまのあまの 193
すみけむひとの 104
すみわびぬ 107
するがなる 11
そでぬれて 136
そでのみひちて 183
そのこととなく 85

そむくとて　178
そめかはを　110
そらゆくつきの　16
たえてののちも　69
たえぬこころの　200
たえむとひとに　70
たがかよひぢと　79
たかきいやしき　167
たがゆるさばか　117
ただこよひこそ　52
たにせばみ　70
たのまぬものの　51
たのみしかひも　205
たのむのかりを　15
たまかづら　200
たまにぬくべき　181
たまのをを　69
たれかこのよを　93
ちぢのあき　169
ちはやぶる
―かみのいがきも　130
―かみよもきかず　182
ちよもといのる　154
ちればこそ　146
つきやあらぬ　5
つげのをぐしも　157
つつゐつの　47
つひにゆく　209
つひによるせは　88
つまもこもれり　17
つみもなき　64
つもればひとの　162
つゆとこたへて　7
つらきこころの　63
つらきこころは　138
つりするふねは　144
つれづれの　183
つれなきひとの　202
てををりて　24
ときしなければ　86
ときしもわかぬ　173
ときしらぬ　12
とけむをひとは　192
としだにも　25
としつきふれど　113
としにまれなる　28
としへぬるかと　75
としをへて　206
とはぬもつらし　18
とへばいふ　19
とりとめぬ　117
とりのこを　92
とわたるふねの　108
とをといひつつ　24
ながからぬ　194
なかぞらに　42
なかなかに　20
なつふゆたれか　142
などてかく　61
なにしおはば
―あだにぞあるべき　111
―いざこととはむ　13
なにはづを　123
なのみたつ　81
なほうとまれぬ　80
なみだにぞ　138
なみだのたきと　158
なみのぬれぎぬ　111
なみまより　197
ならはねば　74
なるべかりける　20
ぬきみだる　159
ぬるめるひとに　203
ぬれつつぞ　143
ねぬるよの　179

ねをこそなかめ　120
のとならば　207
のなるくさきぞ　78
はつくさの　91
はなこそちらめ　97
はなにあかぬ　62
はなのはやしを　124
はなよりも　188
はるのうみべに　125
はるのこころは　145
はるのものとて　3
はるのわかれを　140
はるはいくかも　143
はるばるきぬる　10
はるるよの　160
ひこぼしに　170
ひさしきよより　199
ひさしくなりぬ　197
ひしきものには　4
ひとしれず　163
ひとしれぬ　6
ひととせに　148
ひとのこころに　39
ひとのこころの　23
ひとのむすばむ　90
ひとはいさ　38
ひとはこれをや　73
ひまもとめつつ　116
ふくかぜに
—こぞのさくらは　94
—わがみをなさば　116
ふたりして　72
ふねさすさをの　67
へだつるせきを　170
ほととぎす　80
まくらとて　151
またあふさかの　128
まだきになきて　21
まだみぬひとを　190
まなくもちるか　159
みさへながると　184
みずもあらず　174
みだれそめにし　2
みちのくの　2
みづこそまされ　187
みづのしたにて　60
みづのながれて　44
みづもらさじと　61
みなくちに　60
みのはかなくも　42
みまくほしさに　122
みやこしまべの　196
みやこのつとに　22
みよしのの　14
みるめかる　129
みるめなき　57
みるをあふにて　136
みをかくすべき　107
みをしるあめは　185
むかしのひとの　109
むかしをいまに　65
むぐらおひて　105
むさしあぶみ　18
むさしのは　17
むつましと　199
むらさきの　78
めかるとも　86
めくはせよとも　180
めにはみて　133
もみぢもはなも　169
ももとせに　114
もろこしぶねの　58
やちよしねばや　45
やどかすひとも　148
やましろの　205

やまのはなくは　150
やまのはにげて　149
やまのみな　140
ゆきかへるらむ　166
ゆきのつもるぞ　155
ゆきふみわけて　152
ゆきやらぬ　100
ゆくほたる　84
ゆくみづと　96
ゆくみづに　95
ゆふかげまたぬ　71
ゆふぐれにさへ　165
ゆめうつつとは　127
ゆめかうつつか　126
ゆめにもひとに　11
よのありさまを　36
よのうきことぞ　178
よのなかに
—さらぬわかれの　154
—たえてさくらの　145
よはにやきみが　49
よひごとに　187
よひよひごとに　6
よふかくみえば　189
よもあけば　21
よをうみの　180
わがうへに　108
わがおもふひとは　13
わがかたに　15
わがかどに　142
わがころもでの　186
わがすむかたの　160
わがすむさとに　82
わがせしがごと　53
わがそでは　102
わがたのむ　173
わがみはいまぞ　55
わがみひとつは　5
わがよをば　158
わがゐるやまの　33
わするなよ　16
わするらむと　41
わするるときも　201
わすれぐさ
—ううとだにきく　40
—おふるのべとは　176
わすれては　152
わたつみの　161
われからみをも　103
われさへもなく　83
われとひとしき　208
われならで　71
われにをしへよ　129
わればかり　59
われはのにいでて　98
われみても　198
われもたづらに　106
われをこふらし　114
をしめども　165
をちこちびとの　9
をりけるひとの　31
をりふしごとに　101

校注者紹介

大井田　晴彦（おおいだ　はるひこ）

1969年群馬県生まれ。1999年東京大学大学院人文社会系研究科博士課程修了。

博士（文学）。東京大学助手、名古屋大学大学院人間情報学研究科専任講師・助教授を経て、現在、名古屋大学大学院人文学研究科准教授。

著書『うつほ物語の世界』（2002年、風間書房）、『竹取物語　現代語訳対照・索引付』（2012年、笠間書院）

伊勢物語　現代語訳・索引付

令和元年10月11日　初版発行

定価はカバーに表示してあります。

発行者　吉 田 敬 弥
発行所　株式会社 三 弥 井 書 店
〒108－0073東京都港区三田3－2－39
電話03－3452－8069
振替00190－8－21125

ISBN978-4-8382-3356-4 C1093

整版　ぷりんてぃあ第二
印刷　エーヴィスシステムズ